既然想要你，又会要你
这辈子
下辈子，下下辈子
都不想和你分开

慕时初

大鱼

有爱的青春陪伴者

日落时想你

慕时烟 / 著

四川文艺出版社

图书在版编目（CIP）数据

日落时想你 / 慕时烟著. -- 成都：四川文艺出版
社，2024. 9. -- ISBN 978-7-5411-7033-1

Ⅰ. I247.5

中国国家版本馆 CIP 数据核字第 2024UU7784 号

RI LUO SHI XIANG NI

日落时想你

慕时烟 著

出品人	冯 静
责任编辑	彭端至　王梓画
特约编辑	年 年
装帧设计	Insect　唐卉婷
责任校对	段 敏
图片绘制	六月 pearl

出版发行　四川文艺出版社（成都市锦江区三色路 238 号）
网　　址　www.scwys.com
电　　话　0731-89743446（发行部）　028-86361781（编辑部）

排　　版　长沙大鱼文化传媒有限公司
印　　刷　天津睿和印艺科技有限公司
成品尺寸　145mm×210mm　　开　本　32 开
印　　张　11.5　　　　　　　字　数　510 千字
版　　次　2024 年 9 月第一版　印　次　2024 年 9 月第一次印刷
书　　号　ISBN 978-7-5411-7033-1
定　　价　45.80 元

目录

目录

暮色四合，雨丝在光影中摇曳，整座南溪镇都被藏在这朦胧中，恍如梦境。

车停稳，岑雾绕到车尾拿出后备厢里面的东西，沿着河岸，踩着青石板小路，慢慢地走到了外婆家。

古色古香的门上挂着两盏红灯笼，昏暖的色调稍稍中和了一丝这座小院的清冷。

她推开门，进了偏厅，抬眼，外婆岑如锦正站在书桌前练书法。

明亮的光线虚笼着岑如锦那张不爱笑的美人脸，岁月似乎没有在上面留下什么痕迹。

"外婆。"岑雾出声，怕打扰她，嗓音偏轻。

灯光下的人恍若未闻。

过了许久，最后一笔收尾，岑如锦才放下毛笔，语气淡淡地说："吃饭吧。"

家里照顾岑如锦的阿姨张婶打量岑雾："雾雾最近很累吗？看着瘦了不少。"她的眼里是掩不住的担忧，"做了你爱吃的菜，等会儿多吃点。"

岑雾微弯了弯唇："谢谢张婶。"

到了餐厅，三人一块儿坐下吃饭，餐桌上一如既往的没有说话声。

冷清，没有家的温暖。

餐桌上四菜一汤色香味俱全，乳白色的鲫鱼汤冒着热气，岑雾伸手，盛了碗要递给岑如锦。

"明天去见个男孩子。"

冷不丁的一句，毫无铺垫。

岑雾手微顿。

她抬眸，撞入岑如锦带了威严的眼神里。

"是相亲。"岑如锦看着她，再响起的声音带着天性使然的淡漠。

"我还小。"岑雾垂下眸，将汤轻放在岑如锦手边，拒绝道，"这几年我只想跳舞，不想、也没有时间恋爱。"

"见个面不需要你多久时间。"

岑雾抿唇。

"明天我要去伽寒寺，没有……"

"在寺庙见。"

空气似静滞了两秒。

一旁的张婶皱着眉，想劝又不能，只能在心里叹气。

岑雾重新抬眸："外婆……"

"有喜欢的人？"

岑雾指尖微不可察地蜷缩了下。

头顶的灯很暖很亮，倾泻下来在她身上笼了层浅浅的光，但照不进眼底。

"没有。"她说。

"那就见。"岑如锦一锤定音，眼风淡淡地扫过她的脸，"如果不见，下次不用再回来。"

不是商量，是字字不容置喙的通知。

岑雾嘴唇动了动，最终没有接话。

饭后，岑雾上楼回了自己的卧室，遵循心理咨询师的建议，没有练舞，而是泡了个热水澡，之后换上睡袍，拿过平板电脑找了一部电影。

手机响起时，岑雾惊醒，恍惚了好几秒才意识到自己竟然睡着了，还梦到了久未梦见的人。

平复下浮动的情绪，她摸过手机。

屏幕上，是经纪人舒影发来的微信视频邀请。

她揉了揉眉心，接通："舒影姐。"

灯光下，她慵懒地窝在沙发里，乌浓长发散落，暖黄的光晕落在她冷白细腻的肌肤上，勾出朦胧旖旎。

美得惊心动魄。

是同为女人看了都难以抵挡的美。

许是刚醒的缘故，她的嗓音比平时更添娇懒，又是吴侬软语，听得舒影心弦一颤。

舒影"啧"了声："哪里下来的仙女美人儿？把我的魂都勾没了。"

岑雾失笑："舒影姐。"

"我们雾雾又美了好多。"舒影视线没移开，又笑着问，"到外婆家了吧，今天感觉怎么样？"

岑雾知道舒影是担心自己，点点头："还不错。"

视线里，她的眼神透着的是淡定通透，还有生在她骨子里的那股韧劲儿。

舒影稍稍松了口气。

岑雾是舞者，是她见过的天赋最高的古典舞舞者。

她靠着实力和自身努力，将业内能拿的奖全已拿遍，如今是公认的顶级舞蹈演员。

舞蹈圈小众，古典舞更是小众中的小众。

但三年前，岑雾为一款网游合作推广，身着一袭红色薄纱在落日黄沙中起舞，美得勾人魂魄。

一舞破圈。

一夜之间，视频点击破千万，而岑雾凭借独特的气质、自成一派的舞蹈风格，以及清冷又纯情的脸，迅速虏获万千"粉丝"心，被媒体和"粉丝"誉为"不食人间烟火的仙女"。

可以说，岑雾就是为古典舞而生，舞蹈就是她的生命、她的全部生活。

然而，一周前，没有任何来由地，她突然跳不了舞了。

而三月份，她的舞剧巡演就要开始。

如果不能恢复，后果简直不能想象。或者，如果在巡演时发生无法跳舞的情况，舒影不知道岑雾会遭受什么。

作为岑雾的经纪人，舒影自然是急坏了。但岑雾就是有那种本事，能让人心静下来，哪怕什么话也不说。她还反过来安抚舒影，平静地约了最好的心理咨询师，积极配合治疗。

舒影仔细打量着岑雾，提着的心落回原地，温声嘱咐："趁着假期，四处玩玩，好好放松休息。"

像想到了什么，她笑着打趣："或者谈个恋爱，让我看看我们家没有七情六欲的雾雾要是喜欢上人了会是什么样儿。"

岑雾倾身拿杯子的动作微不可察地停下。

几乎是同一时间，脑海里，外婆问她是不是有喜欢的人的话清晰地冒出，又轻飘飘地进入醒来前那个亦真亦幻的梦。

舒影没有察觉，她那边恰好有电话进来，叮嘱了岑雾几句，又让她别忘了在微博发张自拍"营业"便结束了视频。

岑雾低头，慢吞吞地抿了口温开水润喉。

视线里，电影已到了尾声。

想要再找一部，不经意间却瞥见下方推荐相同类型的电影——

《初恋这件小事》。

几秒后，她退出视频软件，点开相册，打算在这两天自己拍的风景照中选几张发微博。

不料，"#和暗恋的人久别重逢了#""#放下暗恋八年的人是什么感觉#"，两个有关暗恋的话题毫无预警地撞入她眼帘。

仿佛说好似的，两个热搜连在一起占据前十，一个美梦成真，一个黯然结束。

她指腹无意识地摩挲手机屏幕，眼睫低垂想要移开视线，却又发现登录着的微博是自己藏得很好的小号。

"我瞒过所有人，也骗了自己，偷偷地喜欢了他一年又一年。他永远不会知道，很长的一段时间里，他是我的光。

"决定不再喜欢的感觉，大概，是终于放过了自己。

"但我仍希望，不知道究竟在哪里的他，万事胜意，平安。"

这条后来仅自己可见的微博映入眼帘，字字清晰。

她记得，是几月前一次推不掉的聚餐，她有些醉了，回到一个人的公寓后，也是无意间看到了后面那个暗恋话题。

她窝在沙发里，抬起脸看了夜空里的月亮很久很久。

或许是酒精让她恍惚，或许是公寓太安静，又或许是那个日子太过特殊，她在话题里写下了这段话。

她眼眶隐隐有些涩。

半晌，她退出微博。

第二天，除夕。

生物钟使然，岑雾醒得很早，下楼时外婆和张姨已经出门，餐桌上留着早餐。

随便吃了点儿，她驱车前往伽寒寺。

今年的冬季极冷，小镇连着几日的低气温像是要把人的骨头冻僵，位于山上的伽寒寺温度更低。

尽管如此，前来祈福的香客仍然众多。

岑雾踏进偏殿，点了香，在蒲团上轻跪下，手心朝上，俯身叩拜。

烛火跳跃，低头间，露出的白净脸蛋上隐约透着虔诚，祈愿新的一年她在意的人一切安好。

不久，有小沙弥脚步放轻地进来，低声说："岑施主，有人请您过去。"

岑雾道了声谢，起身。

走出偏殿，寒风肆虐，秀发被吹起遮住眼眸，有些痒。她本能地用手指拨开，收回时却是一顿。

"岑施主？"小沙弥走了几步，发现身后人站在原地不动，不由得好奇，"您怎么了？"

岑雾眨了眨眼。

"……没事。"她收回视线，压下突然抖动的心跳，声音清浅，"走吧。"

她以为那股情绪散得很快，直到——

"心不静。"

淡而没有多余感情的三个字从明深的口中说出，猝不及防，更是直白地将她的状况点了出来。

岑雾垂下眸，羞愧。

"对不起。"

"抄完。"

僧衣一角在眼角余光里掠过，很快，厢房里只剩下了岑雾一人。

她咬住唇。

极淡的焚香弥漫在空气中，她铺开宣纸，手提笔，墨色晕染，一句句祈福的佛经被默写出来，一手簪花小楷，清秀好看。

慢慢地，乱了的心绪终是恢复正常。

只不过这份好不容易沉下的静心还是被岑如锦的来电打断了。

岑雾眼皮跳了跳，知道这个电话意味着什么。

她起身，拿过手机出门，一阵寒风吹上脸。

"那个男孩子已经到伽寒寺了，中午和他吃个饭吧。"电话那端的岑如锦说得淡淡的。

岑雾关上门转身："外婆……"

未出口的话就这么哽在了喉咙里。

毫无预警。

不远处，百年银杏树孤独伫立，即便树叶落光依然有别致的美。

树下，男人身形颀长高挺，利落得仿佛由硬笔勾描。

外面不知何时落了雨，天色渐沉，远处的青山似望不到头，那人几乎就要与昏暗融为一体。

他背对着她，抬手，将指间夹着的烟送入薄唇，仰头，淡淡烟雾四散。

突然，像是察觉到了她的注视，他转身。

两人目光相撞的瞬间，空气静滞。

下一秒，就见男人利落将烟头捻灭，笔直长腿迈开，踏着雨，大步朝她而来。

越近，越清晰。

寸头、薄唇、挺鼻，冷硬轮廓，似隐去了少年时的肆意，完美构成一张富有男人味的凌厉英俊脸庞。

——梁西沉。

原来，先前不是她的错觉。

"他叫梁西沉，电话是……"电话里，岑如锦突然扔出一句。

"啪嗒！"

一声声响，手机跌落。

睫毛猛地扑闪，漏了一拍的心脏急速跳动，岑雾垂下眸俯身想要捡，男人的阴影快她一步落下。

她的指尖碰上他的，猝不及防。

她下意识地站直，想和他拉开距离，不知是动作太急还是其他，身体竟是一个不稳要往后摔去。

手腕蓦地被扣住，粗糙的触感，属于男人的炙热温度灼烫她的肌肤。

"小心。"

沉缓的两字，混着风，若有似无的低哑，无比清晰地钻进她的耳中。

同一时间，清冽的男性气息萦上鼻尖。

手心沁出了细密的汗，潮湿滚烫，岑雾全然是本能地慌忙挣脱。

他快她一步松手，跟着，手机被递到她眼前。

随着他的动作，一道看着有些瘆人的疤不经意间映入她的眼帘，从手骨一路蜿蜒，没入他的手臂深处。

岑雾眼睫颤了颤，伸手从他掌心拿过手机。她启唇，努力平静地挤出声音："谢谢。"

她手指收紧，想要转身离去。

"岑雾。"

只是一声名字而已，岑雾的心脏猛地跳动，就连手指，也不受控制地蜷缩了一下。

　　她攥紧手机，顿了顿，然后抬起头看向眼前人，不期然撞入那双盯着她的深邃黑眸里。

　　冷峻，带着股强势的侵略意味。

　　雨势渐大，淅淅沥沥地砸着人的耳膜，天色越发暗淡，暗得周遭的一切变得如同镜花水月般不真实。

　　包括眼前的人。

　　就是在这时，伽寒寺每日的钟声缓缓被敲响，庄重的梵音隐隐约约。一声又一声，像是宿命。

　　她听见他说："好久不见。"

2010年8月，夏日炎炎。

北城火车站。

岑雾戴着耳机做完一张英语试卷时，终于接到了舅妈关敏华的电话。

火车站人来人往，很吵，那边也是。一接通，多种杂音直往岑雾耳朵里钻，麻将牌碰撞的声音清脆。

关敏华的语速飞快，噼里啪啦地："岑雾是吧？我有事，没时间来接你，你自己坐公交车过来吧。"

岑雾还没来得及说好，那边的人就挂了。

她垂下眼，收起手机，慢吞吞地将试卷和笔放回书包，拉链拉上，拉过行李箱，循着指示牌走出火车站。

火辣辣的阳光浇头落下，空气地面都散发着热气，阵阵蝉鸣声更叫得人心烦意乱。

岑雾白净的脸蛋上没有一丝的不耐烦。自小跳舞的缘故，她的背脊从始至终挺得笔直。

等了片刻，公交车来了。

车费两块，碰上开空调的月份需要再加一块钱，行李箱提上扶稳后，她将捏着的三个硬币投入。

清脆三声。

硬币滚落最底下再也看不见，像是昭示着她回来北城读书的事情尘埃落定，再无转圜的可能。

到了一天中最热的时候，岑雾从跨越了大半个城区的公交车上下车。

暑气未消，即便走在梧桐树荫下，她的额头上依然冒出了不少汗，一张小脸被晒得泛红，几缕发丝凌乱地贴着。

好在路程不是很远，走了十多分钟，她看到了舅舅家所在的燕尾巷。

行李箱的轮子在坑坑洼洼的路面上滚过发出声响，巷子里有上了年纪的人投来打量探究的目光，一路追随。

岑雾手指攥紧，在又穿过一条巷子后，终于到了舅舅家。

敲门，却是许久没人应。

她想到什么，摸出手机拨通舅妈的电话，只不过铃声响起没几秒就被那头的人挂了。

至于舅舅林进，来之前他说过还在外地，要傍晚才能回来。

岑雾抿了抿唇，平静地原路返回。

来的路上，她无意间瞥见附近有一家书店，或许可以去那儿打发时间。

店里墙上的钟整点报时，让她从书中的世界回到现实。岑雾看了眼窗外，找出手机，屏幕上很干净。

时间是下午五点，舅舅差不多要回来了。

没有再停留，她起身，买下手中看了一下午的书，往燕尾巷回去。

在路过巷子里一家水果摊时，她停了下来，请老板帮忙挑了西瓜和葡萄。

西瓜很重，她一只手拎着，另一只手推着行李箱，没一会儿，手心便被拎出两道红痕。

她没有在意。

只是很快，她发现自己迷路了。

燕尾巷属于老城区，居住的人多，巷口也多，错综复杂。

或许是下班时间到了，此时的巷子变得更有烟火气，各种各样的声音交错着从四面八方而来。

岑雾站在一个没有印象的巷口，视线所及皆是陌生的一切，头顶是几家人搭晒的衣服，有小孩老人的欢声笑语，路过的人结着伴三三两两。

唯有她，一个人，没有方向，不知去处，仿佛格格不入。

舅舅林进明显焦急的声音便是在这时飘入耳中的——

"你怎么能把雾雾一个人放火车站那么久？说好了你去接她，她一个小姑娘走丢了怎么办？"

"多大人了还能走丢？我还没说你呢，好好的让她住我们家干什么？多个人不花钱啊？拖油瓶！"

"你……"

红痕越发明显，勒得手心隐隐泛疼，岑雾低下头，默不作声地往后退了几步，走往另外的方向。

片刻后，她摸出手机，发现几分钟前舅舅给她打了电话，只是她之前在书店，手机调成了静音，没听到。她回拨过去，低声道歉："舅舅，你到家了吗？对不起，我迷路了。"

没一会儿，急切的脚步声靠近。

"雾雾！"林进猛地停下，看着眼前纤瘦的小姑娘温驯地坐在石凳上，提着的心落地，抹了把汗。

"舅舅，"岑雾起身，礼貌打招呼，轻声说，"舅妈，给你们添麻烦了。"

"唉！"林进着实松了口气，然而转念想到刚刚关敏华的大嗓门，也不知她有没有听见，"你……"

话到嘴边，他又硬生生咽下。

瞧见她手里的东西，他忙把行李箱抢过来，皱着眉："买什么水果，以后别浪费这个钱。"

关敏华很是自然地拿过西瓜、葡萄，颠了颠，一双三角眼瞪他："小姑娘想吃西瓜你也要管？"

林进脸涨得有些红，欲言又止，最后关切地看向岑雾："累不累？走，回家吧。"

岑雾点头。

到了家，她被带到一间小房间里，林进把行李箱给她放至墙边："雾雾，你就住这……"

还没说两句，关敏华就在不耐烦地催促："老林你好了没有？快点！我妈还等着我们呢。"

林进在关敏华面前向来没有脾气，闻言应了声，再开口的语气带上了明显的歉意："你舅妈的妈妈突然摔倒了，我得陪她去医院看看。晚上没人做饭，你自己出去吃吧。"

说着他从口袋里掏出一张一百的钞票，不管不顾地塞到岑雾的手里："想吃什么就吃什么，有事给舅舅打电话。"

"不用……"岑雾本能地要还给他。

但林进塞完就转身走了，走到门口时像想到什么，又掏出自己的钥匙递给她："这是家里的钥匙。"

关敏华又在喊，他索性跑了起来。

"砰"的一声，大门被甩上，隐隐的抱怨声被隔绝在门外。

岑雾低头，将手中的纸币折叠收起，打开行李箱，拿出里面的衣服挂在了房内简易的衣架上。

这是一间阁楼，室内有一张铺着凉席的单人床、一个衣架、一张书桌，一眼就能望到头。

书桌在窗边，老式的窗朝外开着，有夕阳顺势进来，点点斑驳落在桌面，携着恼人的沉闷。

岑雾抬眼，这间房子正对着条河，河面波光粼粼，对岸有高楼耸立，沐浴在夕阳中，被衬得越发璀璨繁华。

她只看了一眼便不在意地收回了视线。

彼时的她并不知道，后来很多个辗转反侧的深夜，她会趴在书桌上，望着夜色中的对岸看很久很久。

简单收拾完，岑雾重新出门。

她随便找了家店，要了一碗凉皮，没什么胃口地吃着。吃完，她不是很想回燕尾巷，于是开始漫无目的地随便走走。

不知走了多久，看到梧桐树下有长椅，她坐了过去。

她拿出手机看了看，向外婆报平安的短信依然没有收到回复。她来回摩挲着手机，看着时间，最终还是没有选择打电话。

她抿了抿唇，将手机收起，然后抬起头，本是毫无焦距的视线，却在不经意扫到不远处篮球场一个男生时，再没能轻易移开。

他很高，穿着最简单的白T恤、黑运动裤，一张五官极为出色的脸，一头短寸，十足的桀骜不驯。

他俯下身，拿起一瓶矿泉水，头微仰着喝水，凸出的喉结上下滚动，莫名地透着野性。

突然，他抬起眼，偏头，目光敏锐地朝这边扫来。

岑雾几乎是慌不择路地低下头盯着手中的手机，睫毛止不住地扑闪，手机被她紧紧地攥住。

夏天的风燥热，吹得她脸颊的温度上升，一同吹进耳中的是一道陌生的男声，带着笑意。

"阿沉！"

她没有动，手心却浸出了潮热的细汗。

许久，岑雾松开不知何时咬着的唇，重新抬起脑袋，那人早已不在那儿。

欢呼声起，夹杂着兴奋的口哨，几个男生在场内激烈地打篮球。

她一眼就看到了他。

——像动漫里的男主角，以旁人根本来不及反应的速度闪身，长腿一跃而起，手腕轻轻一动，一个三分球完美进框。

夕阳的余晖落上他的侧脸，像镀了一层光。

球赛在十多分钟后结束，有两个男生一——和他击掌，"嗷"地叫了声，拔高音调眉开眼笑："沉哥厉害！"

他有些懒散地勾了勾唇。

三人勾肩搭背地往出口走，出口就在岑雾的左前方。

等她回神，篮球掉落到地，朝她滚来。

"砰砰砰"几声。

篮球离她很近。

刹那间，岑雾坐得笔直的身体前所未有地僵硬起来。

她强装自然地垂下视线，僵硬到仿佛不是自己的手指颤了下。她努力动了动，假装在玩手机。

余光里，长腿越来越近。

手机被她捏得更紧了，指尖隐隐泛白。心跳在下一秒骤然失衡，像过山车般猛地冲上最高点。

她完全不知道要怎么办。

直到，被汗浸湿的手机冷不丁地响动起来。

她犹如抓到了一根救命稻草，在局促中急急接通电话放到耳边，颤音轻细地从喉间挤出："喂。"

电话那头的人问她："到北城了？"

"嗯。"她点头，呼吸是不顺的。

少年弯下了腰，离她一米远。

篮球被他单手捡起，夕阳橘色的光落在他骨节分明的手指上——修长、肤色偏白，手背上青筋脉络亦清晰。

岑雾垂着头，如坐针毡，却能在不远处男生吵吵闹闹的谈笑声中清晰地听到自己被搅乱的心跳声。

久久不能平静。

"岑雾？"手机那端低沉的声音钻入耳中。

岑雾眨了下眼睛："嗯。"

T恤的衣角被她攥出一层层的褶皱，手心里又多了不少汗。

到底没忍住，岑雾慢慢地呼吸着，抬起头去追逐那个少年的身影。

他已回到了朋友那儿，扶起一辆山地自行车，长腿轻松踩着地面，脚一蹬，干脆利落地离开，飞驰在夕阳下。

夏天的风灌进他的T恤，余晖将他的背脊轮廓照得分明、流畅。

这个年纪的男生最是肆意。

穿着黑T恤的男生想搭他的肩膀未遂，作势朝他的车踹去，笑着大喊："梁西沉你……"

那一声梁西沉准确无误地隔着距离飘来，像一颗小石子意外被丢入平静湖面，泛起一圈又一圈涟漪。

岑雾做了一件很大胆的事。

在心跳如雷中，她拿起手机对着他离开的方向偷偷拍照，只拍了一张便飞快地收回，收回时她的手颤抖着。

此时的夕阳快到尽头，余霞漫天，整个世界被覆上一层暗红，一抹余晖将少年的影子拉得很长很长。

"梁西沉！"远处隐约飘来又一声喊。

梁西沉。

她将这个名字放在心底轻声默念。

——日落西沉，余晖温柔。

岑雾讨厌日落黄昏，讨厌北城，却在那一天短暂地和它们和解了。

深夜。

关敏华从医院回来，家里黑漆漆的。

她开灯瞧了眼阁楼，撇撇嘴："你那个姊姊怎么不让她住学校？七中又不是不能住宿。"

突然想到什么，她皱眉，说："等等！她回来这里准备高考……她的户籍在北城？她是北城人？那她父母呢？身份证上的住址是哪儿？"

她的语速很快，嗓门又大。

"你小点声，"林进急忙去扯她的胳膊，有意压低声音，"问这么多干什么？"

"她早睡了，怕什么？"关敏华朝他翻了个白眼，又瞪他，"想想就来气，多一张嘴要多花多少钱，你知道吗你！我还不能问了？"

她甩开林进的手。

林进嘴笨，说不过她，好一会儿才憋出一句："我婶婶不是每个月都给生活费了？能多花多少钱？这些话别再说了。"

关敏华冷哼，偏要说："那你倒说说，她父母呢？我怎么没听说你那个堂妹结过婚？"

对林进那个堂妹岑意卿，关敏华至今想起来都是有口气在心里咽不下的。

那个女人很漂亮，她没见过比岑意卿还要漂亮的，那张美人脸当初在她的婚宴上一出现就完全抢走了她作为新娘子的风头。

她怎么能不气？

岑雾这小丫头长得那么像那个女人，等褪去了婴儿肥，怕是会青出于蓝胜于蓝。

关敏华越想越不是滋味。

"她……"关敏华忽然噤声，眼睛直勾勾地盯着林进，"岑意卿跟你婶婶姓岑无可厚非，怎么这个岑雾也跟着姓岑？户口又在这儿……"

她眼睛倏地变亮，一脸发现秘密的得意，更没掩饰自己的看不起："不会是……私生女？"

"行了！"突然的一声低斥。

关敏华难得怔住，要知道，林进从来都不敢和她大声说话的。

"你……"

"你胡说八道什么！"林进上下嘴皮张了又张，脸红脖子粗地挤出一句，"婶婶帮过我和我妈，就开口让我们帮忙这一次，而且也给了钱的。你……做人不能这样。"

关敏华的脸当即沉了下去。

"你……"

"你教训我？"她攒着火，直接上手拧林进的胳膊。

林进没有躲，脾气当即软了下去，认错后又好声地劝："不早了，明天还要上班，还要去医院照顾妈。睡吧。"

"哼。"

阁楼。

皎洁的月光从开着的窗户里溜进来，落了一片在岑雾做劈腿的身体上。

楼下的对话一字不漏地钻进她的耳中，到最后没了声响，她也始终没动，依旧保持着姿势。

许久，她起身，小幅度地拉伸了下身体，随后摸黑回到床上躺下。

老式的落地扇转着，隐约有蛙声不知从哪儿传来，岑雾睁着眼看着窗外陌生的夜色，久久没能睡着。

第二天，岑雾醒得很早。

她轻手轻脚地下楼，小心翼翼尽量不发出声音地洗漱完。她在朝阳中出了门，买了早饭回来时，林进、关敏华已经起来了。

林进一见她手里拎着的东西，想到昨晚关敏华的那些话，心里头有些不是滋味，张了张嘴："都说了别浪费这些钱，家里有早饭，下次不许花钱了。"

他有心想要说什么，但自小就不是会说话的人，最终只是重复了两句别再花钱，让她专心学习。

岑雾点头，说"好"。

两人上班后，岑雾回到阁楼，先是找了一张试卷做，做完她拉上简易窗帘，室内顿时暗淡了下来。

她就在这暗色中，在暂时属于自己的世界和时间里，无声地练习跳舞的基本功，练了一上午。

傍晚，岑雾从书店回燕尾巷。

她的耳朵里塞着耳机，当一首歌唱到结尾时，她的脚步也倏地停了下来。

篮球被有节奏地拍打在地的声音飘了过来，夹杂着兴奋的男声。

她竟然……鬼使神差地走到了篮球场。

今天的风似乎比昨天的更加燥热，吹得她的脸热度明显。

书包带子被攥住翻卷，片刻后，岑雾缓缓地舒了口气，抬眼装作不经意地往前面望去。

仿佛不受控蹿到最高点的心脏在下一秒坠地。

没有他。

那天，直到太阳落山，她都没有看见那个叫梁西沉的男生。

只是她不知道的是，在她离开后十分钟，几个男生说笑着走来，走在最前面的梁西沉指尖转着篮球，那模样懒散又漫不经心。

接下来的几天，岑雾每天都是早起做试卷、练基本功，也会怀着无人知晓的期待在日落时分前往篮球场附近。

只是从不曾如愿。

七中开学还剩三天时，林进、关敏华的女儿林湘终于和同学游玩归来。

第一次见面，岑雾就能感觉到林湘对自己的莫名敌意，但她并不在意。

很快，时间到了八月的最后一天，七中开学。

林进将林湘、岑雾两人送到学校，和每个家长一样反复叮嘱她们好好学习，又让林湘带岑雾去班级。

两人同级，只不过岑雾在文科重点班，林湘在普通班。

林湘回复了一声不怎么耐烦的"知道了"，在跨进校园后，别过脸没好气地一指："七班在二楼，教师办公室在那儿。"

说完她马尾一甩，走得飞快。

岑雾顺着方向找到了教师办公室，找到七班的班主任朱宇，也是七班的历史老师。

朱宇看过岑雾在南溪镇时的成绩，见她冷清温静的模样，想到了解到的她以前在校被孤立的一些情况，温和地笑着说："如果有事可以找我，也可以找班上同学，大家都很可爱、很好相处。"

岑雾点头："谢谢老师。"

到了班级，惯例要自我介绍。

"我叫岑雾，"外面有光进来，底下的每一张脸都是陌生的，岑雾的声音偏轻，"山今岑，烟雾的雾。"

朱宇带头鼓掌，底下立刻跟着响起热烈的掌声。

朱宇看了一圈："你就坐在……"

"坐我旁边！"第四排大眼睛的女生急急挥手，生怕朱宇看不见，"老师，让新同学做我同桌呗！"

朱宇笑："行。"

于是，岑雾带着书包走到第四排。刚坐下，同桌就冲她开心地笑弯了眼："嗨，我叫周思源，周围的周，饮水思源的思源。"

周思源自来熟，又是标准的颜控，这会儿盯着岑雾，眨了眨眼睛直接上手捏她的脸："你真好看。"

岑雾从没有遇到过这样热情的同学，一时不知怎么回应，好在此时上课铃声响起，她轻轻地舒了口气。

女生间友谊的建立似乎就只需要一起去厕所，又得益于周思源的热情，半天下来，岑雾竟也慢慢适应了。

下午有个二十分钟的大课间休息，周思源问她去不去小卖部。

大约是例假快来了，岑雾有些肚子疼，她按了按小腹，摇头。

周思源投来理解的眼神："那我给你带杯热可可吧。"

岑雾还没来得及说声不用了，周思源便和正好也要去小卖部的另一个女生一块儿走了。

趴了会儿舒服了不少，岑雾坐了起来，想把上节课还没抄完的物理笔记补上。

"岑雾！岑雾！"在即将抄完时，周思源兴奋的声音突然传来，抓着她的手，"你知道我看见谁了吗？"

岑雾茫然。

"梁西沉！"

黑色圆珠笔蓦地在本子上失控地画出一条线。

"啊啊啊！他就在我面前！要命，我都不能呼吸了！"周思源激动得满脸泛红，仿佛下一秒就会尖叫出声。

路过的沈岸"喊"了声，拽过她的马尾，面露嫌弃："周思源，你花不花痴！口水都要流下来了，没出息。"

沈岸和周思源是邻居，从小一块儿长大，也从小就不对盘。

周思源冷哼，打掉他的手，翻了好几个白眼："有些人说话怎么这么酸，是嫉妒吧？嫉妒梁西沉又帅又是学神，又有那么多女生喜欢。呵，男人的嫉妒心真可怕。"

沈岸："你……"

"我什么？"

岑雾在两人你来我往的互怼中找回了呼吸，她眨了下眼睛，却发现本子上竟然多出了一个字。

还差下面的"木"，就能组成"梁"。

梁西沉的梁。

她心跳骤停，低垂着脑袋快速将这个字画掉。

"梁西沉就是比你好看一百倍一千倍，他剪了寸头更帅！"教室里谈笑声不断，但周思源的这句无比精准清楚地钻入了岑雾的耳中。

寸头。

不是重名。

后来是上课铃声打断了周思源和沈岸的斗嘴。

这堂课是历史课。

朱宇走进来后先是宣布了他的课代表是岑雾，接着打开投影仪，找出《大国崛起》的纪录片播放，算是另一种上课。

第一次，岑雾上课走了神。

关了灯的教室昏暗，只有投影仪上一帧帧地闪烁着微弱亮光。

她的眼里看到的仿佛不是黑白画面，而是——

那日日落西沉，那个叫梁西沉的少年在球场上恣意的模样。

那晚回到燕尾巷，岑雾等到最后洗澡，回到阁楼后，随意地擦干头发，照例关了灯，就着月色练基本功。

该是很专注的事，然而望着窗外的夜色，她却恍了神，脑海中浮现的是放学时周思源挽着她的胳膊科普梁西沉各种优秀的话。

从无人能及的颜值到家世，从次次轻松拿年级第一的成绩到竞赛班的老师争着要他，从带领七中篮球赛夺回第一到饱受女生喜欢……

那时正值夕阳西沉，余晖迎面而来覆在岑雾的脸上。

她在周围的喧闹中清楚地听到自己过快的心跳声，也听到自己伴装平静的声音，像只是随口一问："他……也是我们高二的吗？"

周思源叹气，颇为惋惜："本来能是。去年他高二开学没多久就休学了，不知道为什么，但期终考试他出现并考了年级第一，就继续高三了。他高三（1）班的，学理。"

她话题跳得极快极远："哎，也不知道梁西沉这样的天之骄子以后会喜欢什么样的女生哦。被他喜欢的女生一定很优秀，很幸福。"

当时的岑雾并没有想过,周思源无心的一句,会在之后很多个练舞的深夜里,让她难以自控地想了一遍又一遍。

窗外有人路过,发出当地方言的谈笑声,岑雾飘远的思绪因此被拽回。

她抬眼,望向远处璀璨灯火。

半晌,她起身走到书桌前,从书包中拿出星星折纸。

是放学时在学校旁边的饰品店周思源拉着她进去看到的,周思源很喜欢折星星攒祝福,还说已经折了一瓶。

岑雾自小对这些都不感兴趣,甚至不知道小女生喜欢的东西可以这么多。

她当时并没有买。

然而仿佛鬼使神差,她在快到燕尾巷后又独自返回学校买下了一沓。付钱时,她的手心是潮湿的。

岑雾拿出了笔。

很久后,她在并不宽的折纸上写下藏在心底的一句:

日落西沉。

2010.8.17

月光倾泻进来,桌上她买的台灯发出柔和的光。

她低着头,回想着饰品店老板教她的步骤,不甚熟练甚至是笨拙地将彩色的折纸折成一颗星星。

轻轻一声,星星落入玻璃瓶底。

七中是北城的重点高中,每个年级都有二十多个班级。

学校很大,要撞见一个不是同教学楼的人概率不大,可好像又很小,小到在之后很长的一段时间里,岑雾总能时不时地听到班里同学激动地感慨一句撞见了梁西沉。

就连周思源也远远地遇见了三次。

除了岑雾。

她再也没有见到过那个少年。

以至于好多个深夜里,当她折出一颗星星时,她心底总是会滋生出一股懊恼,懊恼那天要是和周思源一起去小卖部就好了。

偶尔她也会想,她高二他高三,他在校的时间剩下不足一年,或许直到他毕业离开,她都未必能再见到他一次。

但也不知是不是真如周思源所说,折星星能带来好运。

——她意外地再见到了梁西沉。

那天是九月的最后一天。

即将迎来国庆假期,七中按惯例提前放学,岑雾被周思源挽着手拉去了学校附近新开的一家书店。

书店很大，分上下两楼，一楼主要摆放文具用品和其他一些东西，二楼则是看书选书的地方。

周思源念了好久，一进门就直奔可以挑选明信片写信的地方。

岑雾先去了二楼。

二楼布置得清新文艺，一排排的书架有序排列，一眼望过去是各种各样的书，堪比小型图书馆。

不少穿着七中白蓝校服的学生或盘腿坐在蒲团上，或在书桌前坐下，看得津津有味。

岑雾下意识地放轻脚步，转了一圈，走到靠落地窗的书架附近，随便找了一本开封的可以看的书。

翻了几页后，她放下，眼角余光不经意间瞥见了一本地理杂志，露在外面的封面隐约可见是落日。

只是这一眼，她的心跳便没出息地快了两秒。她无意识地抿了下唇，伸手从书架上小心地拿下那本地理杂志。

杂志的位置顿时空出。

她的动作却在下一秒顿住，身体也跟着僵住。

书架的另一面站着人。

对方身高腿长，有些懒散地倚着书架，暖色的阳光镀上他的侧脸，棱角分明的下颌线被清晰勾勒出。

——梁西沉。

二楼静谧，几乎听不见其他声音。

除了她的心跳，怦怦怦——像是要蹦出胸膛。

恍惚中，她用力地眨了下眼睛，再抬眼。

是他。

一瞬间，岑雾就像被巨大的惊喜意外砸中，心跳极速狂乱的同时又有些不知所措。她屏住呼吸，一动不敢动，生怕发出一丝丝的声音。

突然，他动了一下。

同一时间，岑雾神经尽数紧绷，四肢僵硬到失去了协调能力，直到一张脸急得涨红，才堪堪地往旁边躲了两步。

呼吸有些乱，她极力克制着。

她假装低头看杂志，却发现杂志的封面竟被她捏出了褶皱，而手心里满是汗。

她连忙整理，指尖微颤。

不知过了几秒，她缓着呼吸，重新抬起脑袋，慢慢侧头。

隔着一本书的缝隙，他还在。

外面夕阳正好，大片的光从不远处的落地窗落进来。

她和他皆靠着书架，两道影子也跟着落下，在铺满了一地的余晖里意外挨得很近。

她小心翼翼地往旁边挪了挪，又抬起手，去触碰捕捉他的影子，轻轻一点，若有似无的亲密。

岑雾没有意识到自己笑了——唇角悄然弯起一个不甚明显的弧度，久违的细碎亮光铺满她的眼睛。

她竖起杂志挡住脸，这一刻，夕阳温柔，意外地，她在只属于她和他的两人角落里偷偷欢喜。

只是这份欢喜并没能持续多久。

在她又一次借着杂志的遮挡想偷偷看他一眼时，恰好看见他将手机放到了耳边，而后是干净懒散的一声："我过来。"

话毕，他收起手机，应该是要离开。

心跳猛地狂乱，或许是心虚，在大脑空白了两秒后，岑雾做了一件颇有些此地无银三百两的事——慌乱地转身躲开就跑。

可她忘了看路。

"唔！"

她撞上了一旁的小推车。

推车上堆着未开封的书，最上面的两本摇摇欲坠，"啪啪"两声摔落，掉在了地上，包括她手上的杂志。

岑雾的呼吸乱了，她慌忙蹲下想要把书捡起来。

可她越是急，越是捡不起来。

偏偏这时，她能感觉到身后有脚步声朝这里而来。

强烈的第六感告诉她，是他。

她更急了，一张脸涨得通红，手心里又多了汗，连额头上也冒出汗来，几乎就要没出息地哭出来。

"梁西沉。"

蓦地，岑雾听到一道清脆的女声。

岑雾忘了自己是怎么把书捡起来放回原处的，又是怎么自己躲到了一个没人的角落里的。

她低头盯着怀里的地理杂志，只觉得有些呼吸不过来。

她想离开，却还是忍不住转身找寻那个身影。

岑雾回到一楼找周思源，她的胸口仍有些发闷，大脑里也乱糟糟的，以至于周思源叫了她两遍才听见。

"什么？"

周思源挽住她的手，指着她手上的明信片说："哎，这张好漂亮啊！你喜欢看日落啊？"

日落这个词再普通简单不过，但于岑雾而言实在是太过敏感，何况还加了个喜欢，就好像是在问她——

你喜欢梁西沉啊？

她的心口猛地一跳。

她低头才发现自己不知道什么时候竟拿了一张明信片，巧的是，上面的风景更意外地和初见梁西沉的那天很像。

心中有鬼，明信片也突然变得有些烫手，岑雾张了张嘴，想否认。

"岑雾？！"突然有人叫她。

她本能地抬头。

就是这一抬头，让她的大脑瞬间空白一片。

梁西沉……

叫她的是另一个男生，可她却一眼看到了他身旁的梁西沉。

梁西沉坐在靠窗边的椅子上，一条修长笔直的腿随意地伸在地上，有光从窗户外进来将他笼罩。

在她被叫名字抬起头来时，他漫不经心的，也朝她这里看来。

不过只是一扫而过。

在她的身体瞬间紧绷到极致，本能地想避开时，他便已淡漠地收回了视线。

岑雾紧紧攥着的手指缓地松开，只留下指甲印记。

"真的是你啊。"谢汶一脸惊喜走近，一口大白牙露出，"我是谢汶，还记得我吗？我陪我妈去看望过你外婆，我们一起守岁放过烟花。"

岑雾不着痕迹地垂眸眨了下眼睛，对上谢汶的眼睛，点点头："记得。"

谢汶脸上的笑意变浓，余光发现她穿的是七中校服，惊讶道："你转学来七中了？住哪儿啊？"

"嗯。"岑雾顿了秒，声音偏轻，"燕尾巷。"

谢汶是知道她话极少的。

他记得他妈让他和这个妹妹一块儿放烟花的时候，她自始至终都没有说过话，冷冷清清的，好像所有的热闹都和她无关。

瞧见她手里的东西，他换了话题："来买明信片？"

这一问，手里的明信片似乎变得更烫了，像是心底的秘密被窥见即将暴露在所有人面前，岑雾心脏都快跳出来了。

"不是。"喉咙里又紧又涩，她摇头，强装平静地把明信片放回原处，不知是在说给谁听，"随便看看。"

谢汶还想聊两句，这时，口袋里的手机响动起来。

"我们要走了。"岑雾说了声"再见"，便和周思源一块儿去收银台。

周思源买了一堆好看的文具，岑雾只买了两本课外书，其中遮在下面的是那本地理杂志。

她对地理并不感兴趣，喜欢的，不过是封面日落的风景而已。

离开之际，到底没忍住，她装作看着周思源听对方说话，飞快地掀起眼皮偷偷地看了眼梁西沉。

他在看手机。

衣袖被他挽起，露出一截有力手臂，隐约可见手背上的青筋。

等谢汶接完电话，岑雾几个人已经离开。

蒋燃一把勾住谢汶的肩膀，朝他挤眉弄眼，笑得贱兮兮："哟，一起看烟花，青梅竹马啊。"

谢汶直接用手肘给了蒋燃胸口一拳。

"难道我说得不对?"蒋燃夸张地躲开,转而去问一直没说话的梁西沉,"沉哥,你说呢?"

梁西沉起身,淡淡瞥他一眼:"回去查查字典。"

蒋燃:"……沉哥!"

谢汶哈哈大笑。

突然想到什么,他一脸的恍然大悟:"我说那天怎么看着有点眼熟,现在想想,可不就是岑雾嘛。"

蒋燃凑近:"哪天啊?"

"就阿沉回来一起打篮球的那天。"谢汶抬了抬下巴,看向梁西沉,"你还记不记得,那天你捡篮球,椅子上坐了个小女生,应该就是岑雾。"

梁西沉走到收银台,付钱拿了一瓶冰矿泉水,拧开盖子,仰头喝了口,薄唇最后吐出三字,语气是一贯的凉淡:"没印象。"

岑雾并不知道自己离开后他们的聊天,更不知道梁西沉的那句"没印象"。

她和周思源往公交站台走,满脑子都是梁西沉那个生人勿近的冷漠眼神。

明知对他而言自己就是个陌生人而已,那表情再正常不过,可她仍忍不住想了一遍又一遍,自虐一般。

周思源向来神经大条,这会儿才后知后觉地从见到梁西沉、谢汶的激动中回过神来,根本没发现岑雾细微的不对劲。

懊恼完自己竟然没有和他们说话,周思源又科普:"谢汶他成绩也很好的,一直年级前十,但被梁西沉压得死死的,哈哈哈!

"不过他俩玩得很好,还是一个班。

"哎呀,不管了不管了,下次再碰到,我一定要和他们说话,沾沾他们这种学霸的好运。雾雾,你说好不好?"

这一个月两人逐渐交好,周思源喜欢叫岑雾——雾雾。

岑雾没听清楚前面是什么,只心不在焉地点了点头:"嗯。"

这时一辆2路公交车停在了面前,岑雾对周思源说了声便挥挥手准备上车,却被周思源一把拉住。

"你的车得去对面坐。"周思源眨着眼睛,突然八卦,"想什么呢,不会是在想……一起看过烟花的谢汶吧?"

明显是开玩笑的一句,岑雾也清楚,只是一颗心还是不可避免地吊了起来,又在最后听到是谢汶后回归原处。

"没有,"她摇头,补了句,"在想上午的试卷。"

周思源当然知道不是,还想逗逗岑雾,很不巧,她的公交车来了。

"我上车啦,国庆后见,拜拜。"

"拜拜。"

送走了周思源,岑雾的神经不再紧绷,她轻轻地舒了口气,过马路去对面等车。

很快，2路车来了。

临近放假，到处是人，在公交车上被挤得手脚不知放哪里时，她无意间地转头看向窗外，大片大片的余晖落在了她脸上。

岑雾微眯了眯眼，脑中适时浮现梁西沉在夕阳下的模样，又想到在二楼像是偷来的那一幕。

她做了个决定。

——在下一站下车，转头回书店。

原本只是正常的速度，但走着走着，她慢慢地加快了脚步，最后索性直接朝着光跑了起来。

有风迎面吹来，风中有桂花香沁鼻。

很好闻。

她的心跳得很快。

不一会儿，书店近在眼前，岑雾微喘着停下，却没有马上进去。她等了又等，呼吸平静下来后才重新进去。

一踏进书店，心脏像是在无形中被悬起在半空，她直奔放满明信片的那面墙，凭着记忆找寻。

可是，她找遍了也没找到，甚至耐着性子将后面的明信片一张张地拿起来看。

没有。

"你好，请问还有日落的明信片吗？"她转身去了收银台询问，向店员形容那张明信片的样子。

店员笑盈盈道："我知道，那是最后一张啦！我们店里所有的明信片都是老板亲自设计的，没有就是卖完了哦。你要不要选选其他的？"

跑回来时背后隐隐有汗，此刻变得有些凉，岑雾勉强挤出了一抹微笑，声音偏低："谢谢，不用了。"

走到门口时，她下意识地看了眼梁西沉坐过的位置。

七中到燕尾巷有四站的距离，回去的时候，岑雾没有乘公交车，也没有像来时一样奔跑，她走得很慢。

回到燕尾巷，做试卷，练基本功，洗澡……

擦完头发再次坐在书桌前已是夜深人静，她打开抽屉拿出一张星星折纸。

沉默良久，她写下：

有点难过。
2010.9.30

折过几次，如今她再折星星已不会像第一次那样笨拙，折完，这一颗星星也被她小心地放入瓶中。

很轻的一声，几乎可以忽略不计。

可她好像还是听见了声音，在心底问她——

"只是有点吗？"

那个国庆假期在岑雾的回忆里是糟糕占据更多一些。

早在假期前，她原本计划是要回南溪镇，然而外婆的电话提前打来，告诉她不必回去，自己不在。

她只能说好。

那是外婆第二次和她联系，第一次是初到北城报平安的那条短信，到了第二天外婆才回复她。

不能回南溪镇，岑雾心情有些受影响。

在深夜时，书店那个梁西沉的那个陌生眼神，以及或许只有自己在意的失态又总是翻来覆去地在她脑海里浮现，让她辗转反侧。

两者相加，她控制不住地有些难过。

而在假期的第六天，林湘又和她爆发了单方面的争吵。

那天林湘噌地从椅子上站起来："岑雾，你不想给我讲题就不要讲好了！"

林湘的成绩不如岑雾，考进七中在普通班也是吊车尾的成绩。开学前林进就不好意思地问过岑雾，如果方便的话，能不能给林湘辅导。

岑雾没有拒绝。

这会儿林湘怒气冲冲的，岑雾收起那些不该再想的东西，抿了下唇："抱歉，是我走神了，重新来吧。"

但林湘根本不买她的账。

林湘冷笑："你不就是看不起我成绩没你好！"

她抓起试卷就往自己房间跑，到门口时又猛地转身，瞪着岑雾那张没什么表情的好看的脸。

她们班和岑雾班这学期体育课是一起上的，上课的第一天就有人说新转来的岑雾长得好看、成绩也好。

就连和她每天一起上下学的好朋友也感慨过一句："那个叫岑雾的，好有气质哦，又漂亮。她真是你表姐啊？你们不像哦。"

想到这里，她蓦地抬高了下巴，恨恨道："假模假样！有什么了不起，谁要你帮我！"

"砰！"

房门被她重重甩上，发出震天响。

岑雾视线收回，平静地收起了自己的东西回到阁楼。没多久，她听到了楼下林湘出门的声音。

她没有理会。

在复盘完一张数学试卷的错题后，她照例拉起窗帘，趁着没人在家，练习基本功。

程音老师的电话便是在她练了半小时后打来的。

手机不停地响动，她深吸了口气，轻轻接通："程老师。"

程音听到她的声音不禁松了口气，脸上不自觉漾开了笑意："雾雾，好久不见，最近好吗？"

岑雾垂着脑袋，抿唇："挺好的。程老师您呢？"

"老师也好。"程音没有绕圈子，直接说明了来意，"雾雾，今年的梅梨杯在12月，还有一周报名截止，你打算什么时候报名？"

梅梨杯是舞蹈圈里含金量很高的一项比赛，每三年一届，分少年组和青年组。

岑雾刚满十六岁，正适合少年组。

程音看着岑雾从小练舞，比谁都清楚她在古典舞上的天分和灵气，她就是为古典舞而生的。

岑雾还保持着基本功的动作，两条腿直直地压着地面，纤薄的背部挺得笔直，没有动。

"雾雾……"

"程老师，"攥紧的手指松开，岑雾将她打断，"我不报名，也不参加。"

程音沉默一下，说："是你外婆的原因吗？"她很着急，但还是放柔了声音，"老师可以帮忙劝……"

"是我不想跳了。"

岑雾的眼睫一直低敛着，盯着地面久久不曾眨眼。

她说："我不喜欢跳舞了。"

这通电话最后是岑雾提出的结束，她借口还要做作业就挂了。

可她的作业早就在假期第二天就做完了。

她迟迟没有动，直到阁楼里越来越闷，她才挣扎着起身，没有和往常一样拉伸，换了衣服直接出门。

沿着燕尾巷不知走了几遍，十月初不再燥热的风也没能吹散她糟糕的心情，最后，她在河岸边随便坐了下来。

她低着头，拿出手机，几次想拨通外婆的电话，都在最后一秒时停了下来，好不容易按下那串数字却被挂断。

于是，她没有再拨。

眼角余光里，有阳光洒落河面泛起粼粼波光，原本清澈的河水被染上夕阳独有的绚丽色彩。

她恍惚意识到原来已到了黄昏时分。

不知怎的，她突然就想到了那日夕阳下的梁西沉。

手握着手机，她看了许久，最后打开手机摄像头想将这景色拍下来。

拍了张后，镜头左转，想将河岸上的那一缕也拍入，一双长腿出现在镜头中。

她顿住。

下一秒，看清那张脸时，她的呼吸滞住。

——梁西沉。

他携着光，在朝她走来。

梁西沉显然也看到了她，脚步暂停，目光往下落在她的脸上。

那目光像有实质，随着河边的风一起，将夕阳的光晕吹入她眼中，吹得她眼底莫名微微发烫。

她眨了下眼睛，意识到手机还举着，强装自然地放下。事实上，她捏着手机的力道很大，指尖渐渐泛白。

他没有走，似乎又看了她一眼。

这一眼，让她的眼底更烫，甚至隐隐发酸。

手指力道无意识地加重，贝齿将唇侧咬了又咬，满腔纠结时，有风再吹来，竟吹得她毫无预警地咳嗽起来。

她慌忙转头，努力想忍住，不想却停不下来，甚至眼前还浮起了一层水雾。

"岑雾？"就在她恨不得想逃走之际，她听到了谢汶惊讶的声音。

她抬起一张咳得通红的脸。

"怎么了这是？"谢汶从另一个方向走来，皱眉快步走近，又瞥见站着的梁西沉，"你欺负她了？"

梁西沉撩起眼皮，视线在岑雾那张脸上停留："没有。"

岑雾却觉得难堪。

"不是，咳嗽而已。"她喉间干涩，哑声解释。

"我知道，开玩笑的啊。"谢汶哈哈大笑了声，又盯着她问，"不过你的脸怎么回事？"

岑雾一时没反应过来："什么？"

谢汶指指她的侧脸："很红。"

岑雾下意识地想伸手摸一摸，后知后觉地想到什么，她收回手，手指悄然紧攥，声音很低："过敏了。"

过敏是昨天的事，当时她心不在焉，一时不注意染到了过敏原，好在及时发现，去了医院也配了药。

她本不在意。

可现在……

岑雾几乎是本能地偏过了脸，不想让梁西沉再看见。

"吃药了吗？严不严重？"谢汶关心道。

岑雾掐了自己手心一把，摇摇头，努力用平静的声音回答："吃了，不严重。"

不想让话题继续在她脸上，那会让她更想逃，于是她问："你怎么在这儿？"

她说话的时候看着谢汶，有意不让自己去偷看梁西沉。

谢汶"噢"了一声："我妈，想吃这边的虎皮凤爪，差使我来买，阿沉正好在附近，就让他陪我。"

想到什么，他抬抬下巴："上次忘了介绍。他，梁西沉，我的好兄弟，也是同班同学。阿沉，这是岑雾。"

忍住仍想躲的冲动，岑雾到底还是侧过头，顺着谢汶的介绍看向了梁西沉，终于能顺理成章、正大光明地看他。

他的头发不再是短寸，稍长了些，但仍掩不住那股似乎是生在骨子里的桀骜。

即便在夕阳下，他的五官轮廓依然冷淡。

额前的碎发被吹起，有些痒，岑雾忍住，努力地想挤出一抹微笑打招呼，然而话到了嘴边只有两字："你好。"

生硬不自然，好像也冷冷的。

"你好。"漫不经心的两字跟着响起，没什么多余情绪。

然而这一刻，岑雾心跳失衡。

谢汶来买东西，只是燕尾巷有些复杂，他找不到位置。

岑雾有印象，于是带着两人过去。

燕尾巷很窄，既要过车又要过人，在又一次避让一辆电瓶车后，她准备退到后面，没想到梁西沉的动作比她快。

这样一来，变成了她和谢汶走在前面，而他……在她身后。

极近的距离。

巷子里有风，吹来了清冽的少年气息，也吹起了她额前的碎发。

和那日她躲在书架后一样，空气里、鼻尖上萦绕的都是他身上好闻的味道。

岑雾的背脊挺得更笔直了，目光直直地望着前方。

谢汶和她聊了几句后，便转头和梁西沉聊了起来。

这个年纪的男生聊得最多的是篮球比赛和游戏，谢汶的话居多，梁西沉通常是懒散地回应。

他的每一个字都能准确无误地避开巷子里其他声音，清晰地钻入她耳中。

到了卖凤爪的店铺，谢汶买完他妈指定要吃的，想给岑雾也打包一份，最后是岑雾说饮食要清淡才作罢。

返回时，路边有家奶茶店，谢汶笑着让梁西沉请喝奶茶，刚说完，他妈又打来电话让他再打包几份其他的。

谢汶只得认命地往回跑。

他一走，就剩下了她和梁西沉两人。

这是岑雾始料未及的情况。

她的视线望着谢汶走的方向，脸上很平静，然而事实是，她身体里的神经紧绷到了极致，甚至脑袋也空白了一瞬。

以至于当梁西沉的声音落下来时，她吓了一跳，差点做贼心虚地往后躲。

等抬头，她不期然撞入他冷淡深邃的眼眸里。

他站在台阶上，她在台阶下。

身高的差距，莫名让她生出了一种他会敏锐地看破她心中有鬼的错觉，一时间她的背脊绷得更紧了。

"什么？"她眨了眨眼，声音带着不易察觉的紧张。

梁西沉盯着她的眼睛："喝什么？"

岑雾忘了呼吸。

"随便。"她的嗓子又干又紧。

"没有随便。"

"……"

岑雾睁着眼睛，心跳都快停止了。

"两杯招牌，一杯原味。"没等她假装自然地补救，那股压迫感消失，他已经转头朝着店员下单。

她只能把话咽回去。

旁边有人骑着自行车经过，"丁零丁零"的车铃声跟着搅乱她的心跳。

到底没忍住，她飞快地抬眼朝他望去。

他背对着她，单手插着裤袋，略显放松的身姿是掩不住的挺拔。

岑雾别过了脸，低垂下眼帘。

"奶茶。"插好吸管的奶茶送到了她面前。

视线所及，他的手指修长，骨关节清晰，指甲剪得整齐。

压下某些情绪，她接过，眨了眨眼，鼓起勇气抬头："谢谢。"

他没说什么。

奶茶店外面是墙，他随意地倚靠，举起奶茶喝了口，凸起的喉结上下滚动。

岑雾垂眸，正准备喝，忽然意外发现他的和自己的一样，都是招牌奶茶。

奶茶是常温的，此刻却好像有了热度，从皮肤渗透，一路蔓延到她的心脏，温柔地将她糟糕的心情变得熨帖。

她低头，轻轻抿了口。

甜的。

很甜。

此时巷子里吹来了风，带来桂花的味道。

和这杯奶茶一样。

又香又甜。

她又抿了口，在无人注意的角落偷偷地弯起了唇角。

谢汶回来后就要回去了，三人在巷口分别。

岑雾没有马上离开，拐进巷子里，她靠着墙捧着奶茶想再等一会儿。

她没有想到会听到两人的聊天。

"对了，还没问你呢，怎么今天突然想到一个人搬来运河岸住？"是谢汶的声音，"要不要兄弟我来陪你？"

"不需要。"梁西沉拒绝。

岑雾呼吸微滞。

运河岸……

阁楼前河对岸的那些高楼似乎就是运河岸小区。

她唇角情不自禁地扬起弧度，可是下一秒，弧度蓦地趋于直线。

是谢汶哈哈大笑的声音——

"哎，那个女生不也住运河岸？哦，我懂了我懂了……"

两人越来越远，声音也跟着听不见。

良久，岑雾低头喝了口手里的奶茶。

很苦。

假期最后一天的半夜，一场秋雨猝不及防，来势汹汹。

岑雾不小心着了凉，第二天起来后头重脚轻，吃了两口早饭就没胃口吃不下了，换来林湘几句阴阳怪气的嘲讽。

她没有搭理，独自出门上学。

坐上每天差不多时间到的2路公交车，没有座位，她扶住扶手，在摇摇晃晃间，她看到了运河岸恢宏大气的小区门。

之前从不在意，此刻却因为得知梁西沉搬来了这里，忍不住多看了几眼。

从远远看见小区就寻找，到小区门彻底消失在视线里，她都没有看到心里想见的那个少年。

秋雨打在车窗上，毫不客气地发出"啪嗒"的声音。

像在嘲笑什么。

到了学校，因着下雨的缘故，原本今天的升旗仪式推迟到明天。

课间操的时间里，班里的同学三三两两地聚在一块儿聊着假期趣事，欢笑声到处都是，热闹非凡。

岑雾趴在桌子上，身体有些冷。

周思源知道她不舒服，特意去校医务室拿了盒小柴胡冲剂泡给她喝。

无糖的小柴胡泛着苦，就像那日凉掉的奶茶。

岑雾一口气喝完，嗓子仍是干得难受："谢谢思源。"

周思源伸手探上她额头，确定没有发烧后松了口气，又接了杯热水回来，突然想到公告栏："哎，雾雾，高三的月考排名出来了，梁西沉478分！"

北城所在的省高考采取"3+2"的模式，语、数、外总分480。

她兴奋地分享消息："听说他们这次题目特别难，但他数学、英语都是满分，选修的两门也是，就语文扣了2分！一骑绝尘，甩出第二名一大截呢。梁西沉他不愧是学神！"

冷不丁听到梁西沉的名字，不知怎的，岑雾忽然觉得刚刚咽下的冲剂一下在胃里翻腾了起来，苦如黄连。

她眨了下眼睛，忍住了因为苦意就要泛起的生理雾气，却压不住想知道他消息的心思："是吗？"

"嗯啊。"

周思源号称"八卦小灵通"，学校里鲜有她不知道的事。

她也趴在桌上："这次考第二的是他们班的一个女生，听说她喜欢梁西沉很久了，还想和他考同一所大学呢。"

岑雾的呼吸很热，喷洒在皮肤上很烫。

放在桌下的那只手无意识地捏住校服，她听见自己佯装沉静打听的声音："什么大学啊？"

"这个倒不知道。"周思源还想继续分享其他八卦，马尾辫又被人不客气地一拽。

"沈岸!"周思源恼火地站起来,一脚踹上他的小腿,"你干吗!说了多少次了不准拽我头发,你欠揍啊!"

沈岸满脸嫌弃:"岑雾不舒服,你能不能别这么聒噪,让她好好休息?一天到晚就知道八卦。"

"雾雾,你趴会儿,我不吵你啦。"周思源也后知后觉地意识到自己的问题,吐吐舌头小声说。

岑雾闭上眼,把脸埋进手臂中,声音龋龋的:"好。"

不过,她还没有趴很久,上课铃声就响了。

随着铃声和任课老师一起到来的,是放假前的月考成绩。

岑雾成绩好,但她偏科,差在数学上。

第一节就是数学课,试卷发下来,鲜红的"94",离及格还差2分。

总分也很快出来,七班四十五个学生,岑雾的语文、英语成绩名列第一,但因为数学成绩拖后腿,班级只排第14名。

周思源的偏科比她还要严重,排第29名。

一看到排名,周思源就哀号不已,连忙双手合十,不停地求保佑千万不要拆散她们两个的座位。

早在月考前朱宇就说过,等成绩出来会按成绩换座位。一般来说,是成绩好的在前,差的在后。

许是乞求被听到了,周思源紧张了大半天,最后幸运的是两人依然是同桌,而且从第四排挪到了第三排,后排的同学则变成了沈岸。

沈岸是班长,也是这次的班级第一。

周思源很不爽,在沈岸搬来后抬起下巴朝他哼了好几声,于是两人不出意外地又你来我往斗嘴了好几回。

岑雾在两人的斗嘴声中盯着自己的数学分数,很大的数字,像是在提醒她和梁西沉次次满分之间的差距。

这一整天都在下雨,她的感冒没有好转,甚至还加重了点。

糟糕透了。

唯一让她觉得安慰的,是没有和周思源分开。

这场秋雨在放学前就停了,然而岑雾的感冒却在第二天变得更为严重。

到学校后,周思源看到她没什么血色的脸吓了一跳,忙问她吃药没有,要不要请假去医院看看。

沈岸也关心了句:"如果难受的话,等下升旗仪式就别去了。"

周思源跟着点头,难得没有反驳他:"对对对。"

两人都在关心她。

岑雾心中泛暖,微弯了弯唇:"没事。"说着没事,然而声音却哑得不像话,喉咙里更像被火烧过一样难受。

而她到底还是高估了自己。

当站在操场上，头顶着太阳时，她只觉头重脚轻得更厉害了，眼睛沉重得睁不开，连站都快站不稳了。

人群中小范围明显克制的骚动便是在她快支撑不住时爆发的。

"啊啊啊！今天的升旗手竟然是梁西沉！"

"天啊，他穿上这制服也太帅了吧，要命！"

耳鸣声嗡嗡作响，和他有关的一切却总能被她精准捕捉到。

他的名字，他的声音。

岑雾眼皮猛地颤了下，费力睁开，不费吹灰之力地一眼将他找到。

昨天下了一整天的雨，今天的阳光格外好，大片金色从天空洒落，铺满整个操场。

他在操场左侧，作为主旗手站在左前。

少年的身形颀长挺拔，一身军绿色制服庄严肃穆，稍稍压制了几分少年气，却透出了股别样的帅气。

他踏着标准正步走到旗杆下，每一步都好像踏在了旁人的心上，轻而易举地搅乱他人的心跳和呼吸。

方才的骚动早已被压下，但压得住声音，压不住学生们的热烈眼神。

包括岑雾。

即便她有意克制。

她的眼睛一眨不眨，目光跟随着他拉动旗绳在国歌下将五星红旗升到顶部，最后从容镇定地走上主席台。

今天优秀学生演讲的人也是他。

但他的手里没有演讲稿。

不知是谁率先鼓掌，偌大的操场上瞬间掌声雷动。

后来她听周思源说，那是梁西沉进入七中以来第一次当升旗手，也是第一次在国旗下演讲，更是第一次有那样震耳欲聋的掌声。

由此可见梁西沉的受欢迎程度。

掌声是在他伸手将话筒拔高了一截，他那双漆黑的眼睛漫不经心地朝底下扫了一圈后一下停止的。

明知他这一眼根本就是随意的，岑雾的心脏却在似乎和他对视上的时候猛烈失控。

他的演讲很短。

那天岑雾的状态实在是糟糕，但还是无比清楚地记住了他的那句话。那句话和他说过的其他话一起，藏在心底，一藏便是多年——

"你能成为什么样的人，未来怎么样，都由现在的你决定。永远不要辜负心怀梦想的自己。"

其实说起来是很寻常的话，老师们大抵也在课堂上苦口婆心地说过多次。然而经由他的嘴中说出来，着实叫底下的人心潮澎湃。

或许是他有着少年的意气风发，也有着压不住的桀骜劲，他话音落下的瞬间，掌声、欢呼声甚至比刚才更热烈。

有男生大喊："对！"

掌声像是要把天都掀翻下来，久久不息。

他还站在主席台上，璀璨的阳光落在了他身上。

很耀眼。

岑雾终究还是没撑住，在第三节课后被老师带去了医院挂水。

输液室人不多，岑雾选了个靠窗的位置，扎针的左手有些凉，但当大片阳光从窗外落进来时又有些暖。

她望向窗外。

须臾，她慢慢地抬起右手，试探着去触碰那份光。

挂完水回到学校已是午饭时间，岑雾和老师道了声谢后回了教室。她没有去食堂，而是从书包最里面拿出手机去了实验楼的天台。

周思源说过，实验楼的天台平时几乎没什么人去，是一个绝佳的放松的地方。

爬上楼梯到天台，呼吸很喘，等不及平复，她迫不及待地将手机开机，拨通了一个号码。

那边才接通，她就说："程老师，我想报名，我要跳舞。"

她顿了下，眼里盛满久违的璀璨，一字一顿地说："我喜欢跳舞。"

她热爱舞蹈。

很爱。

听到岑雾这么说，程音喜不自胜，下意识就问："真的？怎么改变主意了？"

只不过她没来得及听岑雾的回答，因为突然有个重要电话进来了。原因其实不重要，重要的是岑雾没有放弃跳舞。

"我这边的事情处理完就过来北城找你，明天。雾雾，我很高兴，"她满脸欣慰的笑，"老师会帮你的。"

岑雾"嗯"了声："谢谢程老师。"

不知是挂水起了作用还是其他，她觉得身体似乎好受了不少。

她仰头，抬手，两指做出捏住太阳的动作。

有光穿过，覆上她的脸。

她弯唇，浅浅的笑意悄然漾开。

片刻后，她轻舒口气，收回手转身准备下楼，嘴角和眼里的笑意却在下一秒被吓得瞬间消失殆尽。

入口处，楼梯间的门被推开。

那张五官极为出色的脸在明朗的光线中被照得清晰。

——梁西沉。

他也在这时懒懒地抬起了眼。

岑雾的心倏地停止跳动。

她眨了下眼，想开口打招呼，却是怎么也发不出声音。

手心潮湿。最后，她只是朝他无声地点了点头，迈开突然很重的脚步佯装平静地离开。

天台不算小，但此刻空气里竟全是他的味道，干净清冽，像夏天清爽的风，轻轻拂过她鼻尖。

最后一步的距离，两人就要擦肩而过。

倏地。

他侧首，幽邃的目光明显地落在她的脸上，看着她。

岑雾是在回教室的途中遇到的周思源。

"雾雾，你的脸怎么这么红？"周思源盯着她的脸问，瞬间让她心口一跳，下意识地就想伸手摸脸。

"还是不舒服吗？不是去挂水了？"周思源挽过她的手，很是担忧。

"嗯，还有点。"岑雾心中有鬼，胡乱地顺着周思源的话点头，垂在身侧的手指松开。

其实不是的。

是因为……梁西沉。

先前在天台，她即将和他擦肩而过时，他的眼神看了过来，落在她的脸上。

毫不夸张地说，那一刻她的心跳都停止了，呼吸也是，身体更是僵得仿佛不是自己的。

"鞋带。"就在她快要撑不住时，属于他的声音从头顶落下。

她眨了下眼，近乎机械地低头，才发现自己脚上的运动鞋鞋带不知道什么候散了开来。

她慌忙蹲下。

他往旁边走了一步，给她留出空间。

她系鞋带的手指却没出息地微微发抖，她克制了又克制才不至于在他面前失态。

没想到还是系了两次。

准备起身，不经意地一瞥，黑色的运动鞋映入视线。

她的是白色。

一黑一白。

莫名像极了最不会出错的般配色。

她咬了下唇，起身强装平静地看向他，轻声说："谢谢。"

"不客气。"他看了她一眼。

就这么心跳失控地到了实验楼下，她没忍住，仰起头看了眼天台。

虽然什么也看不见，却叫她心中泛甜。

和周思源挽着手回到教室，周思源把帮她打包的粥拿了出来："这家味道很棒的，你尝尝。"

是鸡丝青菜粥，偏咸的口味。

岑雾尝了口，却觉得尝到了别样的甜味，又甜又暖。她吃了好多，是这几天她胃口最好的一次。

她小口吃完后，问："多少钱？我给你。"

"不用，下次你请我喝奶茶就好啦。"周思源才不要她的钱，撒娇，"我的就是你的啊，谁让我们俩天下第一好呢。"

岑雾眼里有笑意，声音轻柔，点头："嗯。"

周思源直勾勾地盯着岑雾，像发现新大陆一样："哎，雾雾你在笑啊。"

她和岑雾同桌这么久，能感觉到岑雾看着冷清，其实内心柔软，对自己也好，偶尔也会笑，只不过还没有哪一次像现在这样这么明显。

好像，岑雾有哪里不一样了。

彼时的周思源并没有想明白也没有深想是哪里不同，直到很久很久后知道岑雾和梁西沉在一起时才明白——

那是有了生气，重新找回希望和热爱而真正开心的模样。

"我们家雾雾笑起来就是好看，以后要多笑笑。"她习惯性地捏捏岑雾的脸，"呀，手感真好。"

岑雾也学着去捏她的脸，笑："好。"

到了下午，岑雾虽然仍有些晕晕沉沉的，但不影响她专心上课。

被她带动，周思源也格外认真。

第三节课是历史课，下课前十分钟朱宇笑着说："虽然你们才高二，看起来离高考还远，但其实不远了。别忘了，明年三月份你们就要迎来小高考。"

小高考是本省的特色。

除去语数外和两门选修，其他四门会先以 ABCD 四个等级的形式考完，其中只要有一门为 D，就不能填报高考志愿。

岑雾所在的七班是史政班，也就是说，三月份小高考要把地理、生物、化学、物理都考过。

她在今天决定了不会再放弃跳舞，而对比她心仪的两所大学的往年报考线，小高考成绩都要到 A。

朱宇的话无疑是在提醒他们高考的残酷。

教室里顿时哀号声一片："朱老师别这样啊……"

朱宇失笑摇头："行了行了，看你们的样儿，对自己没有信心吗？"

"没有！"有调皮的男生理直气壮地接了句。

"那下课来我办公室，我让你有信心。"

"哈哈哈！"

教室里哄堂大笑。

朱宇示意安静，又说："今天升旗仪式演讲想必你们还印象深刻，我不要求你们和梁西沉一样优秀，但希望你们能以他为榜样。

"写个奋斗目标吧，心仪大学或座右铭都行，贴在左上角，时刻激励自己。"

他一说完，班里的同学立即交头接耳叽叽喳喳地讨论起来，问想考什么大学，或写什么座右铭。

岑雾偷偷地轻舒了口气，猝不及防地听到梁西沉这个名字总是轻而易举地就能让她紧张。

她握着笔，脑海里全是今早他在主席台上的模样。

"向着梁……"圆珠笔仿佛知道她的心思，差一点又写下了那三个字，她连忙故作镇定地用胶带粘掉。

她重新拿过一张纸写下——

　　　　向着光，永远热烈，永远心怀梦想。
　　　　向着心底的少年，奔向光中。

其实最开始她想写的是梁西沉演讲的最后一句，只是害怕被人察觉到什么。但很快，她就发现是她想多了。

——全班四十五人，粗略有一半的同学的座右铭写的就是梁西沉的那句话，男生女生都有。

包括周思源也是。

为此，沈岸还毒舌地吐槽："周思源你花痴吗？梁西沉说什么你就写什么，怎么不直接写他的名字？"

说者无意，听者有心。

被无意间戳中心思的岑雾耳朵有点热。

"学学岑雾不好？"他一脸"你没救了"的表情。

周思源朝他做鬼脸："要你管，我爱写什么就写什么！"

她哼了声，马尾一甩，突然想到什么，狐疑的眼神将沈岸上下打量："你干吗老把我家雾雾名字挂嘴上？哦……你喜欢雾雾啊，想跟我抢她？做梦吧你，雾雾是我的。"

"你胡说八道什么？"沈岸皱眉，拽她马尾。

岑雾抬头，就这么巧地看到了沈岸看向周思源的眼神，分明是无可奈何，偏偏……似乎还有宠溺。

突然间，她觉得自己好像明白了什么。

周思源恼火，追着沈岸要打，很快两人又开始了每天的斗嘴吵闹日常。

班里其他同学有的在互相讨论题目，有的在聊天，有聊理想大学也有聊喜欢的歌手又发行了什么新歌的。

还有男生趴在外面的阳台上，肆意地开怀大笑。

其他班的男生拍着篮球兴奋经过，迫不及待地要冲向操场打篮球。

……

是青春的模样。

参赛和报名的事在第二天彻底确定后，岑雾整个人开心了许多，虽然接下来要面对的更多。

首先是时间，舞蹈确定后就要编舞练舞，她只有两个月多点的时间，很紧迫。

除此之外，练舞的时间和场地也是问题。

她只能每晚在舅舅一家睡着后，在阁楼里偷偷练舞，尽量不发出声音。

其实她多少是有些庆幸住阁楼的。

之前有次她意外撞见关敏华和林进抱怨，才得知原本林进的意思是让她和林湘睡一屋，但关敏华不同意。

也幸亏没住一起，否则她根本跳不了舞。而阁楼的位置其实对应的是楼下客厅，也给了她方便。

除了舅舅一家，连外婆也是被她瞒着的。

她比谁都清楚外婆为什么让她住这里而不是住学校，无非是让舅舅看着她，断绝她跳舞的可能。

而除了练舞，在学习上她也没有放松。

这么一来，每天她能睡觉的时间大大缩减，几乎都是凌晨后才会躺到床上，天不亮又起来练。

但她从不觉得累。

偶尔，她会望向河对岸的运河岸，在明暗交错的高楼中寻找梁西沉可能住的那一层。

在学校里，后来她又去过一次实验楼的天台，怀揣着怎样辗转反侧的心思只有自己知道。

或许是老天终于偏袒了她一次，她得偿所愿地又见到了梁西沉。

哪怕和上次一样，在她离开时他才出现，哪怕只有短短几秒，哪怕他们没有说话。

但依然让她偷偷欢喜了好久。

之后，她就再没有见过他，直到十月的第三个周末。

七中每月月末放一次两天的月假，其他的周末则是周六要上半天课。

那天是周六上午，万里无云。

岑雾的感冒有些反复，最近又是流行性感冒病毒肆虐的时候，于是她戴上了口罩以防万一。

周思源一把拉住她的手，两眼放光："等下有七中和三中的篮球比赛！现在才放出消息说梁西沉也会参加！快！雾雾我们去体育馆，晚了就没位置了！"

她根本没有机会说什么，被拉着就跑。

但她们还是晚了。

何止是没位置，简直是人山人海，里三层外三层的，连挤都挤不进去。

正当周思源急得哇哇叫时，一个男生突然转头："哎，你是不是岑雾啊？我叫蒋燃，是谢汶的同学，上次书店我也在。你来看他打篮球啊？我带你们进去。"

他说得快，岑雾还没反应过来就和周思源一起被带着从另一个入口进去了。

"谢汶！"蒋燃扯着嗓子喊，脸上满是揶揄逗趣的笑意，"你……你妹妹来了！”

岑雾一眼就看到了人群中的梁西沉。

都是一样的球衣，他是最耀眼的那个，球衣上的数字是"24"。

比赛即将开始，谢汶听到蒋燃喊话后也只是快跑过来打了个招呼，又让蒋燃照顾好她们俩。

而他没有看过来。

随着裁判的一声口哨声响，比赛开始。

率先抢到球的是梁西沉。

他指尖碰到篮球的刹那，场内的欢呼、加油声几乎就要把房顶掀翻，连周思源也是尖叫连连。

或许是受到气氛影响，有那么一瞬间，岑雾看着梁西沉，也想冲动地喊，但她没有。

她只是装作自然地眼睛一眨不眨地追随着他的动作，哪怕她早就看过他打篮球。

他很厉害。

上半场结束，七中在他的带领下比分遥遥领先。

休息时，场上的男生回来这里。

周思源兴奋坏了，拿过一旁的矿泉水很自然地伸手，离得最近的谢汶接过。

其他人也被递了水。

除了站在谢汶身旁的梁西沉。

口罩下的脸突然隐隐发烫起来，岑雾抿了下唇，按捺住越来越快的心跳，鼓起勇气抬起手。

"谢谢。"他接过水。

岑雾在满场的热闹中听到了没人能听到的自己的回应："不客气。"

下半场很快开始。

周思源对岑雾科普，北城的高中篮球联赛，三中一直压着七中，也就是梁西沉来了七中后，才带领篮球队夺回了久违的第一。

但去年他休学，又让三中得意起来，今年更是气焰嚣张得很。

不过所有人都相信只要有梁西沉在，就一定能把他们打得落花流水。

果不其然。

下半场三中被压着打，节节败退，最后七中以绝对碾压的优势获胜。

最后一球是梁西沉擅长的三分球，精准完美。

掌声如雷。

人群中有男生大喊："梁西沉厉害！七中真厉害！"

此时的梁西沉正被激动的队友们托起来往上抛。被放下来后，他又被所有人围在中间，快门声不停。

岑雾仍然坐在台下，看他闪闪发光，看他撩起眼，应该是随意地扫向台下，然后不期然地和她撞上半秒。

正是那一眼，让岑雾口罩下的那张脸仗着无人能看见，红得嚣张滚烫。

那是她藏在心底的少年啊。

· 第二章

她是一个胆小鬼

北城迎来大幅度降温那天，期中考试的分数也出炉。

学校外面那家书店的学习区，周思源苦着张脸，双手托腮长叹了口气："好烦呀，雾雾你说，明明都让沈岸辅导了，怎么还是没考好？"

桌上有两张数学试卷，很显眼的数字，一个"81"，一个"91"。

不及格。

虽说这次数学卷很难，整个重点班考差的比比皆是，但想到明天要开家长会，周思源实在郁闷。

她欲哭无泪，挽过岑雾的手，靠在岑雾的肩膀上，嘴巴噘起，唉声叹气："雾雾，你们家谁来开家长会啊，会骂你吗？"

岑雾望着鲜红分数的眼睛终于眨了眨。

"没人来。"她平静地说。

从她上学起，从来就没有人来学校给她开过家长会，连送她到学校都没有过。

"我们继续努力，下次再进步。"她轻声安慰。

话虽这么说，但其实她的心底却控制不住地沮丧，每看分数一次，她就要忍不住想到梁西沉的次次满分。

她咬住唇。

周思源没有注意到那句"没人来"的异常，她哀号："我觉得我妈明天看到这分数会打断我腿的，啊啊啊！"

"什么打断腿？"明显带着揶揄笑意的声音传来，是谢汶。

岑雾原本想再安慰周思源的话倏地堵在了嗓子眼，眼底一闪而过自己都没察觉的欢喜，她全然是本能地抬头。

这一眼，她心跳失控。

上次篮球赛后再没有见过梁西沉，现在他的头发又剃回了短寸，眉眼是一如既往的冷淡，越发衬得棱角分明的五官桀骜不驯。

谢汶满脸的笑："哟，这是怎么了，跟霜打的茄子一样？"

他和谢汶一起，岑雾的心跳随着距离的拉近就要无法负荷，而空白两秒的大脑在谢汶伸手要试卷时陡然恢复清明。

她下意识地想拦，但晚了。

她眼睁睁地看着谢汶把她和周思源的试卷拿起来，顺手递给梁西沉。

就那么巧，她的试卷在梁西沉的手上。

他抬眸，淡淡地看了她一眼，像是在诧异她究竟是怎么考出这个笑话一样的分数的。

瞬间，岑雾只觉有种难言的难堪将她包围，让她坐立难安，恨不得找个地洞立刻钻进去。

她是 91 分。

虽然这次的试卷连老师也说很难，相对于她上次月考来说其实进步很大，老师也鼓励表扬说她继续努力会越来越好。

可是，梁西沉次次满分，是学神。

岑雾突然觉得心口闷闷的。

最后开口的还是谢汶，其实是玩笑话，却也能将人击溃："这是你们的试卷？厉害啊。"

周思源气呼呼地瞪他："那厉害的谢学霸也没有考过年级第一啊。"

"我错了，姑奶奶。"谢汶当即双手合十算是求饶，"我给你们讲题，再请你们喝奶茶赔罪，行吗？"

"哦，行吧。"周思源哼了声，忍住笑，一副很勉强的样子。

谢汶"啧"了声，转头问梁西沉："你买？"

"喝什么？"梁西沉掀唇，语调是一贯的漫不经心。

周思源顿时眼冒星光快速说了个口味，又问："雾雾你呢？"

岑雾没胃口，想说"不用了"，但不知道为什么，她的脑海中冒出了那日在燕尾巷的那杯招牌奶茶。

"招牌的吧。"鬼使神差地，她说。

等懊恼时已经来不及，梁西沉放下了她的试卷，转身往书店外走去。

她垂下眸，拿过试卷，上面还留着他指腹的温度，却是在提醒她难堪和差距。

谢汶拿的是周思源的试卷，周思源便先起身坐了过去，傲娇但也很认真地听他分析自己的问题。

岑雾则看着自己的，眼睛久久不眨。

直到一杯奶茶被放到她面前，其他两杯一杯给周思源，一杯给谢汶。

"谢谢梁神！"周思源开心得不得了，脱口而出学校里大家给梁西沉取的外号，猛地喝了口，一脸的满足，"真好喝！"

谢汶笑了声："哟，那叫我声'谢神'来听听？"

"哼，"周思源翻脸不认人，"做梦。"

"哎，我还给你讲题呢。"

"那也做梦。"

岑雾仍然没动，不是走神，而是不敢。

只因梁西沉突然在她身旁坐了下来，两条笔直的长腿一条往桌底前伸，一条懒散地伸在外面。

熟悉的干净气息瞬间悄然萦绕上她鼻尖。

"试卷。"言简意赅的两字。

岑雾身体僵着，一时没有反应过来。

直到指骨修长的手出现在视线中，抽走在她手里的试卷，而试卷的一角隐隐有了褶皱。

她抬头。

他看了她一眼，漫不经心似的，声音有些慵懒："有草稿纸吗？"

她手心潮湿，睫毛扑闪了下，佯装冷静地低下头从书包里拿出几张草稿纸和一支圆珠笔递给他。

他接过，笔尖指了指她做错的一道大题："这题。"

解题步骤被唰唰写下，字迹苍劲有力，又和他的人一样透着桀骜锋芒。接着，他讲解思路。

"懂了吗？"他侧头，问。

四目相接，岑雾的手颇为心虚地捏着衣服，张了张嘴，最后无声地点头。

"做给我看。"草稿纸被推过来，他出了道类似的题给她。

岑雾硬着头皮接过有他体温的圆珠笔。

"再听一次。"他睨她一眼，又把纸笔抽了回去，淡淡开口。

第一次，岑雾体验到了什么叫羞愧难当，也体验到了什么叫喜欢的人随便一眼一句轻而易举就能将她击溃。

她不敢再胡思乱想，专注听讲。

一旦认真，她发现他的解题思路比数学老师的还要简单清晰，瞬间就能让人明白继而举一反三。

她逐渐被他带入数学世界。

"好了，我们得回学校了，还有课，下回见啊。"等都讲完，时间也差不多了，谢汶率先起身。

虽是周六，但他们高三下午还要上课。

身旁的梁西沉也跟着站了起来。岑雾顺势抬头，借着这个机会不着痕迹偷偷地飞快看了他一眼。

窗外有阳光进来，正好笼住他的脸廓。

她看到他拿走了他的奶茶。

奶茶还是上次燕尾巷的牌子，但不再是招牌口味。

只有她的是。

再见到谢汶是周一放学。

她正要上车，谢汶突然出现，将一个笔记本塞她手上："数学笔记，对你和周思源都有用。"

因为来不及，她只说了"谢谢"。

回到燕尾巷后，吃饭、做作业、练舞，等她想起笔记本时已是深夜。

她连忙从书包里拿出来，翻开。

她心跳倏地漏了一拍，愣住。

梁西沉
2009

——上周见过的字迹毫无征兆地撞入视线。

她的眼睛一连眨了好几下，一颗心乱得厉害，下意识地想要触碰又猛地收回。

须臾，她重重舒了口气，找出谢汶的QQ。

她的QQ号还是周思源给她注册的，当时好友只有她和沈岸，后来多了谢汶。

她深呼吸着，在几次反反复复的纠结后，终于问出了口：我看笔记本上有梁西沉的名字，是他的？

谢汶回得很快：对，原本我想找我的笔记，发现找不到了，就问阿沉有没有，他说可能有，回去找了找，找到了。

岑雾的呼吸有些热，心跳很快：谢谢。

谢汶：客气什么！其实你和周思源的问题还好，加油啊，下次肯定能考得更好。

岑雾：嗯。

谢汶：对了，我最近竞赛班太忙抽不出时间，如果对笔记有问题可以找阿沉。他不用QQ，这是他的电话。

岑雾还没来得及消化这句话，下一秒，一串数字赫然跃入眼帘。

她咬着唇：好，谢谢。

想了想，她又补充：你也加油。

谢汶：谢了啊。

两人没多聊，谢汶的头像很快变成灰色。

岑雾端过一旁的玻璃杯想喝水，却忘了水是她练舞后刚倒的，滚烫的水冷不丁刺激到舌尖，她慌忙放下。

眼睛却始终直直地盯着那串数字。

她深吸了口气，拿出纸笔控制着有些发抖的手记下，随即又小心翼翼地保存到手机通讯录中。

输名字的时候，她犹豫了。

迟迟不敢输入"梁西沉"这个名字，哪怕手机除了自己，其他人没可能碰到。

反反复复地输入又删除，最后，在脸蛋明显越来越热的情况下，她只输入了一个字母——L。

无意识地，她翘了翘唇。

等保存好，她后知后觉地发现自己竟然在这种事上磨蹭了十分钟，明明几秒钟就能结束的事。

她摸了下脸，好烫。

但很快，脸开始往更烫的方向发展，她纠结地在短信页面不断地进入又退出，纠结要不要发短信给他道谢。

终于鼓起勇气，短信内容几度编辑，最后却还是不满意地逐字删掉。

太晚了，明天吧。她想。

她的视线不由自主地重新看向笔记本，指尖轻碰上他的名字，一眨不眨地看了片刻，她忽然生出了一个大胆想法。

笔记本是可拆卸的活页本，写着他名字的那张被轻拿下，薄薄的偏透明的草稿纸随即印上。

她拿过笔，小心翼翼地临摹。

一遍又一遍。

不知过了多久，字迹终于看不出真假，睫毛止不住地扑闪，她强忍住，想将自己临摹的换上。

阁楼寂静，这一刻，岑雾却无比清楚地听到了自己狂乱的心跳声。

每一声都像是在见证疯狂。

脸上的热度像是要爆炸，到底是羞耻的，她停了下来，最后宛若珍宝地将两张纸先收了起来。

做完，她起身将窗户推开，好让外面的晚风吹进来。

一推开，对岸灯火璀璨的运河岸高楼出现。

片刻后，她拿过手机拍下有运河岸的夜景，而后存入一个秘密相册里。

相册里只有三张照片。

一张拍于此刻；一张是初见梁西沉那天的光景；还有一张，是燕尾巷他意外入镜的那次。

当时她没有察觉，后来才发现紧张中她竟然按下了拍照键，尽管只拍到了他的鞋。

那年岑雾的手机还是普通的按键手机，相机像素不高，但这三张照片却陪了她很久很久，在后来很多个辗转难眠的深夜让她看了一遍又一遍。

即便难过，却始终舍不得删除。

第二天是周二。

岑雾终于在纠结中鼓起勇气，想当面和梁西沉说声谢谢，如果能在实验楼天台幸运遇见他的话。

她告诉自己应该早些道谢，实际上她心里清楚，想得冠冕堂皇，不过是为了想看他一眼。

她在微喘着气爬到天台时，眼尖地看到门没有关严。她欢喜，深吸口气准备把门推开。

"阿沉。"她听到了谢汶的声音。

她急急站定，想等会儿。

后来，岑雾曾不止一次地想过，如果那天她没有去天台，是不是就不会听到那番话，是不是也就不会有后来很久的难过。

可惜，没有如果。

而后来她也明白了，就算没有那一次，还是会有下一次，再下一次。

中午的阳光正暖。

谢汶意味深长的声音隐隐地钻入她耳中——

"周末你是不是和一女生在商场喝奶茶来着？那谁啊，说说呗？"

"啧，你以为我真不知道她是谁？她就不是三中的校花夏微缇？"

"和她干什么去了，昨天睡了一整个早自习？"

那天岑雾没有听到梁西沉的回答，在天台的风从门缝里蹿进来呛得她要咳嗽时，她捂住嘴躲开，生怕被发现。

她竟忍了一路。

在跑出实验楼时，她终于忍不住，咳得弯腰，满脸通红。

等到回教室，手收回，她才后知后觉地发现手指碰到了月季花茎根上的刺。

一粒血珠涌出。

有点疼。

眼前莫名浮起淡淡雾气，她本能地把手放到唇边含住，然后在这一刻突然想，她就是一个胆小鬼。

那天岑雾没有再去天台。

只是在晚上，在短信页面反反复复地输入、删除，最后在一个小时后发送了一句自己看来都生疏客套的话：你好，我是岑雾。谢汶说数学笔记是你借给我们的，谢谢你。

按键的手指是从天台下来后被刺出血珠的那只，每按一个字母，疼意隐隐。

发送成功。

手机在这时莫名变得烫手起来，烫得她想扔掉却又舍不得。她希望他能回复，却又不敢看他的回复。

蓦地，她低下头，拿下后盖取出手机电池，又自欺欺人地把手机塞到抽屉最里边。

她起身，练舞，然而却第一次心不在焉，频频出错。

那番话开始在脑海里一字字地浮现，一遍又一遍，对应的画面亦跟着清晰形成，无论她怎么试图甩开都没用。

她忍不住想，他和那个女生一块儿喝奶茶时是什么模样。

反反复复，自我折磨。

以至于在做一个再简单不过的动作时，她竟把自己绊倒，摔在了地上。

不知过了多久，她抬起头，望着安静的抽屉。片刻后，她挣扎着起身，缓步走到书桌前打开。

把电池重新安上，开机。

手机干干净净，没有任何消息。

突然，手机在手心响动，她心跳猛地漏了一拍。

是周思源发来的消息：雾雾，你睡了吗？呜呜呜，我在看一本暗恋小说，太好看太难受了，你也看看好不好，不要让我一个人心酸。

岑雾眸光黯淡，捏着手机，看着周思源又发来小说链接。她没有看过这种小说，本不想看，却在后知后觉地看到"暗恋"两字时鬼使神差地点开了。

后半夜的阁楼寂静无声，窗户留了条缝不至于太闷，可岑雾窝在被子里，却觉得好像有些呼吸不过来。

小说里说，暗恋一个可望而不可即的人，很苦。或许会有无人能懂的开心，但更多的只是难过。

这个故事的结局是悲剧。

因为，大多数的暗恋最终都不会有结果。

第二天。

失眠的岑雾早早睁开了眼，在双手按揉突然抽筋的脚时，她终于收到了梁西沉的短信回复：不客气。

她眼低垂着，指腹情不自禁地在短信上几度滑过。

最终，她忍住了没有回。

她轻手轻脚地下床，尽量不发出声音地洗漱。她离开燕尾巷，想提前去学校和住宿生一起上早读。

那几天的北城降温得厉害，迈入初冬，早上天亮得越来越晚。

上车时，天还是黑的。

然而，她却在公交车缓缓驶向运河岸站台时一眼就看到了随意倚靠着站牌的梁西沉。

她愣住。

直到公交车开始减速进站，她眼睛猛地眨了好几下。她完全是下意识地，慌忙转身走向车的另一边。

一手急急握住扶手，一手从口袋里找出耳机塞进耳朵，假装在认真地听着什么。

可是耳机里的歌声无法隔绝他的脚步声。

这一站有五个人，他最后一个上车，随着前面的人往车厢里走。

岑雾的一颗心陡然飘至最高点，身体也毫不受控制地紧绷起来，当他在她的背后站定时，更是僵硬到极致。

还没到开空调的月份，她却觉得车厢里很热，尤其是手，全是汗。

她低着头，一动不动。

握着扶手的手渐渐发疼，不知过了多久，她终究是没忍住，屏住呼吸抬头，努力装作自然地望向车窗外。

马路两旁的路灯一盏盏地亮着，光线昏黄，将少年挺拔笔直的身影隐约笼罩。

车里偏闹，有讲话聊天声也有背英语单词声。

岑雾就在无人注意的角落里，借着外面的光线，偷偷地、贪心地用眼角余光将他的轮廓描绘。

将这份偶遇藏在心底。

四站路不长，到七中站台时，岑雾没有马上动，而是看着他下了车才放下有些麻了的手转身。

路上学生三三两两，她看到他在路边的早餐摊停下，买了热乎乎的饭团和豆浆，于是等他走后，她心跳如雷地走近，要了一样的东西。

一路无声小心地走在他身后，最后在高二高三教学楼的分岔路口，她看着他朝暗色中走去。

直到再也看不见。

周四那天闹钟还没响，岑雾就已早早起来练舞，掐着和昨天差不多的时间坐上2路公交车。

心中有鬼，越靠近运河岸她的心跳就越快，手脚发麻不知怎么摆放。然而这一天她的期待并没有成真。

周五、周六也是。

等周日她习惯性地赶上那班公交车，手搭上扶手才后知后觉地意识到今天放假，她见不到他。

于是，她在下一站下车走路回家，在经过运河岸大门口时仰头看了眼。

这天她练了一整天的舞，到了晚上也是和往日一样练到凌晨。

周一。

大概是失眠的原因，也可能是最近这段时间的确有些累，在最后一排空位上坐下一会儿后，岑雾便迷迷糊糊地睡了过去。

再醒来是耳边传来声音："到了，岑雾。"

有人在叫她。

岑雾半梦半醒，恍惚以为是周思源，于是轻轻地"嗯"了声，脑袋本能地动了动，想靠得舒服点儿。

睁开眼，一只黑色的运动鞋率先撞入视线，就在自己白色运动鞋的左边。

很近。

也比她的大。

她恍惚，懵懵懂懂地转头，分明是属于男生的下颌线近在咫尺，凸起的喉间亦在下一秒变得无比清晰。

她仰起脸，一双再熟悉不过的漆黑眼睛和自己的对上，冷淡、锐利。

刹那间，她的瞌睡和茫然消失得干干净净，脑子"嗡"的一声炸开。

只半秒，她猛地坐直身体急急往后退，脸上血色尽褪。

两秒后，她才从喉咙深处挤出一句："对不起，我……"

是梁西沉。

她竟然……睡着靠在了他的肩膀上。

怎么会？

"对不起……"

"下车了。"他直接打断了她的话，率先起身——声音，以及看她的那一眼，似乎都透着淡漠。

心脏猛地从至高点摔落深渊底，手心沁出冷汗，岑雾看着他的背影，最终只能跟着站起来。

从最后一排走到车后门，她都低着头，第一次走出了同手同脚的步子，甚至差一点撞上梁西沉的后背。

好在及时清醒，她懊恼不已地急急刹车，下意识地和他保持距离。

下了车，他没有走，漫不经心地看着她。

岑雾心跳如雷，指甲无意识地掐入手心印出痕迹，她动了动发麻的双腿，鼓起勇气想再和他说声对不起。

"这里。"他突然出声。

岑雾动作僵住。

"阿沉！"身后在这时传来谢汶的声音，随即，谢汶也看到了她，"岑雾？这么巧？早啊。"

原来，是她想多了。

"早。"她蓦地松开手指，唇角勉强弯出弧度，轻声打招呼。

谢汶笑了下，他皮肤偏黑，每次笑时一口白牙格外明显："吃早饭了吗？没有的话一起吧。"

脑海里尽是方才梁西沉的眼神，岑雾懊恼又有些难堪，摇头想说不用了，但谢汶没给她机会。

"走吧，今天阿沉请客，不吃白不吃。我跟你说，那家早餐店味道一级棒，上周老板有事回老家，今天开门，必须得去吃。"

"走了。"没什么情绪的两字从身旁传来。

视线里，他率先抬脚离开。

话堵在喉咙口，岑雾只得跟在他们身旁。

早餐店就在学校旁边，到的时候店里热气腾腾的，不少学生在心满意足地吃着或聊着天等着。

他们挑了个角落位置，两人各坐了一张凳子。岑雾看了眼，最后硬着头皮在谢汶身旁坐下。

"两碗小馄饨，一笼小笼包，一碟醋，你的不要葱花。"老板笑呵呵的，显然对他们两人的口味记熟了，转头又问，"妹妹你呢？"

他不喜欢葱花。

才在心里记下这一点，听老板这么问，岑雾几乎是想也没想地说："一样，一碗小馄饨，"她顿了一秒，"不要葱花。"

她说得自然，事实上心跳差点就顺势从嗓子眼跳出来，好在没人发现。

谢汶和梁西沉很快聊起了数学题。

他就坐在她正对面，只要她稍稍抬眼就能看到他，但岑雾不敢，她只是装作看向窗外，用余光小心地看他。

他倒了碗热水，好看的手指将筷子和勺子放到里面烫了烫。接着，一副给她，一副给谢汶。

岑雾到底还是看向了他，飞快的一眼，他的眉眼似有倦意。

"谢谢。"她小声说。

可他好像没听见。

三碗小馄饨很快被端上来，岑雾不着痕迹地轻舒了口气，低头，拿起勺子盛了个，轻轻吹了吹，咬到嘴里。

谢汶问她："怎么样，没骗你，好吃吧？"

可她心乱如麻，吃不出什么味道。

"嗯。"她只是点头。

"下次再一起。"谢汶说着又想到什么，抬头，"今年元旦晚会我们班肯定要出个节目，你上？"

梁西沉拿起筷子，漫不经心道："再说。"

谢汶"啧"了声，挑眉："别啊，你就是什么都不表演，光站台上，底下的学妹们都会为你热烈鼓掌。"

"是吧，岑雾？"

冷不丁地被点名，岑雾脑子乱糟糟的，根本不知道该怎么回应。

"吃你的东西。"最后，是梁西沉淡淡地朝谢汶说了句。

谢汶笑得乐不可支。

岑雾有心想知道他到底会不会参加，然而直到吃完离开进入学校分开都没有听到想要的答案。

倒是中途谢汶问了她句数学笔记看得怎么样，有不理解的地方可以问梁西沉。

一提起笔记，岑雾脑中便浮现那晚她临摹他的名字，像个小偷一样想藏下他的东西的画面。

她有些心虚，回应说和周思源一起看了，有不懂的也及时问了沈岸让他帮忙。最后，她又说了声谢谢。

分开的时候，谢汶给她加油鼓劲。而他，没有和她说话。

她在原地站了很久。

回到教室，等周思源来后，岑雾忍不住问她："我们学校是有元旦晚会吗？"

周思源一听到这个就开心，回答道："对啊，这是七中的传统，每年的12月底晚上举办。学习虽然重要，但不能只是学习。班会上老朱应该就会说了吧。"

果然，下午的班会在总结完上周的情况后，朱宇就提了元旦晚会的事，让大家想想准备什么节目，确定后告诉他。

教室里顿时讨论声一片，叽叽喳喳的，只不过直到下课铃声响起也没讨论出结果。

下课后岑雾和周思源去了趟厕所，等回来后，沈岸问她："岑雾，你有没有兴趣表演节目？"

岑雾一愣。

沈岸跟着解释："晚会正好撞上每个月的黑板报评比，文艺委员那边抽不出时间，你想不想参加？"

周思源听了好激动："参加呀，雾雾，多好的机会，我可以和你一起的！"

岑雾抿了下唇，只说："我想想。"

很快上课铃声就响了。

岑雾端坐在座位上，无端地又想到了梁西沉。

政治课本的一角被她在无意识间卷出褶皱。在这堂课下课的同时，她轻舒口气，突然就有了决定。

"我想参加。"她对沈岸说。

她想参加。

想……

梁西沉可以看到她。

沈岸因为有事，和朱宇汇报表演节目的任务就交到了岑雾头上。周思源开心地陪着她一块儿去办公室。

朱宇一听非常高兴，看着岑雾的眼神温和："有什么需要就和老师说，不要不好意思。然后……"他顿了下，颇有几分胸有成竹的骄傲，"先保密啊，别让其他班知道，到时候我们一鸣惊人。"

周思源嘿嘿笑了声："朱老师，你好像还不知道要表演什么节目吧？"

雾雾只是答应了沈岸会准备元旦晚会，但还没有确定表演什么，连她都不知道呢。

朱宇失笑地摇头："总之保密。"

"保密什么？"烫了鬈发的吴雯踩着高跟鞋走进来，眼尖看到岑雾，笑，"你就是岑雾吧？"

岑雾抬头。

不期然地，她看到了跟着进来的林湘。

林湘也看到了她，原本有些红的脸此刻更红了，跟着，林湘甚至莫名其妙地狠狠瞪了她一眼。

吴雯的办公桌就在朱宇的旁边。

她坐下，接着刚才的话："我听说你和林湘是表姐妹，住一起。岑雾同学，你的英语、语文次次都是年级第一，如果你有时间的话，给林湘辅导辅导。"

她说着抽出一张试卷，又看向林湘："你看看你自己的分数，林湘，开学到现在，你次次垫底、不及格。就这样你还三番五次在我的英语课上不认真听讲，你怎么想的？"

林湘低着头，手指绞在一起用力地揪着衣服，牙齿紧咬嘴巴，眼睛泛红，看起来像是要哭了。

吴雯瞧见，摇摇头："和岑雾好好学学。行了，回教室吧，把这些试卷带回去让课代表发一下。"

朱宇示意岑雾和周思源也回去。

岑雾和周思源挽着手慢慢地走在后面。

突然，前面的林湘停了下来，用发红的眼睛怒气冲冲地瞪着岑雾，一副快哭的语调："谁让你到处说住我家了？"她的胸膛起伏，"才不要你假好心，装模作样！我会自己找补习老师！第一名有什么了不起！"

说完她转身就跑，一副被欺负惨了的样子。

周思源护短的话都没来得及出口就这么被堵在了喉咙口，她皱着眉，气呼呼道："她有病吧！真是你表妹啊？"

"嗯。"岑雾不在意林湘的无理取闹，对上周思源诧异的眼神，没有瞒，"她爸爸是我舅舅，我暂且住他们家。"

周思源只知道岑雾住燕尾巷，并不知道是借住在舅舅家，一时说话没经过大脑，脱口而出："那你爸爸妈妈呢，他们不在这里吗？"

她出生在一个有爱的家庭里，父母恩爱，家里的长辈都把她宠成了小公主。

在她的概念里，父母都会陪着自己的儿女住在一块儿，何况高中这么重要的三年。

"雾雾？"

岑雾垂下眼眸。

周思源后知后觉地意识到了什么，她懊恼，想转移话题，听见岑雾没有什么情绪的一句："我没有爸爸妈妈。"

说话时，她的脸偏向一旁，像在看远处的风景，微抿着唇，侧脸看着倔强又清冷。

这一刻，周思源突然有种说不出的心疼感觉。后来，她知道了她的雾雾从小都经历过什么才明白自己为什么会有这种感觉。

她不想雾雾不开心。

"哎呀，不说这个了。"她亲昵地挽紧岑雾的手，绞尽脑汁换话题，"啊，对了，梁西沉的笔记对我们真的好有用啊！学神就是学神，下次有机会我们请他喝奶茶谢谢他，顺便也谢谢谢汶。"

岑雾心口猛地一跳。

这好像已经成了深入骨髓的本能反应，在她听到梁西沉的名字，或者见到他的人时，全然不受控制。

她不免又想到了今早公交车上的那幕，画面最后定格在他看她的那一眼。

眼神冷淡。

实际上今天一整天，除去上课时间，她总是不由自主地就想到这件事，这让她如鲠在喉，坐立难安。

直到现在她都在懊恼，当时为什么要睡着。

那个眼神，是不是代表着讨厌？

她咬了咬唇，突然有些冲动地想问问周思源，张嘴："思源……"

"嗯？怎么啦？"周思源牵过她的手。

一阵风吹过，岑雾最终还是咽回了那个在心底千回百转的问题，哪怕让她心口发闷。

"我是想说，快上课了，我们快点吧。"她佯装自然地改口。

周思源没有察觉到她的纠结，笑了笑，眉眼弯弯，快快乐乐道："那我们快跑吧，下堂可是'灭绝师太'的课。"

她说着牵紧岑雾的手往楼上跑去。

11 月底的风吹得校园里的树叶不停往下掉，岑雾听着风声，也听到自己在心底叹了口气。

不知道是日有所思夜有所梦，还是今早的事实在不能让她释怀，当晚，岑雾竟然梦到了梁西沉。

一睁眼，看到的还是近在咫尺的下颌线，清晰流畅，凸起的喉结上下轻滚，透着隐隐的性感。

她恍了神，忘了起身，就这么一眨不眨地看着。

突然，公交车一个急刹车，毫无征兆地，她的身体往旁边倒去。

唇……碰上了他下颌。

刹那间，她只觉浑身的血液都在这一秒涌向了她的脸，让她的脸滚烫通红。

呼吸停滞，世界也仿佛跟着停下。

她大脑空白，一动不敢动。

直到，他冷冷垂眸，讽刺的眼神睨了她一眼。

她羞愧难当，同手同脚地要爬起来，没想到画面一转，她变成了站在舞台中央，底下是暗的，唯一的灯光落在她身上。

她茫然。

然后，底下也亮了起来，她对上了一双不陌生的漆黑眼睛，同一时间，音乐声缓缓悠扬响起。

她的身体已本能地跳起舞。

为他而舞。

舞毕，属于他的鼓掌声响起。

越过暗色和距离，她和他再次四目相接，她情不自禁地弯了弯唇。

而就在这时，一群人突然出现，冲了过来将她团团围住。

有人朝她大笑："你们看，癞蛤蟆想吃天鹅肉！"

其他人哈哈大笑，笑得前俯后仰五官扭曲："呸！也不看看自己什么出身，配不配！"

嘲讽声接连不断，字字入耳。

她抬脚走到最先嘲笑她的人面前，却在这时，隔着人群再度和他目光交汇。

他的眼神……

胸口闷到极致，几乎就要窒息，岑雾猛地睁开眼从床上坐起来。她低着头，安静的阁楼里只有她沉重的呼吸声。

良久，她摸过手机摁亮屏幕，才四点，她睡了还不到三小时。

没了睡意，她索性起床。

只开了一盏小台灯，在冷意侵袭的凌晨，在暗色中，她不停地练舞，直到该出门上学。

不知不觉，她已经习惯提前到校，只是为了赶上那班不确定能不能遇见他的公交车。

就像是在吃一颗内里苦涩的糖果，只为了其中那一点点若有似无的甜，只因她早已上瘾甘之如饴。

而或许是梦里最先的画面让她羞愧，今天上车后她直接走到车厢里面，面对着左边的窗户，不敢站在右侧远远地看站台上有没有他。

但就像视觉被遮挡后其他的感官会变得更为敏锐，她竟然在各种各样的声音中一下就感觉到了他。

她握着扶手的手紧了紧，终于在他站到她身旁不过半米距离的位置时，差点把自己抓疼。

她的目光是看向车窗外的，头偏着，只能用余光不甚清楚地从窗户上偶尔偷偷看他一眼。

她看到他薄唇抿着，莫名给她一种在压制骨子里戾气的错觉。

他心情不好吗？

岑雾忍不住胡思乱想，此刻思维全都被他占据。

急刹车就是在这种情况下发生的，竟然和昨晚梦里一样猝不及防，她的身体不受控制地往前方摔去。

电光石火间，她猛然想到昨天早上和晚上梦的那两个画面，心里飞快地告诉自己不能再在他面前失态。

于是她拼了命地稳住身体，不想撞到他。

最后，身体是稳住了。

只是……她的一只脚踩上了他的鞋。

她在心跳骤停间听到司机破口大骂了声"会不会骑车"，也听到了车上其他人的抱怨和惊呼声。

独独没有听到他的。

仿佛发生任何事都与他无关。

不敢多想，岑雾急急收回脚。

他今天穿了双白色的鞋，被踩脏的那块格外明显。

她不着痕迹地深吸口气。在双倍的懊恼中，她硬着头皮抬头，强忍着没躲开，看着他："对不起。"

他像是刚认出了她，目光落在她的脸上。

"没关系。"从他薄唇中溢出的三字像极了昨天早上，像金属一样冷。

包括他的眼神。

像是被当头浇了盆凉水，岑雾的身体差点打了个冷颤，她硬生生忍住，手抓紧了椅背，悄然用力。

后来的两站路，两人没再说过话。

直到下了车，岑雾仍懊恼，她为什么不能再站稳些。而他的眼神仿佛和昨天的重合，又让她难以自控地胡思乱想。

浑浑噩噩地，她连早餐摊老板问她要吃什么都没听见。

"豆浆蛋饼，三份，一份给她。"空气里突然袭来干净清冽的气息，拽回她思绪的嗓音也不陌生。

岑雾转头。

梁西沉看了她一眼："今天谢汶请吃早饭。"

言外之意，她是顺带，要谢谢谢汶。

那天早上的温度很低，风很冷。

岑雾插在口袋里的手指无意识地攥紧，有很多话被堵了嗓子眼，最终她只是低声说了句："谢谢。"

很快，三份早饭被装入袋中，其中一份由梁西沉递给她。

岑雾伸手去接，极力忍住不让手指发颤，习惯性地礼貌再道了声谢，却没能从他手上接过。

她抬眸，不期然撞入他深不见底的黑眸里。

他盯着她的眼睛，似是低不可闻地嗤了声，出乎意料地叫她："岑同学。"

早餐摊上暖黄的灯光虚笼着两人的影子，但晕在他脸上，照得并不分明。

岑雾心尖猛地狠狠一颤。

下一句，他的语调冷淡，听着漫不经心——

"我长了张'杀人放火要吃人'的脸？"

直到梁西沉从身旁离开，两人阴错阳差缠在一起的影子从光晕中分开，岑雾终于想到应该说什么。

但已来不及。

他就只说了这么一句，好像也不是要她回答，在问完后，他松了手，让她顺利地拿走了早饭，然后走了。

她急忙转身，只看得到少年在暗色中的挺拔身影。她脚步动了动，但最终，还是没有勇气追上前解释。

后来，就如同丢了魂，岑雾压根不知道自己是怎么回教室的，一路上，她的脑袋里都乱糟糟的。

周围其他同学走路或是聊天的声音她完全听不见，唯一在耳旁反反复复清晰重复的只有他的那句话。

以及，他看她的那个眼神。

比昨天的事还要让她如鲠在喉。

她忍不住想，他是什么意思，为什么要那么问？

是她让他讨厌了吗？

手里的豆浆和蛋饼依然是热的，但吹来的风似乎格外冷，吹在她脸上，隐隐有些疼。

是讨厌吧。

她垂下眸，唇无意识地咬得用力。

走进教室到自己座位上坐下，有些浑浑噩噩的，她将吸管插进豆浆中喝了口。

"唔！"

舌尖冷不丁地被烫到，刺痛的感觉瞬间沿着神经席卷全身，烫得她眼睫毛止不住地扑闪。

岑雾头一次没了章法，想放下豆浆又想把豆浆吐出来，不知道应该先做什么好。

“啪嗒！”

豆浆杯子从手中滑落掉到了桌上。

浓香的豆浆顺势从吸管中流出洒了一片，刚拿出来的语文课本也不能幸免。

“怎么了，没事吧？”前桌听到动静立刻转头关心，递给她餐巾纸，又帮她把课本拿到一旁。

“没事，谢谢。”岑雾低着头。

她想把豆浆扔了，然而拿到手里又舍不得。最终，她把剩下的豆浆小心地倒进自己的保温杯里。

收拾完，她起身走到饮水机那儿准备接杯开水，不料竟也走了神，直到热水沿着杯口涌出来溅到了她手上。

猝不及防被烫，手一松，一次性纸杯被带到地上。

顾不上疼，她连忙弯腰捡起，等站起来，她又后知后觉地发现方才的豆浆还弄到了她的衣服上。

果然糟糕透了。她想。

“雾雾，沈岸这个浑蛋欺负人，今天我们谁也不要和他说话！”心烦意乱之际，周思源进了教室，气呼呼地把书包往桌上一放。

岑雾飞快眨了下眼睛掩去情绪，抬头，她努力让自己的声音听起来和平常无异：“怎么了？”

周思源显然还在生气，嘴巴噘得很高，眼神愤愤。

沈岸跟着进了教室，眼神无奈，解释：“她今天生理期肚子疼，还非要在蛋饼里放辣酱，我不让，她吃了只会更疼。”

周思源气炸：“我就爱吃辣，无辣不欢，要你管？”

她凶巴巴地瞪着沈岸，突然想到什么：“你是不是有病啊，连我生理期都记得，谁让你记住的？”

沈岸面无表情：“没记，是你自己告诉我的。”

“你！”周思源咬牙切齿，“今天不许和我说话！”

周思源说到做到，一整个上午都没有理会沈岸难得的示好，看也不看他一眼，连带着也不让岑雾理他。

最后是中午沈岸特意出门去买了周思源最喜欢的奶茶和甜品，又保证下周请她一礼拜的早饭，周思源才勉为其难地同意结束冷战。

她喝了口奶茶，傲娇地哼了声：“如果高三分班就好了，我一定从现在就开始祈祷不要再和你一个班。”

沈岸无奈。

此时岑雾也喝着沈岸带给她的奶茶，三分糖，微甜的口味，在听到周思源说到“高三”这个关键词时，她顿住。

七中高二文理分班后高三不会再分班，他们三个高三也会继续在一起，还有一年多朝夕相处的时间。

可是，梁西沉高三，离毕业还有六个月。

也就是说，她只剩下半年和他同校的时间了。这半年里，她能偶尔遇见他的机会又有多少？

突然间，岑雾觉得心口闷闷的。

"雾雾，你怎么啦，今天好像一句话都不讲。"周思源后知后觉地发现什么，凑近关心。

岑雾将发苦的奶茶轻轻咽下，摇头："没有，就是昨晚没睡好，有点困。"

周思源摸摸她的脑袋："那你抓紧时间多睡会儿。"

"嗯。"

外套脱下盖在身上，岑雾趴在桌上，将脑袋埋入手臂中。

她忽然想，像梁西沉那样不缺女生喜欢的天之骄子，大概永远也不会知道，在意的人随意一句话一个眼神，都能让暗恋者胡思乱想一整天是什么滋味。

没忍住，她在心底无声地叹了口气。

从前，她从不会叹气。

更不会这样。

当晚，岑雾又梦到了梁西沉。

还是早的一幕，不同的是，在最后早餐摊那里变成了他看着她，淡淡地问："你喜欢我？"

吓得岑雾心虚又羞愧难当地从梦中惊醒。

明知是梦，明知他那样的人根本不会这么说，但再躺下时，她辗转反侧，怎么也无法睡着。

良久，她从枕头底下摸出手机，摁亮屏幕，打开了那个秘密相册。

不过是三张照片而已，她却翻来覆去地看了很久很久，包括草稿箱里一条没有发出的短信。

第二天。

岑雾习惯性地出门上学，但在手碰上门把时，她犹豫了。

纠结几秒，她松手，在屋子里又待了会儿才出门赶下一班公交车。

她是有意想避开，然而她发现自己从上了车后，早就有了习惯——下意识地站在右侧，目光一直望向窗外，等远远看到运河岸站台时，一颗心毫不例外地提到最高点。

她想看到他，很想，但又有些怕。

最后，这一班公交车上没有他。

而接下来的三天，她都没有再遇见过他。

再知道梁西沉的消息是在迈入12月的第一周。

那天临放学，天开始下雨。

岑雾带了伞，和周思源一块儿撑着往公交站台走。沈岸被周思源赶走，先去站台了。

周思源和往常一样天马行空地聊天，突然，她拉了拉岑雾的衣服："雾雾，你看。"

岑雾闻声抬眸，前面是三三两两结伴的学生。

没什么特别。

"怎么了？"

周思源冲岑雾眨了眨眼："那个穿粉蓝色衣服的，看到了吗？"背后讨论人不好，她有意压低声音，"高一的学妹，今天拦住梁西沉并递了封信。"

岑雾大脑空白了一秒，只觉心脏被吊了起来。

雨滴滴答答地落在伞面上，岑雾听到自己散进雨中的声音，是强装镇定的干涩："然后呢？"

"当然是拒绝了呀。"周思源一口回答，"据说梁西沉看都不看一眼，相当冷淡。"

她说着自己打听到的八卦："听说是高一（3）班的班花，气质好像和你有点像哎。"

12月的雨夹着十足的凉意，风试图往岑雾的嘴巴里灌。

很冷。

"那他……"她的声音低不可闻，插在口袋里的那只手无意识地攥在了一块儿，手心印出几道深深痕迹。

然后，她第二次听到了那个名字。

"三中的夏微缇！"

周思源压低了声音但显然压不住得知八卦的兴奋："下午我碰见谢汶问他这件事，嘿嘿，也顺便八卦了下梁西沉到底喜欢什么样的。谢汶说，很大可能是三中校花夏微缇那样的。"

周思源说着想摸手机去三中的贴吧找夏微缇的照片，意识到手机放在家里："晚上回去找到了给你看看。"

周思源："雾……怎么啦，雾雾你的眼睛怎么好像红了？"她一转头看到岑雾的眼睛有点红，担心坏了。

岑雾眨眨眼睛，说："没事，就是好像……有东西吹进去了。"

"我帮你看看！"

"嗯。"

周思源急忙让岑雾把伞举高点儿，然后扒着她的眼睛看，果然看到有一粒小沙子。

附近正在修路，灰尘多。

周思源想着以前她这样妈妈都会给她吹吹，于是安慰岑雾："别着急，我帮你吹吹，吹出来就好。"

岑雾微仰脸，声音低低的："嗯。"

温热的气息轻柔地拂来。

路边店铺放的歌曲也在这时吹了过来，很清楚地钻入岑雾的耳朵——

> 从前从前有个人爱你很久
> 但偏偏风渐渐
> 把距离吹得好远

"吹掉了！"周思源松了口气。

"嗯。"岑雾勉力弯了弯唇，对她轻声说，"沈岸在等你，我看到你们的公交车了。"

周思源转头一看，果然车就要到站了。

"那我先走啦，明天见！"

"明天见。"

周思源朝她挥了挥手，跑向站台和沈岸一块儿上车。

等到红灯，岑雾撑着伞走向马路对面。

风再吹来，吹乱了她额前的发丝。

那首歌还在唱——

> 但偏偏雨渐渐
> 大到我看你不见

岑雾眨了下眼睛。

他不喜欢她这样的。

她也只是……被风吹红了眼睛而已。

大概是那场雨下得太突然，冷风又刺骨，岑雾在回到燕尾巷的当天晚上不幸发烧。

第二天是周日，她直接去了医院挂水。

但这场发烧还是时好时坏地跟了她两天，导致那几天她整个人状态一般，除了和周思源说两句，其他时候几乎不讲话。

周四那天早上，她依然是老时间起床，但到底是没有忍住，终于又选择了可能会遇见梁西沉的那班公交车。

因为，她醒来时突然特别特别想看到他，哪怕只是一眼。

然后，她真的看到了他。

她坐在车厢最后一排靠窗，远远地就看到了站台上站着的他，随意懒散的站姿，耳朵里塞了耳机。

她一眨不眨。

只在公交进站时假装移开视线，又在他上车后再度看向窗外。

她戴着口罩也戴了围巾，他应该认不出她，也不会在意更不会看她。但即便如此，她依然不敢正大光明地将视线落到他身上。

只是在这满是人的车厢里，她偷偷欢喜并满足这短暂的"同处"。

到了学校，她和第一次一样，等他下车后才起身，保持着距离慢慢地走在他身后，望着他笔挺的背影。

突然，他在早餐摊前停下。

怕被他发现，她佯装沉静镇定地继续往前。在快路过他附近时，她连呼吸也不敢，更不敢认出他。

天未亮，和那天差不多。

早餐摊上的灯光依然暖黄，她路过，两人的影子短暂地挨在一起两秒，随即分开。

岑雾看着，突然就想到了两条相交的直线，之后再无交集的可能。

后来，她还是会乘坐那班公交车，只是不会每天都坐，怕太刻意。

或许是幸运的，她就这样见了他好几次，将每一次怀着心思的偶遇深藏在心底，无人能窥见。

其实在学校时她也见过他两次。

一次，是她和周思源、沈岸一块儿去校外吃午饭回来，不经意地抬头，她一下就看到了马路对面的他，他的身旁是谢汶、蒋燃。

谢汶、蒋燃两人笑着在说什么，他看起来懒懒散散的模样，对他们的话题似乎并不感兴趣。

突然，他抬眸，像是要朝这边看来。

她在他的视线有可能落过来前先一步移开了。当时正好周思源逼沈岸讲笑话，她配合地弯了下唇。

等她小心翼翼再回头，只捕捉到他几乎就要看不见的背影。

另一次，是数学周考成绩出来，她和周思源都考得不错，周思源开心地拉着她去书店买心仪已久的漂亮笔记本。

她在快到时接到了程音的电话，便找了个人少的地方。

等她进去，周思源兴奋地指着桌上的奶茶说是梁西沉请的，碰到他和谢汶了，还说她没一起进来太可惜了，今天的梁西沉又帅出了新高度。

但其实，她看到了。

——他坐在窗口，背对着她，金色阳光散落在他周身，他的一只手搭在桌面上，随意地转了转笔。

她偷偷地把这一幕拍了下来。

后来离开书店前，她终于找到了一支和他一样的圆珠笔，装作自然地买了下来，那杯他买的招牌奶茶她喝了一下午。

酸涩也甘甜。

迈入12月，时间似乎就过得特别快，一下就来到了梅梨杯比赛开始的日子。

程音早来学校说明过她的一些特殊原因，没有让其他人知晓，在请假时朱宇笑着和她说了声"加油"。

这一届的梅梨杯在港城举行，分为四个赛区，先是为期一周的半决赛，而后1月1号到3号为决赛。

岑雾所在的古典舞组赛场在港城大剧场，她比赛的时间是24号。

她大概永远都会记得那天，那天是周五，平安夜。

她早早地和程音到了港城大剧院，推门下车，一抬头，她的心跳倏地就漏了一拍。

"怎么了，在想什么？"程音见她站在原地不动，笑着问。

岑雾回神，压下失控不已的心跳，她摇头，低而轻的声音散在风中："没想什么。"

应该是她看错了。

程音仔细地看了看她，替她将额间的头发捋了捋："就和平时跳舞一样，放轻松，老师相信你。"

岑雾的性子程音是了解的，说实话，她并不担心，也相信以岑雾的实力一定能闯入决赛。

"加油。"她笑得温和。

岑雾抿了下唇："谢谢程老师，我会的。"

正要进去，熟悉的声音从身后传来。

"岑雾。"

岑雾转头，下一秒，浅浅笑意浮上脸颊。

"明深？"她快步走过去，阳光下她的眼眸明亮清澈，"你怎么来了？"

"来这里处理一些事，顺便来看看你。"明深启唇，嗓音低沉，一贯地没有多余感情。

程音跟着走了过来，入目所及的是一张俊漠的脸庞，看着年纪应该是比雾雾大好几岁。

她礼貌地笑了笑："雾雾，这位……"

岑雾只说："老师，他是我朋友。"

明深是她在认识周思源前第一个也是唯一一个朋友，初见梁西沉那天，她接到的电话就是明深打给她的，之前她决定不会再放弃跳舞也告诉了明深。

明深自是察觉到了程音不着痕迹的打量，他没有说话，只微微颔首，对岑雾说："结束后如果有时间一起吃饭。"

"嗯。"

"加油。"

岑雾弯了弯唇："我会的。"

没有多聊，她和程音转身进大剧院。

此刻的剧院大厅已很多人，都是国内外来参加梅梨杯的学生，有些吵闹。

岑雾在低头签到时，冷不丁地听到了一声——

"夏……"

各种声音四面八方而来，"夏"后面的名字被湮没其中，她只捕捉到了这么一个姓，脑中却第一时间想到了夏微缇。

等回神，她发现竟然把自己的名字写错了。

她咬了咬唇，低声抱歉重写。

而没多久，她就确定了她听到的真的是"夏微缇"这个名字。

"那当然啦，我夏微缇看上的人必然是最优秀的。"当她推开洗手间隔间的门出来时，听到的就是这一句。

她到洗手间时只有她一人，后来传来脚步声和接电话的声音，她没有在意也不会在意。

直到现在。

视线里，是一个身材高挑的女生慵懒地倚靠着洗手台，一头嚣张的鬈发，一张明艳张扬的脸上满是璀璨笑意，衬得她那双眼睛越发灵动。

岑雾脑子有一秒的空白，抬脚走过去。

女生似乎是意识到自己挡着人了，往旁边挪了挪。

岑雾站在她身旁，能闻到她身上好闻的香水味。岑雾并非有意要听她讲电话，但电话里的声音还是隐约传进了耳中——

"我的夏大小姐，喜欢你的人那么多，你喜欢他什么呀？别告诉我就喜欢他年级第一，对你冷冰冰？"

"你懂什么，感情就是这么没道理的啊，要什么理由？喜欢了就是喜欢了。我就喜欢他，非他不可。"

水有点凉，岑雾关了水龙头就要离开。

"哎，同学！"突然，女生叫住了她。

她抬眸，看到女生那张让人无法拒绝的笑脸。

"你有纸巾吗，能不能借我一张？"女生眨眨眼，不好意思地吐了吐舌头，俏皮又可爱。

岑雾从口袋里拿出一整包，都递给了她。

"谢啦。"女生笑靥如花，接过纸巾的手指白皙，做的红色美甲热烈，似乎就和她的人一样。

"不客气。"岑雾听到自己的声音。

踏出洗手间，门关上时，她听到身后尽管傲娇却掩不住甜蜜的声音："他来了啊，陪我比赛。"

回到准备室开始化妆换衣服，全程岑雾一言不发。

程音问她："紧张了？"

岑雾摇头："没有。"

她没有紧张，只是有些心不在焉。

只是，有些忍不住难过而已。

比赛很快正式开始，岑雾抽到的号码是最后一个，她始终在后台安静等候。

等轮到她，她深吸口气，从幕后走上舞台，和每一次深夜在阁楼里跳舞一样，沉浸在自己的世界里。

结束后，走出大剧场，岑雾看到了等候在外打电话的明深。

明深挂了电话，朝她示意："吃饭吗？"

岑雾没胃口，连说话都有些勉强："我有点累，想回去了，明天还要上课。"

明深颔首："好。回到北城给我消息，注意安全。"

"嗯，你也是。"

两人告别，岑雾和程音坐上回北城的车。

纵然程音心思细腻，但奈何岑雾自小就把心思藏得太好，因此她什么也没看出来，只当岑雾累了。

毕竟为了这次比赛岑雾有多辛苦，她是知道的。

"睡会儿吧，到了我叫你。"她拍拍岑雾的后背。

"谢谢程老师。"

目光不着痕迹地从车外收回，岑雾闭上了眼睛，呼吸平稳。只不过，她的心口很闷很闷。

回到燕尾巷已是晚上十一点多，屋子里一片漆黑。

她没有开灯，尽量不发出声音地上了阁楼，简单洗漱了番，躺上床想睡觉，却是辗转难眠。

良久，她起身，穿上厚衣服走到书桌前，开了台灯。

一个包装还算精美的盒子静静地在正中间放着，她看了片刻，打开包装，从中拿出那个好看的苹果。

周思源说，平安夜要送苹果，寓意平平安安，还说好多人看似是送苹果，实际上是悄悄地送藏着的喜欢。

说完这话，周思源突然问她，要不要送苹果给梁西沉、谢汶当感谢。

当时她还在想着那句藏着的喜欢，冷不丁听到，心尖一颤，最后还是强装自然地说了声"好"。

最后，她精心挑选了四个苹果和四张贺卡。

她还记得昨晚自己在这灯下先是写废了多少张白纸，才把练了一遍又一遍的祝福誊上贺卡。

最后，也只是最简单的一句——

祝平安顺遂。

连自己的名字也不敢写，只是怕字里行间藏不住。

暖黄的光晕笼着这间不大的阁楼。

许久，岑雾将苹果贺卡收起后拉开窗帘，窝在椅子上，双手抱着膝盖，下巴埋入手臂中，静静地望着河对岸的运河岸。

今晚没有星星，只有运河岸小区里的路灯亮着，一盏接一盏，倒映在平静的河面上，假装成星河。

她在心底无声地数着究竟亮起了多少盏灯。

一遍又一遍。

第二天周六还要上半天课。

昨天岑雾不在，周思源憋了一天的话没人说，这会儿见岑雾来了，拉着她就开始叽叽喳喳地讲话。

听得后桌的沈岸忍无可忍让周思源安静。

周思源才不理他。

后来说到八卦，她满脸的激动："听说昨天梁西沉收到的苹果都快堆满他们班了，不过好可惜，昨天他请假不在学校，不然真想看看他什么表情。"

"还有，"她压低了声音，"我听说三中那位校花昨天也不在北城，好像是去参加什么比赛了。你说，会不会……嗯？"

周思源说这话时，岑雾正在吃早饭，冷不丁地，舌头被咬到，疼得她眼前竟是没出息地要浮起生理雾气。

而脑子里，全是昨天的画面。

她掩饰性地低下头，不想让任何人看见。

周末一结束，月考和元旦晚会也近了。

岑雾的数学成绩在稳步提高，每次考试的考场也随之变化，包括班里的排名。

好像离他近了些，但其实仍是很远。

月考结束的第二天便是元旦晚会。

最初她想参加晚会，是为了梁西沉或许可以对她印象深刻一点。之后发生的事，曾让她想退缩。

但最终她没有。

如今她仍想让他能看见自己，也是为了班级荣誉，为了跳舞是她心中热爱，任何时候都不想辜负。

可是，老天似乎从来都不愿意偏爱她。

意外发生得猝不及防。

一颗钉子扎进岑雾脚底，是谁也没能预料的事。

岑雾难得迟钝了两秒，后知后觉的疼骤然四窜，才发现已经有血从伤口溢出，正在一点点地染红她为了今晚表演换上的鞋。

"雾！"周思源顺着她的视线低头，瞬间吓得脸都白了，脑袋空白慌得不知道该怎么办好。

谁能想到好好地走在校园里会发生这种事。

最后还是沈岸冷静地让她先扶住岑雾，跟着喊来朱宇。

朱宇急急赶来，当即要带岑雾去医院处理，再打破伤风针。

脚底很疼，岑雾强忍着，张了张嘴："朱老师，可是节目……"

元旦晚会能表演的节目都需要校领导提前审核，并不是每个班级报了节目就能上的。

岑雾的节目是独舞，或许是这几年七中元旦晚会都少有这类型，所以很幸运的是，这个节目被留了下来。

朱宇一脸严肃，一锤定音："晚会算了，最重要的是立刻去医院。"

他嘱咐她别乱动，随即一路快跑去了停车场把自己的车开来，扶着她上车，踩下油门往最近的医院开。

不过十分钟就到了。

挂的是急诊，值班医生吩咐护士准备好消毒和上药工具，先取钉子。

岑雾的腿被抬起来时，看到伤口，怕她害怕，周思源紧紧握着她的手："雾雾别怕啊，很快的。"

"你要是觉得疼，可以掐我转移注意力。"其实周思源怕血又怕疼，此刻像是英勇就义一般伸出自己的手，"我陪着你呢。"

岑雾心中微暖，朝周思源摇摇头，反过来安慰："没事。"她朝医生说，"我准备好了，麻烦医生了。"

医生点头。

几秒，一颗生了锈的钉子被取出，清脆一声被放置在托盘上，沾着血。

接着是消毒处理伤口。

全程，岑雾一声不吭，连眉头都没有皱一下，仿佛受伤的不是自己。

等打完针又配了药，医生嘱咐了几句注意事项，并让她好好休养，最好一周内不要怎么用力。

岑雾一一记下。

结束后，朱宇没有让她回学校，而是直接送她回了燕尾巷。

途中经过七中，岑雾下意识地看向窗外。

夜色四合，灯火辉煌，明明不可能听见，她却觉得仿佛有热闹声从礼堂隐约传进了她耳中。

回到燕尾巷，岑雾扶着墙，慢吞吞地走进洗手间，不能洗澡，她只是简单地洗漱了番，之后单脚蹦跳着回阁楼。

她没有上床，而是习惯性地走到了书桌前，关上窗户拉开窗帘，窝在椅子里静静地望着窗外的夜色。

2010年最后一天的夜色很美，月光皎洁，繁星点点。

对岸运河岸的高楼里万家灯火，比深夜时分多了好多，和小区里的路灯一起，将光晕全都映在了河面上。

波光粼粼。

不知道是不是此刻只有自己一个人的原因，还是伤口的隐隐作痛让她情绪低落，她觉得自己似乎钻了牛角尖。

她忍不住想，自己为什么不能小心一点，为什么不看路，为什么要错失这次机会。

然而此时心底却有冷漠的声音冒出来，一遍遍毫不留情地给她泼冷水——

"你以为上台表演了，梁西沉就会对你印象深刻，记住你吗？"

嘴唇几乎就要被咬破，岑雾双手抱住腿，下巴搁在膝盖上，最后转过了脸。

阁楼寂静，她轻轻地吸了吸鼻子，然而却压不住那股在鼻尖肆意横冲直撞的酸意。

不知过了多久，手机响动，程音打来电话。

岑雾指腹拭过眼角，接通，声音如常："程老师。"

"晚会结束回到家了吗？"电话那端的程音非常高兴，话里话外满是笑意，"雾雾，恭喜，你进决赛了！"

其实岑雾能进决赛是她并不意外的事，但她还是兴奋。

"决赛时间明天下午，一早我就来接你，没问题吧？"她沉浸在喜悦中，想了想又说，"还是早点吧，毕竟元旦，可能会堵车。"

北城和港城很近，开车一小时的路程。

岑雾没有意见，自始至终她的声音里都听不出不该有的情绪："好的，谢谢程老师。"

"那你今天练完舞后早点休息，放轻松，晚安。"

"嗯，程老师晚安。"

通话结束，岑雾试探性地动了动脚，轻踩上地。

疼。

第二天，程音天未亮就来接岑雾，原本挂着笑意的脸在看到她一瘸一拐的动作时当即就变了，又焦急又心疼。

"怎么弄成这样？疼不疼？"

岑雾摇头，轻声安慰："不疼，小伤而已。程老师，我可以的。"

程音眉头紧皱，然而对上岑雾的眼睛，神奇般地，她一个成年人竟被一个小孩子安抚，静下了心。

她不由得就想到了初见岑雾那会儿，这女孩又倔强骨子里又藏着股韧劲儿。

"老师，我们出发吧。"岑雾微弯了弯唇角，"相信我，没有问题。"

程音一肚子的话最终化作一声无声的叹息。

"好。"

就这样到了港城，两人第一时间找了家诊所换药，全程岑雾都很平静，和昨晚一样。

直到，她进入大剧场，意外地再见到了夏微缇。

夏微缇应该认出了她，面露惊喜和笑意地跑过来，掏出一包全新的纸巾："同学，谢谢你上次借我纸巾。"

鼻尖漫上少女香水味，岑雾伸手接过："不客气。"

"没想到又见到了你，"夏微缇自然地一屁股坐在化妆台上，眼睛灵动真诚，"恭喜你进入决赛呀。"

岑雾忍着脚底的疼，唇角微扬，亦是真心回应："谢谢，也恭喜你。"

夏微缇晃荡着两条纤细的腿，像是突然想到什么："对了，你是哪个组的，什么学校的啊？"

"七中"两字堵在喉咙口说不出来，她怕对方的下一句会是："你也是七中的啊？那你知道梁西沉吗？"

就在这沉默的两秒钟内，她看到夏微缇低头看了眼手里的手机，下一秒，夏微缇轻松一跳踩上地面。

她纤细的手兴奋地在屏幕上摁着，应该是拨了个电话："你来了？我马上过来，在门口等我，不许走！"

她说完侧头，染满笑意的眉眼分外生动："有机会下次聊啊，我朋友来啦。"

岑雾只来得及在镜中看到她欢喜飞奔出去的甜蜜背影。

良久，岑雾拿过保温杯，低着脑袋，小口小口地抿着自己特意放了糖的温水。

和半决赛一样，这次决赛她抽到的号码也是在最后，她始终安静等候。等轮到她，她神色如常地走上舞台。

只要用力，脚就疼。

但她没有表现出丝毫。

而等结束，不意外的是，有血渗出了绷带，甚至她的后背也冒出了细密的冷汗。

程音等在后台，看到她背脊僵直地回来，第一时间将她扶住，二话不说立刻带她去附近医院处理。

医生瞧见伤口，忍不住问了声怎么不把伤当回事。

岑雾咬着唇，没有出声。

医生只当她疼坏了，摇摇头便没再说什么，重新给她消毒上药。

岑雾依然一声不吭。

倒是程音叹了口气。哪怕自己也是舞者，无比清楚身为舞者未来还会遇到更多伤痛，但这一刻，她仍很是不忍。

离开医院后两人坐上回北城的车，回到燕尾巷已经很晚。

岑雾轻手轻脚地上了阁楼。

窝在椅子里，她打开今天没带的手机登录 QQ，一登录，周思源一大串的消息不断地振动。

周思源：雾雾你的脚还疼不疼，好点了吗？

周思源：事情处理完回来没有？回来后记得回我消息哦，爱你。

周思源：元旦快乐哦，新的 2011，祝我家雾雾心想事成！

……

她一条条看过往下翻，看到某一句时，她的指尖微顿。

周思源：我的妈呀，雾雾，昨天梁西沉在晚会上帅死了！视频里他才出现，尖叫声就要把房顶掀了！

周思源：学校贴吧都是他的帖子，都快刷爆了！其他学校的人也慕名而来，要一睹他的风采。

后面的留言几乎都和梁西沉有关。

这一刻，她突然想，自己已经有段时间没能见到他了。

如果昨天……

蓦地，她起身将窗户开大些让晚风多吹进来，却因为动作太急忘了脚伤，一时间疼痛猛地汹涌。

她咬了咬唇。

而后，她垂下眼眸专心回复消息：我回来了，事情办完了。元旦快乐，新的一年，思源万事胜意。

周思源没回，大概是睡了。

沈岸和谢汶也给她发了元旦快乐，沈岸还问她脚伤怎么样了。

她认真地回复。

回复完，她犹豫良久，退出 QQ，点开了短信页面。

"元旦快乐"，最简单的四个字写写删删，之后想装作群发短信，但在不知道多少次后，她最后还是删掉了没有发。

2011年的第一晚，岑雾失眠了。

她到了后半夜才勉强睡着，却是没睡好，梦里反反复复出现夏微缇打电话时的甜蜜表情，还有那个一闪而过的背影。

元旦三天假期一晃而过，返校后期末考试即将到来，同时意味着离3月份的小高考也越来越近。

班里同学都铆足了劲，课间如果不是要去厕所基本都不怎么出教室。

岑雾也不例外。

就是在这样紧张的复习中，关于梁西沉的八卦消息却越传越多。

有说其他学校的女生特意来校门口蹲他，有说看到梁西沉和一个卷了发的女生站在一块儿说话，等等。

岑雾听说时，她的脚伤还未痊愈，同时得知的还有另一个消息。

——梅梨杯古典舞少年女子组，她获得了一等奖。

消息是程音知晓结果后第一时间告诉她的。

梅梨杯堪比舞蹈界的奥斯卡，有了这个奖加持，对往后的发展会很有益处。

是一件很高兴很值得庆祝的事，然而岑雾情绪却没什么波动。

直到，她鬼使神差地问程音其他组获奖的人都有哪些，随即听到了那个不陌生的名字——

夏微缇。

现代舞组，一等奖。

当时，她脑中第一浮现的是周思源曾经说过的一句——

"也不知道梁西沉这样的天之骄子以后会喜欢什么样的女生哦。被他喜欢的女生一定很优秀，很幸福。"

这句话携着那些传言一起在她脑海中反复浮现。

她想。

夏微缇真的很优秀。

获奖是好消息，但岑雾也清楚接下来将要面对的是什么——

外婆。

她做好了准备，以为外婆会第一时间来北城阻止她跳舞。

然而，外婆那边很安静。

对此，岑雾也没有主动联系她挑明这件事。

很快，期末考试正式到来，又随着最后一场历史考试的结束，寒假也正式开始。

放学后，岑雾和周思源一块儿去了书店，周思源和往常一样要先买漂亮的文具，她则去了二楼挑书。

绕了一圈，最后，她鬼迷心窍似的走到了那天第二次见到梁西沉的书架前。

那本地理杂志的位置已被摆上了其他书。

她看了几秒，伸手拿下。

本是随便翻看，不想意外地被里面的内容吸引，看得入了迷。

直到有阴影稍稍遮挡住了从落地窗那边落过来的阳光。

她只以为是周思源，便低声说："思源等等，马上好。"

没有回应。

她偏头，四目相撞。

下一秒，岑雾呼吸微滞。

她几乎是用尽了所有本事才让自己不至于在突然遇见他的欢喜中失了态。

手心里出了层汗，她强装镇定，想打招呼。

"1号谢汶和我生日，请吃饭。"久违的声音带着一如既往的冷淡，就这么漫不经心地落进了岑雾耳中。

她一时没反应过来，愣住。

落地窗外的阳光铺过来笼着这片角落，竟是意外地和上次在这里时的情形一样——

她和他的影子意外地触碰到了一起。

他背着光，盯着她的眼睛，神色并不能看得分明。

岑雾在自己失控的心跳中听到他的下一句——

"岑同学，来吗？"

第三章

只属于她和他的秘密时光

"十二，十三……"

把折的星星全都倒出来数到倒数第二颗时，岑雾眼睫眨了眨，手指屈起攥在一块儿，动作顿住。

单数就去，双数不去。

数不清这是她第几次停下。

星星旁边是一枚硬币，"花面"朝上就去，朝下不去。

先前几次，她一点点地抬起手，却在看见一丝端倪时猛地再遮挡，自欺欺人地不让图案露出来。

台灯暖黄的光线晕着不大的阁楼，也照着书桌上那张静静被放在中间的明天回南溪镇的火车票。

岑雾一瞬不瞬地望着，脑海里，是白天梁西沉突然出现邀请她的画面。

没人知道，他的一句话让她纠结了多久，甚至，她把每个字都拆了开来，当阅读题反复理解。

包括他的眼神。

蓦地，她起身，快步走到床头角落把行李箱打开，想收拾回去的东西，却在拉链拉开时，动作再次顿住。

真的不想去吗？

好像有声音在心底问她。

良久，岑雾不知何时紧咬住的唇松开，几不可闻地叹了口气。

她想去。

想能见到他，想可以离他近一点。

哪怕……夏微缇也会在。

哪怕会难过。

就这一次。

第二天一早，岑雾就给周思源发了消息，告诉她自己会去。

周思源在得知她会去后高兴坏了，约着她一块儿去商场逛逛，看看该给他们买什么生日礼物。

岑雾说：好。

但其实这时她已经在商场，甚至把开门的店铺逛了不少，只不过始终没有看到特别合适的。

她懊恼地发现，自己对梁西沉似乎并不了解，不知道他会喜欢什么、不喜欢什么。

趴在栏杆上，她听到自己从昨晚后的第二次叹气。

半晌，不经意的一眼，她看见了一家小众手表店橱窗展示的一款男士手表。

梁西沉那一截劲瘦偏白的手腕几乎是同一时间地在她脑海中浮现，她莫名觉得，没人比他更合适。

她走进店里。

"这块手表的名字叫'暗恋'，寓意是'我在你不知道的地方，每分每秒都在偷偷想你'。"店主兼设计师笑着走近介绍。

——我在你不知道的地方，每分每秒都在偷偷想你。

鬼迷心窍似的，岑雾在心中无声地将这句话默念了一遍又一遍，自看到它，眼睛似乎再也移不开。

有声音不停地蛊惑，就是它。

"妹妹是送男朋友吗？"

店主突然的一句话，让岑雾的脸唰地红了，烫得厉害。

她张了张嘴，否认："不是，我……"

到底是这个年纪过来的，店主了然："那要它吗？"

她的语调温柔，像在鼓励岑雾勇敢一回。

岑雾咬着唇，声若蚊呐："嗯。"

接过包装好的手表时，她的心跳就如同每一次见到梁西沉那样快。

"雾雾你买什么了呀？"走出手表店不久，周思源突然冒了出来，自然地挽过她的手想看看。

岑雾的身体微不可察地僵了僵。

"没什么，"她心虚地将微扬的唇角弧度压下，不着痕迹地把手袋往身后移了移，说了谎，"给……我外婆买的。"

周思源"噢"了声，没多想，完全被她骗过去了。

岑雾却怕周思源还会问，主动问："先吃饭还是先逛？"

周思源的注意力果然被带走，仰着脸想了两秒，笑："当然是先吃饭啦，吃饱了才有力气逛街嘛。"

闺密两人先找了家人气不错的小吃店，心满意足地吃完后才开始慢悠悠地逛商场。

每年沈岸过生日周思源都会送他礼物，所以在这方面很有经验，没多久就把礼物给选好了。

时间还早，两人又去剪了个刘海。

傍晚时分，岑雾回到燕尾巷。

林湘正窝在沙发里看电视，见她进来翻了个白眼："怎么放寒假了还要赖在我家里不走啊？"

岑雾通常不会理会林湘的阴阳怪气，但今天，在上阁楼前，她转身："开学后我会搬走。"

无论过几天回南溪镇后外婆的态度如何，她都不会在这儿继续住下去了。

林湘一听，重重地哼了声："你最好说到做到。"

岑雾没再理会，上了阁楼。

她将带回来的东西小心地放在一旁，拿出贺卡，依旧是先在草稿纸上练了多遍，最后才小心地写上贺卡——

生日快乐。

提笔想在落款处写上自己的名字，但百般纠结，最终她还是没有。

她的目光下意识地落在那块手表上，指腹情不自禁地摸上手表盒。她轻轻地舒了口气，脸蛋微微发烫。

1号那天天气不错。

谢汶提前把要去的人拉进了QQ群，岑雾是无意间看了群消息才知道，原来梁西沉的生日在除夕，谢汶想热闹凑在一块儿。

临出门前，岑雾第一次在衣服上纠结，她穿衣服一向注重的是舒服。

但那天，她几乎把自己所有的衣服都试了个遍，最好看的是逛街时和周思源一块儿买的闺密装，搭了条比较粉嫩的百褶裙。

不是她平常的风格，但周思源一个劲地夸好看，说让人眼前一亮。

但最后她还是换下了裙子，穿着和平时差不多。

吃饭的地方在梁西沉家，他们会先在运河岸门口集合，然后再一块儿进去。

岑雾没有坐公交车，而是选择步行。

迈入2月的北城很冷，风刮来时有些刺骨，但她丝毫感觉不到。

快到时，经过一家店铺窗户，无意间瞥见自己唇角竟然一直上扬着，她连忙低头，伸手按下。

庆幸没人发现，她轻舒口气。

其他人来得很快，算上她总共有十五个人，一群人浩浩荡荡地往小区里走。

梁西沉住的那栋在最里面，最靠近她窗前那条河。

一路上都有人震惊低呼。

等踏出电梯，入眼的是宽敞明亮的入户大厅，一梯一户。

蒋燃脱口而出就是一句："我去，豪宅啊！"说完他又一本正经地问谢汶，"沉哥还缺弟弟吗？可以和他分家产的那种。"

"缺儿子吧。"谢汶将他上下打量，嫌弃意味毫不掩饰，"就是你太傻了，说出去丢阿沉的脸。"

蒋燃满不在乎，上前按门铃学着电视里大喊："沉哥！沉爸爸！我来了，快开门啊，我知道你在家！"

门从里面打开。

"沉哥早啊！"蒋燃笑嘻嘻地一把勾住他肩，"哥几个来给你和汶哥庆祝大寿来了，开心吗？"

"会不会用词？"谢汶嘴角抽了抽，对着他的屁股就是一脚。

旁边其他几个男生笑得眼泪差点出来。

蒋燃摸摸被踹的屁股，还委屈上了："沉哥！"

"闭嘴。"梁西沉侧身，吐出两字。

蒋燃："……"

没再闹，一群人一拥而进。

岑雾和周思源走在最后。

从进入电梯后，她就控制不住地紧张，而当梁西沉那张似乎是刚刚睡醒的脸出现在眼前时，她的心跳瞬间失控。

只一秒，她就佯装平静地垂下眼移开。

他还在门口。

她努力让身体不僵硬地从他身边经过，属于他的气息蒙上鼻尖，她不自觉地屏住呼吸，生怕泄露什么。

她听到谢汶问他："昨晚没睡好啊？"

"嗯。"沙哑的一字，隐约透着股难言的慵懒性感，钻入她耳中，又轻而易举扣上她心弦，久久难消。

他关了门，不疾不徐地走在她身后。

"别客气啊，把这里当自己家。"谢汶和梁西沉关系最好，一点也不客气地招呼大家，又问，"东西准备了吗？"

梁西沉微抬下巴："嗯。"

谢汶笑着大步走过去，把一个纸箱拖了出来。里面是他让梁西沉准备的气球、礼花之类的东西。

"来来来，给我们阿沉家打扮打扮，喜庆点儿啊。"他拿出气球分发。

他是寿星公，又是即将过年，大家都愿意热闹，接过气球后便三三两两地聚在一起开始吹。

岑雾也拿过了些。

眼角余光里，她看见那抹身影似乎是往卧室方向去，谢汶跟着一块儿，勾着他的肩不知道在说什么。

她垂下眼，拿起气球放到嘴边吹。

气球一点点地变大，悄无声息间，她那份藏得很深的心思好像也在被放大。

周思源在这会儿凑过来，指着手机感慨道："雾雾你看，运河岸……单价这个数，还不是有钱就能住进来的。"

岑雾看了眼。

周思源又"啧啧"了两声："谢汶说梁西沉之前不住这里，我看了下他以前住的小区，也好贵哦。他一个人住这么大的地方，上下两层都打通，他家里得多有钱啊？"

一个人？

岑雾敏锐地捕捉到这个关键词。

"砰"的一声，有气球吹破。

"蒋燃你要死啊，故意在我耳朵旁边吹破，吓死人了！"有女生气呼呼地就要拿抱枕砸蒋燃。

蒋燃恶作剧得逞，起身就跑。

女生追，其他人起哄。

岑雾在这种哄闹中听到自己伪装过的声音，淡然沉静，不动声色地打听，只为了更了解他："那他家里人不和他一起住吗？"

"咦？"周思源想了想，"好像还真没听说过他家里人。应该没有吧，你看这里也不像有其他人住。"

岑雾抿了下唇，压着过快的心跳还想再问什么。

"哎，你们觉不觉得我们在这儿吹气球就像帮梁西沉结婚前布置婚房啊？"对面的女生突然捂住嘴笑道。

今天来的人里，除了她和周思源还有五个女生，四个是他们同班同学，平时和谢汶关系很好，一个好像是他妹妹。

岑雾心头一跳。

"你别说，还真像，我哥结婚那会儿就是这样的。"说话的女生旁边的人搭腔，看了眼，没见梁西沉在才八卦，"不是说梁西沉和一个其他学校的女生走得近吗？"

"真的假的啊？她今天会不会来？是不是长得特别漂亮？"

"她到底是谁啊？谢汶是不是知道什么？"

夏微缇。

岑雾脑中赫然浮现半决赛和决赛那两次见到的夏微缇，尤其是她打电话时的甜蜜表情，每一帧都分外清晰。

"砰！"

突然的一声，气球被她吹破。

"雾雾你也吹破一个啦。"周思源一副终于不是我一个人会吹破气球的快乐表情。

岑雾眼睫扑闪了两下后垂下眼，掩去情绪，"嗯"了声，偏头朝她挽起唇角，用轻松的口吻："对啊。"

周思源乐得不行。

"给。"她递给岑雾气球。

岑雾接过，突然觉得没吹起来的气球好重。

她吹不起来。

对面的女生还在压低了声音笑着八卦，这一刻，岑雾说不出自己究竟是什么感受，只觉得心口很闷。

"来来来，先吃点东西啊，饮料、白开水、甜品都有，想要什么自己拿。"谢汶的声音响了起来。

岑雾觉得有些呼吸不过来时，一杯温开水放在了她面前的茶几上。

视线里，那只手修长好看。

她心尖一颤，下意识地仰起头，对上梁西沉那张没什么多余情绪的脸，随即看到他也拿了一杯给周思源。

女生都有。

还未来得及品出的一丝甜瞬间自动消散。

"谢谢。"她很轻声地道谢，端起玻璃杯小口地抿了口。

气球吹得差不多之际，蒋燃提议打会儿牌玩玩。

为了让大家都参与，他大声说赢的人可以往输家脸上画东西或者贴纸条，或者让输家做什么都行。

都是爱玩的年纪，他又说得绘声绘色，一时间大家都蠢蠢欲动，嚷嚷着赶紧开始。

岑雾没玩过牌，本想当观众就可以，但蒋燃非说每个人至少都要轮一次，一起玩才热闹。

不想让自己在今天的场合显得不合群，她点点头，和周思源一块儿站到谢汶身旁看怎么玩。

才看了一局，周思源便信誓旦旦地说会了，迫不及待地要大显身手。

结果，接连惨败。

白嫩的脸上被毫不留情地贴了纸条，还被谢汶画了道横线。

"啊啊啊！雾雾，你要帮我报仇，"周思源噘着嘴站起来，可怜兮兮地按着她坐下，指着谢汶，"在他脸上画个大乌龟！"

岑雾："……"

她硬着头皮坐下。

下一秒，她的心脏猛地蹿到了最高点，在毫无支撑点的高空怦怦怦狂跳。

对面换了人。

——梁西沉。

"来吧。"他的视线随意地扫过包括她在内的其他三人，嗓音听着颇为懒慢。

岑雾放在桌下的一只手指尖蜷缩了下。

她慢慢地呼吸着。

新的一轮正式开始。

岑雾坐在椅子上，背脊是一贯的笔直，不想在他面前输得太难看，她忍住不胡思乱想，高度集中注意力。

大概是幸运的，连着几局她竟然都没有输。

谢汶挑挑眉，夸她："厉害。"

她弯了下唇。

重新开始时，轮到她做庄家。

很不巧，这次的牌一上来就很差，她小心了又小心，神经渐渐紧绷，到最后，她觉得自己输定了。

直到，梁西沉打了张牌。

一张她等了很久迟迟没有出现也很难会出现的牌。

她呼吸微滞。

"啊啊啊！雾雾，我们赢了梁神？！"周思源藏不住心思，在看懂牌的瞬间兴奋地尖叫出声。

蒋燃跑过来一看，立即竖起大拇指，顺口跟着周思源喊："雾雾厉害！"

一抬头，瞧见梁西沉睨着他，他当即贱兮兮地大笑，故意问："怎么了，沉哥是输不起吗？"

岑雾终于眨了下眼睛。

她抬眸，意外地在众人的哄笑声中和他目光短暂相撞。

"我是你？"他随手将牌往桌上一放，瞧了眼蒋燃，懒懒地撩起唇角，"愿赌服输。"

蒋燃鼓掌，喊："雾雾赶紧的，抓住机会。"

蒋燃向来看热闹不嫌事大，一把抓过支黑色笔递给岑雾，坏心思昭然若揭："在沉哥脸上写……'手下败将'！"

这话一出，其他人顿时哈哈大笑起来，全盯着岑雾，还有的火急火燎地催促，恨不能替她。

毕竟难得见梁西沉输一次。

岑雾只觉手里的笔又重又烫。

蒋燃以为她不敢："别怕，有我们给你撑腰呢。沉哥自己说的，愿赌服输！"

岑雾尽量让自己的表情看起来自然："要不……"

"写吧。"如山间清泉的声音准确无误地落入她耳中，轻而易举将她本就失控的心跳再搅乱。

他坐在椅子上，看着她说。

其他人吹口哨起哄。

岑雾的大脑空白了那么两秒，她不着痕迹地深呼吸了下，硬着头皮在所有人的注视下走向他。

不过两步的路，却走得她满手心都是汗。

"画脸上。"

"额头。"

"还是脖子吧。"

围观的人都在唯恐不乱地出主意。

但岑雾好像听不见，她所有的感官都被眼前的梁西沉轻松夺走，全被他占据。

现在是冬天，他仍是一头短发，薄薄的一层，额前没有头发遮挡。近在咫尺的俊脸仍淡漠，似乎收敛了桀骜。

但存在感依然极强。

天花板的光落了下来，在他高挺的鼻梁上投下阴影，深不见底的黑眸里盛着漫不经心。他昨晚应该真的没睡好，眼下有淡淡的青色。

她垂在身侧的左手不自然地颤了颤，最终选择额头。

他坐，她站。

她需要稍稍俯身。

距离拉近，刹那间，她竟有种彼此的呼吸在交缠的亲密错觉。

尤其，他的眼神还落在她脸上。

岑雾移开了视线，几乎是用尽了所有的力气才没让自己的手发抖，在蒋燃等人的鼓掌声中一笔一画地写下——

手下败将。

最后一笔结束，她如释重负，强装镇定地往旁边让开两步，轻得几乎听不见的声音："好了。"

男生们一拥而上将梁西沉团团围住，堪比自己喜欢的球队获胜，兴奋得又是吹口哨又是欢呼。

不怕死的蒋燃更是拿出手机对着他的脸就是一顿猛拍，边拍边欠揍地笑："新手就是手旺。"

然而手旺的岑雾接下来却再没有赢过，反倒连输好几次，额头被谢汶和其他人贴满了纸条。

后来周思源满怀信心地要一雪前耻，她便让了位。

她借口喝水，等转身回来，目光装作随意地四处看了圈，最后飞快地看他两秒。

谢汶在和他说什么，他偏头，薄唇微挑，懒懒的，有点痞还有点游戏人间的意味，偏偏又清醒。

他的脸上依然只有她写的那四个字。

后来，直到结束，他都只输了那么一次。

门铃响起的时候，岑雾正和周思源从洗手间出来回客厅，余光看见梁西沉第一时间起身去开门。

瞬间，她像是被定在了原地，心被揪住，连呼吸也被夺走。

是夏微缇来了吗？她忍不住想。

"雾雾走呀，"周思源身边是谢汶的妹妹，和她说完话后，她扭头，"你怎么啦？"

岑雾平静地压下浮起的情绪，摇头，抬起的脚步却万分僵硬。

直到发现敲门的不是夏微缇，而是外面餐厅的工作人员送餐上门。

之前谢汶在群里问想吃什么，群里七嘴八舌地讨论，有说想吃西餐，有说冬天就要吃火锅热闹。

最后谢汶说干脆让梁西沉都安排。

岑雾在没人注意的角落极轻地舒了口气。

然而即便如此，她的一颗心仍是七上八下久久没办法回到原地，哪怕吃完了饭夏微缇都没出现。

饱餐后，有男生想玩游戏，也有想看电影的。

岑雾被周思源挽着手看了会儿男生玩游戏，接着去了二楼看电影。两人到得晚，就随便找了地方坐下。

没一会儿，谢汶几人也过来了。谢汶坐在她身边压着声音问她明天有没有空，他妈妈想请她去家里吃饭。

第一次在书店认出她后，谢汶回去就和他妈提了，他妈本想立刻喊她来吃饭的，但后来有事一直耽误。

岑雾歉意婉拒："明天我要回南溪镇。"

"这样啊，我妈年后可能会去看望你外婆，到时再一块儿吃饭也行。"谢汶没勉强，聊了几句。

岑雾"嗯"了声，说"好"。

看的电影是一部带了惊悚元素的贺岁片，起先没人觉得害怕，毕竟开着灯，甚至理科班的人还冷静地讨论惊悚情节合不合理。

直到后面不知是有人关了灯，还是灯坏了，正好又是一个恐怖镜头，吓得最开始说这电影一点也不吓人的周思源"啊"的一声直往岑雾身上靠。

岑雾被她逗笑："假的啊，别怕。"

周思源"呜呜呜"道："那我也怕。"

但她还是想看，一手紧紧挽着岑雾的手，一手遮住眼睛，然后小小地露出一条缝继续看。

又一个恐怖镜头毫无预警出现时，坐在周思源旁边的谢汶妹妹也被吓到，死死地抱住周思源。

周思源一抖，本能地往岑雾怀里钻。

太过突然，岑雾实在没有准备，被两人弄得身体一晃就要往旁边摔倒，她的左手本能地撑在沙发上抵挡。

而后，她碰到了一只手。

她只当是谢汶，连忙收回手转头："谢汶，抱……"

话音戛然而止。

一双漆黑的眼眸和她对上。

电光石火间，原本微亮的屏幕突然熄灭，只有男女主角的声音还在继续，微喘发颤的呼吸声再将紧张气氛推向高潮。

岑雾的大脑空白了一秒，继而猛地把手拿开。

她心口乱跳，只能用指甲用力掐着手心才勉强能压制，逼着自己语气平静："对不起。"

屏幕上画面终于出现，但光微弱，很暗。

"没关系。"她看到梁西沉的喉结漫不经心地滚了下，薄唇吐出来的三字没有丝毫多余情绪的波动。

这部电影讲了什么，后来在岑雾的记忆里再也找不出半点蛛丝马迹，她甚至连名字都不知道。

她唯一记得的——

是黑暗中那个不过两秒的对视。

是自己指腹残留的属于他的温度。他的手指干燥。

每一样，都被她妥帖地珍藏在心底无人知晓处，也让她偷偷地欢喜了许久。

无法忘怀，念念不忘。

玩闹到九点差不多要离开时，蒋燃嚷嚷说忘了给两位寿星公切蛋糕许愿。

蒋燃虽然看起来不着调，但很多事上还是挺靠谱的，他把准备好的蛋糕推出来，关了灯，点上蜡烛，招呼两人许愿。

岑雾站在最边上，借着此刻大家都看两人的机会，目光终于能正大光明地落到梁西沉的脸上。

她看着他本不想许愿，最后在蒋燃的起哄下也合上眼，双手合十，许下生日愿望。

蜡烛吹灭，蛋糕大战一触即发。

欢声笑语不断。

岑雾在躲避旁人的袭击时，隔着人群，看到他嘴角微挑，像是在笑。

她情不自禁地，也挽起了唇。

生日快乐，梁西沉。

她在心底说。

结束后梁西沉和谢汶安排车送大家回家。

岑雾想着还有末班车，她坐公交车就可以。

谢汶却说："我送其他女生，阿沉你就送岑雾吧，正好她家就在附近，方便。"

岑雾心跳骤然停顿。

"嗯。"下一秒，她听到梁西沉的声音。

宛若被巨大的惊喜砸中，她一时发不出声音。等想婉拒，已错失了最佳开口机会，他接了个电话，让她稍等。

"走了啊，拜拜。"谢汶、蒋燃他们和她打招呼，周思源和她抱了抱约好明年见。

她完全是本能地说好，什么也没注意到。

更没注意到有一个不是一班但和谢汶、蒋燃是好哥们儿的男生临走前又将她打量了番，试图将她和从前对上号。

自然，她更不知道这男生在上车后打了个和她有关的电话。

她怔在原地，跟傻掉了一样，直到梁西沉接完电话回来。

"好了。"他的声音低沉。

岑雾终是回神。

"我……"她张嘴，心跳如雷。

"嗯？"他站定。

彼时两人都站在小区外，旁边一盏路灯，昏黄的光晕洒落，两人的影子看似亲昵地挨在了一块儿。

看一眼，都叫岑雾手脚发麻。

突然，有寒风冷冽吹来，将她吹醒了几分。她后知后觉地意识到自己想说什么，有那么两秒的退缩。

可是……

　　或许只有这一次机会了。

　　她手指紧攥，鼓起勇气对上他的眼睛，竭尽全力地让自己平静："我吃多了，很撑，想走回去。"

　　她的神色看起来再正常不过，然而事实是，她紧张得快不能呼吸了。

　　一秒还是两秒，或许都没有。

　　但她还是体会到了什么叫度秒如年。

　　她后悔了。

　　不该这么说的。

　　"嗯，走吧。"他的声音依旧慵懒，在她的万般懊恼中稳稳地落入她的耳中。

　　像有蜜糖一层层地缠上心脏，甜得她脑袋发晕。她将自己的半张脸藏在围巾下，悄悄地翘了翘唇角。

　　"谢谢。"

　　"不客气。"

　　岑雾向来话少，和周思源、沈岸在一起时多数是听他们说。如今身旁走着的是自己心底的少年，她更是说不出什么话，生怕开口的哪个瞬间会泄露什么。

　　而在她的印象中，梁西沉性子冷漠，话也极少，她和他之间说过的话十根手指头就能数过来。

　　但她依然开心。

　　哪怕一路上两人一句话都没有。

　　从前她讨厌北城的一切，这里的每一条路都让她从心底抗拒，但这一刻，她希望这条回燕尾巷的路能无限变长。

　　她想走得久一点，想一直走没有尽头，想……

　　"小心。"一只手突然抓住她的手臂。

　　"走路也不看路！"有人骂了声。

　　岑雾还没反应过来，只听见有电瓶车急促的"嘀嘀"声，一辆电瓶车摇摇晃晃地从身边开过。

　　有浓重的酒味弥漫在空气中。

　　几乎是同一时间发生，脚步不受控制地跟跄了两步。

　　被一拽，身体惯性使然，岑雾整个人跌进梁西沉的怀抱里。

　　埋在围巾下的脸撞上他胸膛，呼吸骤停间，岑雾似乎听到了梁西沉的心跳声。

　　一声一声，听得她脑袋莫名发晕。

　　"有没有事？"低而哑的一句从头顶落下。

　　岑雾恍了神，只是本能地仰起脸，眨了眨眼睛。

　　他低头。

　　距离近在咫尺，呼吸似在交错，她看到他的脸寸寸下压。

　　岑雾骤然清醒。

　　"没……事。"她极力克制着没让声音发颤，慌张但又强装镇定自然地从他怀中努力站直后退，"对不起。"

她的心跳乱得不行，撞上去时不敢碰到他的左手，抖了抖。

她掩饰性地悄悄握成拳，却不知道手心里什么时候多了一层汗。

"谢谢。"大脑嗡嗡作响，乱糟糟的，难为她还记得礼貌道谢。

他却没有出声。

一颗心直接蹿到了最高点，不得已，她只能硬着头皮再抬头。

路旁的光线昏黄，晕在他那张五官极为出色的脸上，什么也看不清。

尤其是那双正在盯着她的眼睛，漆黑，深不见底。

岑雾连呼吸都停止了。

就在她快要支撑不下去的时候，她听到他漫不经心的声音伴着寒风吹来——

"岑同学。"

只这一句，岑雾浑身的神经立时紧绷到了极致，害怕被他发现了什么，却又忍不住隐隐期待什么。

"在想什么，不看路？"梁西沉看着她，淡淡的一句。

她的手指猛地蜷缩了下，提起来的心回归原处。

"在想……明天回家。"她眨了眨眼睛，说了谎，埋在围巾里的半张脸也被闷红，温度不受控制地升高。

其实，是在想你。

但这话，她是无论如何都说不出口的。

她咬了咬唇，想说走吧，话还没来得及出口，就听见他的手机铃声响了。

他眯了眼，眉心似有烦躁："接个电话。"

"嗯。"

余光里，他长腿迈开往旁边走了两步，被灯光拉得很长的影子随着他的动作移动，在地上晃过。

不期然地，和她的挨在了一起。

岑雾僵直了身体，一动不敢动，却又想到什么，不着痕迹地悄悄地往旁边挪了半步又挪回来。

影子短暂地分开又触碰在一块儿。

亲昵暧昧，影影绰绰。

他还背对着她。

狂乱的心已跳到了嗓子眼，随时都会冲出来，岑雾抿住唇，屏住了呼吸，从口袋中摸出手机。

她飞快地瞥一眼，见他没有注意，她假装低头看手机，偷偷地……将两人的影子拍成照片。

却因为太过紧张心虚，连拍了好几张，最后能用的却只有一张，但她还是很开心。

"走吧。"接完电话，梁西沉只对她说了这一句。

后来的那一路和最开始一样，谁也没说话。

直到到了燕尾巷。

岑雾远远地就看到了巷口，在心里失落地数到第 499 步时，她准备和他道谢告别，忽然有微凉触感落上鼻尖。

她下意识地仰起脸。

几片小小的雪花从夜空中轻飘飘地洒落。

下雪了。

她忽然就想起了之前周思源推荐她看的那本暗恋小说。

有一幕，是女主角意外和喜欢的男生走在路上时，天空落了雪，女主角为此在心底偷偷地开心了很久。

岑雾从未想过，有一天类似的一幕会发生在自己的身上，就像从未想过他会送自己回家一样。

此刻，她很喜欢很喜欢的男生就在自己身旁，昏黄的光线将两人的身影虚虚拢在一块儿。

她忽然生出了一个大胆的冲动。

"梁西沉。"在她还没有决定之际，曾在心底偷偷念过多次的名字第一次从她口中窥见天光。

喊的时候身体里的血液仿佛瞬间停止了流动。

快过年的时候，上班的放假，学生早就放寒假多天，接近十点的深夜，燕尾巷依然热闹不断。

有各种各样的声音从四面八方而来，很好地掩饰了岑雾突然快要无法负荷的心跳。

她的左手插在口袋里，一路上指腹来来回回摩挲不知多少次的，是那块在店里就包装好的手表。

在他家时，她没有勇气拿出来送给他，哪怕外面其实有包装掩饰着，看不出什么，哪怕没人会在意。

她怕被看出端倪，哪怕一点。

而现在，只有她和他。

如果……

"嗯？"他眼神落在她的脸上。

夜色中，他的眼睛越发深不见底，窥探不出有任何的情绪波动。

岑雾突然就不敢了。

紧攥的手指松开，指甲印印了满手心，她只是说："我到了，谢谢你。"

岑雾是跑上阁楼的。

怕弄出声音会吵到舅舅一家，她换下鞋后直接光着脚急急地跑上了阁楼，等不及也不敢开灯。

手指捏住窗帘想拉开，但她硬生生忍住了。

她深吸了好几口气，才小心翼翼地将窗帘拉开一条小小的缝隙，视线往下，找到了那个渐行渐远的身影。

路灯将他的影子拉得很长很长。

再也看不见的时候，岑雾终于愿意收回视线。

没穿鞋的脚冻得不行，在这时抗议，她钻进被窝，同样冻僵的手从口袋里小心地把手表盒拿了出来。

她双腿屈起，下巴搁在被子上，指尖戳了戳手表盒，轻轻地叹了口气。

自己果然是个胆小鬼。

送不出礼物，连一句生日快乐也不敢当面对他说，好没用。

万分懊恼之际，手机突然响动，她拿出来，发现是谢汶建的QQ群的消息。

蒋燃在群里吆喝，憋着坏：各位都到家了吗？来来来，我要开始发今天的照片了啊，一起欣赏欣赏。

岑雾还没来得及细看，消息就已经刷屏，一条条地在她的手机上显示的都只是两个字：[图片]。

中途，他们班其他男生插嘴。

男生A：哈哈哈，蒋燃这个角度也能找到，我也是没想到。

男生B：蒋燃很不怕死啊！你把沉哥"手下败将"那四字拍得这么清楚，就不怕沉哥事后找你算账灭口？

消息冒得太快，但岑雾还是准确无误地捕捉到了每一次提及梁西沉的消息。

手下败将……

昏暗安静的阁楼里，岑雾清楚地听到了自己如雷的心跳声，脑中也适时浮现那一幕。

她想看照片，但看不了。

偏偏这时周思源还私聊她：雾雾，照片我保存下来啦，开学后传给你。蒋燃拍照技术不错嘛。

周思源一条条地说着看到的照片。

第一次，岑雾知道了什么叫心急如焚。

她握紧了手机。

蓦地，她掀开被子下床，找出手机数据线，一秒也等不了地又跑下阁楼，甚至走得太急，还不小心撞到了床尾，像极了书店见到梁西沉的那次。

出了门，原本她只是正常的步伐，走了几步后，她忽然跑了起来。

深冬的寒风格外冷，夹着时有时无的雪花，迎面吹到脸上，冷冰冰的。

岑雾却觉得身体里有股热意，在随着心跳上下的跳动流至全身。

她等不了到白天。

一路快跑到最近的网吧，她微喘着气，没有意识到自己唇角上扬，眼里满是细碎笑意："麻烦帮我开台机子，谢谢。"

她坐下，登录QQ，隐身。

这会儿群里的消息早就数不清。

尽管着急，但她还是耐着性子翻到了最开始，不错过蒋燃发的任何一张和梁西沉有关的照片，一一下载到手机里。

而后，她看到了那张——

她拿着笔强忍紧张在梁西沉额头上写下"手下败将"时，他懒慢的眼神落在她脸上，在看她。

周围站满了看热闹的人。

但莫名地，她生出了一种只有她和他的错觉，更有种仿佛此刻他正透过屏幕在看她的错觉。

脸突然间变得很烫，岑雾用双手遮住脸试图降温。

无果。

片刻后，她情难自禁地翘了翘唇，将这张照片保存进她的秘密相册。

确定所有的照片都已经发出来后，她起身回燕尾巷。

一路步伐轻快，在快到时，她停下。

他到家了吗？

要不要……问问？

这个念头一经冒出，瞬间如藤蔓般在身体里疯涨，怎么也抑制不住。

她低头，摸出手机，点进通讯录。他的名字"L"在最显眼的第一个，那是属于她一个人的秘密。

她指腹几次轻碰上，但迟迟没敢按下。

最终，她打开了短信。

然而一句再简单不过的话却数不清究竟被她写写删删了多少次。

而每删一次，她咬唇的力道都会无意识地加重。

到最后，为了不显得刻意，她多加了前面一句：谢谢你送我。你到家了吗？

在颤抖着按下发送键后，她害怕似的猛地闭上了眼。

视觉的缺失下，她分明听到了自己的呼吸声急而沉，每一次呼吸都是紧张的证明。

"嗡"的一声，手机响动。

刹那间，周遭世界变得安静，心跳也好似停止。

她的睫毛止不住地发颤，她咽了咽喉咙，慢慢地睁开了眼睛。

L：到了。

两个字，一个句号，逐渐在眼前清晰。

笑意一点点地从眼角眉梢间漾开，她情不自禁地扬起唇角，每一分都是欢喜甘甜。

寒风阵阵吹过，露在外面的手不意外地抖了抖，但一点也不冷。她深呼吸，一次次压住过快的心跳，隔着屏幕将不敢当面说的话发送：对了，忘了跟你说了，祝你生日快乐。

或许是有事，他没有立刻回复。

岑雾低着头，一眨不眨地盯着手机，怕错过他的回复，只想第一时间看到。

消息间隔了多久，她就保持这样的姿势等了多久。

他终于回复：谢谢。

笑意渐浓，夜色中，岑雾的眼睛越发地亮。

或许是他的回复给了她莫大的勇气，她深深地吸了口气，手指微颤地按出了两个字：晚安。

一秒，两秒……

她从未觉得时间过得竟是这么慢。

终于，在第二十四秒的时候，手机响动，岑雾收到了回复。

屏幕上，他回复的每个字好像都落在了她心上，带着暖意：嗯，早点睡，晚安。

雪好像下得大了些，有一片落在她手上一点点地融化，她又伸手接了片，终于忍不住傻笑出声。

回到南溪镇是除夕的下午。

岑雾推着行李箱，里面除了几件衣服便是林进让她带给外婆的礼品，还有她买的外婆爱吃的橙子。

她轻舒口气，推开门。

"外婆。"

没有回应，家里一如既往的冷清。

岑雾找了一圈，最后在院子里的玻璃花房中找到了正在浇水的外婆。花房中都是外婆亲手种的花，每一株都是她的心头爱。

"外婆，我回来了。"

岑如锦"嗯"了声，没有停下手里的动作也没有转身，只是声音极淡地说："饭菜在桌上。"

岑雾攥紧的指尖松开。

"谢谢外婆。"她低声说。转身之际，她看了眼外婆，最终还是把喉咙口的话咽了回去。

餐桌上的三菜一汤用碗碟盖着，仍冒着热气。

岑雾盛了小半碗米饭，一口一口慢慢地吃着。最后一粒米饭入口时，外婆的身影出现在客厅。

于是她没有再吃，起身将碗筷收拾进厨房，洗了碗。

偌大的屋子里即便有着两人也很安静。

收拾完，她走进偏厅，看向在准备练习书法的外婆，动了动唇，决定主动把话说开："外婆……"

"如果是要说我不想听的话，"岑如锦头也没抬，声音比方才更冷淡了两分，"岑雾，你死了那条心。"

岑雾清楚，梅梨杯的事，外婆早就知道了。

其实在回来前，程音给她打过电话，说亲自上门拜访了岑如锦，想劝一劝，但岑如锦比她想象中还要固执，打定了主意不会让岑雾继续跳舞。

岑雾并不意外。

"这一届的梅梨杯，我拿了少年女子组一等奖。"安静到几乎要让人窒息的偏厅里，她的声音没什么情绪波澜。

岑如锦终是抬起头，毛笔依旧握在手中，用冷淡的双眸看着岑雾："是吗？"

岑雾垂落在身侧的手握成了拳。

"是。"

"不是不喜欢跳舞了？"

"没有不喜欢。"

她没有躲开岑如锦明显已冷了下去的眼神，说："当初她不让我跳，您也是，所以我就骗自己，我不喜欢跳舞了。"

从小跳舞的缘故，无论何时岑雾的背脊都是挺得笔直，此时更甚。

"可我喜欢。"心口悄然涌出些许难受，她一字一顿地说，"我喜欢跳舞，以前喜欢，现在是，将来也是。我爱跳舞，要跳一辈子。"

最后一个音节落地，沉默蔓延，气压无声无息地降低，不出几秒便低到了底，压得人喘不上气。

岑雾眼底满是倔强。

"外婆……"

"你母亲当年也是这么说。"不咸不淡的一句，轻飘飘地将她的话阻断。

岑雾的身体有那么短暂两秒的僵硬，掌心里，深深浅浅的掐痕慢慢浮现。

她别过了脸。

半晌。

"我不是她，"唇瓣几乎要被自己咬破，她到底还是转过了脸重新和外婆对视，"我和她不一样。"

岑如锦神色不变："是吗？"

"我……"

"你母亲当年比你更喜欢跳舞，结果呢？外婆和跳舞，你只能选一个。"

岑如锦将毛笔放下，动作几十年如一日优雅地收起笔墨纸砚，语气淡淡："岑雾，我不是在和你商量。"

烟花爆竹声响起时，岑雾被惊醒，后知后觉地发现已经天黑，而自己出来后已不知在河边坐了多久。

"啪"的一声。

烟花绽放，绚丽划亮夜空。

身后时不时地有人经过，三三两两，或说笑，或是小孩子玩闹，小镇上的每一个角落都散发着阖家欢乐的喜悦。

但与她无关。

岑雾抬起头，月色朦胧，繁星璀璨，烟花时不时地做配。很漂亮。

她眨了下眼睛。

突然，衣服被轻轻地拽了下。

她下意识地转头，一张圆圆的白嫩的小脸蛋映入视线。

是个小女孩，扎着两个小丸子，仰着脑袋朝她眨着眼睛。

"姐姐你在看什么呀？"小女孩揪着她的衣服晃了晃，奶声奶气地问。

岑雾僵着身子，抵在石凳上的手不敢碰小女孩，连说话都有些难得的僵硬："在看星星和烟花。"

"我也喜欢看！"小女孩扑闪着大眼睛，笑得很甜，"姐姐。"

"嗯？"

"给你哦。"小女孩朝她伸手，变戏法似的，一粒奶糖出现在手心里。

"糖糖，"像是怕她不理解，小女孩踮起脚尖，又往她眼前递了递，颇有些费力，"给姐姐的哦，拿呀。"

怕小女孩会摔倒，岑雾连忙接过糖，虚扶住她。

"为什么给我糖？"岑雾听到自己极力克制的声音，在烟花爆竹声中些许微颤被很好地掩饰。

小女孩的眼睛很亮："糖糖是甜的，姐姐吃了开心呀。"

"糖糖，我们要回家了哦。"有人在喊。

"姐姐拜拜，我妈妈叫我啦，你要吃糖糖哦。"

"拜……"

告别的话还没说完，被冻僵的手突然被抓住，奶香味萦上鼻尖，接着是"吧唧"一口柔软的触感。

小女孩亲了她一下。

"姐姐拜拜。"

小女孩转过了身，小小的身体欢欢快快地飞奔。

几步之外，一位年轻的妈妈笑着蹲了下来，应该是想抱小女孩，但小女孩撒娇想牵手。

妈妈好笑地亲了小女孩一下，牵住她的手起身，两人说说笑笑，身影渐行渐远，终于再也看不见。

岑雾低下头，剥开糖纸，将奶糖放入嘴里。

甜的。

她仰起头继续看烟花看星星，一声不吭，只是在烟花声响的时候，几不可闻地吸了吸鼻子。

回到家中，外婆习惯早睡，房间里的灯是暗着的，餐桌上放着已经变凉的年夜饭。

岑雾吃了两口，食不知味。

吃完上楼，练舞，洗澡，最后上床已是十一点多。

新的一年很快就要正式来临。

岑雾双手抱着膝盖，脸贴着被子望着没有拉窗帘的窗外，什么也没做，只是那么看着。

直到周思源的电话打来。

周思源在电话那头兴奋地大喊，像是要把每一分的快乐都传给她："雾雾，除夕快乐，新年快乐！"

岑雾久久不动的指尖颤了下。

她听到周思源那边有"刺啦刺啦"的声音，应该是在玩仙女棒，周思源最喜欢的就是这个，沈岸在旁边。

"新年快乐。"沈岸的声音也传了过来。

突然间，有酸意涌向心口。

"新年快乐。"她努力地扬起一抹笑意，对他们说。

可是，她好像一点也不快乐。

周思源和她聊了半小时，她安静地听着，时不时地回应。后来思源说手机要没电了，等充上电 QQ 上聊，她说"好"。

于是她登录 QQ，首先跳出来的是 QQ 群成百上千条的聊天记录，其中就数蒋燃话最多，有他们班的女生嫌弃他话痨。

两人开始你来我往地斗嘴。

岑雾恍恍惚惚地看了眼，想退出，蒋燃在这时跳出来一条：有新人进来？号这么新，谁啊？

谢汶：你沉哥。

蒋燃：沉哥？！沉哥竟然有 QQ 号了？

岑雾原本要退出的动作倏地顿住，呼吸更是不由自主地屏住。

许久，她的睫毛眨了下。

眼前由模糊变得清晰，她看到蒋燃一连发了好几条感叹号，最后大喊：沉哥加我了！就问你们羡不羡慕！！！

立刻就有人跟上泼他冷水。

群成员 A：得意什么，沉哥也同意我的好友申请了。

群成员 B：就是，我和沉哥也是好友了。

群成员 C：啊啊啊！梁神加我了！

……

群里瞬间热闹起来，好像他们班每个人都在兴奋地说和梁西沉成了 QQ 好友。

岑雾的手指蜷缩了下。

她垂着眸，一动不动。

也不知过了一分钟还是两分钟，她想把手机屏幕朝下，不想再看，手机突然提醒有好友申请。

——梁西沉。

申请理由界面上只有这三字。

应该是一件值得开心的事，毕竟有他 QQ 了啊。

可岑雾不知怎的，觉得鼻子越来越酸。

她慌忙看向别处，再低头，申请消息还静静地等着。

她伸直好像已经冻僵的手，想按下键同意，手指却和她作对似的，迟迟按不到。

她咬住了唇。

半晌，终是按下。

聊天页面瞬间跳出一句系统提醒：我们已经是好友啦，一起来聊天吧！

那个群里还在热火朝天地聊天，有笑着打趣梁西沉终于跟上时代用 QQ 了的，有说他怎么还是系统头像，嚷嚷着要帮他换一个的……

岑雾仿佛听到了自己重新跳动起来的心跳声。

外面的炮仗声一声声响起，此起彼伏。

零点到了。

有消息跳出：新年快乐。

来自——梁西沉。

其实是再平常不过的一句话，或许是他出于礼貌的一声问候而已。

可岑雾看着，这一刻不知道究竟是怎么回事，酸意毫无预警地变得汹涌，在她胸腔里横冲直撞，又一路侵袭至她鼻尖和眼眶。

像是强忍了一天的委屈在黑暗中突然被无限放大，又被安慰。

"啪嗒"一声，手机屏幕被模糊。

从有记忆起就没再哭过的岑雾突然间眼前变得模糊一片。

一滴两滴，都落在了屏幕上，落在了那句"新年快乐"上。

卧室里没有开灯，很暗，很安静。

第二天年初一，岑雾习惯性地起得很早，练完舞下楼，岑如锦已经起床，她说了声"外婆新年快乐"。

岑如锦"嗯"了声，给了她压岁钱。

餐桌上，祖孙俩和每次一样几乎没什么话可说。

饭后，她提出要去伽寒寺，岑如锦没有阻拦，也没有问她什么时候回来。

伽寒寺在山顶，是百年寺庙，许愿灵验，香火极盛。

每到新年来祈福的人格外多，尤其是年初一，很多人甚至天不亮就来，只为能抢到第一炷香。

岑雾独自一人一路沉默，而周围很多都是阖家出行。

一步步走过寓意人生苦难的台阶，在进入寺庙后她找出明深的电话拨通，想问他在哪里，她想和他一起抄经书。

但没人接。

好久，她才收到明深的回复：不在寺里。

岑雾垂下眼。

须臾，她努力地轻舒口气缓了缓情绪，索性随着人流参观起寺庙来，哪怕这座寺庙其实她很熟悉。

寺里到处烟雾缥缈。

岑雾一脚踏入大雄宝殿，释迦佛和文殊普贤的佛像像在看她，又像在看这世间被万般苦难心魔困住的众人。

她抬头看了许久，最后双膝在蒲团上轻轻跪下，和之前一样，双手合十，郑重求愿——

愿外婆身体康健。

愿她的朋友平安喜乐万事顺遂。

愿……

浓厚的香火气弥漫在空气中。

她手心朝上，将第三愿藏在心底，虔诚地俯身叩拜。

叩拜完，她缓缓睁眼，望着庄重的佛像，不知怎的，忽然就想到了昨晚"新年快乐"那四个字。

昨晚她在黑暗中无声地掉眼泪，最后并没有回复任何人的消息。

良久，她终是起身，站起来准备离开，却在侧身时，一张脸猝不及防地撞入她眼中。

少年挺拔的身姿漫不经心地站在一张桌子旁，黑色的羽绒服休闲随意地穿着，正是中午时分，有光线透过窗户落进来将他的身影笼罩。

烟雾弥漫，他的神色被晕染得有些看不清。

他侧眸，和她四目相接。

——梁西沉。

岑雾的心跳毫无预警地重重地漏了一拍。

她从心底偷偷地喜欢到了心尖上的人。

在零点和她说"新年快乐"的人。

在她此刻仍然难过的时候，如神祇一般突然出现，来到了她身旁。

岑雾听到了自己剧烈跳动的心跳声，也听到了自己有意克制但仍脱口而出的欢喜："你怎么在这儿？"

梁西沉眼皮掀起，睨着她，声音懒慢地反问："我不能在这儿？"

岑雾："……"

她是怎么了？

懊恼的情绪瞬间充斥全身，她清醒，后知后觉地紧张起来，着急地动了动唇想要解释她不是那个意思，却不知为什么失了声。

沉默弥漫。

她背在身后的一只手攥在一块儿又松开，反反复复，就如同她纠结的心，最后指尖掐入手心。

余光里，有香客进进出出，虔诚叩拜。

而他的眼神仍落在她的脸上，像是在等她的回答。

许是他生日那晚的种种给了她胆子，岑雾鼓起勇气强装镇静地对上他的眼睛，却是没话找话："你是来拜佛的吗？"

隔了一小会儿，没什么情绪的嗓音从他薄唇间溢出："陪谢汶来的。"

岑雾是后来才知道，谢汶参加的竞赛保送考试成绩出来了，他拿了一等奖，等于是一只脚踏进了大学校门。

谢汶妈妈在他考试前曾来伽寒寺祈愿，如今如愿以偿，怎么也要来还愿。

谢汶拉上了梁西沉，先送谢汶妈妈去镇上，而后再来寺庙会合。

他是意外来的。

但此刻，于岑雾而言，不管他为什么出现在这里，在她难过的时候能见到他，对她来说已是一种特别的安慰。

她是想见到他的。

只要见到他，她就开心。

走出大雄宝殿，外面阳光正好，落了一片，恰好就在他们面前。

岑雾插在口袋里的一只手攥在了一块儿，她抿了下唇，轻声问："你要在这儿等谢汶吗？"

梁西沉侧眸。

岑雾对上他的视线，指间用了点力："要不我先带你逛逛伽寒寺吧，尽地主之谊。"

她很努力地让声音听起来和平时无异，说的话也把握分寸，和普通同学差不多。

但实际上，她紧张得连心脏都快顺着话蹦出来了。又怕泄露什么，她佯装自然地补了句："或者，等谢汶来了再带你们一起逛逛。"

"不用等他，走吧。"在她一颗心七上八下之际，他漫不经心的话语稳稳地落入她的耳中。

岑雾一时不敢置信，慢了一步。

等回神抬脚跟上，情不自禁地，她唇角翘起一个不甚明显的浅弧，细碎的笑意混着阳光藏入眼底。

暖阳穿过云层洒满伽寒寺，铺满群山。处处都落了金色，即便是冬天也很美。

岑雾走在了他的左侧，只为了小女生的心思——离他的心脏更近一些。

她自是听不到他的心跳声，而和他一起漫步在阳光下，自己的心脏止不住地狂乱跳动。

即便这段同行的路和那晚他送她回燕尾巷一样，两人基本没有说话，却仍叫欢喜溢满了她心口。

满满当当，将从昨天开始就压着她的难过一点点地挤掉驱逐。

岑雾有心想将这难得的两人独处时光拉长，一路上步伐不着痕迹的慢悠悠，带着他转了圈，最后不知不觉来到了伽寒寺的祈福圣地——

许愿树。

将愿望写在祈福牌上，由开过光的红色丝带系着绑上树枝，虔诚许愿，那么愿望就能成真。

树上已经挂了不少祈福牌。

拿着祈福牌写愿望的，有一家三口，有亲朋好友，有独自一人，也有情侣。

岑雾轻舒口气，克制着内心的紧张看向身旁的梁西沉："伽寒寺许愿出了名的灵验，你要不要试试？"

阳光落在他脸上，有那么一瞬间，她好像在他眼中看到了难得的笑意。他薄唇微挑，说："行。"

不等她细看，他已迈开长腿往领牌那儿走去，去而复返时，也递给了她一块。

"谢谢。"岑雾接过，莫名地觉得被他拿过的地方很烫。

手捏着祈福牌，她飞快地抬起眼偷偷看向他。

她不知道他会许什么愿。

但这一刻，她听到自己一声声狂乱的心跳，脑中清晰地涌出了强烈的心愿，比先前拜佛时更大胆。

——愿他平安、万事胜意。

——愿能和他如同梁上燕，岁岁长相见。

执笔写下的每一次笔画，岑雾的手都在发颤，呼吸隐隐微促，甚至，她觉得周遭的空气都稀薄了不少。

好不容易写完，怕被人发现端倪，她直接跑向了许愿树，亲手挂上树枝。

山间的风吹过，祈福牌和丝带一起摇曳，仿佛有意无意的，也拂过了她心尖，痒痒的，微甜。

"咚——"

这时，伽寒寺每日的钟声缓缓响起，一声接一声，梵音声隐隐，庄重又无端有种宿命感。

他也写好了祈福牌，正在准备挂。

岑雾站在他身后，借着这短暂的片刻正大光明地看他，肆无忌惮地用眼神将他身形描绘。

她的唇角情不自禁挽起，有笑意偷偷地溜进了她眼底。

有阳光。

有他。

这是只属于她和他的秘密时光。

　　谢汶是在十分钟后到的，见到岑雾很惊喜，问她怎么会在这里，聊完后先是拉着梁西沉陪他去还愿，接着又在寺里逛了圈。

　　差不多时下山，岑雾尽地主之谊请他们吃饭。但谢汶直说不能让女生付钱，说什么也不许。

　　最后是谢汶付的钱。

　　大概是怕她不好意思，他还开玩笑地说实在想请，可以换成请他们喝奶茶。

　　但连奶茶她也没有请成功。

　　奶茶是梁西沉付的钱，很巧的是奶茶店同第一次和他们一起喝奶茶时是一样的牌子，他买了三杯。

　　一杯原味，两杯招牌。

　　岑雾捧着招牌奶茶慢慢地喝了很久。

　　没人知道，三分糖的口味在她那儿有多甜。

　　后来分别之际，她终于鼓起勇气，将凌晨未回复的那条短信借着和谢汶说也和他说，说出了口："新年快乐。"

　　新年快乐。

　　梁西沉。

　　送走两人后，岑雾回到了家。

　　仍和昨天一样，外婆和她基本没什么话讲，只是在吃晚饭时问了她一句："想好了吗？"

　　意思是，想好放弃跳舞了吗？

　　岑雾的眼神比任何一次都坚定："我要跳舞，跳舞是我的梦想。"

　　以为外婆会和上次一样逼她放弃，然而没想到正月十一那天，她才下楼就听外婆说："明天回北城，房子已经租好了，在七中对面。"

　　岑雾一时没有反应过来。

　　"不是要跳舞？"岑如锦依然没看她，自顾自地练习书法，"住学校熄灯后在哪儿跳、怎么跳？"

　　岑雾僵在原地，她不知道外婆怎么会愿意改变主意。

"外婆……"

"不走，我会改变主意。"岑如锦终是抬起了头，岁月优待的脸上依然没有笑容，"岑雾，记住你自己说的话。"

回北城那天是正月十二。

岑雾谁也没告诉，但意外地在车站遇到了谢汶。

问了才知道，原来外婆替她租的房子是谢汶妈妈帮忙的，谢汶妈妈今天有事不能来接她，才告诉了谢汶让他来。

谢汶拎过她的行李箱带她上车，带她去了学校对面的小区安顿，安顿好之后说什么也要带她吃饭。

岑雾是吃饭时才后知后觉地知道，原来这天是 2 月 14 日，情人节。

怪不得处处都能见到情侣，无论哪儿都那么热闹。

谢汶递给她一杯水，笑说："不知道阿沉明天回不回来，回来的话，你们来我家吃饭，我妈念了很久了。"

只是那个名字被提及而已，岑雾所有的心思瞬间都被占据。

她佯装随口一问："他不在北城吗？"

谢汶却在这时朝她使了个八卦的眼神："不在，我问了但他没告诉我去哪儿。我猜啊，是陪女生去了。"

"啪！"

手中的叉子掉在餐桌上，岑雾连忙低头，假装自然地捡起来，好在谢汶刚有QQ消息进来，没注意到她的不对劲。

陪女生……

脑海里，夏微缇那张明艳的脸蛋赫然清晰地冒出。

大概是生日那天夏微缇始终不曾出现，后来他送她回燕尾巷，又在年初一和他相遇在伽寒寺……以至于她竟然都快忘了夏微缇的存在。

后来那顿饭，岑雾吃得心不在焉。

吃完离开，她不知道回住的地方的一路上自己究竟在想什么，也没听清楚谢汶又说了些什么。

让她从恍惚中回神的，是QQ消息不停地响起。

蒋燃在群里欠欠地问，今天情人节，大家伙儿有没有什么活动。

岑雾在风中站着，片刻后，她转身走出小区，找了家最近的网吧。

她隐身登录QQ，指腹无意识地在上面来回滑动许久后，她点开梁西沉灰着的头像，进入他的空间。

只有一条说说动态，发表于初一凌晨——

新年快乐。

底下不少人点赞评论，她认出不少是QQ群里他的同班同学。

而第一个点赞的头像——

是一张背影照。

岑雾几乎是第一眼就认出了那个背影。

夏微缇。

她握着鼠标的手抖了抖，心跳跟着亦是。

明知此刻自己的行为像极了暗处的偷窥者，很不好，但她还是鬼使神差地点了下那个头像。

空间是开放的。

于是，她看到了夏微缇分享的一张照片。

一朵玫瑰花。

配文：在我这贫瘠的土地上，你是最后的玫瑰。

那朵玫瑰花鲜艳欲滴，隐约入镜的是一个看不清的身影。

好像……是梁西沉。

岑雾忘了自己练了多久的舞没有休息。

删除访客记录下线，离开网吧回来简单收拾了番后，她便开始练舞，一支舞接一支舞地跳。

可是，即便跳了这么久，跳到满头大汗，堵在心口的那股沉闷仍没有消散丝毫，反而愈演愈烈。

甚至，难受得让她快不能呼吸了。

"唔！"

一不小心，她撞到了什么，闷哼出声。

她暂停了动作，俯身按揉小腿，随便按了会儿想继续练舞，暗夜中手机屏幕忽然亮起，继而响动不停。

她深呼吸，将手机拿起，是谢汶来电。

接通，她还没开口，谢汶的声音就传了过来："吃饭了吗？我在学校附近，一块儿吃晚饭吧。"

岑雾垂眸，脑海里，午饭时谢汶的那句话再度浮现，继而是在空间里看到的那一幕。

明明开了窗，她却依然觉得很闷，也没胃口。

"下次吧。"岑雾努力地让自己的声音和平时一样，哪怕此刻肚子很不争气地在叫，"我已经……"

"吃火锅，出来吗？"

有些懒慢的一句，嗓音再熟悉不过，猝不及防将她没来得及说出口的谎言硬生生堵在嗓子眼。

岑雾的大脑有两秒的空白。

反应过来后，她下意识地屏住呼吸小跑到窗边，把手机从耳旁拿下，就着外面的灯光看屏幕。

是谢汶的号码没错，可怎么……

"来吗？"她听到梁西沉再问。

心口乍然狂乱，安静的房间里，唯有她的心跳声格外清晰明显，就连呼吸似乎也要跟着急促。

胸膛起伏逐渐剧烈，岑雾急急用手捂住手机，生怕慌乱泄露。

"岑雾？"

"嗯……"她的睫毛僵硬又急速地扑闪，哪怕极力克制，她仍差点就磕磕绊绊地应声，"我在。"

"吃吗？"他问。

只是听到他的声音，酸涩就跟着侵袭眼眶，似乎是想让她没出息地掉眼泪。

她想拒绝。

她应该拒绝的。

可是……

无意识地，岑雾握着手机的力道越来越重。

可是，她仍然忍不住想靠近他。

哪怕是偷偷的，一点点的。

尝到过甜的滋味，哪怕其实内里是苦涩，她也戒不掉，仍然甘之若饴。

"就……我们吗？"她听到自己强装镇定自然的声音，怀着不为人知的心思打听，手指早已将衣服攥出褶皱。

"嗯。"他说。

岑雾是跑下六楼的，迎着晚风一路小跑向小区大门，远远看到那两道身影后，她又急急刹车停下。

她下意识地用手捋了捋被风吹乱的刘海，咽了咽喉咙，深吸口气让胸膛不再起伏，最后以正常的速度走向他们。

"岑雾！"谢汶朝她挥手。

梁西沉站在谢汶身旁，闻声也转过了身，看见她，朝她点了下头。

岑雾也故作镇定地朝他点了点头。

事实上，她插在口袋里的手已攥起松开不知多少回，只为了缓解在看到他后不断汹涌的紧张。

"走吧。"

谢汶脸上永远都有笑，去火锅店的一路上也是他不停地在说话，天南地北什么都能聊。

她偶尔会应一声，多数时候是听他们两人聊。

更多的时候，她只在意梁西沉，会偷偷看一眼他听谢汶说话时微低着头漫不经心的模样，会本能地将他搭的话记在心中。

火锅店就在附近，正值春节假期又是情人节，人很多，他们三人等了会儿才轮到。

进去后，谢汶习惯性地坐在梁西沉的对面，岑雾缓了下呼吸，像第一次那样坐到了谢汶身旁。

"看看想吃什么。"薄薄的一张菜单经由他的手递来。

岑雾接过，莫名觉得有点烫手。随便点了两三道蔬菜，她就把菜单给了谢汶，谢汶嚷嚷着她太瘦了多吃点肉比较好，一下勾了不少。

而余光里，梁西沉拆了餐具用热水仔细烫过，而后分别推给她和谢汶。

和第一次一样。

岑雾却突然想到了夏微缇。

她忍不住想，他和夏微缇一起的时候也是这样细心吗？还是，是因为夏微缇而有的细心？

明知不该胡思乱想，但有些念头一旦涌出，就似乎再也不受控制。以至于能和他一起吃饭的欢喜渐渐被冲淡了不少，连话好像也没力气说。

甚至，不敢再偷偷地看他。

好在她向来话少，谢汶又和他不停地聊学习、游戏、篮球，谁也没注意到她悄然掩饰的不对劲。

吃完，他们送她回家。

不经意看到一家奶茶店时，岑雾心跳突然变快，手指攥在一块儿，她装着自然地说："我请你们喝奶茶吧。"

她说着进入奶茶店，最后在仿佛要看花人眼的奶茶种类中选了最不会出错的招牌奶茶。

三杯都一样。

不至于她怀着想和梁西沉喝一样奶茶的小心思被看破。

奶茶做得很快，岑雾接过后想要递给他们，一转身，冷不丁地看见他就站在自己身后，差点心虚得要往后退。

她硬生生忍住。

"给。"她递给他一杯。

梁西沉接过，眼神落在她脸上。

"谢谢。"

猝不及防地，他的手指碰到她的手指。

很短暂的意外一秒，却成功地让岑雾身体僵硬在原地，血液似乎也停止了流动。

她敛眸，慌乱间连不客气也忘了说，连忙把另一杯递给谢汶，低头作势喝了口奶茶。

温热的温度正好，但和他接触过的手指肌肤却烫极了，像极了那次电影意外。

心跳更是慌乱得不行。

以至于口袋里的手机突然响动，她拿出来时竟然一下没拿稳掉到了地上，弯腰想捡，那只刚刚才见过的好看的手捡起来递给了她。

岑雾呼吸滞了滞。

"谢谢。"她小声说，怕碰到他的手，十分小心又装作自然地接过，看到是明深来电，她莫名舒了口气。

"喂。"她往旁边走了两步。

明深打电话来是问她是不是回北城了，他才回南溪镇。

岑雾"嗯"了声。

明深问了句她的近况，但因为那边突然有事就结束了通话。

她将手机收起，转身。

一眼就看到了梁西沉和谢汶面前多了个小女孩，仰着有些被冻红的脸怯生生地问买不买花。

就是这时，她终于再想起，此刻仍是 2 月 14 日情人节，也想起，夏微缇空间说说里的那朵玫瑰。

她看到他付钱，买下了剩下所有的花。

是要送给夏微缇吗？她忍不住想。

夜晚的寒风在此时吹来，刮在岑雾脸上一阵生疼，吹乱了她的刘海。

他和谢汶过来了。

她垂眸，飞快掩去不该有的情绪，再抬眸，却见一枝玫瑰花由他递到了她面前。

她愣住，心跳失衡到无以复加，即便在热闹的街头似乎也能清楚听到那狂乱的声音。

这一秒，她只能看到他。

直到谢汶扬了扬自己手里的玫瑰花，笑说："拿着，别和阿沉客气。小孩子可怜，买了好让她早点回家。"

他的手里、谢汶的手里，各有一枝。

剩下的，是她的。

岑雾眨了下眼睛。这一刻，她说不清是失落多一点，还是自以为的期待落空而导致的难堪多一点。

她到底在想什么？

她伸手接过，努力地弯了下唇角，朝他浅浅地礼貌地笑了下，虽然并不看得出来："谢谢。"

"不客气。"他说。

很随意很漫不经心的语调。

只是一枝花。

而已。

可是，即便是这么想的这么告诉自己的，但当她回到家后，她还是忍不住拿着这枝玫瑰花看了好久。

眼睛一眨不眨，直到发酸。

家里没有花瓶，她左找右找都找不到合适的容器。

她后知后觉地想到什么，拿过钥匙就往楼下跑，走得太急，连羽绒服都忘了穿。

一路吹着寒风，她跑进小区旁边的一家便利店买了瓶矿泉水，又快速地跑回家，将里面的水倒掉些，最后将玫瑰花小心地放进去。

根茎吸了水，花瓣似乎娇艳了几分。

岑雾轻舒口气，双手枕着趴在茶几上，指尖轻轻地碰了下花瓣，自己也没意识到地翘起了唇角。

片刻后，她摸过手机，打开相机的刹那，动作顿住。

寒风的后劲似在这时涌出，裸露在外的肌肤冷得仿佛被冻僵，指尖颤了下，她想收回手机。

半晌，她还是按下了相机键，将眼前的玫瑰拍了下来，一张接着一张，只为了找出最好看满意的一张，将自己第一次的"情人节"珍藏。

当晚，这枝玫瑰在她洗完澡后被带进了卧室，就放在床头柜上，陪着她入睡。

只不过，她睡得并不好。

她梦见了梁西沉。

——奢华的酒店宴会厅里，灯光璀璨，不计其数的顶级玫瑰花到处都是，浪漫梦幻到了极致。

由花瓣铺成的红毯尽头站着的一个男人，一身名贵的手工定制西装，越发衬得身形挺拔。

是成年后的梁西沉。

蓦地，他薄唇微挑，噙着笑意朝她身后走去。

她跟着转身，赫然看到了身穿洁白婚纱的——夏微缇。

卧室温馨又安静的氛围，在岑雾猛地从梦中惊醒后被打破，她微喘着气，呼吸有些沉。

缓了好久，她才从梦中那股心绞痛中回神，下意识地掀开被子下床走向窗边，拉开窗帘的刹那，她清醒了。

她现在不住燕尾巷。

窗前没有河，也没有河对岸的运河岸。

她看不到他。

后半夜，岑雾失眠了。

几天后，2月18日，元宵节过后七中开学。

岑雾破天荒地睡过头起晚了，好在就在学校对面还来得及，她快速洗漱换衣出门。

她没有戴围巾，整张脸露在了外面。

随即，她发现从进了校园后时不时地就有人看她一眼，甚至还特意跑到她前面装作转身看她。

对这些，她没有放心上。

只是，等她到了高二教学楼，这种现象不仅没有消失，反而更严重了。

尤其在她经过其他班窗口时，有人看她一眼，窃窃私语，有人看她的眼神惊讶、不敢置信。

等到了七班，班里气氛有些诡异。

坐在座位上等她的周思源眼睛有点红，不是和沈岸斗嘴斗输的那种，分明是被差点气哭。

而周思源看到她，死死咬住唇，有些欲言又止。

"怎么了？"岑雾坐下，神色、心中都是平静的，"是出什么事了吗？如果和我有关，告诉我。"

周思源握着拳头，猛地抱住了她，语气有点颤："雾雾。"

岑雾索性偏头看向后座的沈岸。

沈岸沉默了会儿，拿出替周思源保管的手机递给她。

岑雾接过，入眼的是七中的贴吧。

有个帖子的标题分外显眼——

带你扒一扒高二（7）班清高班花岑雾不为人知的二三面！

——私生女！

——假模假样假清高，初中校园暴力逼人转校！！！

——元旦晚会想出风头奈何能力不允许，事到临头罢演差点让晚会开天窗！！！

她一低眸，三句话抓人眼球的话明晃晃地映入视线，每一句都以感叹号结尾，一句比一句长。

大概是学校贴吧里少有这种劲爆的八卦，主楼刚发表没多久，很快就有接二连三的人在下面跟帖询问怎么回事。

热度起来了，楼主在第七楼再回复。

——就是私生女啊，以前叫虞雾。岑是她妈妈的姓，被赶出虞家后才改姓岑的哟，千真万确。

岑雾神色淡淡，继续往下看。

大约八卦是人的天性，帖子里追着打探的人不计其数，明明是早上五点多才发的帖子，这会儿已经盖了不知多少楼。

随意看了一页，岑雾便没了兴趣，正要把手机还给沈岸，蓦地，她指尖顿住。

周思源眼睛泛着红，抓着岑雾的手想说点什么安慰，却见岑雾久久没有动，顿时慌了。

她是在来学校的公交车上无意间刷到的这个帖子，差点就气炸，偏偏有不知道哪个班的也看到了八卦得热火朝天，当时就和她们吵起来了。

她看到这个帖子都这么生气，更别说雾雾。

不该让雾雾看的。

"雾雾，别看了，胡说八道而已，我已经找人让贴吧管理删帖了。"周思源懊恼，说着要从岑雾手里抢手机。

岑雾回神，手机被拿走，那个回帖层主的昵称"梁"字最后在眼前晃过。

还好，不是梁西沉的梁。

是高粱的梁。

无意识掐入手心的指尖松开却又攥紧，岑雾对上周思源焦急担忧的眼神，摇摇头："我没事。"

周思源突然只觉心疼得厉害："雾雾。"

"早读时间到啦。"岑雾唇角挽起一抹浅弧，捏了捏她的脸，"一个帖子而已，我没事，真的。"

周思源还想说什么，沈岸拽了拽她的马尾，语调如常但眼神充满暗示："早读吧。"

说完，他的眉头突然皱了起来。

"怎么了？"她顺口问。

沈岸抬眸，目光看向岑雾："帖子被删了，贴吧也进不去了。"

"真的？！"

"嗯。"

周思源听完暂时松了口气，没细想为什么贴吧会突然进不去，只是觉得帖子删了就好，对雾雾的影响能少些。

只不过，那个发帖的人，她一定要找出来。

周思源握紧了拳，气呼呼地想。她余光看见岑雾一言不发，又心疼又着急，急急握住岑雾的手："雾雾，别想了，我在呢。"

"嗯。"岑雾心不在焉地应了声。

她拿过语文课本早读，课本上的每个字她都认识不陌生，然而此刻竟全都变成了三个字——

梁西沉。

他……会看到吗？

这样的念头一经冒出便再也不受控制，一遍遍地在脑海里浮现，占据除上课外其他所有时间里她的思绪。

以至于她在第三节下课去饮水机那儿接水时，一个不小心，热水溅出来烫到了手指。

刺痛让她回神，也让她听见了朱宇的声音："岑雾，跟老师去趟办公室。"

周思源一整个上午都守在了岑雾身边寸步不离，生怕她不开心，见状说什么也要陪她一块儿去。

想着岑雾和她关系最好，朱宇没有拒绝："行。"

烫到的手指攥起来，岑雾放下水杯跟了朱宇后面，起先她并不知道去办公室做什么，直到看到哭得上气不接下气的林湘。

偌大的办公室在她进去之前只有三个人。

林湘，她的英语老师兼班主任吴雯，教导主任王薇。

两位老师的脸色都不怎么好看，气氛凝重。

岑雾隐约猜到了什么。

下一瞬，猜测得到证实。

朱宇把桌上的笔记本电脑旋转，直入主题："今早贴吧的帖子老师们都看到了，帖子是林湘发的。

"这是收集到的证据，IP 地址、发帖账号信息，锁定了林湘。而她刚刚也承认了，是她发的帖子，说是看不惯你。"

朱宇顿了下："嫉妒你。"

周思源当即气得胸膛直起伏："你是不是有病？发这种帖造谣！"她瞪着林湘，咬牙切齿，如果不是有老师在，她恨不得冲上去揍林湘一顿！

"我没有造谣！"林湘哭着张脸，梗着脖子，"我就是……就是发个帖子，没有说谎，我……"

她说得结结巴巴，嘴巴张着抖了抖，还想为自己辩解，岑雾的眼神却在这时平静地看了过来。

瞬间，林湘莫名被吓到噤声，一张脸宛如被戳中心思涨得通红。她死死地咬住唇。

王薇在这时开口，她向来很严厉，此刻语气有意放柔："岑雾同学，这件事学校肯定会处理，但考虑到你和林湘的关系，想问问你的想法。"

言外之意，这件事可大可小，主要在岑雾，毕竟她是受害者。

林湘终于也在这时反应了过来，想到刚刚到办公室的那番谈话，她很大可能会被记过，她慌了。

"我……"

"帖子里说我以前叫虞雾，初三之前在北城上学。"岑雾依然没有多余的情绪，只是问，"这些舅舅都不知道，你怎么知道？"

一旁的朱宇讶异。

他想到岑雾转学来前自己了解到的一些情况，什么岑雾校园暴力别人，明明那时候岑雾才是被孤立的那个。

朱宇明白了过来，看向林湘的脸色立刻难看了几分。

先前林湘在证据确凿下哭着承认，说出了口是因为嫉妒岑雾，看不惯她人前人后两副样子。

那时他就隐约猜到，大概是因为岑雾长得比她好看，成绩也比她好，所以一时嫉妒心作祟做了错事。

女孩子之间有时比较敏感，他能理解，别说青春期，成年人间也免不了嫉妒，其实是很正常的一种心理。

但这并不是恶意伤害别人的借口。

他失望地摇了摇头。

林湘下意识地往后退了步，双手捏在一块儿，很用力，眼神躲闪："我……"

岑雾突然不想问了，她能猜到林湘发这个帖子前大概是遇到了从前那些人。至于为什么会遇见、都说了什么，她没兴趣知道。

第一次见面时林湘就对她有敌意，她大概能猜到原因。在这之前，她从不把林湘那些幼稚的举动放在心上，因为不在意。

现在也是。

她只说了一句："以后你会接触更多的人，或许长得都比你漂亮，成绩、工作都比你好，你能嫉妒得过来吗？"

离开办公室后，周思源那口气始终咽不下，她怎么也没想到林湘是那种人。

她气呼呼地转头，却见岑雾好像有些不开心，于是挽紧了岑雾的手，安慰："雾雾，等她道歉了大家就知道是造谣了，别难过了好不好？"

"不是造谣。"

"啊？"周思源一时没反应过来，"什么？"

岑雾转身，平静地说："我的确是私生女，我以前就是叫虞雾。"

大概有两秒的沉默。

周思源猛地抱住了她："那又怎么样，和你没有关系啊，每个人的出身都不是自己能选择的啊。"

明明是在安慰，但不知道为什么她的声音有些控制不住地发颤，有很多话想说，但这一刻突然间就像失声了一样。

想到那天雾雾说没有爸爸妈妈的样子，她觉得好像有点呼吸不上来，她不知道该怎么办，除了抱抱她的雾雾。

"我知道，谢谢思源。"岑雾反过来轻拍了拍她的后背，柔声安慰。

今天的阳光格外好，好得有些刺眼。

岑雾仰起头，微眯了眯眼。

她忽然就想起了那次国旗下演讲的梁西沉，那天的阳光好像也和现在一样好，落在他的身上。

他是耀眼的天之骄子，是光。

而她，是私生女，一个或许如今全校皆知的私生女。

在今天以前，甚至现在和将来也是。帖子里怎么说她，别人又怎么看，从来都和她无关，她不在意的。

他们爱怎么说就怎么说。

可是，梁西沉呢？

他会怎么看她？

突然间，岑雾好像有一点难过，从来没有哪一刻像现在这样讨厌自己的出身。

岑雾和梁西沉，何止是云泥之别。

这样的难过和在意悄无声息地一点点地在心底被放大，以至于在下午意外看到梁西沉时，岑雾突然不敢也不想靠近。

她远远地就看到了他，他和谢汶走在一起，在说着什么。

怕被他们看见，怕被叫住说帖子的事，怕他可能会有的眼神，怕……

于是她下意识挽住周思源的手，带着她走向了另一边，又强装自然地和周思源、沈岸说话。

过了会儿，她终究是忍不住，又回头看了眼。

可惜，再没能看到他的身影，只徒留一地斑驳的光，从枝叶缝隙中洒落。

帖子的事在下午有了处理结果。

教导主任王薇在广播里公开给予林湘警告处分，勒令写检讨，并贴在学校公告栏里一周。

这是在林进和关敏华赶到学校恳求后，几位老师商量的结果。

听说林湘在教室里哭着写完了检讨，但这件事并没有因此结束。

哪怕老师有意地在班级里强调要分辨是非，不能听信谣言中伤同学，否则这和校园暴力没什么区别。

只因为林湘最后哭着对好朋友说她没有造谣，岑雾就是私生女。

于是，关于私生女的流言就这么在私底下传开了。

岑雾知道，但她没有在意，依然和以往一样地上课学习，在放学后和周思源回到了家里。

周思源撒娇说父母出差了所以今晚要她收留。知道周思源是担心自己，岑雾没有拒绝。

两人先是吃了饭，然后做试卷复习功课，结束后周思源先去洗澡。

岑雾本想练会儿舞，手机忽然响动。

L。

岑雾手脚僵住，思维凝固，她不敢接，甚至不敢看。

可手机始终在响动。

心脏猛烈跳动，一声声无比清晰，她咽了咽喉咙，几次深呼吸但都不能恢复正常。

直到指甲掐到手心发疼，她才鼓起勇气拿起手机，振动直接让她的手心发麻，差点让她没拿稳。

按下接通键的手指颤了颤，她逼着自己发出正常的声音："喂？"

那边沉默了两秒，只有车开过的声音隐约入耳。

就是这两秒，让岑雾浑身的血液都停止了流动。

直到梁西沉的声音钻入耳中——

"我在小区外面，有时间下来吗？"

一个"好"不受控制地蹿出，最后梗在了喉咙口，像一根刺，无声无息地刺着岑雾，让她说不出也咽不下。

手里的窗帘早已在无意间被攥出一团褶皱，犹如她纠结的心。

她想答应，但不敢。

甚至连一句"有什么事"都忘了问。

一秒，两秒，或许是三秒。

她听到梁西沉叫她的名字，在略显嘈杂的背景声中无比清晰地传来，重重叩上她心弦："岑雾。"

只是一声名字而已，突然间，酸意排山倒海而来。

莫名的委屈，是从小到大都没有过的感觉，包括今早看到那个帖子时。

她唇瓣微颤，几次嗫动着，想说话。

"梁西沉！"

娇俏清脆的喊声猝不及防刺入耳膜。

分明欢喜。

明明只是在当初比赛时听过两次而已，但不知为什么，这个声音却像是刻入了她骨子里一样再熟悉不过。

——夏微缇。

冲动中好不容易鼓起的勇气像被一桶冷水瞬间浇灭。

他好像说了句："等等。"

听着似是不耐，不知道是对她还是对夏微缇。

可她不想等。

"我已经睡了，"眼前隐隐变得模糊，岑雾听到自己竭尽全力才听不出异样的声音，"就不下来了，不好意思。"

她不记得通话是怎么结束的，只记得忙音响起的刹那，自己终于忍不住弯下了腰，大口大口地深呼吸。

像一条被扔到岸上的鱼，越是大口呼吸，越是快要溺毙。

不知道究竟过了多久，客厅安静得可怕，手机再度在手心里不停响动。

她眼睫猛地颤动，从恍惚中回神，低眸。

十分钟后，走出小区大门，岑雾看到了夜色中站着的明深。

"岑雾。"

一路调整着状态不想让任何人看出什么，她努力微弯了下唇，朝他走去："你怎么突然过来了？"

"有事要离开一段时间，先来看看你。"明深抬手，将拎在手里的东西递给她，"新年礼物。"

岑雾接过，偏低的声音散在寒风中："谢谢。"她顿了下，看着他，"是有事要离开吗？"

"不开心吗？"

猝不及防的一句，让岑雾心尖重重一颤。

一句否认的"没有"就在嘴边，最后，她咽了回去，抬起手作势摸了下脸，很努力地想要扬起唇但没能做到："这么明显吗？"

明深没有回应，只是目光落在她的脸上，意思不言而喻。

手收回攥成拳，插在口袋里那只手的手指蜷缩了下，岑雾张了张嘴。

半晌，她低声说："我想吃点甜的。"

明深颔首，视线环顾一周："奶茶？"

再平常不过的两字，落入耳中的瞬间，却是迅速地让岑雾脑中浮现出了几次喝奶茶的画面。

都是和梁西沉一起。

第一次喝奶茶也是因为他。

"嗯。"她鼻尖隐隐发酸，声音越发低不可闻。

附近就有家奶茶店。

明深问她："想喝什么？"

"招牌奶茶。"岑雾全然是没有任何思考地脱口而出，好像早已成了习惯，只不过换了甜度，"全糖。"

明深没有说什么，只将她的话重复给店员听。

很快，冬日温暖的招牌奶茶递到她手中。

岑雾双手捧着，一言不发地跟着明深离开奶茶店，随便找了张外面路边的长椅坐下。

寒风时不时地吹过，暖黄光晕倾泻一地，将影子拉得很长，那晚他送她回燕尾巷，影子似乎也是这样。

好像……看什么都能想到他。

岑雾闭了闭眼，低着头，吸管插入杯中，沉默地喝了口。

不甜。

明明要了全糖的，为什么还是不甜？

她又喝了口，仍然尝不到一丝甜味，可她还是一口接一口地喝，执着地想喝到甜，以为能喝到甜。

"遇到了什么人吗？"最后一口时，明深的声音响起。

不是事，而是人，一针见血。

岑雾动作一顿。

明深看着她的眼睛，像是要将她看穿："你和以前不太一样了。"

贝齿无意识地咬上了唇，有那么一瞬间，岑雾几乎冲动地想要诉说，可是，她说不出口。

她只是摇头，不知道是在骗明深还是骗自己："没有，就是……快小高考了，压力有点大。"

指腹无意识地摩挲奶茶杯，她换了话题，终于很努力地扬起了抹浅笑："你这次要走多久，会在我毕业前回来吗？"

"会。"

"那就好。"

岑雾点点头，移开视线，怕会被看穿。

明深看了她一眼。

片刻后，他起身："走吧，送你到门口。"

岑雾也跟着站了起来，两人并排走在路灯下，没几步就到了小区门口。

"路上注意安全。"她转身告别。

明深颔首。

一阵风吹来，将一片落叶吹到了岑雾头发上。

他抬手帮她拿下，表情是一贯的淡漠："让自己开心些。如果有事，可以给我打电话。"

眼眶酸意陡然间强烈，岑雾硬生生忍住。

"嗯。"她应声。

明深没再说什么，弯腰钻入一辆车内。车很快离开了。

而岑雾，站在原地久久未动。

直到那辆车再也看不见的时候，她微仰起脸，努力地眨了眨眼睛，几秒后转身走向小区里。

风还在继续吹，吹散了空气中无人知晓的薄荷味，再没有留下痕迹。

在楼下长椅上坐了会儿看夜色，直到将不该有的情绪全部掩藏好，岑雾才轻舒口气重新上楼。

周思源正窝在床上等她，顺便和沈岸在 QQ 上斗嘴，见她回来，撅着嘴巴气呼呼地控诉沈岸毒舌。

控诉完，周思源打了个哈欠："好困呀，雾雾你什么时候睡啊？"

"你先睡吧，"将明深带给她的礼物收起来，岑雾背对着周思源拿换洗衣物，"我还要练会儿舞，可能会很晚。"

开学前周思源和她一起复习，好奇她怎么不住燕尾巷了。

想着外婆已经不再阻止她跳舞，而岑雾也知道自己想要的是什么并为之努力，她便把跳舞的事告诉了周思源。

周思源听完激动坏了，一个劲地为她开心加油。

周思源听着心疼："每天都要练很晚吗？累不累？"

岑雾摇头："不累。"

"雾雾真厉害。"周思源真心佩服，眼角余光瞥见什么，她满脸的震惊，"咦，梁神空间分享了一首歌哎。"

周思源："我还以为他们男生只爱听周杰伦呢，梁神居然也喜欢听 SHE 的歌？哎，不对，你说梁神是不是分享给那个三中校花听的？"

周思源自顾自地八卦，同时点了播放。

岑雾好像什么也没有听见，脑海里，突然间反复清晰浮涌的，只有先前电话里听到的夏微缇的声音。

夏微缇来找他。

卧室里满是动感轻快的节奏声，岑雾什么也没听清楚。

她只是鬼使神差地问："思源，等下手机能借我听会儿这首歌吗？蛮好听的。"

"当然可以啊。"

她想，她只是想听听那首歌而已。

凌晨时分，万籁俱寂。

唯一的声音在岑雾的耳朵里。

　　天亮了天亮了
　　世界还是好好的
　　什么痛都是很渺小的
　　看太阳不是又升起来了

她趴在茶几上，戴着耳机，听着梁西沉分享的那首歌。

明知应该是分享给夏微缇的，却仍忍不住近乎自虐般听了一遍又一遍，久久不肯停。

眼前是那枝被她小心地养在花瓶里的玫瑰。

不过几天而已，最外层的玫瑰花瓣已经渐渐发黑，开始凋零，明明她有用心养护。

半晌，她偏过头，沉默地望着窗外的夜色。

那晚梁西沉的那通来电对岑雾来说就像是梦一样，如果不是手机里的确显示着有和他的通话记录。

但，仅此而已。

那晚指尖在他的名字来回停留了许久，但最终，她都没有勇气回拨或是发短信问他什么事。

甚至，因着那个帖子，她开始有意地避着他，而他也没有再联系她。

只不过尽管她不敢靠近，后来还是遇见了一次，是在学校里意外碰见了谢汶，谢汶约着一块儿吃饭。

他也在，只是见面时他神色淡漠，丝毫不提那晚的事，仿佛从没打过那通电话。

她和他从头到尾没有说过一句话，像陌生人。

但吃完饭，他给大家买了奶茶，包括她，第一杯就递给了她，又不像陌生人。

再后来，她在校园里远远地看见过他两次，每次他的身旁都有人，而他从来都是人群中最惹眼的存在。

每次，岑雾都只是偷偷地看他。

而他从不曾看到过她。

她终于敢正大光明看他的那次，是2月的最后一天，周一升旗仪式，他再次作为优秀学生上台演讲。

好像很神奇。

上学期她第一次看他国旗下演讲时，她感冒发烧，心理、生理皆难受。

这一次，她意外地再次感冒。

脑袋混混沌沌，可他的声音还是无比精准地避开所有到达她耳中，每个字都再清楚不过。

周围的同学注意力都在他身上，于是，她借着这次机会，抬起头一眨不眨地看了他许久，在心底将他的脸廓身形描绘。

阳光洒落他身上，好似和他融为一体，他依然耀眼。

那天，他演讲的主题是校园暴力。

没有大段的长篇大论，和上次一样言简意赅，充满他的个人风格和魅力，在结束时不意外地再获雷动掌声。

开学初帖子事件，尽管林湘吃了处分，后来也有澄清，但其中关于私生女的传言到底是经由林湘传开了。

虽然没有人会再像帖子刚出来时一样对她议论纷纷，但私底下总免不了八卦，路上遇到她时也会投来那种眼神。

岑雾不敢自作多情地去想是不是他演讲的原因。

但在演讲后，校园里那些打量她的眼神少了很多，也不会再有其他班的人有意"路过"七班打量她。

第二天，时间正式迈入3月。

离高三高考只剩百天，离高二小高考只剩十八天。

时间一下子变得紧迫起来，似乎无论走在校园里哪个角落都能感觉到弥漫在空气里的紧张。

岑雾的梦想是国内最好的舞蹈学院，心仪的两所学校对小高考的四门选修等级要求往年都是A。

为此，她全身心投入到即将到来的小高考上，不敢放松。

偶尔到深夜很累很累的时候，她才会放纵自己几分钟想梁西沉，或者看一眼手机里的秘密相册。

她和他也再没有见过面，哪怕偶遇。

直到3月17号，那天是周四，周六周日就要迎来小高考。

而那天，也是她的生日。

其实她早就有意地忘记自己生日，是那天早起，她看到了程音给她发的短信，祝她生日快乐。

她在沉默片刻后回复说谢谢程老师。

她没有把这事放心上，也没有告诉周思源和沈岸，但或许到底是日子有些特殊，她突然间很想梁西沉。

想见他。

哪怕只是看一眼。

这个念头蠢蠢欲动，在她身体里肆无忌惮地野蛮生长。

等她意识到自己做了什么的时候，她的人已经走到了实验楼的天台。

她在这个天台上，有过两次因为见到他所以开心了很久的欢喜，也有过第一次听到夏微缇的名字而难过的时刻。

但她还是鬼使神差地来了这里，好像，能在这里再幸运地见到他一样。

或许是她的心愿足够真诚，她真的见到了梁西沉。

其实最开始，她并没有抱多少期待，尤其在她推开天台的门发现空无一人时。

但她还是想再等等。

万一呢？

就在她觉得希望越来越渺茫想劝自己离开时，她听到了再熟悉不过的脚步声，每一步都像是走在了她心上。

她躲了起来，站在拐角处，靠着墙。他看不到她，但她的眼睛里能有他。

他随意地倚着天台围栏，阳光落了一半在他侧脸上，莫名模糊了他那张漫不经心的冷漠俊脸。

岑雾一动不动，不敢发出丝毫声音，生怕被他察觉，也不敢眨眼，只想着能多看他一会儿。

哪怕多几秒也满足。

他在阳光下，她在角落里，他和她隔着距离，不知道她和他在同一片天地。
但岑雾仍然满足于这一刻的独处。

只有她和他。

不被打扰。

她情不自禁地弯了弯唇，久违的细碎笑意漫上眼底，一些情绪悄然消散。

几分钟后，谢汶出现了，他一来就嬉皮笑脸地说着不着调的话。

梁西沉偶尔会懒懒地"嗯"一声，辨不出情绪，没一会儿，他说了句"回教室"，
两人便抬脚离开。

岑雾紧贴着墙，更加不敢动。

她听到了门被推开的声音，呼吸憋得太久，正要轻轻舒口气，谢汶一改方才
吊儿郎当的严肃声音飘了过来——

"阿沉，有件事我突然想起来想问你，是不是因为那个帖子，所以你对岑雾
冷淡？"

猝不及防的一句，她还未呼出的一口气就这么憋在了胸口。

岑雾看不到他们的表情，只能听到他们不甚清晰的声音。

"别告诉我，你因为厌恶你那个破私生子弟弟，所以连带着岑雾一起讨厌？
阿沉，是不是？"

……

门已经被关上。

偌大的天台空荡荡的，又只剩下了岑雾一人。

她挪动着不知道为什么变得很沉很重的脚步，从角落里走了出来。

今天的阳光格外好，点点金光斑驳一地，只是太过刺眼，刺激得她的眼前似
乎就要浮起雾气。

小的时候，她在生日这天被她母亲扔到虞家。

而今年的生日，她知道了藏在心底喜欢到了心尖尖上的少年，原来讨厌她这
样的私生女。

明明已是 3 月中旬，温度渐高。

可是，还是有些冷。

2011 年 3 月 17 日那天结束的前一分钟，那瓶每天都会折一颗星星放进去的
玻璃瓶里，又多了一颗——

　　不能再喜欢他了。

第二天，周五。

三中校门外有一排绿树，岑雾站在其中一棵树下，十指无意识地攥在一块儿。

三中是明后两天她和周思源、沈岸三人的考场。

周思源约了她去市中心的一家商场逛逛，放松一下考前的紧张，但周思源还没到。

她提前出了门到了市中心，之后，又鬼使神差地坐车来了附近的三中这里。

她告诉自己，她只是提前来熟悉考场而已，并不是因为其他。

在原地站了许久，久到眼前要模糊，她深舒口气，犹豫着要不要再走近一点时，有人飞快地从她身旁跑过。

风拂过，带来曾经闻过两次的少女身上淡淡的香味。

岑雾下意识转身，视线里，那个身影陌生却也熟悉。

——夏微缇。

对方低着头在看手机，好像拨了个电话。

下一秒，"梁西沉"这个名字毫无预警地随着风钻入了岑雾的耳中，后面的话则淹没在了车经过的鸣笛声中。

心跳倏地失衡，岑雾的思维有那么一瞬的凝固。

等回神，她发现自己竟跟在了夏微缇的身后，意识到这一点，她猛地停在原地，想转身。

指尖掐着手心，几道深深的掐痕。

半晌，她到底没忍住，并不光明磊落甚至像偷窥者一般，继续跟上了夏微缇。

直到夏微缇跑进一条巷子里。

"梁西沉！"低喊的声音里分明是着急，甚至是担心。

岑雾呼吸停滞，她克制了又克制，藏在没人能发现的角落，悄悄地探出了头。

而后，她看见了难以忘怀的一幕——

空气中分明充满着戾气，穿着黑色外套的少年在巷子里，本就透着桀骜难驯的眉眼此刻是前所未见的凶狠。

只一眼，足够叫人不寒而栗。

"梁西沉！"地上的一人往后缩了缩，胸膛起伏，"我怎么说也是你朋友，你为了个女的……"

"唔！"一声疼痛难忍的闷哼。

地上的人被梁西沉一把抓住抵了墙上。

隔着的距离其实不算近，偏偏，岑雾竟能看清楚梁西沉的神色。

那张五官极为出色的脸上，即便在没有阳光的巷子里，每一寸的冷漠狠戾依然清楚可见，极具攻击性。

他掀唇，语调冷然刺骨："再敢背地里胡说八道，见一次打一次。滚！"

"唔……"

墙上的人跌倒在地，大口大口地喘气，还想说什么，却在瞥见梁西沉的眼神时，身体狠狠一颤。下一瞬，他摇摇晃晃地起身，其他两人也挣扎着狼狈爬起来。

岑雾僵在原地，一动不动。

直到侧对着她的梁西沉像是要转身走出巷子，夏微缇抬起手，似乎是想要扶住他。

不知道为什么，或许是怕他发现，或许是怕看到他和夏微缇站在一起，在他转身的前一刻，岑雾快一步拔腿就跑。

左手边有另一条巷子，她想也没想直接跑了进去，一路小跑，不敢停，不敢回头，好像这样就能把方才看到的那一幕忘掉。

可是，偏偏那一幕每一帧都分外清晰，在她脑海里一遍遍地浮现。

风吹在耳旁，重复的也只是他为了夏微缇警告别人的话。

不知跑了多久，眼前没了路，她被迫停下，靠着墙，艰难地呼吸。

风顺势灌入，顺着喉咙直达心口，很冷。

周思源的电话是在这时打的，嗡嗡响动不停，快自动挂断时，岑雾才从浑浑噩噩中回过神。

"思源。"她接通，有意克制，然而嗓子低哑，睫毛也止不住地扑闪。

"雾雾，你在哪儿呀，我和沈岸到了。"电话那端周思源的声音轻快，总是无忧无虑。

岑雾一只手按着难受的心口，衣服在不知不觉中被攥出褶皱。

她张了张嘴，唇瓣微颤。

"对不起，思源，"她垂着眸，长睫掩去眼底泛起的一丝红，"我突然有事，没办法来了。"

"怎么啦，很重要的事吗？没关系，等考完了再来放松也一样。"周思源没有意识到不对劲，笑说，"那明天见啊。"

"明天见。"她努力回应。

通话结束。

手滑落，手机仍握在手心，她也久久地保持着低头的姿势没有动。

那天风和日丽，天蓝如洗，风明明不大，她却还是被吹得红了眼。

当晚，深夜时分，岑雾被活生生疼醒了，手本能地摸向疼痛的地方，摸到小腹，小腹一片冰凉。

　　恍惚了好几秒，她终于后知后觉地反应过来是例假来了，且来势汹汹。

　　可是，不该在这个时候来的。

　　岑雾的例假不算准时，按上个月推算差不多是小高考后两天。

　　但没想到例假在今晚提前造访，甚至是前所未有的疼。

　　她睁开眼，挣扎着坐了起来，一手按着小腹，一手扶着墙去卫生间。

　　等换上卫生棉洗手，冷不丁的凉水让她一个激灵，浑浑噩噩的脑袋终是清醒了几分。

　　不大的卫生间里，回荡着的是她微沉的呼吸声。

　　她抬起头，在镜中看到了自己疼到发白的脸，长发散乱，十分狼狈。

　　她站不住，缓缓地蹲在了地上，小腹仍然冰凉，直直地往下坠，哪怕她不停地按揉。

　　片刻后，她挣扎着扶着东西站起来，一步步地挪回到卧室，换上衣服，拿上手机、钥匙、钱包下楼。

　　她住在六楼，顶楼，没有电梯。

　　她一只手抓着扶手，一只手按着小腹，每一次的抬脚，都几乎要用尽她仅剩的力气。

　　岑雾从未觉得六楼这么高，楼梯这么多。

　　好不容易终于下了楼，凉如水的夜风迎面吹来，吹得她的身体不受控制地打了个冷战。

　　又冷又疼。

　　她努力地走快，前往小区附近一家二十四小时营业的药店。

　　平时只要五分钟的路程，这一晚，岑雾硬是多花了一倍的时间，以至于走上台阶踏入药店的动作都变得万分勉强。

　　药店里灯光明亮，值班的店员在看电视，眼皮上下打架就要睡着。

　　岑雾口罩下的唇瓣动了动，出口的声音是自己也没意识到的低："您好，请问痛经可以吃什么药止痛？"

　　店员没听清楚："什么？"

　　小腹坠痛得厉害，岑雾一只手撑着柜台，勉强重复了一遍。

　　"布洛芬。"店员听清楚了，也回了神，手脚麻利地从柜台里拿了盒布洛芬给她。

　　对方一抬头，瞧见岑雾露在口罩外的额头上布满了细密冷汗，不由得放柔了语气问："很痛吗？"

　　莫名地，岑雾鼻尖竟是一酸。

　　"还好。"她摇头，生怕对方会继续问，飞快眨了下眼睛换话题，"请问多少钱？"

　　店员说了个数。

　　岑雾低头，从钱包里拿出钱。

　　店员接过，边找零边说："吃了药早点睡，好好休息，多喝热水，红糖水也行，别着凉了。我给你倒杯水，就在这儿喝吧。"

每多说一字，岑雾鼻尖的酸意就浓上一分。她用力地眨着眼睛，试图遮掩情绪。

接过店员从饮水机那儿接的温开水，岑雾拿下口罩，掰了粒布洛芬吞咽。

"谢谢。"她低声道谢。

走出药店，凉意再袭来。

已是凌晨，路上几乎没什么人。陪伴岑雾一路的，是一盏盏亮着暖黄光线的路灯，将她勉力支撑的身影拉得很长很长。

走到小区门口时，她忽然站定，低着头看着自己的影子良久。

回到楼上，床单已经弄脏，不能再睡，她从柜子里找出新的换上。

很简单的一件事，却因为疼到站不住，每隔几秒就要休息，导致又浪费了很久时间。

最后重新躺在床上，她本能地缩成了一团。

她想要尽快睡着，却是辗转难眠。只要闭上眼，白天的画面就无比清晰地浮现。

黑暗笼罩，岑雾手指死死地攥着被子，脸蛋埋入枕头里。

寂静的卧室里响起几不可闻的吸鼻子的声音。

其实，是疼的。

不管是昨天，还是今天。

都很疼。

岑雾一夜没怎么睡好。

七中安排了大巴车统一前往对应考场。她坐上车，思维仍有些混沌。

直到看到梁西沉。

她没想到会在三中校门口见到他，更没想到他是和谢汶、蒋燃一起来为她和周思源小高考加油的。

明明，他讨厌她这种人。

四目不期然相接，那一刹那，她的第一反应竟是幸好出门前敷了眼睛，不至于被看出什么。

然而也是同一时间，她清醒，就算肿着眼睛，他也不会在意的。

岑雾自然地低下视线。

就是这一低垂，不经意间，她瞥见了他的左手手背上有一截创可贴露出来。

下一秒，昨天的一幕幕争先恐后在脑海中浮涌。

"雾雾，思源妹妹，"蒋燃笑着张脸，叫得十分顺口，给她们鼓劲，"加油啊，小高考不难的。"

"'妹妹'也是你能叫的？"谢汶作势踹他一脚，毫不掩饰嫌弃，转脸也笑说，"加油，放轻松。"

"借学霸们吉言，我和雾雾必须加油啊，"周思源笑得眉眼弯弯，"是吧，雾雾？"

岑雾回神，眨了眨眼睛。

"嗯。"她唇角挽起浅弧，努力自然地看向他们，在和他的目光相撞的那一秒逼着自己没有落荒而逃。

"谢谢。"她轻声说。

"加油。"

一贯漫不经心的两字，再平常不过，梁西沉的眼神落在她脸上，几乎是接着她的话落下。

岑雾鼻尖突然没出息地泛酸。

周思源眼睛亮亮的，脱口而出："谢谢梁神保佑！"

"谢谢。"她跟着说，嗓音是伪装过的淡然沉静。

然而没人知道，她的口腔里漫出了淡淡血腥味，是她咬得太过用力的缘故。

岑雾和周思源的考场幸运地在同一楼同一层，两人挽着手先一起去厕所。

夏微缇的名字便是在这时猝不及防地钻进了她耳朵里——

"夏微缇！夏大小姐，好了没？还看手机，就这么聊不够？"

"就是聊不够呀，怎么，你嫉妒？"夏微缇回应的声音，满满的傲娇，甜蜜更像是散进了空气中。

岑雾眼皮倏地颤了颤，明知不该，她却仍忍不住，甚至近乎是本能地抬眸，循着声源望去。

没穿校服的夏微缇穿着格子短裙，张扬明艳。

夏微缇也看到了她，笑着跑过来，自然地打招呼："同学，是你呀，这么巧又见面了。在我们学校考试吗？"

"夏微缇！"她的朋友在催她。

"来了，来了！"她扭头挥挥手，灵动的眼睛里盈满笑意，"加油哟。"

岑雾还没来得及回应，夏微缇就转身跑向了她的朋友。

周思源眼睛睁得大大的，不敢置信："雾雾，你和夏微缇怎么认识的呀？"

岑雾目光收回，然而在眼前浮现的，仍是刚刚夏微缇挥手时，她不经意看到的夏微缇手指缠着的创可贴。

就在五分钟前，她才在梁西沉的手背上看到过一样的。

"之前比赛见过，说过话。"她听到自己回答周思源的声音，听着和平时差不多。

周思源眨眨眼，突然像是发现了新大陆一样兴奋："啊，就是平安夜那天的比赛吗？就是梁西沉请假的那天？"

她激动坏了："所以梁西沉他那天真的是去港城陪校花比赛吗？这么巧……你看到他没？"

岑雾在周思源兴奋的眼中看到了自己。

"没有。"她说，鼻酸却在一瞬间涌了上来。

她说谎了。

"嘿嘿，我觉得是，说不定今天来给我们加油是假，陪校花考试才是真呢。"

周思源"啧"了声。

"不过夏微缇是挺漂亮的，想想和梁西沉站在一起也蛮配的哦。雾雾，你说对不对？"

"嗯，她很优秀。"

岑雾的声音很低很低，像是要哭出来。

关于那一年小高考的题目难不难，都有什么题目，很多年后岑雾早就没了印象。

唯一记得的——

是本来好转的痛经却在拿到物理试卷后突然再次袭来，疼得她脸蛋发白，细密冷汗覆满额头。

仿佛疼到了骨子里。

是那两枚一样的创可贴。

周日 20 号，上午最后一门化学结束，代表着小高考也跟着结束。

岑雾和周思源、沈岸刚从回到七中的大巴车上下来，蒋燃不着调的声音就响了起来："雾雾，思源妹妹，这儿！"

率先看去的是沈岸。

谢汶和蒋燃勾肩搭背地过来："庆祝小高考结束，中午一起吃火锅，就上次我们吃的那家。"

周思源喊了一路的饿，一听"火锅"立马来了精神："好啊好啊，好久没吃火锅了，就我们几个吗？"

谢汶点头："还有阿沉，我们先去，他晚点到。"

周思源随口一问："梁神有事啊？"

谢汶"嗯"了声。

周思源习惯性地就想接句"什么事"，突然想到什么，朝着身边的岑雾露出一个"你懂的"八卦眼神。

"说什么秘密呢？"谢汶瞧见，笑。

周思源眨眨眼："不告诉你。"

谢汶"啧"了声，也没追问："那我们走？"

"我就不去了。"岑雾出了声。

瞬间，四人的视线都集中到了她脸上。

岑雾指尖掐着手心，语气很自然："这两天考试没睡好，有点困，想回去先睡一觉。"

"吃完再睡，"谢汶打断她，"饿着肚子容易难受。再说，接下来估计都没时间一起吃饭，上次你就推了我一回。"

周思源也挽着她的手撒娇："雾雾，你要是不去，就我一个女生了。去嘛，去嘛。"

想要拒绝的话堵在了喉咙口。

明知不该，最后，她还是去了。

她没想到梁西沉会来得这么快，不过是和周思源先去了趟洗手间，回来时就看到了熟悉的身影。

谢汶要的是小包间，六个人正好，周思源先她一步坐下，剩下的空位，在……他的左手边。

想要和周思源换座位的话咽了回去。

太过刻意。

最终，岑雾神色如常地坐了下来，然而才闻到梁西沉身上的气息，心里便有股止不住的难过涌出。

明明过年那次她还为走在他左手边偷偷欢喜。

她只是沉默地听他们天南海北地聊，偶尔应一声，而应声的时候，因着身旁的人，她连呼吸都有意放轻。

她更是努力地让自己不受梁西沉的影响，不去关注他，却发现根本做不到。

他也是偶尔回应谢汶、蒋燃的聊天，一声"嗯"分外懒散，稳稳落进她耳中，她听得认真，本能地记在心里。

他坐得随意，笔直的长腿往前伸直，穿的是黑色的裤子。

他的手……

创可贴没有贴了，一个浅浅的伤口撞入她眼角余光里。

岑雾呼吸滞了滞。

他起身，去外面调蘸料，带起的气息见缝插针地侵入她所有感官，她僵着没敢动。

周思源"哎"了声："雾雾，去弄蘸料吗？"

岑雾垂下眸，极力遏制跳得很快的心跳："等会儿吧，可能人多。"

很快，他的长腿出现在视线里。

过了会儿，她自然地和周思源一块儿起身去外面。

她心不在焉地拿了几样，想问周思源好了没，一抬头，撞入眼帘的却是他的那张脸。

她愣住，在他目光落下来的那一秒，心跳骤然失衡。她指尖紧攥，眨了眨眼睛，万分努力自然地朝他浅笑了下，算是打招呼。

大约是她笑得比哭还难看吧，他只点了点头。

操作台上的调料很香，包括火锅锅底，色香味俱全。

可岑雾就像是失了嗅觉，闻不到也全然没了胃口，感官尽失。

后来边吃边聊。这个年纪的少年最是恣意，连沈岸第一次和谢汶他们一块儿吃饭都聊得热烈起来。

气氛热闹，唯有她似乎格格不入。

直到谢汶突然叫了她一声。

她回神，抬眼的时候有些茫然。

蒋燃笑嘻嘻道："聊大学呢，雾雾妹妹，你打算考哪里啊？"

他挑挑眉，又贱兮兮地问："沉哥你呢？快告诉我你的心仪大学，我要和你考一块儿，沉哥去哪儿我就要去哪儿！"

好像还没人知道梁西沉想考哪所大学，连谢汶似乎也不知道。

蒋燃问这话的时候，岑雾低下了头，夹起碗里的虾滑咬了口。

但虾滑什么味道她不知道，她只知道自己所有的注意力还是不由自主地落在了梁西沉身上。

她咀嚼得很慢，直到听到他漫不经心地说了个名字，已经嚼得很烂的虾滑终于咽了下去。

他想考的是军校，国内最好的那所军校，在平城。

而她心仪的舞蹈学院之一，也在平城。

有一丝被压制的欢喜悄悄地从心底深处涌了出来，然而来不及感受喜悦，她突然就想到了夏微缇，想到了他讨厌她这种私生女。

"雾雾妹妹，你呢？"她听到蒋燃又问。

她抬起头，弯了下唇，说："还没想好。"

蒋燃一副过来人的样子："好好想，好大学太多了。"

跟着，话题由大学谈到梦想，又谈到学习，谈到其他。

她努力地自然地吃着东西，也会回应大家的聊天，没有让任何人察觉到她的不对劲。

后来这顿火锅在她的印象里，是她终于知道了梁西沉的心仪大学。

以及，最开始他将餐具烫过后递给她，她说了"谢谢"，他说"没关系"。除此之外她和他再没有说过话。

而之后，她没有再在学校里见到过他。

哪怕心里想着或许能在实验楼的天台撞见，她却是再也不敢去天台。

就这样，紧张的日子一天天地过。

很快，时间来到了4月10号，小高考成绩可以查询的这天。

也是这一天，岑雾忽然就明白了一件事——

这世间，遗憾错过才是寻常。

岑雾曾以为，只要她足够努力，总有一天能追赶上梁西沉，足够优秀到能让他看见自己。

可惜，好像只是她以为而已。

电脑屏幕上，终于跳转出来的页面显示着她的小高考成绩——

3A1B。

生物、地理、化学都是A，那一门物理只考了B。

和他想考的大学在同一座城市的舞蹈学院，对小高考成绩的要求是4A。

多遗憾，在她终于知道了他想考的大学也在平城，却好像就要错过。

如果，她再努力一点。

如果，考物理的时候她能忍住疼。

可是，哪有如果？

QQ群消息弹出来，蒋燃率先在群里问她和周思源的成绩：妹妹们，成绩查到了吗？考过没？

群是不知道什么时候建的小群，里面只有她、思源，还有梁西沉、谢汶、蒋燃三人，后来那次火锅后把沈岸也拉了进来。

岑雾从没在里面说过话。

周思源问她：必须是过了啊，还用问？雾雾你呢？

混乱不堪的思绪被拽回，岑雾垂眸，眨着眼睛，手指勉强抬起敲下两字：过了。

蒋燃秒回：厉害厉害，恭喜恭喜啊。

隔着屏幕似乎都能感觉到他的高兴，仿佛考过的是他。

谢汶也上了线：恭喜，晚上一起吃饭庆祝下？

周思源说不吃了，晚上一家人要去给外公过生日。

谢汶转而问她：雾雾你呢？

岑雾的视线从梁西沉那个暗着的头像上收回，敛着眸，她说了谎：不了，我还有事，下次聊吧。

她发完想要下线。

灰色头像在这时突然变亮，只发了两字：恭喜。

一股酸意瞬间不受控地涌上鼻尖，她突然想起，去年他的小高考成绩是4A，还是在他请假很久没有来学校的情况下考出的成绩。

他从来都那么优秀。

她回复：谢谢。

酸意渐浓，在要冲上眼眶的前一秒，她急急把状态改成了隐身，假装下线。

良久，岑雾紧握着鼠标的手抖了下，点开了他的空间。

他的空间很空，依然只有两条说说。

一条是新年零点那天的新年快乐，另一条，便是分享的那首歌曲。

她也依然在分享歌曲的那条状态下，看到了不陌生的头像点赞。

——夏微缇。

指腹在鼠标上无意识地来回滑动，并不磊落的行为让她的心跳渐渐加速。

最后，在不知道究竟盯着那个头像看了多久后，她还是和上次一样点击进入了夏微缇的空间。

而后，她看到了夏微缇最新发表的说说，在十分钟前：6A，开心！某人补课果然有用。

后面有两个表情，一个比"耶"，一个害羞。

夏微缇在三中上的是文艺班，和普通高考生不一样，艺术生的小高考是考六门，只要求3C即可。

但夏微缇是6A。

岑雾久久未动的眼眸眨了下，有些沉。

鼠标无意识地滑动，很快，她看到了另一条说说。

夏微缇：不开心。

发表的时间在那晚，在梁西沉分享歌曲的前半小时。

网吧里的人抽烟是常态，坐在岑雾旁边的男生烟不停，在抽完一根后又点了根，烟雾缭绕，很呛人。

视线里，有人在夏微缇最新那条说说下问某人是谁呀，配了一个坏笑的表情。

另一个人意味深长地回答：嗯哼，你说是谁？

烟雾飘到了岑雾面前，她终于忍不住偏过头难受地咳嗽起来，咳了好久。

七中在今年的小高考上并非全部通过。

普通班有四人考了D没通过，其中包括林湘。

按照规定，这四人可以在明年有次补考机会，如果再不通过，就会没有高考填志愿资格。

除此之外，考到4A的学生也有不少，4A的成绩能为明年高考加5分。

而岑雾是任课老师们眼中的意外。考之前大家都觉得她是可以冲一冲4A的，没想到物理竟然是B，但没人多说什么。

班会上，朱宇先是恭喜了大家通过小高考，随即又提醒不能轻易放松，毕竟很快他们就要高三了。

结束前，他让大家重新定个目标。

七中也是考场之一，课桌上是不能留有任何东西的，考之前大家都把贴着的座右铭或目标拿下了。

岑雾拿过纸笔，盯着看了将近一分钟，最后还是忍不住写下了原来的那句话——

向着光，永远热烈，永远心怀梦想。

再努力些，再优秀些。心底有声音说。

小高考的成绩已成定局无法改变，接下来，唯有继续努力，以最好的状态迎接越来越近的高三生涯。

方不负青春。

于是，岑雾比起之前更为努力，偏科的数学虽然在慢慢进步但不敢松懈，每日的练舞也不停止。

她要面对的不仅仅是高考，还有艺考。

每一天，她除了学习就是练舞，凌晨才能上床睡觉已是常态。

她把时间安排得很满，不再每天上QQ，手机也时常处于关机状态。

以为这样就能减少去想梁西沉的频率，可偏偏感情这种事最是无法控制。

她还是会忍不住想他，疲惫时，难过时，总是忍不住在失眠的长夜里将相册里的那几张照片翻来覆去地看。

她也在学校里远远地看见过他几次，每一次，都是等再也看不到他的身影才舍得收回视线。

她还见过他和谢汶、蒋燃他们打篮球。

那是有次吃完晚饭还没上晚自习，她和周思源经过篮球场意外看到他们在打篮球，似乎是和其他班临时比赛。

周思源兴奋地拉着她跑了过去。

周围围了不少人，好多女生或明目张胆或偷偷地聊着梁西沉，为他尖叫为他溢出满眼的欢喜笑意。

谢汶看到了她和周思源，在上半场结束后笑着朝她们走来。

那时夕阳还未消失，晚霞燃烧天际，他跟着走过来，橙红色的光晕落在他身上，将他的影子拉得很长，似携着满身的温柔。

每一步，似乎都踏在了岑雾心上。

有大胆的女生跑上前红着脸给他递水，他没什么表情地说了声谢谢，没要。

周思源他们三人挥手，习惯地拿了两瓶矿泉水要递给他们，也下意识地塞了她一瓶。

她握着，抓得越来越紧。

想给他，就像去年看他的篮球比赛时一样。

可是，她又不敢。

也不敢让目光多在他脸上停留一秒，怕被人窥探到秘密，怕会在他眼底看到对她这种私生女的厌恶。

她甚至想转身就走，偏偏脚下就如同生了根动不了，而内心深处最真实的想法，仍是想见他，和他待一会儿，哪怕不说话。

呼吸不知屏住了多久，就在快要憋不住的时候，他们三人走到了面前。

谢汶和蒋燃从周思源手里接过了矿泉水，久未见面，当即聊得热火朝天。

而他……自然地朝她伸出了手。

一颗心直接飘到了最高点，怦怦怦地狂跳，岑雾机械地眨了眨眼睛，不敢置信地意识到什么。

她紧握的手松开，用尽所有本事伪装自然地递给他。

"谢了。"他说。

或许是剧烈运动的结果，他的声音低沉微哑，要命地将她本就失控的心跳再次搅乱。

瓶盖拧开，他微仰头喝水，喉结上下滑动。

这一幕，像极了她初见他那次。

日落西沉，余晖温柔。

有汗在他额头上，但他身上的气息依然清冽干净。

"不客气。"她指尖紧攥，听到自己轻细的回应声，也听到了自己如雷的心跳声。

一声声，从来只因他如此。

那天，她在篮球场上站到了比赛结束，看他轻松地带领自己班打败其他班，看他在结束后似乎受谢汶他们影响，勾唇笑了下。

那一笑，直接烙印上了她心尖，经年不消。也叫她心底溢出了久违的只属于自己的欢喜。

原来纵使暗恋一个人很苦，可只要看到了他，哪怕一眼，哪怕没有说话，依然能叫人心生欢喜的甜。

上了瘾的糖，是戒不掉的。

只不过，这份欢喜在当天的深夜里还是退去后变成了苦涩。

——她梦到了他。

确切地说，是梦到了生日那天在天台的那一幕，谢汶的那句话像是一根针，毫不留情地刺破了甜的假象。

她惊醒，在后半夜失眠。

后来谢汶在群里笑说，高三压力太大，他要牺牲自己陪阿沉、蒋燃傍晚打篮球，让她和周思源有空就来看。

周思源很是傲娇地回了句"再说吧"，话虽这么说，还是拉着她去了两次。

但周思源是走读生，多数时候是放了学就回家，不留下晚自习。

岑雾一个人的时候，怀着那样的心思，哪里敢独自正大光明地去。

她最后选择了远远地看着，在他看不到的地方陪他打完球赛。

每天傍晚都是如此。

时间就在这样的小心翼翼中过得飞快，好像一眨眼就到了五月底。

而等月底一过，就会迎来端午假期。

以及……高考。

那一年的端午假期连着高考日期，七中在放假上做了调整，高一高二在6月5号上完半天课后放假。

岑雾一刻也没停留地赶去了火车站，坐上最早回南溪镇的动车，却没有回外婆家，而是直接去了伽寒寺。

那天天公不作美，下着雨。

细雨蒙蒙，岑雾撑着伞上山，和年初那天一样独自一人走过百步台阶，跨入寺庙走进大雄宝殿，伞收起，小心地放在门外。

她跪在蒲团上，合上眼，双手合十，郑重且虔诚地祈愿——

愿他高考顺遂、金榜题名。

前程似锦。

她又虔诚地为他求了平安符，小心翼翼地将其放入书包里不被压着。本打算离开之时，鬼使神差地，她拿起了一旁的签筒，心诚则灵。

抽出了两支签。两支签一左一右，她拿着去请师父解签。

率先递出的是为他求的签，是上上签。岑雾听完，紧张的心落回原地，开心地翘了翘唇。

接着，她递出自己的签。

解签的师父掀眸看了她一眼。

岑雾唇角还没来得及下压，心口便被这一眼看得突地一跳。

"下下签。"师父将签竹放下，沉沉的声音字字敲打着她的耳膜——

"世间情万种，求而不得的情，伤人伤己，莫要强求。"

雨还在下。

下山时有一块台阶长了青苔，一脚踩上湿滑，一不小心，岑雾跌倒，好在手及时撑住了台阶，只不过手心蹭到了一粒小石子。她看着手心的小石子，隐隐发涩的眼睫轻轻地颤了下。

莫要强求吗？

可是，她从未强求啊。

她只是，在无人知晓的地方偷偷地喜欢他而已。

仅此而已。

再回到北城是 6 号下午，明天就是高考第一天。

岑雾自己在家随便煮了点面条，面很香，但她吃得心不在焉，余光时不时地会瞥向被小心放入袋中的平安符。

几次，她的手指都快碰到袋子了，又蜷缩了起来。

反反复复，心也是随之纠结。

后来终于鼓起勇气拿过平安符，却在走到门口时又折回，也是反反复复几次。

想送去给他，但没有勇气。

外面的阳光大好，透过玻璃窗洒落进来一片。

良久，她深舒口气，终是出门。

几站路，她没有选择坐公交车，而是速度不怎么快地走过去，是消食，更是留有时间让自己不那么紧张，心跳不那么快。

终于走到运河岸附近，已是傍晚，夕阳西下。

只要她走马路走到对面，就到了。

但这一刻，犹豫的心情重新席卷而来，阻止着她进一步，她开始在附近来来回回地走。

手机早已握在了手里，打电话，发短信，都可以，她连说辞都早已准备好。

——五一回南溪镇时去了伽寒寺，求了平安符，想送他和蒋燃，祝他们高考顺利，也是谢谢上次小高考他们的加油。

她后来也是真的再去求了平安符，一人一个，也不会暴露自己的心思。

可是……

岑雾坐在路边的长椅上，咬着唇，手指将衣角攥了又攥，哪怕攥出了褶皱也没有发现。

等终于感觉到手心沁满了汗，她才后知后觉地意识到天开始黑了。

她从夕阳西下等到暮色四合，纠结犹豫，不敢打一个电话。

胆小鬼。

有声音在心底嘲笑她。

指甲在手心印出一道道深深的痕迹，唇瓣也几乎要被自己咬破，心跳狂乱，岑雾闭了闭眼。

心中数到第三秒，她站了起来，深吸口气拿起手机准备拨下那个"L"，眼角余光就是在这时看到的他。

隔着一条马路的距离，暗色的天，她依然一眼将他清楚看到。

她心跳骤停，左脚下意识地往前跨了一步。

下一秒。

她的脚硬生生地僵在原地，包括她的身体，眼底连自己都不曾意识到的欢喜瞬间消散得干干净净，她的呼吸停滞。

——马路对面，夏微缇出现在了他身边，好像在和他说什么。

这一刻，她眼前莫名模糊，看不到他的神色。

突然，他像是要偏过头。

几乎是本能地，岑雾转身就走，来时很慢的脚步变得极快，心跳还在狂乱地跳，却已不是因为紧张。

走着走着，她突然跑了起来，晚风迎面而来，将她的刘海吹得很乱，心口也像是被吹出了一个口子。

6月初的晚风早已不冷，但灌进来，还是将她好不容易鼓起勇气积聚的热意吹得一干二净，继而变凉。

岑雾不知道自己跑了多久。

浑浑噩噩停下来的时候，她一只手没什么力气地撑在了一棵树上，支撑着她，让她大口大口深呼吸。

良久，她轻轻地吸了吸鼻子，想将手机放回口袋，一摸，本就不怎么好看的脸色发白。

——平安符不见了。

几乎是没有一秒犹豫地，她转身往回走，低着头，借着路灯一寸一寸地将地面扫过，寻找平安符。

可是没有。

这一条路，她来回找了三遍，仔仔细细，哪怕有雨开始飘落。

但就是，找不到了。

平安符，丢了。

岑雾忘了自己是怎么回到小区的，只知道看到了镜子里被雨淋湿的自己。

好像哭过。

眼眶和鼻尖都是红的，眼睛微有些肿，眼尾似乎还有残留的湿意，分不清究竟是雨还是泪痕，很狼狈。

她低下头，打开水龙头想洗脸。明明已经6月，水却是凉的，冷不丁的刺激，让她眼睫猛颤，眼尾的湿意变得明显。

她打开了花洒，水温调到偏烫的温度，脱下淋湿的衣服洗澡。

可她还在掉眼泪，一颗接一颗地砸下，就像生日那晚。没有哭声，只有花洒里落下的淅淅沥沥声。

浑浑噩噩地洗完，镜子里那双眼睛肿得有些吓人。于是，她拿着热毛巾敷了好久。

等上了床，她没有再哭，然而后半夜从梦中醒来，她发现枕头还是湿了一点点。

她梦到了梁西沉。

梦里他依然是天之骄子，而她出生在正常的家庭，不再是他所厌恶的私生女，她和他之间终于不再有跨不过的鸿沟。

梦到，她变得足够优秀站在他身旁，梦到暗恋不再是她自己一个人的兵荒马乱。

在梦里，她的暗恋窥见了天光。

可惜，只是梦。

高考历时三天，北城也断断续续地下了三天的雨，中到大雨，局部暴雨。

岑雾生了病。

她独自去医院挂了水，之后待在了家里。

高考最后一天，周思源在电话里听出她声音的不对劲，急急忙忙和沈岸跑来看她，还特意让妈妈熬了粥给她喝。

沈岸去厨房给她洗水果。

周思源边打开保温杯拿出粥边问她怎么突然发烧了、医生怎么说、现在感觉怎么样。

她一一回答。

后来，周思源随口又问："打电话给你的时候怎么听见你在公交车上？不舒服就不要出门嘛，有事可以给我打电话啊。"

当时她拿着勺子的手几不可见地颤了颤。她垂下眸，声音很低，说了谎："刚从医院回来。"

周思源信以为真没有多问，看着她把粥都喝完聊了会儿天后就赶走了沈岸，陪着她上床睡午觉休息。

那天，岑雾依然没怎么睡好。

她的这场发烧随着高考的结束终于退去，只不过退烧后感冒接踵而来，断断续续反复了一周才彻底恢复健康。

后来岑雾将手机关机，一心扑在了期末考试复习和练舞上，逼着自己不可以再去想梁西沉。

直到 6 月 24 日，高考成绩可以查询的那晚，她开了机，久违地登录 QQ，沉默地和他们一起等待。

那时她坐在书桌前，在她无意地不知将试卷一角卷起多少次褶皱后，终于等到了他的高考分数。

——语文 160 分，数学 200 分，英语 120 分，小高加 5 分，选修的物理化学都是 A+。

全满分。

是七中建校这么多年以来第一次考出全满分成绩的学生，更确切地说，是全省第一个。

从前不是没有总分接近 480 的学生，但都会因为语文作文扣分。

但梁西沉没有。

今年本省的理科状元非他莫属。

小群里有近一分钟的沉默。

蒋燃：我沉哥厉害！

周思源更是震惊，激动得连打了数不清的感叹句：啊啊啊！梁神厉害！学神不愧是学神！我好崇拜你！

岑雾眼睫颤了下。

不知何时攥紧在一块儿的手指松开，她在寂静无声的卧室里听到了自己轻舒口气的声音，也察觉到自己微翘着的唇角。

她一抬眸，甚至在窗户上看到了自己眼角眉梢带笑的模样，仿佛考出这样满分的是自己。

她恍惚了一秒，到底还是伸手按下了翘起的唇角。

提到高空的心回归原地，在借着其他人都在恭喜他时，她混在其中打出两字：恭喜。

两个字紧随在她之后：谢谢。

看着，像是在特意回应她一样。

但岑雾知道不是，她不会再这么自作多情地想了。

那一晚，她放纵自己登了QQ许久，看他们在群里聊天，聊青春聊未来聊梦想，恣意也意气风发。

之后关机，她收起手机，已是习惯性地拿出一张星星折纸。

　　恭喜你啊，我心底的少年，最优秀的梁西沉。
　　祝你前程似锦，万事胜意。
　　2011.6.24

折好的星星轻落入瓶中。

打开窗，外面的夜色极好，月色朦胧，繁星璀璨。

像是也在为他开心祝福。

考出前所未有的好成绩，七中的热度高得不能再高，然而热度最高的梁西沉没了消息。

谁也采访不到他，低调得很，不得已，媒体只能来采访学校的人。

那段时间在学校里时常能看到记者。

但岑雾再也没看到过梁西沉，仿佛屏蔽了所有能知道他消息的来源，她每天的生活只是复习和跳舞。

很快，期末考试结束，暑假开始。

岑雾在放假的当天就收拾东西回了南溪镇，而回到南溪镇也不过是换了个地方继续复习和练舞。

她克制着基本不用手机，但还是第一时间知道了梁西沉的消息。

——他考上了心仪的军校，是第一个在7月初就收到了录取通知书的人。

蒋燃考得也不错，拿到了南城大学的通知书。

谢汶要组织大家一块儿吃顿饭。

岑雾接到电话时正在花房里帮外婆的花浇水，而她已有一个月没见过梁西沉了。

她低垂着眸，沉默了大概有三秒："抱歉，我来不了了，我外婆感冒没好，我要留在家里照顾她。"

其实外婆的感冒已经好了。

然而没想到的是，她会在第三天傍晚，在伽寒寺听钟声时接到周思源的电话，说她和梁西沉他们来了南溪镇。

那一刻，她的呼吸都停滞了，匆匆下山赶去约好的地方。远远地，她就看到了梁西沉。

无论在哪儿，无论什么情况下，他永远是她第一眼就能看到的人，永远都是人群中最耀眼的那个。

她放缓了脚步，慢慢地深呼吸。

"雾雾！"周思源率先看到她，兴奋地朝她挥手。

她挽起唇角："思源。"

周思源开心地抱着她蹭了蹭，随口问："打电话给你的时候好像听到了钟声，你在寺庙里吗？"

"嗯，伽寒寺。"她说着抬头，回应谢汶、蒋燃、沈岸的打招呼，最后目光落到梁西沉脸上，自然地点头。

梁西沉看了她一眼，同样点头。

谢汶解释是因为她没办法回北城，正好听说这里今晚有流星雨，就开车过来找她了，一块儿聚一聚。

闻言，她没有借口再推辞。

南溪镇是有名的江南古镇，她带着他们好好地逛了圈吃了饭，最后在天黑前上山寻找合适的看流星雨的位置。

全程，她都没有刻意地去看梁西沉。

他和她也没有说话，然而这一路，他偶尔回应谢汶他们的话却是一字不漏地清晰落入了她耳中。

到了山上，周思源靠在她肩膀上，边挽着她聊天边等流星雨。

而他，在她前方，只要她稍稍抬眸就能看到他的身影。

她终究是没忍住，用眼角余光贪恋地将他的身形描绘，最后藏于心底。

流星雨快来前，谢汶架好了相机，招呼着大家站起来拍合照。

她被周思源拉着起身。

不知怎的，最后……她竟站到了梁西沉身旁，站在了他的左手边。

久违的气息萦上鼻尖，一股酸意涌出，让她极没出息地大脑空白呼吸停滞，最后大家异口同声喊"耶"时她连嘴都张不开。

那晚拍了很多照片，见证他们几人的友谊。

其中有一张，是谢汶轮流给每人拍单人照。

轮到她时，谢汶笑着喊了声："阿沉？"

她下意识地侧眸，却见原本去接电话的梁西沉不知什么时候回来了，谢汶喊他时他转身。

夜空下，她和梁西沉四目相接两秒。

"咔嚓"一声，谢汶按下了快门键。

格外幸运的是，此时恰有流星雨划过天际，就在她和他的身后。

后来回到北城，谢汶又把所有的照片都洗出来，每人都有。

只是，后来，岑雾弄丢了那张和梁西沉仅有的合照。

她甚至不知道是怎么弄丢的，就像那枚平安符一样，怎么也找不回来了。

弄丢的那天，她沉默很久，偷偷地红了眼。

那一晚，岑雾失眠了。

第二天，她送他们离开。是梁西沉开车来的，也是他开车回去。

她和他们一一道别，在那辆车驶出后转身准备回家，只不过在走了几步后，她到底是没忍住，再次转过了身。

看着那辆车，直到再也没有车影。

她的脑海里却仍是他的脸。

原来，看到他还是会欢喜，会心跳加快，也还是会难过。

岑雾又在家里待了两天后，收拾东西去了隔壁程音所在的城市。

过了暑假她就是高三生，要和所有高三生一样备战高考，也要和艺考生一样准备统考、校考、艺考。

对要准备舞蹈艺考的学生来说，每年的6月到9月都是备战集训的黄金期。

她本就不是艺术生，平时也没有时间全封闭地训练，只有在这并不长的暑假里比别人更努力才行。

程音开了一家舞蹈培训机构，又是她的老师，她去那里集训再合适不过。

训练的每一天都很辛苦，早上一睁开眼就是练基本功、练舞，到了深夜闭眼睡觉，身体却好像也还会自己再练一样。

期末考试的时候，她的数学成绩又掉下来了，于是除了练舞，她还要晚上抽出时间复习功课。

她基本只睡四个小时，每一天都是如此，从不懈怠。

就这样过了一个月，8月下旬，高三提前开学，岑雾重新回到北城。

集训的那个月，她手机关机没有和任何人联系，包括周思源。

回到北城的当晚，谢汶组织饭局，她明白不能再推，便去了。

还是那家火锅店。

吹着空调，吃着味道一绝的火锅，眼前是熟悉的面孔，而右手旁坐着的……意外地还是梁西沉。

气氛仍和每一次聚会一样热闹。

她和他，除了他递给她餐具时说了"谢谢""不客气"，依然没有其他交流。

那天吃完火锅，谢汶还订了KTV包厢唱歌。

其实晚上她和周思源、沈岸还要上晚自习，但周思源很想唱歌，谢汶也说接下来见面会很少了。

于是，岑雾第一次为这帮朋友翘了晚自习，但她心里清楚究竟是为了谁。

那晚在 KTV，他们几人依然聊得热烈，抢歌唱也抢得厉害。抢到最后，谢汶带头鼓掌要让梁西沉来一首。

谢汶说从来没听他唱过歌。

他唱了，声线低沉。

> 雨下整夜
> 我的爱溢出就像雨水
> 院子落叶
> 跟我的思念厚厚一叠

暗色的包厢里，光线时而闪过他的侧脸，五官一贯的桀骜，眉眼中却好像有一丝不易察觉的温柔。

周思源在她耳旁尖叫，兴奋鼓掌，大喊真好听，再来一首，又凑过来告诉她，这首歌叫《七里香》，当年火遍大街小巷。

岑雾却忍不住想，他是在思念夏微缇吗？

那晚，梁西沉只唱了这么一首歌。

因为他，她知道了《七里香》这首歌，也是那晚后，她的手机里不知不觉多了很多周杰伦的歌。

后来在很多个失眠夜晚，那些歌在她的耳朵里循环了一遍又一遍。

而那天，是她倒数第二次见到梁西沉。

迈入高三，紧迫的氛围如约而至，所有人都拼了命地学习，岑雾自然也不例外。

除了和程音和外婆联系需要，她的手机基本处于关机状态，也没有再登录过QQ。

直到，9 月正式开学的那周周末，她收到了一份从平城寄来的包裹。

寄件人……梁西沉。

当时，她分明感觉到自己的心跳倏地漏了一拍，小心翼翼地打开，里面是几本数学的辅导资料，每本都是两份。

资料的最后，是一本数学笔记。

笔迹毫不陌生，是他的高三数学笔记。

笔记的第一页还夹着一张很普通的左下角印了向日葵的明信片，他在明信片上写了四个字——"高三加油"。

其实她已经很久没让自己想他了。

可是那一刻，她还是没出息地红了眼，心口像被棉花塞住了一样闷闷的，不能呼吸。

当晚，她开机。

在犹豫了一次又一次后，她点开了那个"L"，给他发了短信：资料和笔记都收到了，谢谢你。

他在第二天的凌晨五点给她回了一句话：不客气。

很生疏。

那时候岑雾早已醒来，她盯着看了许久，最终，她没有再回，关了机。

辅导资料她和周思源一人一份，数学笔记则是轮流看着学习。

不得不说，很有用。

她和周思源的数学成绩终于有了显著提高，并且慢慢地稳定了下来，没有再出现过突然滑落的情况。

就这样，时间在努力中流逝，以飞快的速度来到了 12 月。

对岑雾来说，她的时间更紧了。

因为舞蹈艺考从 12 月正式开始。

首先是联考，只有联考通过了才有资格参加各舞蹈学院的校考。岑雾对自己有信心，对联考也是。

只是，她没想到她会在联考时再一次遇见夏微缇。

但这一次，夏微缇没有看见她。

夏微缇背对着她在打电话，她听到夏微缇问：“你到哪儿了呀？我不管，说好了每次考试比赛都会陪我。”

“喂……”

张扬明艳的少女，会因为喜欢的人软糯撒娇。

那天天很冷，寒风刮在脸上生疼，岑雾僵着双腿走进考试现场时，终究是没忍住回过了头。

隔着距离，她清晰地看到了夏微缇在太阳下扬起的笑脸，甜蜜欢喜，像极了港城比赛那次。

眼睛莫名有些涩，她眨了眨眼。

原来，只有夏微缇才是他的温柔例外。

原来，她还是会很难过。

联考不意外地顺利通过，元旦过后，高三的上半学期即将落下帷幕，岑雾也开始奔波于舞蹈学院的校考。

她最心仪的那所学校在平城，校考的时间在最后一个。

她曾犹豫过要不要去，毕竟她的小高考成绩已成了败局，但她还是想试试。

她在 3 月初去了平城参加校考，没有告诉任何人，自然包括梁西沉，她没有那个勇气也没有那个资格联系他。她不是夏微缇。

但也不知是不是就那么巧，夏微缇也参加了那所学校的校考，而这次夏微缇认出了她，看到她的时候很惊讶。

大概都来自北城，夏微缇很开心，拉着她聊了好一会儿。

中途夏微缇低头看了眼手机消息，看完明显更开心了。

而她恍惚了下。

夏微缇说，是她未来男朋友快到了，说他们约好了在平城上大学，说等毕业了就能在一起了，还说他每次都会陪她比赛考试。

说话的时候，夏微缇的眼里溢满了璀璨的甜蜜笑意。

岑雾张了张嘴，说了声"恭喜"，说话时，她很努力地弯了下唇。

后来大概是他来了，夏微缇开心地飞奔了出去，走之前和去年的小高考一样，对她说了声"加油"。

岑雾也说了句"加油"，之后，她转身往学校里走。

路过一面镜子的时候，她发现自己的眼尾好像有些红，又在短短几秒钟的时间里越来越红。

那天天很蓝，阳光很好，好得刺眼。

校考结束后，岑雾重新全身心地投入很快就会到来的高考冲刺中。

越往后，高三的学习氛围越是紧张沉重，每个人都恨不得一天二十四小时学习，压得人几乎就要喘不过气。

岑雾和周思源也会如此，包括沈岸。

但她们也会调节，适当地让自己放松一下以便更好地加油。

她们会在周末看电影，会去鬼屋尖叫，甚至还翘过晚自习，在热闹的马路上牵着手随风奔跑，而后相视一笑。

这一年她和周思源的感情越来越好。高三的紧张让周思源不再走读，她家里原本是想让她住校，最后她搬去了岑雾那儿。

两人同睡一张床，每天一起上下学，一起复习功课，也曾在深夜里窝在床上说悄悄话，什么话题都有。

也自然地提到过梁西沉他们。

而每次听到那个名字，岑雾都会失眠。

时间飞快，一晃眼，终于来到了高考前。

按惯例，七中会在高考前三天放假，周思源回去了自己家里，岑雾又变成了一个人。

她白天复习，晚上会让自己放松。

那时候，不知不觉中她的压力也变得大了起来，而能让她减压的方式，是她自己也没想到的——走一遍那晚梁西沉从运河岸走路送她回燕尾巷的路。

她自己都数不清，自己究竟走了多少遍。

高考前晚最后一次走完，在经过运河岸时，她没忍住，抬头望向了小区里，看了许久，哪怕根本看不到他。

回到小区时，她意外地看到了明深。

明深说这几天都会在北城处理事情，顺便陪她高考。

岑雾弯了下唇，说"好"。

两人和上次分别前一样，在路边随便一张椅子上坐着聊了会儿天后，明深让她上楼早些休息。

第二天，6月7号，为期三天的高考正式拉开序幕。

岑雾说不清楚究竟是什么滋味，她竟然又一次地和夏微缇同在三中这个考场，她瞧见夏微缇满脸甜蜜的笑，脑中想到的是梁西沉。

而后，她似乎看到了梁西沉的身影。

6月9号，下午最后一场政治考完，宣告着高考终于结束，青春里的高中生涯就此画上句号。

结束时，本就阴沉的天气下起了暴雨，她从考场出来，看到了撑着伞等她的明深。

明深问她考得怎么样。

她笑了下，说还可以。

在暴雨声中，在各种激动的欢呼声中，她离开三中，也第一时间离开了这座曾经让她讨厌排斥、之后欢喜也难过的城市。

她回到了南溪镇，关了手机，陪了外婆一段时间，也在伽寒寺待了一段时间，日日抄写经书。

6月25号，高考分数出来。

那年省里的文科状元分数是417分。

岑雾，416分。

很不错的成绩。

只是，从古至今，被记住的永远只有最优秀的第一名。

2012年9月，大学报到。

岑雾带着最简单的行李独自到了澜城。

澜城舞蹈学院和平城舞蹈学院是当初她心仪的两所学校，她的小高考成绩3A1B，按照往年来看，原本不会被录取。

但因着她当初梅梨杯上的一等奖，以及高考成绩的加分，澜城舞蹈学院率先向她抛了橄榄枝，平城舞蹈学院随后。

最终，在思考了一晚上后，她选择了被誉为"古典舞舞蹈家摇篮"的澜舞。

她听说，夏微缇去了平舞。

澜城和平城之间的距离，很远，远得足够让她慢慢忘了他吧。

岑雾脸上从小就有婴儿肥，高中阶段在高强度的学习压力下褪去了不少，等上了大学，彻底没了。

她的皮肤天生冷白，那张脸也越来越漂亮，加之专业能力的优秀，她成了澜舞公认的女神。

她清冷的气质吸引了不少追求者，校内校外的都有，但她从来都是拒绝。

有次宿舍深夜八卦，问她喜欢什么样的男生，为什么不谈恋爱，大学不谈恋爱多可惜，还说要给她介绍。

那时宿舍里只亮着一盏小台灯。

岑雾敷着面膜，没人能看见她脸上的表情，也没人能发现她在听到"喜欢"这两个字时有片刻的怔愣。

她想到了梁西沉。

她和他已很久很久没有联系，她不知道，甚至是有意避开任何和他有关的消息。

但也是那一晚，她发现原来自己还是没能忘掉他。

甚至，在不久前她还误以为看到了他。

那是她走在校园里意外和人撞到了一起，她低声说"抱歉"，抬头的刹那呼吸停滞。

她差点以为是梁西沉。

但不过两秒她便回神了，只是眉眼有几分相似而已。

她清醒后再说了声"抱歉"就走了，没想到之后几天那人开始追求她，每天雷打不动地来见她，想约她。

岑雾在一开始就认真地拒绝了他。

梁西沉就是梁西沉。

无人能替代。

再后来，或许是因为她拒人于千里之外的态度，追求她的人渐渐少了，岑雾更是一心扑在了学业和跳舞上。

但其实，她也曾疯狂过一次，翘了最重要的专业课。

那是在 2015 年，她在微博上临时花高价买了一张别人转让的票，不顾一切地跑去一座陌生的城市看演唱会，听了一首首的歌。

《蜗牛》《七里香》……

最后是那首《晴天》——

> 从前从前有个人爱你很久
> 但偏偏风渐渐把距离吹得好远
> 好不容易又能再多爱一天
> 但故事的最后
> 你好像还是说了
> 拜拜

这首歌全场万人大合唱，周围很多人都哭着说这是他们的青春。

岑雾在那种氛围中，从高中毕业后，第一次因为想到梁西沉而红了眼。

那一瞬她想到了很多。

那块没有送出去的手表，那年情人节最后被她做成了干花的玫瑰，那张明信片，那些星星……

那一晚，她第一次泪流满面。

如果，她和他不曾说过话也不曾认识，或许他就只是一个在她情窦初开时一见钟情的少年，或许一切会随着时间的流逝在她记忆中慢慢模糊。往后想起来，大概会是她青春里一抹鲜明美好的回忆。

可偏偏，他们曾相识，很近又很远的距离，让她刻骨铭心，让她遗憾，让她的一整个青春里都是他。

也让她明白，就算她努力变得再优秀，终究不是他眼里、心里的那个人。

后来岑雾看过很多次日落，不同城市、不同地点、不同天气，却再也没有过初见梁西沉那天让她爱上日落的感觉，也再没有，遇到过能一眼让她怦然心动的少年。

如果，故事就停留在初见他的那天该多好。

禅房幽静，格外清晰的声音将岑雾从恍惚回忆中拉回现实。

"什么？"

明深抬眸："下句。"

岑雾攥着的手指松开，眼睫眨动："空即是色。"

她陡然意识到他什么意思，垂眸。

笔尖一滴墨滴落，抄写的经文被晕染，依稀可见被晕染前写的并不是"空即是色"。

竟然是——梁。

梁西沉的梁。

岑雾抿唇。

"对不起。"她将毛笔放下，想要将这张纸收起来，一时间却不知道要怎么处理，无从下手。

半晌，她低声说："我重新抄写。"

"心不静，抄了有什么用？"

"我……"

"回去吧。"明深收起纸笔，声音清寒，"打算在我这儿躲他到什么时候？"

岑雾心口一跳。

"不是躲。"她伸手重新拿起笔，声音终于平静，"外婆安排了相亲，但我不想，仅此而已。"

纸被明深收走。

"上一次见你这样，是你高二新年那年。"明深睨了她一眼。

没给她再说话的机会，他起身走至门口往外看了眼："他走了。等下我要见个人。"

一分钟后。

门在身后被明深毫不留情地关上，岑雾一手拿着他给她准备的新年礼物，一手拿着把黑伞。

雨仍在下，淅淅沥沥。

那棵百年银杏树下，的确如他所说没了那人的身影，像一场梦。

岑雾分不清此刻心里究竟是庆幸还是失落多些。

手机铃声是在她要跨出山门时响起的。

一声声，很急的样子。

岑雾左手撑着伞，想将礼物拿过来，好空出右手从包里拿手机，也不知是不是伞太重，她一时没拿稳。

眼看着，伞就要跌落。

一只分明是男人的骨节分明的手适时接过伞，稳稳当当地撑在她头顶上空。

眼前视线骤然变得空阔，新鲜的空气顺势袭来。一起见缝插针侵入毛孔的，是在二十分钟前才接触过的独属于那个人的清冽气息。

此刻，他再出现，岑雾心跳倏地抖了下。

她抬起头。过近的距离，她再一次撞入那双深邃又格外凛冽的眼睛里。

对视不过两秒，她的心里却犹如海浪翻涌。

手机还在响。

她垂下眸避开他的视线，攥着手机的力道放松，看清来电是谁后偏过头接通："舒影姐。"

舒影那边有些吵，嘱咐的语速很快："怕你微信没看见，和你说一声，微博别再忘了啊，今晚必须发……今晚就不和你视频了，我这儿有事，明天聊。"

说完，她就把电话挂了。

忙音声莫名惹得岑雾心跳有些过快，她收起手机。

眼睫眨动几次，她终是再次对上那双眼睛，压下浮动的情绪，平静地说出客套疏离的话："谢谢。"

她说着就要从他手里接过伞。

但，没能拿过。

下一秒，就见梁西沉薄唇扯动，分外平静又漫不经心地问："我长了张'杀人放火要吃人'的脸？"

岑雾呼吸滞住，记忆像是在一瞬间又被拉回到了高中那年，他也是这样，问了一模一样的话。

她不知道他什么意思。

"怕我？"蓦地，他冷声再问。

岑雾几乎就要往后退。

"……没有。"当年她没有机会回答，如今她挤出了两个字。

伞往上抬，她那张瓷白的脸在暗淡中暴露得更多，眼睛里，分明是不坦荡。

梁西沉盯着她："是吗？"

那眼神……仿佛是在嘲讽她在说谎。

岑雾抿着唇，想说"是"，他却抬起了脚，没有要还她伞的意思："走吧。"

她到底还是咽下了拒绝的话，任由他撑着伞，宛如陌生人般一起下山。

一路沉默地走到了山下车旁，她不着痕迹地轻舒一口气，打破沉默，仍然疏离客气："我到了，谢谢你。"

她伸手，这一次，她轻而易举地从他手中拿回了伞。

雨已经停了。

"再见。"她微微颔首，算是最后打过招呼，避开他的目光，打开车门将东西放入后座，随即上车系上安全带，双手握住方向盘。

余光里，他竟然还没走，颇有些随意地靠在了一辆车上，摸出一根烟咬在薄唇上。

他似乎抬眸往她这儿看了眼。

隔着车窗，他侵略性的存在感仍极强。

岑雾指尖颤了下，抿住唇，目视前方，启动车子。

不想，车竟然启动不了，试了几次都没有反应。

车坏了。

这个认知让她的唇无意识地抿得更紧了。

她想打电话给明深，但想到他要见人，她收回手指，转而想找拖车公司。

"咚咚"两声，车窗被敲响。

她本能地抬头，脸上猝不及防被吓到的神情丝毫没掩饰。

梁西沉长指叩了叩车窗，示意她开窗。

岑雾背脊绷得异常笔直，僵着手指降下车窗。

"我送你。"梁西沉喉结轻滚，盯着她。

岑雾本能地想拒绝，潜意识里不止一个声音告诉她，应该和他保持距离，不管他是不是她今天的相亲对象。

"不是不怕我？"几不可闻的低嗤声阻断了她未出口的话。

梁西沉直起了身，冷厉眉眼低垂，居高临下地睨着她，嗓音沉缓，意味深长，压迫感侵略性十足："岑同学。"

言外之意，不上他的车就是怕他。

岑雾最终还是上了他的车，就在她车的旁边，方才他倚靠的那辆。

车里的内饰透着股性冷淡意味，和他的人一样。

岑雾没有多看，低着头系上安全带后，目光就落到了窗外。

她的呼吸平稳正常，但事实上，从坐进他车里的那秒起，她浑身的神经都不由自主地紧绷到了极致。

一路诡异的沉默，直到到达南溪镇。

"我到了，谢谢你。"她缓着呼吸慢慢开口。

梁西沉没有说话，只冷眼旁观她解开安全带下车，又小心地拿过那把黑伞和礼物。

"再见。"她道别，一如既往的客气疏离，拒人于千里之外。

梁西沉睨着她的背影，习惯性地又摸出了烟盒。

一摸，烟盒空了。

他薄唇微抿，将烟盒扔到中控台。

岑雾挺直了脊背，没有回头。在遇见镇上人和她打招呼时，她礼貌回应，还弯了下唇角。

回到家，她紧绷的神经暂时得以松懈。

"外婆。"她出声。

走出来的是张婶。

张婶一脸的欲言又止，几度张嘴，最后小心翼翼地说："雾雾，你外婆让我转告你，你妈妈等下会来。"

十分钟后。

岑雾推着昨晚才带回来的行李箱离开，在离新年没剩多长时间的时候。

天空又落了雨，镇上的小孩还在细雨中吵吵闹闹地玩游戏，每张脸上都洋溢着开心的笑意。大人们则多数在为晚上的年夜饭做准备。

都与她无关。

岑雾一步步走过青石板小路，在走到路口的时候突然停了下来。

几步外，梁西沉朝她而来。

他走到了她面前，二话不说拿过她手中的行李箱和黑伞，视线落在她脸上一秒。

"我送你。"他说。语气很淡，但字字透着强势。

岑雾重新坐上了他的车。

车里暖气未停，门关上，车外能冻坏人骨头的湿冷寒意瞬间被隔绝。

她低着头，指尖在手机屏幕上滑动，想买张回澜城的票，却发现票都已卖光，连明天的也早就被抢光。

而她的车坏在了伽寒寺。

"地址。"突然的一句。

岑雾恍惚抬头。

梁西沉喉结上下滚动，长指解锁自己的手机，深眸注视她："澜城，住址，走高速送你回去。"

明明是无波无澜的一眼，语气也没有丝毫多余的情绪。岑雾先前好不容易压下的情绪却再度汹涌起来。

"不……"

"我和你在相亲，不是吗？"

时间像是倏地被按下了暂停键，她刻意想要忘记的事情毫无征兆地被提醒，他说这话时，那张俊脸一贯的冷漠、波澜不惊。

岑雾捏紧了手机。

梁西沉瞥见，薄唇再吐出两字："地址。"

最后，岑雾还是说了地址。

他修长的手指快速在屏幕上轻点，很快，导航软件发出提醒声。

从南溪镇到澜城走高速大概两小时，但今天是除夕，堵车是意料之中的事，加上一路细雨不断，时间会花费得更长。

车启动后，两人默契地陷入诡异的沉默中。

他开车，岑雾低着头难得长时间地玩手机，刷了会儿微博，最后还是玩起了最简单的消消乐游戏。

她玩得入了神，连手机电量不足都没有发现，直到屏幕突然暗下去。

她指尖一顿，几秒后，偏过头靠上座椅，闭上眼索性让眼睛休息会儿，却没想到会睡着。

车内安静，安静到连她平稳低浅的呼吸声都异常清晰。

梁西沉手握着方向盘，将车开入服务站停稳。

许久，他注视前方的视线收回，慢慢地，落到了那张白净的脸上。

乌浓长发散落，有一缕贴上了她的脸。

解开安全带，他倾身靠近，抬手，在一分钟后动作极轻地将那一缕发丝从她脸上拨开。

末了，他的指腹落在她脸蛋上方一寸。

暗色中，梁西沉的薄唇抿得极紧。

岑雾没想到自己会睡着。

睁开眼，她的大脑还是空白的，直到有算是陌生的气息萦绕上鼻尖。

她低头，一件分明是男人的外套披在了她身上。

意识回笼，她僵着身体下意识往左看，但没有看到他。下一瞬，她四顾找寻的视线倏地停下。

外面不远处，仍是一眼就能认出的身影背对着她，一手举着手机放到耳旁，另一只手指间夹着一根烟。

一抹猩红忽明忽暗。

此刻车内很安静，只有她。

好像直到这一刻，她才有了真实感，终于相信自己真的是在多年后再见到了梁西沉。

多久了？

八年还是九年？

一时间，岑雾好像数不清了。

她只知道，这些年他们没有任何联系，她刻意地不让自己去知道或者打听他的任何消息，却没想到会在今日以相亲的方式重逢。

他变了很多。

脸廓线条比起高中时更加冷峻，肆意的少年气不见，取而代之是从前没有的成熟男人味，还有种说不出的感觉，但眉骨间似乎依然桀骜。

其他不变的，应该是那双眼睛。

重逢的情绪在这时才后知后觉地涌来，突然间，岑雾的心口发闷。

她想收回视线，不期然地，背对着她的梁西沉转身，像在寺里察觉到她的存在一样，第一时间将她的目光紧紧搂住。

她的血液好像停止流动。

对视了大概有两秒，他挂了电话，大步要朝她走来，似是想到了什么，又转身往另外的方向走去。

岑雾收回了视线，看了眼还在身上的外套，默默地拿了下来，细心叠好，放到了他的座椅上。

一阵寒风钻了进来，携着一股他身上的烟味，很淡，不难闻。

一杯冒着热气的热饮递到了她眼前。

"热的。"他的声音冷淡。

岑雾醒来确实有些渴，她没有矫情地说不用了。

"谢谢。"她伸手接过。

不期然地，她的指尖竟碰上了他的手指，刹那间，似电流蹿过，差点就让她没拿稳热饮。

她不着痕迹地移开，佯装冷静又快速地收回了手，低着头抿了口。

耳旁有阵风，是他将那件外套随手扔到了后座。

岑雾一言不发，他亦是。

夜色四合的时候，高速上就不怎么堵车了。在彼此又沉默了一个多小时后，终于到了岑雾在澜城的公寓。

车驶入地下停车场，诡异的寂静充斥车内每个角落，莫名压得岑雾有些呼吸不过来。

她稳了稳，慢慢地缓了下。

"谢谢你，"打了整个后半程的腹稿在这时平常地出口，她对上他的眼睛，"我把路费转给你吧。"

梁西沉摸了一根烟出来，是在服务站买的，不是他习惯抽的那款，总差了点意思。

他没说话。

岑雾知晓自己这话有过河拆桥的嫌疑，但她想不到更合适的。

或许能想到，但她不想。

"你……"

"这谢谢挺没诚意的。"梁西沉低嗤了声，打断她的话。

他的烟瘾犯了，很想抽。

烟被夹在指间漫不经心地把玩，他看着她那张脸，她分明是要和他现在就划清界限再也不联系的意思。

岑雾抿住了唇，无意间又犯了在他面前才会掐手心的习惯。

几秒后，她说："我请你……"

"借张床。"

突然的一句，岑雾根本没反应过来。

"什么？"

忍住了烟瘾，把烟扔回烟盒，梁西沉盯着她的眼睛："我没地方睡，借张床。"

岑雾想，自己一定是脑子不够清醒。

不然，怎么会答应让梁西沉借住，现在又和他一起在超市购买洗漱用品？

直到现在，地下停车场那幕似乎仍在眼前清晰浮现——

他坐在驾驶座，那张脸一半隐在暗色中，昏黄光线将他的眉眼模糊了几分，竟不再那么冷厉。

"我的身份证在补办，在澜城我只认识你。岑雾，就当帮我，借张床让我睡一晚。"他说话时，眼眸越发深邃，让人无法拒绝。

她从没有听过他那样说话，哪怕到了现在，也还是让她的大脑处于嗡鸣状态。

"吃牛排吗？"蓦地，男人淡漠的声音从身旁响起。

岑雾本能地抬头，撞见梁西沉的目光落在她脸上。

两人站在冷冻柜前，他单手推着推车，推车里是他随便拿的拖鞋和牙刷，另一只手拿着一块上好的牛排，在询问她的意见。

"嗯？"他低问，尾音懒慢地上扬。

岑雾心跳快了些，想说"不用了"，但想到家里应该什么吃的东西也没有，而一整天除了早上她再没有吃过东西，大概他也是。

"可以。"她没拒绝。

梁西沉睨她一眼，将牛排扔进推车："还想吃什么？"

岑雾有些心不在焉，摇头："不用了。"

他没说什么，但她还是看到他拿了包意面，以及一些精包装蔬菜。

买完准备结账，她想付钱，就听他说没有让女生付钱的道理，而后，他让她站在了他身后。

她只能作罢。

排在她后面的应该是一对情侣，两人牵着手，正甜甜蜜蜜地说情话。

岑雾无意听他们说什么。

直到一句"还好这家超市每年除夕都营业到零点，还来得及给你买生日蛋糕"飘入她耳中。

除夕。

生日。

岑雾眼睛眨了眨，几乎是下意识地，她抬眸看向面前身形挺拔的梁西沉。

——今天好像是他生日。

那年他和谢汶一块儿过生日时，谢汶曾说他的生日在除夕，为了热闹就提前了一天和他凑在一起。

岑雾咬了咬唇。但直到离开超市，她到底还是没把那句"今天是你生日吗"问出口。

算了，没什么好问的。

她想，今晚之后她和他不会再有联系的。

岑雾的公寓在十七楼，一梯一户。

电梯门开，她率先进入，梁西沉一只手拎着东西，另一只手插入裤袋跟在她身后，站在了她左手边。

门缓缓合上，轿厢内整洁明亮，两面干净的镜子照得一切似乎都无所遁形。

无人说话，岑雾低下头，摸出手机，想借看手机来忽略身旁极强的存在感，和他带来的若有似无的压迫侵略感。

按了屏幕，她才后知后觉地想起来手机早就被她玩游戏到自动关机。

她只能抬起头目视前方，不期然地，她和梁西沉四目相接。

不过一眼而已，明明没什么情绪，偏偏让她的心脏一下蹿到了至高点，又在瞥见他扯了扯薄唇后，猛地降落。

像过山车一般。

他此刻的眼神和动作，分明是在嘲讽她所谓的"不怕他"是说谎。

岑雾强装平静，没解释。

然而没一会儿，她的神经再度紧绷了起来，就在她打开公寓门进入，随即门在身后由他轻带上的刹那。

只属于她的私人空间里，多了梁西沉。

玄关的声控灯不知是不灵敏还是坏了，没有及时亮起来，黑暗笼罩。听觉瞬间被无限放大，身后的呼吸声分外明显，仿佛就在耳畔。而他似乎在看她，目光一如既往，存在感极强。

岑雾低敛着眸，自己的呼吸不自觉地屏住。

"牛排给我吧。"她换了鞋，侧身，不着痕迹地往后退了一步，和他保持距离，语调如常地说。

梁西沉睨了她一眼："厨房在哪儿？"

声音似有些哑。

岑雾还没来得及说她去就可以，他已经绕过她径直往里走。

她抿了下唇，将钥匙放在玄关处，随后带他走向厨房。

"好了叫你。"她听见他说。

岑雾看向他，想说的话刚到喉咙口，就见他脱下外套很自然地递给她。

她下意识地伸手接过。

他袖子挽起，露出一截紧实的手臂。见她没动，梁西沉沉声开腔，示意她先出去："我来。"

随着他的动作，那条白日里在手背上若隐若现的疤暴露得更多，一路可怕蜿蜒，没入衣服深处。

按捺住莫名惊颤的心跳，岑雾别过眼，没再看那道疤，也没和他对视，只转身低声说："你睡客房，我去收拾下。"

身后，梁西沉面无表情地盯着她的身影，直到再也看不见。

岑雾进了客卧，周思源空的时候会过来住，所以客房里被子、床单都不缺，她从衣柜里拿出来，弯腰先将床单换上。

长发顺势散落，她伸手别到耳后。

换完床单后，她又把被子和枕头拿了出来，强迫症似的，四四方方都要整齐。

前后不过十分钟，她离开客卧回到自己的卧室，把有段时间没睡的床单被套换上新的。

做完这一切，岑雾靠上飘窗上的靠枕坐了会儿，直到算着时间应该差不多了才出去。

很巧，煎好的牛排刚刚被梁西沉端上餐桌。

岑雾站在原地，不着痕迹地再次慢慢地深呼吸了番，才鼓足勇气走向餐厅。她抬手想拉开椅子，没想到男人的手也伸了过来。

她眼皮一跳，快速自然地收回手，在最后一刻避免碰上他的手背。

"谢谢。"她咽了咽喉咙，低声说。

梁西沉抿着的薄唇撩起，看着她，意味不明地吐出三个字："不客气。"

岑雾指尖微微蜷缩，没有应声。

坐下后才发现，他不仅煎了牛排，还准备了蔬菜沙拉和两杯温热的橙汁。

余光里，他拿起了刀叉，骨节分明的手指一如当年般修长好看，单是拿刀叉的动作看着都是一种享受。

岑雾敛下眸，心不在焉地切了一小块牛排放入嘴中。

味道……非常好。

"砰"的一声，外面隐约传来烟花绽放的声音。

岑雾所在的小区坐落在将澜城一分为二的澜江边上，澜江边还是跨年倒计时以及烟花燃放的地方，每年都有很多人来这里。

温热橙汁流淌过味蕾，她看着牛排，心里莫名有种无法形容的感觉。

她从没想过有一天会和梁西沉久别重逢，更没想过会坐在一起，吃一顿简单的只有两个人的年夜饭。

在一种诡异的状态下。

岑雾咬了口牛排，越发沉默。

直到这顿饭终于结束，她轻舒口气，抬起头对上他的视线，指了指客房方向："客房在那儿，洗手间在那儿。"

她说着要收拾。

男人干燥温热的大手却碰到了她的手。

"啪啪——"清脆的两声。

岑雾手一颤，手中刀叉狼狈地跌落到桌上。

她低着头，慌忙要捡。

"岑同学。"突然的一句。

岑雾心口紧张地猛跳，抬头的瞬间眼神直接撞入他那双黑眸里。

他的手指轻而易举将桌上的刀叉捡起后漫不经心地转了转，他盯着她的眼睛，到底嗤笑出了声："就这么怕我？"

岑雾一时愣住。

等回神，他已经把东西收拾着进厨房，徒留背影给她。

半晌，她在心底叹气，转身回到卧室锁上了门。

她双腿屈起在飘窗那儿窝着，望着外面璀璨的夜景，双手抱着膝盖，来回回转了几次脸都没把心底的那股情绪压下。

好像又回到了高中时代，因为他的一句话，甚至是一个动作，心底就会没出息地滋生出无数的苦涩。

为什么还会这样？

刻意地不去想今晚公寓里还有梁西沉的存在，也不再去想今天是不是他的生日，好久，岑雾到底起身去洗了个澡然后睡觉。

但她没能睡着，辗转反侧。

凌晨两点多，她依然失眠，哪怕生理上是困的。

又一次入睡失败，想坐起来，寂静无声的公寓里忽地传来轻微一声响，是公寓门被关上的声音。

岑雾掀开被子下床，光着脚在门口站了大概有两三分钟才开门，客厅的灯亮了起来，她慢吞吞地走向玄关，一眼就看到了那双他穿过的拖鞋。

他走了。

凌晨三点，澜城医院。

徐越州在门口走来走去，都快要把脚下的砖踏破时，终于看到了那张熟悉的脸。

他眼皮猛跳，火冒三丈地跑过去，一张脸沉得能滴出水："就你这身体还敢偷偷出院？！"

梁西沉嗤笑："这不是回来了？"

徐越州："……"

不等他开口再骂，人已迈开长腿往住院部楼上走。等回到病房，他双手抱胸冷眼旁观："自己脱。"

梁西沉没理徐越州的碎碎念，背对着他干脆利落地把外套和里面的衣服都脱了。

淡淡血腥味悄然弥漫。

徐越州额角青筋几乎就要爆裂。

"你不要命了？！"徐越州一个箭步冲到梁西沉面前，指着他腹部和心脏两处，上面缠着的纱布已经渗出了血，"还是忘了你这条命是怎么捡回来的？！"

梁西沉眉头都没皱一下，面不改色："换药吧。"

徐越州脱口而出："我换你大爷！我是吃饱了撑着没事干是吧，把你的命捡回来干吗？就为了让你糟蹋？"

梁西沉睨他。

两人对峙，最后，还是徐越州率先败下阵来，认命地给梁西沉重新清理伤口再包扎。

梁西沉自始至终神色都没有丝毫的变化："死不了，没事。"

徐越州脸色难看，不想搭理他，但到底没忍住，半是气恼半是嘲讽地问了句："究竟有什么事，比你这破命还重要？"

"嗯。"梁西沉应了声。

"……"

徐越州冷笑了声，接下来一声不吭。

直到纱布重新换上，他瞟了眼梁西沉肋骨上的文身，问："这文的什么？"

梁西沉自顾自地换上干净衣服，最后穿上外套："走了。"

徐越州简直要被他气出心脏病来。

"你必须给我住院！"徐越州发出几乎是挤出来的低吼声，"我帮你瞒一次，不可能有第二次！你走了，我怎么交代？"

梁西沉睨了徐越州一眼，低笑："行。"

薄唇微勾，他转身在病床上躺下，双手交叠枕在脑后，漫不经心地瞧着天花板。

病床几乎就要放不下他的两条长腿。

徐越州没忍住，又骂了声。

翌日，年初一。

岑雾在生物钟的影响下准时醒来，刷牙洗脸护肤，她换上居家服走出卧室，双手随意绑出一个丸子头来。

她将手放下抬起头，冷不丁被吓到，直接愣在原地。

"醒了？"睨了眼她几乎是下意识要往后退的动作，梁西沉淡声开腔，"煮了桂花酒酿圆子，当你借我床的谢礼，吃吗？"

南方的传统，年初一上午都要先吃一碗汤圆，寓意团团圆圆。

岑雾本能地想说不用，然而梁西沉根本没给她拒绝的机会，在问完后直接转身走向厨房，盛了两碗端上餐桌。

他看她一眼。

岑雾犹豫了一秒，最后还是走了过去。

还是和昨晚一样面对面坐下，还是谁也没说话。

眼前的桂花酒酿圆子很香，看着和南溪镇的差不多。

岑雾拿起勺子舀了勺，低头吹了吹。

甜的。

瞬间，这股甜味直侵味蕾到达她的五脏六腑，但紧随其后的，是一股久违的反胃，几乎要让她忍不住。

"岑雾。"

偏偏这时，她听到了梁西沉叫她。

"有事吗？"她抬头，捧着碗的左手手指微不可察地颤了颤，但她嗓音平静。

梁西沉没说话，只是盯着她，目光渐沉。

岑雾被他看得很不自在。

想问什么事，就听到很轻的一声，是他手中捏着的勺子和碗碰撞了下。

跟着，他似轻嗤了声。

下一秒，她听到他缓慢沉哑地说："我，梁西沉，单身，无不良嗜好，和你认识九年，比你大两岁。昨天的相亲是认真的，没有开玩笑，是以结婚为前提。"

他顿了下，看着她的黑眸盈满蛊惑意味。

"岑雾，结婚吗？"

"哐！"

打破将近一分钟沉默的，是椅子突然和地面摩擦发出的刺耳声。

清脆一声，勺子和碗碰撞，酒酿圆子的汁水溅起两滴在桌上。

岑雾猛地起身，捂住嘴往洗手间的方向跑去。

"岑雾！"

梁西沉俊脸蓦地变沉，绕过桌椅大步追去。

"砰！"

洗手间的门被关上。

梁西沉眉头紧皱，二话不说握上门把转动。

"别进来。"她微颤的尾音顺着门缝飘了出来。

视线里，她趴在马桶上在吐，纤弱薄背像在抖动。梁西沉薄唇悄然抿紧，关上门，手背青筋隐隐跳跃。

岑雾反胃得厉害，一阵阵的恶心直往喉咙口涌，吐得昏天黑地。

好不容易撑着起身，慢慢走到洗手台前，打开水龙头，温热的水流下，她双手捧起，漱口洗脸。

不经意间抬头，岑雾看到了镜中略显狼狈的自己。

秀发被沾湿贴了几缕在她脸蛋上，挂在睫毛上的水珠要掉不掉，眼底还有些许没有彻底消散的难受。

她眨了下眼睛，渐渐清醒。

确切地说，是终于从昨天和梁西沉重逢的恍惚失态中清醒了过来。

又是这样，在他面前她总是容易变得不像自己。

明明这几年连舒影姐都说她平静淡然，情绪不会有什么波动。

岑雾垂下眸，再次捧水洗脸。

五分钟后，岑雾走出洗手间。

门外，梁西沉正要敲门。

他的手适时放下，目光不着痕迹将她快速打量。他开腔，低沉的嗓音分明在克制："我带你去医院。"

岑雾抬起眸和他对视。

"没事，谢谢。"她语气如常，见他看着自己，她睫毛眨动，轻声说，"太久没吃甜食，有点反胃而已。"

梁西沉瞬间就想到了那碗酒酿桂花圆子。

"抱歉。"他薄唇间滚出的两字微哑。

"和你没关系。"岑雾摇头。

她轻舒口气，看向他深漠的眼眸，唇轻启，说出已打完腹稿的话："昨天的相亲并非我所愿，事先我也不知道是你。"

她话音落下的瞬间，梁西沉眸色无声息地暗了两分。

他盯着她。

这一眼，岑雾心脏蓦地不受控地蜷缩了下。她左手还抓着门把，右手指尖掐着掌心。

她一鼓作气："我外婆说，不相亲的话以后不用再回去。她给我打电话时，我是要告诉她，就算那样，我还是不愿意相亲。

"梁西沉。"

这是他们认识这么多年来，岑雾第二次喊他的名字。

指甲掐得用力，她说："而你的提议我也不想答应。目前，我只想跳舞，其他任何事都不会考虑。"

她顿了下，很努力地，礼貌却也疏离地朝他弯了下唇角："抱歉。"

公寓里安静无声，那双黑眸盯着她，细长的睫毛下垂，在眼下落下浓重阴影。

最后打破安静的，是梁西沉离开关门的声音。

很轻，但岑雾还是听见了。

她抬起了头，冷白的脸上没有什么情绪。

片刻后，她状态如常地走去餐厅，将那两碗都没怎么动过的酒酿桂花圆子端去了厨房倒掉，而后洗干净放入消毒柜中。

收拾完，她走进浴室。

满满一浴缸的热水，滴上两滴安神精油，岑雾脱了衣服，身体逐渐浸没其中。

她双手趴在浴缸边沿，闭着眼，整整泡了一小时，她才起身换上睡袍，光着脚没什么声音地窝到了飘窗上。

脸蛋枕着手臂，眼睫扑闪，她无声地望着窗外的景色。

这是整个家里她最喜欢的地方。

当初她决定买下这间公寓，是因为第一眼就看中了这个飘窗角落，人坐在这里，只要抬眼就能看到外面的澜江风光。

天气预报早早地就说春节会下雨。

此刻，细雨无声无息地从天空飘落下来，江面上有涟漪小小地泛起，别有一番味道。

岑雾失神地望了许久，抬起手，指尖沿着玻璃慢慢滑过，仿佛能隔着玻璃碰到雨丝。

外婆的电话便是在这种情况下打来的。这是她第一次接到外婆主动打给她的电话。

她隐约猜到这个电话是为了什么。

"外婆，新年快乐。"岑雾直起身，接通。

岑如锦一贯冷淡的声音跟着响起，果然和她料想的没差多少："昨天见的男孩子怎么样？合适吗？"

岑雾望向窗外。

"不合适，"她很平静，声音偏轻，"我们已经说清楚了。"

她顿了下："外婆，我……"

"那就换其他的，"岑如锦出声将她打断，和前晚一样不是商量而是通知，"多认识些人，总能遇到合适的。"

岑雾的唇突然抿得很紧。

两秒后，她开腔："我不会见，您安排再多人都没用。"她闭了闭眼，"我还要练舞，外婆，下次……"

"岑雾，你是想被你母亲安排，还是被你那个父亲？"

这通电话以岑如锦的率先掐断为结束，不欢而散。

岑雾不想承认，却不得不承认，她的心情在逐渐变得糟糕。

她已经很久很久没有过这样的情况了。

糟糕到，后来舒影和她视频时不在状态，她根本不记得舒影都说了什么，以至于舒影突然出现时，她毫无准备，直到舒影直入主题问了一句："有心事？"

岑雾双唇动了动。

"舒影姐，你怎么来了？"最后她只是说。

舒影拉着她随意在毛毯上坐下，将带来的红酒打开："看你状态不好，一看就有心事，你也不在外婆家。"

将红酒递给岑雾，舒影扬了扬唇："最重要的是，我第一次见到这样的岑雾。"

共事几年，或者说从她初见岑雾起，在她的印象里，岑雾一直都是通透淡然的性子，很少会有情绪波动，像极了没有七情六欲的仙女。

哪怕前段时间突然间不能跳舞，也依然平静淡定。

"你的眼睛告诉我，"拿起酒杯和岑雾的轻碰，舒影看着她，隔了两秒才说出结论，"是因为，情。"

岑雾心尖不受控地蜷缩了下。

舒影笑："喝一杯吧。喝完如果你想说，舒影姐就在这里。不想说，喝了红酒对睡觉也有益。嗯？"

岑雾低眸，最终唇瓣抵上酒杯，慢吞吞地喝下。

喝完，舒影又给她倒了一杯。

她仰头，再次小口小口地喝光。

她的酒量不太好，很容易醉，所以很少喝。

但这会儿她喝了不少，又是情绪糟糕的状态下喝的酒，哪怕只是红酒。

很快，她微醺。

舒影放下酒杯把她搂了过来靠着自己，轻轻拍了拍她的脑袋，像哄小孩一样哄她："睡吧，睡一觉起来就不会不开心了。"

岑雾的脸埋在她的肩窝。

"舒影姐。"

"嗯。"

良久。

"舒影姐。"

"在呢。"

岑雾的眼前有些模糊。

"舒影姐，"她动了动，声音低不可闻，"我昨天……相亲了。相亲对象，是……高中暗恋过的男生。"

舒影笑："高中暗恋的男生啊……那我猜，他要么很优秀，要么很坏，对吧？"

"嗯。"有一股酸涩突然翻涌，岑雾吸了吸鼻子，"他很优秀很优秀，优秀到……我怎么也追不上他。"

"我们的雾雾也很优秀啊。"舒影摸了摸她柔顺的秀发。

舒影倒不是安慰，而是事实的确如此。

大学时期，岑雾便是澜舞人人皆知的女神，专业能力有目共睹，何况她在高中时就拿下了全国的梅梨杯少年组一等奖。

后来青年组也是一等奖。

她早就把业内所有的奖都拿遍了，没有哪次不是第一。业内对她的评价也极高，称她是难得一见的天才古典舞舞者。

如果她当初选择进入舞剧院工作而不是当一名自由舞者，怕是用不了多久就会成为最年轻的国家首席舞者。

"是吗？"

"是啊，岑雾是很多人追逐的光，不要忽略自己的优秀。"

岑雾突然伸手捂住了眼睛。

也是同一时间，她想起了久远的高三，毕业前一段时间流行写同学录。

周思源买同学录时也给她买了一本，班里的同学都给她写了，她记得，不少人给她留言说她很优秀，是他们学习的楷模。

或许是回忆来得猝不及防，让她情绪浮动，或许是酒精后劲在涌动，又或许是其他。

第一次，她有了想倾诉的冲动，也是借了醉意才有勇气打开心扉，说出藏在心底很久的那段酸涩暗恋时光。

她趴在舒影的肩膀上，轻声诉说和梁西沉有关的种种。

从第一眼的怦然心动，到因为他的国旗下演讲让她重新想要追逐梦想，想要变得和他一样优秀，到后来每次都会因为他的一句话或者一个动作或开心或难过……

会因为他在北城，所以愿意和那座讨厌的城市暂时和解。却也因为此，高中毕业后再也没有回去过。

安静的客厅里，只有她低低的声音，带着不易察觉的颤抖。

有湿热的液体滑过舒影裸露在外的肌肤，她在心中无声叹息。

"然后呢？"舒影摸着岑雾的头发安抚。

岑雾抱住了舒影。

"他说，相亲是认真的，问我要不要结婚。"她眼尾逐渐发热，魆着声音，"我不要。"

"为什么？不喜欢他了吗？"

落地窗外已是华灯初上，璀璨夜景恍人心神。

不喜欢他了吗？

岑雾恍惚地也问自己，答非所问："舒影姐，为什么小说里，不管什么样的男女主角，都会在幸福结婚时就结局？"

舒影知道答案，毕竟她已经三十二岁，无论是感情还是生活经历，都比岑雾这样的小女生经历得多。

爱情美好吗？

美好。

但婚姻里不仅仅只有爱情。

"雾雾……"

"我母亲爱情至上，当初不管不顾生下我，哪怕那人在她生产当天另娶别人。"

岑雾同样是第一次提及自己的父母。

"我所谓的父亲……我在那个家时，亲眼看到他是如何喜新厌旧、相敬如'冰'。我母亲后来也有了段美满婚姻，可也不过一年，热烈的爱意就消磨在了猜忌里。婚前爱得再浓又如何？"

"舒影姐，"岑雾望着落地窗，看到了模糊的自己，"我怕我也会忍不住猜疑，怕没有感情基础的婚姻到头来散得快。

"我怕相看生厌，怕他会再遇上那个喜欢他的女孩子，或者爱上别人。真有那时，或者磨合中他发现日子过不下去，我该成全吗？

"我只是一个相亲对象而已，谁都可以取代。我怕我会和我父母一样，我怕……得到再失去会让我难过。"

酒精后劲逐渐涌出，岑雾脑袋发晕得厉害，眼前也越发模糊。

舒影听得心疼，一口气堵在心口，上不去也下不来。

闷。

她都如此，那岑雾呢？

她从来不知岑雾的幼年是这样的，从不知原生家庭给岑雾带来的影响这么大，看着冷清，但骨子里分明敏感倔强，对感情更是极度缺乏安全感。

一时间，她竟不知道该怎么安慰。

"为什么不试试呢？"她只能不断地轻拍岑雾后背安抚，试图鼓励开导她，"试试或许会有不一样的结果。不试，万一以后你后悔了怎么办？"

岑雾却是直摇头，眼睛轻而易举地红了个彻底。

她没有说，梁西沉讨厌私生子。

也没有说，大学毕业后她曾经见过夏微缇，夏微缇后来进了娱乐圈，她有个从大学开始就分分合合多次的圈外男友，是公开的秘密。

"不要，我害怕。"她再一次地抱住了舒影，紧紧地，又将脸蛋埋入舒影的颈窝，声音发颤，"舒影姐，我是胆小鬼。"

不管高中时代还是昨天重逢，她在梁西沉面前，始终有不堪的身世。

始终，是个不敢勇敢一次的胆小鬼。

梁西沉走到客厅时，一眼就看到了睡在沙发上的岑雾。

她手指紧攥着毯子，身体像婴儿一样蜷缩成一团，是内心最没有安全感的姿势。

他走近，在沙发边上坐下。

客厅没有开灯，外面的璀璨灯火透过落地窗倾泻进来，沙发旁的一盏落地灯光线昏黄，落了一层朦胧光晕。

乌浓柔顺的长发有些凌乱地遮住了她半边侧脸。

梁西沉抬手，长指在几乎要碰到时顿住。

几秒，手再度松开，他动作极轻地将她的秀发拨到耳旁。

半张嫣红的脸撞入视线，是喝醉的模样。

凝视片刻，余光瞥见她身上的毯子并没有盖好，梁西沉小心地将毯子拉起。

下一秒，她卷翘的睫毛颤了颤，缓缓睁开眼。

那双黑白分明的眸子像是覆了层水雾，分不清是醒了还是依然醉着的状态，茫然地望着他，带着脆弱易碎的美感。

"岑雾？"名字在他喉咙口滚了两遍后溢出。

岑雾没吭声。

梁西沉盯着她，在夜深人静中，嗓音低沉："要做什么？"

黑色长裤忽地被抓住。

他垂眸，是她纤细手指攥着，但也只攥了一点点，像小孩一样不敢多攥。

"岑雾？"

"渴……"低低的一声，很软。

梁西沉沉默了一下。

"好。"他应声，看了眼她的手指站了起来。

透明水壶里的水是凉的，没有浪费时间，他疾步走进厨房烧上水，随即又返回客厅。

她重新合上了眼，呼吸平稳细浅。

梁西沉一动未动，直到厨房那儿传来水烧开的声音。

找出两只玻璃杯让滚烫的热水来回倾倒好凉得快些，他的动作迅速，白色的热气上浮模糊了他冷硬的俊脸。

很快，水温合适，他端着回客厅。

刚坐下，那双眼睛睁开，无辜地望着他。

"水来了。"他喉结轻滚，开了腔。

岑雾好像听见了，乖乖地小幅度地点了下头，一只手撑着想坐起来，然而脑袋晕得厉害，刚要起来又摔了回去。

"小心。"梁西沉眼疾手快，单手将她搂住。

她很瘦，喝醉后软若无骨，猝不及防扑在了他怀中，一只手惯性使然按上他胸膛，另一只手抓住了他的手臂。

梁西沉单手圈住她，小心翼翼地让她靠着自己。

"靠着。"他低头，另一只手拿过水杯递到她唇边，声音是自己都没意识到的温柔，"张嘴。"

岑雾却仰起了脸。

极近的距离，两人的目光不经意交汇，彼此的眼中倒映着对方，呼吸猝不及防地交缠，若有似无。

光线越发昏暗，朦胧虚笼着两人，落下的影子看似亲昵地依偎在一起。

梁西沉敛下眸。

"岑雾。"他叫她名字。

她慢慢地眨了下眼睛，依然一言不发，望着他的眼神迷蒙，眼里像是有盈盈水波。

"喝水。"须臾，像从喉咙深处挤出的两个字终是滚了出来。

岑雾听懂了。她听话地低下头，双唇含住水杯，露出一截纤细修长的天鹅颈。

"咯！咯咯！"

突然，她被呛到，本能地偏过头，本就嫣红的脸咳得更是红得能滴出血。

梁西沉迅速将水杯拿开放下，轻拍她后背的手僵硬。

"抱歉。"他哑声说。

呛到的劲过去，岑雾的脑袋更晕了。

"渴。"她再仰起脸，是难得一见的可怜巴巴的模样。

他将手收回，缓了缓呼吸，半敛下眸，重新拿过水杯，有意地将杯子抬高，好让她跟着抬头能喝得顺利。

客厅安静，她小口小口地喝着水，声音清晰。

梁西沉移开了视线。

"不喝了。"

半晌，耳中钻入她软糯的嗓音，不像认识以来的清冷，此刻才像是江南女孩独有的吴侬软语。

梁西沉低头，对上她似乎充满信任的眼睛："还要吗？"

"不喝了。"岑雾软软地重复，摇头间再闭上了眼，乖巧安静得不像是喝醉的人。

只是她的眉心蹙着，像是不舒服。

梁西沉看着，轻柔地把她放到沙发上躺好，将毯子盖好后，他起身走远了几步摸出手机。

拨通徐越州的电话，他的声音刻意压低："送醒酒茶给我。"

徐越州好不容易躺下睡觉，迷迷糊糊听到梁西沉要醒酒茶，顿时气得脑壳疼，没忍住破口大骂："不想活了？抽烟还喝酒？！"

梁西沉下意识地捂住了手机。

回头看一眼，发现她没有被吵醒，他的脸上没有多余的表情："不是我。少废话，送来我就回医院。"

"我信你？"徐越州冷笑，"蜂蜜水一样解酒。"

"不行。"

徐越州："……"

通话结束，将手机揣回裤袋，梁西沉转身，走了两步，他折回，大步走向洗手间的方向。

去而复返，他的手里拿了块热水浸湿的毛巾，拨开岑雾的头发。

她的眼睛泛着红，像是哭过。

他手指捏着毛巾，片刻后，神色不变地将毛巾覆上她的眼睛。

"唔……"

眼睛上突然有热意，岑雾眼睫当即不舒服地眨动，下意识地想要拿掉，却碰到了其他的东西。

温度没那么烫。

她本能地想要贴着好让自己舒服点，又低低地哼哼了两声，嗓音是少见的委屈，像是要哭出来："疼……"

梁西沉立即拿掉毛巾，暗沉着眸："哪里？"

话未落，她的脸蛋贴上他掌心，蹭了蹭。

梁西沉没动。

不期然地，她睁开眼，眼中的水雾似乎积聚得更多了，雾蒙蒙的，好不惹人心疼。

"疼……"她喃喃着，只这一字。

梁西沉薄唇抿着。

"岑雾。"

"舒影姐……"她眼睫恍惚扑闪，声音轻不可闻，"我想听睡前故事。"

梁西沉没有作声。

岑雾皱了下眉，努力地想要辨认："思源？"

梁西沉依然抿着唇。

直到——

"明深？"

梁西沉目光蓦地极沉地盯着她。

岑雾脑袋好晕，眼前的那张脸不停地晃动。

"明深？"她难受地闭上眼，越发恍惚，"我想听……《清心咒》，可以吗？"

但她没有得到回应。

"明深？"

掌心还被她的脸贴着，梁西沉低垂着眼眸，浸着难懂的意味："我讲故事给你听。"

他掀唇，没什么情绪变化地讲了个故事。

等讲完，客厅陷入极度安静，唯有两人的呼吸声存在。

最后打破沉默的，是徐越州让物业管家送上来醒酒茶时的门铃声。

梁西沉起身。

"别走……"衣角却被她攥着，她慢慢地睁开了眼。

落地灯的光线像是悄然昏暗了不少。

梁西沉半边脸隐在阴影中，看着她。

"不走。"几秒后，他开腔，声音很沉，"去拿醒酒茶，就在门口。"

"真的？"

"嗯。"

话落，她似是安心地再闭上了眼，攥着他衣角的手也松开。

梁西沉转身，大步走去门口，开了门接过醒酒茶，快速地煮了杯，在温度差不多时他回到客厅，将岑雾重新抱进怀中圈住。

"岑雾？"

"嗯。"

"把醒酒茶喝了。"

"噢……"

岑雾没有睁眼，但喝得很快，很听话。

等她喝完，梁西沉一个打横将她抱起走进她的卧室，将她放在床上，盖上被子，又将卧室的灯关了。

夜色深暗，寂寥无声。

梁西沉站在露台上，习惯性地摸出烟盒抖出一根烟咬上唇点燃，吸了口，青白烟雾从唇间缓缓四散。

冷风吹过，烟雾悄无声息地弥漫进了空气中，再无踪迹。

岑雾是在后半夜醒来的。

睁开眼，她慢吞吞地坐起来，茫然地四顾，好几秒，她才认出是自己的卧室。

恍惚间，她想起来昨天是和舒影一起喝酒，她借着醉意难得打开心扉说出了那段暗恋往事，情绪有所发泄。

然后……

岑雾蹙了蹙眉。

喉间忽地涌出难受的干涩，提醒着她口渴需要喝水。于是，她掀开被子下床。

余光瞥见卧室门没有关严，隐约有昏黄的光线透进来。

舒影姐没有走吗？

她这么想着，光脚踩着地面慢慢地走出了卧室，却在看到沙发上躺着的人时，心脏骤然蜷缩，呼吸不自觉屏住，整个人更是僵在原地。

家里的沙发偏小，一米八几的人窝在其中，两条修长的腿根本无法舒展，都支在了地毯上。

落地灯的光线将周遭一切朦胧化，但模糊不了那张过目难忘的脸。

——梁西沉。

岑雾大脑空白一片。

直至瞥见毯子掉在了地上，混乱的思绪被拽回，后知后觉地意识到他什么也没盖就睡觉很容易会着凉。

岑雾闭了闭眼，极力遏制着狂乱得要蹦出胸膛的心跳，到底还是悄悄地走了过去，弯腰将地上的毯子捡起。

半晌，她慢慢地呼吸着，小心翼翼地想将毯子盖在他身上，俯身的刹那，脑海里忽地闪过不少零星片段。

好像是……

"唔……"

一声闷哼，她的手腕被极力地扼住！

疼。

猝不及防，她的身体就要往他身上摔去。

梁西沉猛地睁开了眼。

是她从未见过的陌生眼神——狠戾，有杀意。

一切发生在电光石火间。

长发凌乱散落，像藤蔓，温柔但牢牢地将两人身体纠缠。

她的唇好像碰到了什么。

硬的。

岑雾本能地要抬头，唇瓣却不经意间再擦过什么。

她茫然地眨了下眼睛，撞入梁西沉那双幽邃的黑眸里。像漩涡，深不见底，危险暗涌。

落地灯昏暗，客厅里安静得可怕，唯有岑雾的心脏在跳动，一声声地窜入空气中，像嘭嘭作响的鼓声，勾人赴火。

蓦地，她看到梁西沉凸起的喉结滚了滚。

这一眼，岑雾清醒。

她慌忙想要从他身上起来，本能想用手找支撑点，动了动，才发现左手仍被他扼在掌中。

很紧。

她视线垂下，全然手忙脚乱地用另一只手撑着他的胸膛以便挣脱。

可他的胸膛太硬，明明隔着衣物，强而有力的心脏跳动声仍传到了她手心，震得她手心发麻又发烫。

她不稳地起身，长发不再散乱在他身上，发尾却无意地扫过他的脸。

一声低不可闻的闷哼不甚清晰地在这时钻入她耳中，似微喘，轻而易举地让她肌肤迅速滚烫。

她发麻无力的双腿倒退两步，不知是醉酒醒来还未恢复的缘故，还是手心太烫波及全身的缘故。

"抱歉。"她眼睫眨颤，声若蚊蚋。

梁西沉合了合眼。过了两秒，他起身。

本就昏暗的光线被他挺拔身形遮挡，一时间，客厅像变得黑漆漆。

空气似被压迫，属于男人的清冽气息强势地萦上鼻尖，岑雾下意识地往后又退了半步。

梁西沉瞥见，盯着她，目光从她脸蛋上不经意地移到被长发遮掩的白皙耳垂上，一抹粉晕若隐若现。

他眸色微暗两度，长腿迈开靠近，在她像是要再后退时开腔："怎么醒了？"

气息太近，带着十足的强势侵略感。

岑雾身体悄然紧绷，强装着平静对上他的眼睛，却在下一秒像被隔空烫到，躲避似的看向了落地窗方向。

"我……"她动了动唇，怕被看出什么，又逼着自己和他对视，继而再看向餐厅，"口渴，起来喝水。"

她说得平常，动作也十分自然地侧身往餐厅走去，但事实上，一颗心已蹿到了嗓子眼，时刻准备蹦出来。

倏地。

她狂乱的心跳漏了一拍。

——他不紧不慢地跟在她身后，隔着一步的距离。

岑雾忽然就想起了那年他生日，她和思源最后进门，他和谢汶说着话，不疾不徐地走在她身后。

此时的情形差不多。

不一样的是，那时他还是少年，如今已是一个荷尔蒙爆棚的成熟男人。

岑雾呼吸几乎就要急促。

偏偏沙发那儿的落地灯光线照不了这段路，周遭都是暗的。在这样的暗色中，耳旁似乎尽是他的呼吸声，扰乱她的心神。

好不容易到了餐厅，亮了灯，明亮光线倾泻下来的那刻，岑雾无声息地松了口气。

她拿起餐桌上的玻璃水壶，发现里面的水温热，混乱的脑袋没有多想。她倒了一杯水，双手捧着杯子，低着头，小口小口地喝着，看似喝得认真专注，实则心不在焉。

两杯水喝完，她稍稍清醒了两分，想要说什么。

炙热触感毫无征兆地烫上她手腕。

心口猛地抖了下，岑雾惊慌失措，就要抽回手。

"别动。"梁西沉的声音落在耳旁，在这样的深夜里，竟生出种低哑温柔的错觉。

而他就站在她身旁，很像从身后把她半圈住的暧昧姿势，几乎没有距离，两人的影子则是亲昵地纠缠在了一块儿。

岑雾忘了呼吸，直至冷意冷不丁地刺激肌肤。

"哑！"她本能要躲开。

"抱歉。"他说。

岑雾愣住，偏头。

梁西沉却也在同一时间转过了脸，肆无忌惮地盯着她。

最先垂眸的人是岑雾。

她眨着眼睛，终于后知后觉地发现，凉意是毛巾裹着冰袋而起，正敷在先前被他用力扼住的手腕上。

"感觉到有人靠近，所以条件反射。"梁西沉目光落在她的侧脸上，喉结滚了下，"青了，先冷敷。如果不舒服，我带你去医院。"

轻握在手中的这截手腕纤细，像雪山般纯白，也娇嫩。

即使他意识到是她后立即松了手，这会儿也现了青印，分外明显。

梁西沉目光沉暗："我会负责。"

他的气息和声音都近在咫尺，惹得岑雾思绪有些混乱，几乎是不受控制地想——这几年他经历了什么？究竟是什么样的经历会让他养成这样的条件反射，还有他那个眼神。她和他还有下次吗？

低哑的一句"我会负责"就是在这时突然在耳畔炸开。

岑雾呼吸滞住，一秒还是两秒，她动了动唇，试图说什么。

"疼吗？"梁西沉问她。

说话时，他偏头，唇息隐隐喷在她的肌肤上，很烫。

岑雾根本说不出话，好两秒才轻轻摇头。

她低垂着脑袋，露出一截修长天鹅颈，裸露在外的肌肤白得恍人心神。

视线往下，睡袍……

梁西沉眸色骤然暗了暗，别过脸，嗓音暗哑得悄无声息："不会有下次。"

岑雾毫无察觉，她所有的注意力，都在他的手上。

那年他的皮肤偏白，如今已不是，加上那道长疤若隐若现，平添几分狠厉。

但就是这样的手，托着她手腕却意外轻柔。

岑雾心跳不受控地再过速，她咬住了唇，努力遏制的同时轻轻地闭上了眼。

不再看就不会胡思乱想。

然而她高估了自己。

梁西沉的存在感太强，根本叫她无法忽视。

后来打破几乎就要让她承受不了的沉默的，是手机的响动声，一声声，像催命一样。

梁西沉拧眉，眼底不耐，摸出来一看，徐越州的电话疯狂打来，还有条微信，威胁他再不回医院就亲自来请他。

他毫不留情地将电话掐断，看向岑雾："我有事，走了。"

岑雾无意识地掐着手心的指尖终于松开，悄然松了口气的同时，她小幅度点头，极力平静地看他一眼："好。"

"岑同学。"

冷不丁的这一句，像每次一样似乎都意味不明。岑雾极没出息地眼皮一颤，一时恍神："嗯？"

冷敷的时间够了，梁西沉没有马上松手，只盯着她扑闪的睫毛，说："借杯水。"

岑雾不知怎么偏过了脑袋。

四目相接。

就见梁西沉薄唇撩起，漫不经心的模样像极了当年："有点渴。"

手被他轻放下，而后，她看到他拿起水壶倒了杯水，微仰头，一饮而尽。

直到公寓的门被轻轻带上，岑雾盯着那只杯子，终于后知后觉地意识到了一个事实——

他用的，是她刚刚喝过的杯子。

间接……接吻吗？

瞬间，她心口狂跳，等鬼迷心窍地去碰杯子时，模糊在脑海里的片段骤然间浮现——

她靠在梁西沉怀里，他喂她喝水，喂她喝醒酒茶，抱她上床。

每一幕都很清晰。

清晰得竟让她产生了一种梁西沉照顾她时隐约温柔的错觉。

是错觉吗？

岑雾酒量不好，但酒品非常好。

舒影说她喝醉了只是安静地睡觉，一句话也不会说，乖得像个小孩一样。

然而此刻她只记得梁西沉照顾她，却想不起来是不是还有其他，哪怕她绞尽脑汁地回忆，也想不起有没有说话。

岑雾忍不住抿紧了唇，又意识到另一个问题。

他怎么会来？为什么要照顾她？

直到天明，岑雾都没能再睡着，反反复复纠结着这些。

偏偏无人能给她答案。

当舒影的电话打来时，她秒接。

"舒影姐……"她盘腿坐在练舞房的地上，心神俱乱，是高中毕业后第一次如此。

舒影笑："心情好点了没？"

岑雾咬唇，欲言又止："嗯。"

"我知道你想问什么，"舒影直接说，"你睡着后电话一直响，帮你接了才知道就是你暗恋的那个男生，他说有重要东西落在了你家，要过来拿。你放心，他什么也没听见，我也什么都没告诉他。当时我有急事，看他像正人君子，就暂时把你托付给了他照顾。"

岑雾沉默。

她能猜到舒影姐是想给她创造和梁西沉相处的机会。

"雾雾，"舒影忽地放柔了语调，"舒影姐还是那句话，不如给自己一次机会，勇敢些，试一次又何妨。

"不是每一段感情都能有结果，但我们能因为这样就不去恋爱不在一起吗？何必想那么多，把握当下的快乐最重要，不是吗？

"试试或许有机会，如果不试，你永远不可能和他在一起。"

岑雾指尖微微蜷缩了一下，脑海里，昨晚画面再度浮现。她张了张嘴："我……"

"我给你订了中午飞马尔代夫的机票，去放松一下吧。"舒影替她做决定，"如果等回来后，仍然怦然心动，那就什么也别想，成全自己。

"人生苦短，及时行乐，别遗憾终生。"

2月14日，在独自离开八天后，岑雾回到澜城。她让司机直接驶进了小区地下停车场。

"岑雾。"推着行李箱要往电梯走的时候，一道清冷的声音自她身后不紧不慢地响起。

岑雾动作微顿，转身。

几步外，身段依旧纤细完美的女人淡淡地看着自己，一张被上天格外优待的冷艳美人脸，看不出丝毫岁月的痕迹。

她没动，只是抓着行李箱手柄的手指紧了两分。

"怎么，连妈妈都不会叫了吗？"岑意卿优雅地走近，目光落在她那张和自己极相似的脸上，一样的没什么情绪。

岑雾没有接岑意卿的话："有事吗？"

岑意卿静静地将她打量。

说起来，她们母女俩已多年没有联系，此刻见面，两人比陌生人有过之而无不及。

"听你外婆说给你介绍了相亲对象不满意，我这边有不少深城本地适婚人选，你看看吧。"

岑意卿这一生随心所欲、爱情至上，在经历岑雾的生父以及第一段失败婚姻后，她又断断续续接受了不少人的追求。

如今，她的第二段婚姻在深城，现任丈夫是深城首富。

"这是名单。"岑意卿葱玉般纤细的手指从包中拿出一张纸，递给她，"把我的微信加上，觉得哪个不错，我把微信推给你。"

岑雾冷眼旁观，出口的话也是冷冰冰的："不需要。"她说着就要转身。

岑意卿不紧不慢，轻描淡写："那么，你是要你外婆年纪那么大了，还要为你的事操心？

"我听说虞家有一桩在你爷爷那辈定下的婚约，你如果看不上我挑选的，大可接受你父亲的安排。

"你父亲总归亏欠我，为你安排的人不会差到哪里。大概这两天他就会联系你。"

大概是应了那句话，"说曹操，曹操到"。

她话音刚落，岑雾手机响动。在屏幕上跳跃的陌生数字，归属地北城。

岑意卿示意她接。

但岑雾当着岑意卿的面掐断了。

从岑雾有记忆起，她和岑意卿始终是这样疏离的交流，除了脸像，丝毫不像至亲的母女。

上次见面究竟是什么时候，岑雾早就没了印象。

此刻，岑雾极难得地，朝岑意卿弯了下唇，同样冷淡的语调："我的事，和您，和他，有什么关系？"

岑雾甚至朝她浅浅地笑了笑："虞家要联姻了才想到我。您和他有什么区别？不就是想拿我的婚姻换你们想要的利益？"

虞家就算真有婚约真有联姻，也绝对轮不到她这个不被允许上族谱的私生女，即使轮到，也必然有问题。

母女俩多年后的第一次见面不欢而散。

空荡的停车场里，最后回荡在空气中的，是岑意卿高跟鞋踩地的清脆声响，以及她上车前背对着岑雾的最后一句——

"岑雾，我是为你好。"

岑雾站在原地，手里的手机不停响动，归属地依然是北城，依然不用接也知道是来自虞家。

她索性拉黑关机。

她转身，下一秒，梁西沉那张八天未见的脸猝不及防地撞入视线。

岑雾抓着行李箱的手蓦地收紧，呼吸滞住。

方才和岑意卿的对话犹言在耳，她的身体僵硬，但仍想转身快些躲开，怕他会露出厌恶的眼神。

可她动不了。

不过两三秒，他在她面前站定，熟悉气息笼罩而下。

岑雾垂落在身侧的一只手悄然握成了拳，手心里，是几道深深浅浅的掐痕。

"你怎么来了？"她努力挤出平静如常的声音，然而每个音节里都藏着只有自己能知晓的害怕自卑。

梁西沉盯着她的眼睛，抽过烟的嗓音有些沙哑："来对你的手负责。"

岑雾心尖猛地一颤。

"这几天，我被家里逼相亲逼婚，要我娶一个没见过面的女人。岑雾，既然你也被逼婚。

"不如，和我结婚。"

停车场安静，他的话字字清晰入耳。

岑雾看着他的眼睛。

大概半分钟的时候，她听到了自己鬼迷心窍的声音——

"梁西沉，你有喜欢的人吗？"

"嘀嘀——"

鸣笛声却在同一时间响起，一下盖过了岑雾本就轻低的声音。

有车驶来，她清醒，下意识地往旁边让开。

"呜呜呜……"

小孩的哭声紧随其后传入她耳中，循着声响抬眸，一家三口映入视线。

穿着还算精致的妈妈抱着小孩，此刻满脸泪痕。

她指着身旁应该是丈夫的男人，声音发颤地控诉："当初追求我的时候深情款款，这才多久，转头就出轨，包养更年轻漂亮的女人？！"

不知是不是感受到了妈妈的难过悲愤，小孩哇哇大哭的声音响彻偌大的停车场，听着好不可怜。

可那个男人只有满脸的厌烦，就一句再没有感情的话："离婚吧。"

女人呆在原地，大颗大颗的眼泪往下砸，晕开了妆容，小孩哭得更响亮了。

男人再也没有瞧一眼。

岑雾攥着行李箱的手紧了紧，脑海里，不期然涌出的是幼年的画面，虽并不相同但异曲同工。

她无意识地紧抿唇，本能地要往后避开。

"岑雾。"

突然的一声，她茫然抬眸，撞入梁西沉深深的黑眸里，那眼神强势却也温柔地将她从混乱思绪中拽回。

岑雾睫毛缓缓地扑闪了下。

梁西沉将她一闪而逝的排斥眼神尽收眼底，他朝她走近，问："刚才要说什么？"

岑雾握着行李箱的手指蜷缩，想再往后躲避，却发现身后是柱子。

她胸口隐隐发闷，试图舒缓，但声音还是低了不少："我是说……我要回去了。"

方才冲动下的勇气被接连两个插曲冲击得荡然无存，她又一次当了胆小鬼。

就像当年那块送不出的手表一样。

说完转身走，明显属于男人的体温却在下一瞬覆上她的肌肤，冷不丁地熨烫她泛着凉意的手指。

——他的手落上了行李箱，应该是无意地碰到了她。

像过了电一样，岑雾身体骤然僵硬，怎么也动不了。

梁西沉看她一眼，直接从她手中拿过行李箱往电梯方向走，不由分说："我送你上去。"

视线里，他的身形修长挺拔，莫名有种难以形容的安全感，让岑雾不由自主地想要走在他身旁。

她抬起脚，却又忍不住低头。

刚刚被他碰到的肌肤仍泛着热，悄无声息就蔓延到了全身，直往心脏里钻，将方才因为见到一家三口那幕涌出的寒意驱散。

梁西沉走得快，等她到时，电梯门已经开了，他一手插在裤袋里，一手推着行李箱，长腿随意地挡住电梯门。

分明是在等她。

岑雾呼吸微乱，努力缓了缓，她走近，佯装冷静地从包中找到门禁卡。

刷了卡，电梯门合上，缓缓地将她和他隔绝于只有两人的密闭空间里。

谁也没有说话，但岑雾感觉到梁西沉看了她一眼。

到了十七楼，那句"我到了，谢谢"堵在了嗓子眼，最终在他跟着进来，自然地换上他留下的那双拖鞋后，被咽回到了肚子里。

他明显没有要走的意思。

"随便坐。"她硬着头皮转身，自然地伸手，想从他手里拿回行李箱，"我把东西收拾下，很快的。"

梁西沉没有立即松手，而是在她的手握上来后才不疾不徐地拿开。

触碰极为短暂，几乎可以忽略不计。

"不急。"目光从她脸蛋上收回，他不动声色地开口，"吃饭没有？家里有东西吗？"

岑雾一时没反应过来他的意思，怔愣地看着他，忘了说话。

看着有些……傻。

他微不可察地勾了勾薄唇，没再说什么，抬脚自顾自地走向了厨房。

岑雾仍站在原地，视线不由自主地望着他的身影怔忡，说不出话。

一种说不上来的感觉悄悄地冒了出来，但她不敢想。

这样的后果就是从打开行李箱开始她就心神不宁。

都是夏天的裙子，尽管收拾起来很快，但收拾完后她迟迟没敢出去。岑雾整个人扑到了床上。

在经历了这几天的独处后，在停车场时，她的母亲岑女士突然出现说的那些话，以及梁西沉第二次提出结婚的那一刻，她是想冲动地答应的。

或许不够纯粹，很自私。

她当时想的是，只要他说没有喜欢的人，那她就勇敢一次，不去想那些害怕的种种，也不去想以后会发生什么。

就像舒影姐说的，成全自己。

可偏偏声音被盖住，还又让她看见了婚姻丑陋的一面。

她的勇气，总是在面对梁西沉的时候就只有一点点。

将脸蛋埋入枕头里，岑雾分不清是懊恼还是难过多一些，只知道她情愿闷得不能呼吸也不想抬头。

她咬着唇，用力到几乎就要把唇瓣咬破。

"咚咚！"

突然，沉稳有节奏的敲门声响起。

"岑雾。"

隔着门，梁西沉的声音低哑清晰，稳稳地钻入她耳中，轻而易举将她本就混乱的心神再搅乱。

岑雾手指揪着枕头的动作一下停止，她张了张嘴，勉强挤出了一个透着紧张的音节："嗯？"

"吃饭了。"他说。

三个字，其实是再简单平常不过的一句，但偏偏，一股酸意在这时突然从心底最深处蹿出，猛烈涌向岑雾的鼻尖。

在虞家的那几年，别说没人这样喊她吃饭，她时常是饿着肚子的。后来被送回外婆那儿，外婆天性淡漠，和她的交流很少很少，也不曾这么喊过她。

岑雾忽地别过了脸，望向飘窗那边的眼睛连着眨了好几下。

"好。"她极力让声音听起来无异。

到了餐厅，梁西沉已经坐下，他对面的椅子是拉开的状态。

桌上，两碗看着简单的面飘着腾腾的热气和令人食欲倍增的香味。

心扑通扑通地跳，岑雾拿起筷子，停了秒，到底还是抬眼看向了他，轻声说："谢谢。"

"先吃。"梁西沉在喉间滚过的声音偏沉。

岑雾没有察觉，只点点头。

于是接下来两人谁也没说话，安静地吃着各自眼前的面。

但岑雾低头时，到底是没忍住，眼角的余光不着痕迹地偷偷瞥了他三次。

看到他的额头，看到他那头惹眼的短寸，看到他好看的手。

最后在他要抬起头时，她慌忙又强装镇定地继续吃面，不敢再看。

等吃完，她习惯性地要拿纸巾，他的动作快她一步，白色的纸巾夹在他修长指间，无声递给她。

岑雾呼吸慢了几秒："谢谢。"

梁西沉一言不发，只在看着她擦完唇角折叠起纸巾时，漫不经心地开了腔："岑同学。"

只这一声，岑雾心跳就乱了。

正值中午，外面的阳光虽不能透过落地窗铺到餐厅，但餐厅依然明亮，衬得梁西沉的五官更加深邃英俊。

他姿态懒散地靠着椅背，侵略感很强的黑眸注视着她，低沉的嗓音莫名携着意味深长："我们谈谈。"

"谈什么？"岑雾在桌下把纸巾攒成一团，脑袋嗡鸣，思维像是凝固，只是本能地回应他的话。

梁西沉盯着她，喉间再滚出声音："先回答你的问题，没有喜欢的人。"

明明冲动的时候觉得只要他没有喜欢的人就好，但真的亲口听到他这么说了，岑雾心口却好像泛起了一种细密的疼。

没有喜欢的人……

那么，他想和她结婚只是因为被家里逼得太紧而已。

心脏又像突然间被刺了下。她将纸巾攒得更紧，好一会儿，才努力平静地点头："嗯。"

烟瘾突然强烈，梁西沉支在桌上的右手习惯性地要摸烟，最后忍住。

他喉间干涩，便咽了咽喉，盯着她，继续道："但我想和你结婚。"

岑雾的心跳骤然狂乱。

面前的这张脸，冷硬俊漠，看着她时，眸色深到极致，窥探不到任何情绪。

谁也没有移开视线。

岑雾指尖无意识地掐着手心，心底深处好像有什么在复苏，蠢蠢欲动，想要压制，却还是没能如愿。

在如雷的心跳中，她再次听到自己不冷静的话："为什么不找别人？"

"为什么要找别人？"

淡淡的一句紧随其后，毫不犹豫。

时间像被按下了暂停键，岑雾脑袋再嗡鸣，身体一动不动。

直到他说："我们赌一把。"

岑雾脱口而出："什么？"

话音落下，她看见一枚硬币被梁西沉从裤袋里掏出，他深深看她一眼，又睨向桌上花瓶里的一枝玫瑰。

岑雾心跳更乱了。

梁西沉一瞬不瞬地盯着她，一字一顿："数花瓣，抛硬币。如果花瓣双数，硬币'花面'朝上，我们结婚。"

岑雾呼吸停滞。

刹那间，她只觉一颗心皆由他掌控牵动着，就此又提到了最高处。

难受的失重感侵袭全身，而能解救她的人，只有他。

她忍不住看向那枚硬币，正安静地躺在他掌心，他的掌心有茧，大手充满力量感和狠劲，不由得让她想起了几次和他的触碰。

她又看向他，撞入他深暗不明的眼眸里，和那晚一样。

他很耐心地在等她。

一个"好"字就在喉咙口，如同当年。

他手指夹起硬币，低声蛊惑："敢吗？"

岑雾不得不承认，她被蛊惑了，只需要他一句话一个眼神。

"好。"话终于出口。

几乎是同一时间，花瓶里的那枝玫瑰被他拿了出来，但被拿住的，分明是她的心。

"开始了。"他看着她，嗓音低缓。

每个字都重重地砸在了她心上。

下一秒，花瓣被他一片片摘下。

"一，二……"数字从他薄唇间好听地溢出。

她竟也在心里跟着默数。

好像……又经历了一遍当年数星星要不要去给他庆祝生日时的纠结。而他每数一个数，她的那颗心就随之上上下下，像经历过山车一般。

"四十。"最后一片花瓣被他摘下，铺满她眼前。

是双数。

梁西沉掀眸看向她。

岑雾头皮在发麻，心也是。

她眨了下眼睛用来掩饰突然间紧张到极致的心情，并不想被他发现半分。于是，她也就没能发现梁西沉眼底少见的笑意。

"还剩硬币。"她只听见他说。

这话像开关，让她情不自禁地就看向了他，确切地说，是先看向他手中的那枚硬币，而后和他对视。

他指腹摩挲硬币，攫住她的视线："开始。"

硬币蓦地往上一抛，下一瞬，被他在半空精准攥入掌中。

岑雾一眨不眨地盯着他的手。

但偏偏，他没有将掌心摊开，只是攥着，像攥着她的心一样。

倏地，他站了起来，走到她身旁。

他站，她坐。

岑雾呼吸停滞，下意识地仰起脸，他却突然俯下了身。

梁西沉能数清她的睫毛有多少根，也能看到她眼底的自己。他掀唇，有意地压低了声音："手。"

太近了。

近到他就像是在她耳畔缱绻低语，带着温柔的错觉，和他的气息一起再一次地蛊惑她的心智。

她伸出了手。

几乎是同一时间，他的大掌覆了上来，严丝合缝与她贴合，带着他体温的硬币跟着落到了她的手心。

烫。

"'花面'朝上吗？"她听到他问。

岑雾近乎机械地眨了下眼睛，大脑空白一片。

偏偏，她清楚看到了他的神色，冷漠肃穆，没有多余情绪。

四目相接，岑雾一颗心蓦地从高空直直坠落，如坠冰窖。

"花面"……朝下了吗？

车缓缓倒入停车位停稳时，有金色的阳光透过车窗洒落进来。

岑雾一路交叠放在腿上的双手终于动了动，指尖悄悄地用力掐了下手心。

疼，不是在做梦。

先前在公寓，在她以为"花面"朝下，说不出话时，她却产生了一种错觉，以为有淡淡笑意从梁西沉眼中溢出。

但随即，那笑意似乎跟着缠上了他接下来的每一个字——

"这段婚姻，我只忠诚于你。"

他的手随之拿开，硬币图案瞬间重见天日，清晰可见。

——"花面"。

"梁太太，新婚快乐。"他在她耳旁的声音低哑。

"不下车？"忽地，耳旁传来梁西沉低沉的声音，在这密闭的空间里，显得分外性感撩人。

岑雾回神，耳尖悄然变热，她佯装平静地偏过头。

阳光落了一半在梁西沉的脸上，稍稍柔和了几分他五官的冷硬狠戾。

他左手随意地搭着方向盘，长指轻叩，薄唇撩起，颇有些似笑非笑地睨着她："是想反悔吗？"

"愿赌不服输，没有这个道理。"

他说得漫不经心，语调懒慢，偏偏那双盯着她的眼睛里沁着危险。

很没用地，岑雾心尖发颤，就像过了电一样。

"是舒影姐，"她将背脊挺得笔直，强装镇定，"刚刚想到她让我别忘了戴口罩。"

也不算胡乱撒谎，事实上舒影的确在电话里这么说了。

恍惚地在衣帽间里纠结要不要换衣服来领证的时候，舒影打了电话，她就把要结婚的事说了。

舒影很替她高兴，挂电话的时候说了口罩的事。

舒影的担忧是，岑雾虽然不是娱乐圈的，但到底当初一舞破圈吸引了千万的"粉丝"，并不比娱乐圈当红女明星差。

若是在民政局那样的场合不戴口罩，难保不会被认出来拍照发网上。

3月份她的舞剧巡演就要开始了，私生活最好要低调。

而岑雾向来把私生活和工作分得很开，一直低调得不能再低调，也很注重隐私，自然同意。

她说着便从包中拿出准备好的口罩戴上。

这一过程中，她分明能感觉到，梁西沉的目光一直落在她脸上，也不说话，就这么看着她。看得她心尖发麻，几乎不能呼吸。

她抬手捋了捋散在肩头的秀发，不着痕迹地将快要发红的耳朵遮掩。

弄完，她才硬着头皮重新对上梁西沉的眼睛，克制着过快的心跳，小声地说："没有要反悔。"

说完，她收回视线，看似平静实则手指有点抖地推开了车门下车。

于是她也就没能发现身后梁西沉的眼底在阳光下混着细碎笑意。

她等他下了车后，心底深处有久违的小心思蠢蠢欲动，想走在他左边。

但梁西沉自然地走到了她左手边。

"有车，走里面。"他说。

说话间，有一辆自行车正好从他身旁慢悠悠地骑过。

岑雾原本有一点点失落的心，一下涌出了点甜味。

她忽然清楚地想起，那年他送她回燕尾巷，自始至终都是走在了她左手边，让她走在里侧。

口罩下，她的唇角情不自禁地弯了下。

"嗯。"她低声应道。

车停的地方在民政局附近，步行没几分钟就到了。

一眼望去，都是人。

岑雾微讶。

直到身旁有对刚领完证的情侣挽着手走过，女生亲了下男生的脸，满脸幸福的笑容："老公，情人节快乐，新婚快乐。"

她这才后知后觉地想到，今天是2月14日，情人节。

情人节……

心中忍不住默念这个节日，岑雾的心跳不受控制地加快了起来，她突然就紧张了。

下一秒，梁西沉的脸出现在视线里，他站到了她面前。

"想什么？"

冷不丁地，岑雾心虚被吓到。

"在想……"手心好像沁出了汗，她眼睛连眨了好几下，"要不明天？"

说完意识到自己说了什么，她当即微微懊恼，想补救，那张脸忽地在眼前放大，她一下忘了呼吸。

梁西沉俯身，两人视线平视，他盯着她，嗤笑了声："岑同学，玩我呢？"

岑雾："……"

她不是这个意思。

红晕迅速染满整张脸，手心潮湿得厉害，两秒后，她才挤出解释："人太多了呀，可能会轮不到。"

南溪镇地处江南水乡，说的是温柔的吴侬软语，女孩子说话时习惯性地会在句尾加一个"呀"字。

但岑雾自小在那样的生长环境中，她没说过。

这会儿她根本是脱口而出，是连自己都没察觉到的，像极了是在软软地撒娇。

她只是隐约觉得，梁西沉的眼睛里好像浸着某种说不出的意味。

不等她细看，梁西沉的喉结微滚了下，薄唇间溢出低哑一句："那就打个赌。"

"什么？"

"我赌不会轮不到。"

岑雾愣了下，乌黑的瞳仁直直地望着他。

他不说话，只用目光将她锁住。

岑雾只觉一路上好不容易压下的紧张情绪，又要慢慢爬上来了。

偏偏，两人交缠在一起的呼吸让她喉咙莫名有点痒，明明是想忍住，却说出了一字："好。"

"愿赌要服输。"一句意味深长的话吐出后，他直起了身，带来的压迫感消失，呼吸也就此分开。

岑雾脸上却有了热意。

"嗯。"她悄悄地移开视线。

到了大厅，取了号，排在前面的真的有不少人。

有一对情侣轮到号，起身空出了座位，梁西沉示意她坐下。

视线所及，到处是即将成为夫妻的情侣，或甜蜜地说着悄悄话，或娇嗔地打情骂俏，有互喂喜糖的，也有依偎在一块儿的。

似乎，只有她和梁西沉是例外。

岑雾习惯性地坐得笔直，而梁西沉坐在她身旁，姿态慵懒漫不经心，那张脸冷峻，透着生人勿近的气息。

两人没有身体接触，没有眼神对视，就连话也不说，怎么也不像要来领证的情侣。

心里这么想着，一时没忍住，岑雾侧过了脑袋，不料，瞬间就撞入了梁西沉的眼睛里。

岑雾心口陡然悸动，随即又在他倾身靠近时，猛地乱了节奏，就像在公寓里时，他俯身靠近她耳旁叫她"梁太太"时的感觉。

不同的是，那时只有他们两人，此刻周围人来人往。

梁西沉低眸，将她扑闪的眼睫看在眼中，嗓音低了两度："怎么了？"

气息侵袭，像透过口罩拂上了岑雾的脸，使得她脸上的温度瞬间高得能煮熟一枚鸡蛋。

"有点渴。"她胡乱地找了个借口。

"等着。"

岑雾立马反应过来他是要给自己倒水，想说不用，但他已经起身往大厅饮水

机那走去，背影一如既往的挺拔。

岑雾没有意识到自己弯起唇笑了。

"不烫。"一次性纸杯经由他的手递给她。

岑雾伸手要接过，习惯性地说了声："谢谢。"

"不客气。"梁西沉勾勾唇。

岑雾指尖顿了下，碰到了他的手，觉得烫极了。

她佯装镇定地没有慌忙避开，摘下口罩抿了好几口，喝完再戴上，想着杯子放哪里的时候，梁西沉的手伸了过来。

"还要吗？"

她下意识地摇头。然后，她听到他"嗯"了声，随即万分自然地把杯中剩下的水喝了。

岑雾瞬间就想到了那晚也是这样。她悄然红了脸，抬头想看向别处，不期然地，她看到一对男女从办理离婚的窗口那儿走了过来。

两人的脸上毫不掩饰的是对对方的……

蓦地，温热手掌覆上了她的眼睛，梁西沉的声音低沉："没什么好看的。"

岑雾还睁着眼，模糊地看到他的掌心里好像也有道疤，还能感觉到他的指腹有粗糙感，蓄着十足的力量。

黑暗笼罩，但刚刚从她心底再度涌出的对婚姻的排斥、恐惧被他抚平。

她忽然就安定了下来。

"嗯。"她很轻地应了声，任由他替她遮挡。

梁西沉保持着这样的姿势，目光则肆无忌惮地看着她，直到那边的离婚闹剧收场。

收回手时，她的眼睛恰好眨了下，纤长的睫毛不经意地擦过他掌心。

他喉头滚了滚。

大概美梦成真的时候人都是幸运的。

在民政局下班前，岑雾和梁西沉是最后一对办理登记的。

"女生往男生那边再靠近点，头也是。"摄影师在相机后指导。

岑雾按捺住如雷的心跳往梁西沉身边靠了靠，脑袋也跟着靠近，离他更近了一些。

"对，很好，笑一笑。"

将怕紧张而咬着的唇齿松开，岑雾闻言弯了弯唇，梨涡浅显，眼里情不自禁地就漾开了浅浅的笑意。

"咔嚓"一声，画面被定格。

两本红通通的结婚证由工作人员递了过来。

"恭喜你们。"

到了这一刻，岑雾好像才有了点和梁西沉结婚了的真实感，脸颊微微发烫，说了声"谢谢"。

她后知后觉地要去接，梁西沉直接快她一步接过放进了他的上衣口袋里。他看了她一眼，薄唇像勾起了好看的弧度："我来收。"

或许是真实感还不够，一路上岑雾都有些恍惚，直到华灯初上时两人回到公寓进了电梯。

还有其他人要进来，于是岑雾往里边站了点，一动，余光里，梁西沉也跟着动了动。

两人之间始终保持着极近的距离，他的手臂挨着她的。

明明只是衣物触碰，但不知怎么回事，她忍不住地紧张，甚至身体紧绷，仿佛是肌肤相贴。

岑雾微咬了下唇，想不着痕迹地再往旁边挪一点点。

这时电梯到了一楼，门开后一群人鱼贯而入，更有两个调皮的小孩不管不顾地往里冲，你追我赶。

前面的人一下被撞到，惯性后退就要撞上她。

岑雾没有及时反应过来避开，但一只手倏地搂上了她的肩膀。

用时不过两秒，她被梁西沉转身圈在了他身前和轿厢壁面间。

被他……抱在了怀中。

岑雾一只手抵上他胸膛，指尖下意识攥住衣服的同时，头顶堪堪擦过他的下巴。

在挤满人的密闭空间里，他和她身体相贴，让她大脑缺氧，本能地想要挣脱。

"人多，别动。"头顶落下梁西沉的声音，在喧闹中精准地钻入她耳中。

温热的呼吸也随之洒下，刺激着她的头皮发麻，过了电般直击心脏，而她被梁西沉稳稳地圈在安全角落，没有被波及半分。

岑雾心尖直颤，尽管看不到他的脸，然而鼻尖萦满独属于他的气息，仍让她唇角情不自禁地微翘了起来。

她开始希望电梯能慢一点，或者再进来人拖延点时间。

突然……想离他更近一点。

这个念头一经涌出，顿时如藤蔓在她心底疯长，慢了一拍的心跳也在这一秒如鼓声般嘭嘭作响。

岑雾屏住了呼吸，僵着的手掌微微动了动，想悄悄伸直，贴上他的心脏位置，想感受到他的心跳。

只要再一点点，指尖就能碰上他的胸口。

可她没勇气，蠢蠢欲动却犹豫不敢。

"到了。"唇息忽地拂上她耳畔，他落下来的声音低而哑。

岑雾从胡思乱想中回神。

"嗯。"她敛眸，低应了声。

她将手收回，放下的时候不小心碰到了他的胳膊，她下意识地要躲开，手腕却被抓住。

岑雾呼吸微滞，仰起脸。

下一秒，两人的眼神在不大的空间里相撞，空气里似有黏合剂，牢牢地粘缠。

梁西沉嘴角微不可察地勾了勾，微微垂首，道貌岸然地解释："跟着我，别被撞到。"

岑雾的一颗心，瞬间极没出息地被他所牵动掌控。任由他这样牵着她，带着她穿过人群奔赴他们要去的远方。

踏出电梯的前一秒，她才后知后觉飞快地垂下眼帘。

他握着她的手腕，力道很轻，但能清楚看见他手背上的青筋隐隐跳跃。

包里的手机就是在这时响起的，是舒影来电。

岑雾有些不好意思地抽出了自己的手，压着过速的心跳，强装平静地说："我接个电话。"

梁西沉"嗯"了声，漫不经心的目光始终不离岑雾。

他鼻端似乎还残留着她身上的香水味，喉结干涩地滚了滚，将手插入口袋习惯性地想摸烟。

接着，他动作顿了下。

手拿出，今天那片多出来的玫瑰花瓣静静地夹在指间。他嘴角勾起弧度，笑着收了起来。

岑雾并不知道。

在听清楚舒影说的什么事后，她的一颗心扑通扑通跳得厉害。

以至于梁西沉好像和她说了什么她都没怎么听清楚，只下意识地点头，而后钻进了练舞房里。

一待就是两小时，直到梁西沉敲门和她说吃饭了。

吃饭的过程中，她有所克制地没去看他。吃完，梁西沉主动收拾厨房，而她在客厅里坐立难安。

公寓里太安静，衬得她的心跳声明显。

她索性打开投影仪找了部电影播放。当公寓里终于有其他声音占据时，她悄悄地松了口气，一颗提着的心也渐渐回到原处。

梁西沉在沙发另一边坐下，视线瞥了眼屏幕，最后落到她身上。

客厅里关了灯，唯一的光源是屏幕。

昏暗光线里，梁西沉的眼神浸着重逢以来感知过几次的侵略性，毫不遮掩，肆无忌惮地盯着她。

岑雾本能地绷直了脊背，同一时间，危险的感觉让后背战栗。

电影里男女主角对话的声音很好地遮掩了她不受控制微微变沉的呼吸，但也不过片刻而已。

电影蓦地进入到无声画面。

就是在这时——

"今晚……"斜对面，梁西沉开了口。

或许是环境太过昏暗，或许是岑雾心中本就有鬼，不过两个字而已，她就觉得充满了意味深长的暧昧。

脑海里，她有意忘掉的舒影特意打电话说的话猛然间清晰浮现——

"雾雾，你现在年纪还小，事业还在上升期，跳舞的巅峰期也还没到。再怎么喜欢梁西沉，也绝不能现在就为他生孩子。千万要让他做措施，懂吗？"

就是这两句，硬生生影响她，让她紧张到了现在。

偏偏这时，他的气息似在靠近，低哑的嗓音性感得蛊惑："梁太太……"

岑雾的心，猛地一颤。

她偏过头。

昏暗光线中，他的目光精准无误地与她对上，将她牢牢攫住，懒散抵着沙发的手肘收回，他的人起身，身形挺拔朝她而来。

岑雾喉咙发紧，干涩难忍。

明明刚刚还在紧张今晚他如果留下要怎么办，这会儿，她的脑中竟然冒出了一个毫不相干的念头——

世界上最坚硬的哪里是什么金刚石，分明是此刻自己僵硬的身体。

"梁西沉。"

她骤然出声，声线的紧绷微颤正好掩在电影里的浪潮声里。

梁西沉站定，下一秒，他俯身，被掩在阴影中的五官放大，低而沉的单音节在他喉间滚过两遍才溢出："嗯？"

岑雾呼吸彻底停滞，眼睁睁地看着他修长手指落下，带着侵略的意味，偏生动作极轻地碰上了她的脸。

将……几根不知何时沾在她唇角的发丝拨开。

他的指腹，好像若有似无地擦过了她唇角，如羽毛轻拂。

"头发。"他说得轻描淡写，丝毫不知他的动作让她内心经历了什么。

"叫我什么事？"他又问。

男性荷尔蒙侵袭，太近了。

近得岑雾根本就忘了原本是他先叫的她，要问也该是她来问，而不是被他主导掌控。

"嗡嗡嗡——"

茶几上岑雾的手机在这时突然闪烁亮光，铃声掩去一切的心怀鬼胎，亦将所有的旖旎冲散。

尽管这旖旎从梁西沉坐下到现在不到一分钟。

岑雾如获大赦，第一时间侧身去拿手机，又在看到是周思源来电时立马接电话飞快起身，双腿发软地逃离危险地带。

"思源。"背对着梁西沉，手无意识地拨了拨头发，她软声开口。

没一会儿，她转回了身，不再那么软的声音从水润的红唇中溢出："梁西沉，你……先躲起来，可以吗？"

梁西沉咬烟的动作微顿。

他掀眸，将她那明显慌乱的眸色尽收眼底："什么？"

那目光盯得岑雾心尖直发颤。

"思源……她突然来了，还有两分钟。"她害怕又心虚，语速难得很快，"你去我房间，别出来。"

梁西沉盯着她，气笑了："我很见不得人？"

岑雾捏紧了手机，别过脸没敢看他，嗓音轻细："……不是。"

不想，她才说完，余光里，这人竟反而在沙发上坐了下来，姿态随意懒慢。

屏幕忽明忽暗的光线笼着他的脸，透着从未见过的痞坏。

"梁西沉，"她硬着头皮对上他危险十足的目光，几乎要被他看得浑身发麻想逃离，"麻烦你了。"

可他没动，只是微不可察地扯了下薄唇。

心跳越来越快，岑雾急得直咬唇，冲动地想上前拉他，但没敢，只下意识地看了眼门口方向。

"梁西沉——"

那语调，像极被欺负得狠了，委屈地哭了似的。

梁西沉喉头蓦地滚了滚。

在她红唇微张，再喊出"梁"这个姓时，他气息微沉地将她打断："可以。"又在她像是松了口气时，再吐出一句，"但我有条件。"

岑雾脱口而出："什么条件？"

"答应吗？"

眼神在昏暗中交汇。

岑雾后知后觉地明白了过来，这人根本不是在和她商量，而是通知她。

她咬住唇："……答应。"

喉间溢出几不可闻的沉沉低笑，梁西沉终是起身。

"好。"

"咔嚓"一声，卧室门关上的同时，玄关那传来解锁声，声控灯亮。

"雾雾！"周思源扔了行李，飞奔而来将她抱住。

岑雾一颗心堪堪回归原处，不着痕迹地轻舒口气，她嘴角扬起笑，和周思源回抱："怎么突然过来啦？"

周思源抱着她蹭了蹭。

"想你了嘛！"周思源松开岑雾，双手圈着她的肩膀，"你的脸怎么红了？"

岑雾做贼心虚，下意识地要摸一摸，又硬生生忍住，眨了眨眼："刚刚……在跑步。"

周思源捏捏她的脸，深信不疑，说着又抱住她，撒娇："雾雾……"

"嗯？"

"就是……"周思源吞吞吐吐的，"好饿呀，我好想吃东西，吃完再说，好不好？"

岑雾当然不会拒绝。

"爱你，"周思源开心地亲了她一口，"我先上个洗手间，很快的，等我。"说着一溜烟跑向洗手间。

门被关上的刹那，"咚咚"两声冷不丁地钻入她耳中，直击灵魂深处。

岑雾四肢僵住，呼吸微促，本能地只想离远点。

一声未出口的低呼被堵在嗓子眼，手腕毫无征兆地被轻抓住，又被强势不失温柔地拽进卧室。

她的后背贴上门板，心脏瞬间剧烈跳动，胸膛止不住地起伏，乌黑的瞳仁里满是慌乱。

卧室黑暗，唯有外面的璀璨灯火透过飘窗洒落进来，堪堪照着梁西沉那张漫不经心的俊脸。

他垂着眉眼，在看她。

岑雾指尖发颤，连声音也是第一次在他面前没能掩饰住有颤意。

"梁西沉……"

梁西沉的眸色无声息地暗了好几度，喉间溢出的声音亦是："不进来，是想过河拆桥？"

指尖无意识地用力按着门板，呼吸微沉，岑雾克制着，努力地想让自己正常："……没有。"

暗色笼罩，视觉受限，其他感官瞬间灵敏万分。尤其是他洒落下来的唇息，烫得几乎就要叫她落荒而逃。

偏偏，在她否认后他一言不发，只用那幽深不明的眼神地盯着她，甚至好像肆无忌惮地扫过她脸上每一寸。

"雾雾？"

房间外，周思源突然叫她。

岑雾心口猛跳，害怕得顾不上是不是会在他面前不自然，避开他的目光，转身就要转动门把出去，却被他伸出一条长腿，轻而易举地拦住。

他逼近。

岑雾不敢置信地睁大了眼，呼吸陡然停滞。

"雾雾？"周思源的声音越来越近，分明是往卧室来了，而且已经在转动门把，"你在里面吗？"

岑雾一颗心直接提到了嗓子眼！这一刻，她竟觉得有种偷情要被抓住的荒唐紧迫感。

"我……接个电话，"心虚惊恐的谎言脱口而出，指甲不自知地抠着门，她的身体恨不能贴进门中远离梁西沉，"马上出来。"

"我等你哦。"周思源没有怀疑，放下手走了。

岑雾满手心的汗，甚至觉得后背上也是。

"……梁西沉。"她全然没意识到，平生第一次瞪了人一眼。

对象还是她暗恋多年的人。

梁西沉视力极好，哪怕在黑暗中亦清晰将她这一眼捕捉。

他嘴角微不可察地勾了勾，提醒："别忘了答应的事，还有今天民政局打赌，你输了。"

她哪里只是输了今天两次？

分明，从认识他开始，次次都输给了他啊。

但这话，她是无论如何也说不出口的。可她却也忽然明白过来，要是不回应，这人会十分恶劣地不让她出去。

"……没忘。"她羞恼又莫名委屈，见他终于不再靠得这么近，她直接开门就跑。

到了外面吃饭，在周思源几次别扭又吞吞吐吐中，岑雾得知了她突然跑来的原因，原来是沈岸今天和她表白了。

岑雾并不意外。周思源难得微红着脸嘟囔不要再聊这事，只说了句："要不是我对他家知根知底，我都要怀疑，他是为了躲避家里的相亲随便选的我呢，目的不纯，就觉得我好骗。"

岑雾忽然就想到了梁西沉。

——梁西沉是真的如周思源所说，为了躲避家里的逼婚选的她，尽管她说服自己的时候也是借口可以躲避逼婚。

她又想，他还在公寓吗？

心跳一下快了些许，在吃完离开后，趁着周思源有家里的电话过来要接，她拿出手机。

她记得舒影姐说喝醉那晚梁西沉打过电话来。

从通话记录里翻出那串号码，她几乎和当年一样，习惯性地点进了短信界面：梁西沉？你还在公寓吗？

他没有回。

她想着要不要打电话时，周思源回来了。

岑雾下意识地收起了手机，就像在公寓里下意识地让梁西沉躲起来一样。她现在还不知道该怎么和共同的朋友说出如今和梁西沉的关系。

在离公寓还有五分钟路程的时候，她收到了梁西沉的回复：走了。

明明是她让他躲起来，暂时还不想让除舒影姐以外的人知道她和梁西沉结婚的事，但他真的走了，她却又好像有种说不出的感觉。

失落？松了口气？

好像都有。

胡思乱想了一路，回到公寓，不经意的一眼，让她脚步一下顿住。

餐桌上的花瓶里，原本仅剩的玫瑰早在中午就被梁西沉取出数了花瓣，而现在，插着一枝鲜艳欲滴的玫瑰。

而花瓶下，还压着张纸条，写着：

情人节快乐。

只一眼，笑意悄无声息覆满岑雾的眼底，携着丝丝缕缕的微甜。

心跳乱得厉害，岑雾努力地深呼吸想要平复，却是不管怎么努力都没用，甚至在她拿起手机想将这枝玫瑰花拍下来时，她的手还有点抖。

最后，在数不清究竟拍了多少张后，她终于拍出了最喜欢的一张。

岑雾又深舒了口气。

"也祝你情人节快乐""情人节快乐""谢谢你的花，情人节快乐"……一条回复，她反反复复地输入删除，总觉得怎么说都不对。

最后让她点击发送的，是周思源意外地喊了她一声，吓得她做贼心虚，手指一颤直接把没斟酌好的话发送了出去：看到花了，谢谢，也祝你情人节快乐。

岑雾……咬唇。

想撤回已是不能。

算了，这样也好，至少不会泄露出什么。她勉强安慰自己。

只是发送完之后，她开始坐立难安、心神不宁，手机一秒不离地握在手里，想第一时间看到他的回复。

偏偏直到她洗完澡上床，和周思源说了好久的闺密悄悄话，周思源困得陷入沉睡，他都没有回。

岑雾睁着眼，辗转难眠。

她满脑子想的都是那枝玫瑰花，又想，是不是她的短信措辞太生硬了。

她指尖抚上手机，冲动地想再发短信问他睡了没有。

但始终是蠢蠢欲动却不敢。

而当手机响动，第一时间拿起手机发现真是他回复的那一秒，岑雾在深夜里情不自禁地笑了起来。

他回：不客气，梁太太。

彼时的岑雾根本没想到，这会是在接下来的半个月里，她收到的梁西沉唯一的一条消息。

——梁西沉就像消失了一样。

不见了。

仿佛，和他的重逢和领证不过只是她做的一场美梦。

第二天，岑雾破天荒醒得晚了些，下楼时舒影已经在停车场等她。

今天是她和心理咨询师约第二次见面的日子。

舒影看着她笑得意味深长："我现在总算知道没有七情六欲的仙女一旦动了凡心是什么样了。"

舒影边倒车边八卦："怎么样，昨晚新婚夜开心吗？"

一股热意爬上岑雾的脸蛋。

她求饶："舒影姐……"撞入舒影明显打趣的眼神里，她的脸越发红，下意识地看向窗外，"昨晚思源来了。"

舒影知道周思源是她最好的闺密，拖长了语调："哦……"

舒影笑着摇头，车慢慢驶离停车场，她目视着前方正经说道："我以为你还会纠结很久，或者选择放弃。"

岑雾抿了抿唇，坦诚地将心底话说出来："其实回来的时候，确实和你说的一样，我还没有想好要不要跨出那步。"

她把停车场遇见母亲的事简单说了下。

"是他们推了我一把，加上他突然出现，再次提结婚的事。就……答应了。我答应得不够纯粹，可是……"

岑雾望向车外的光，轻声细语："我真的很喜欢他。"

和他领证成为他的妻子，被他隔着衣服握着手腕，他伸手替她挡住难堪的画面，他给她戴戒指，收到玫瑰……

每一样都让她开心。

"恭喜你。"舒影的语调也不自知地放柔了许多。

暗恋很苦，能梦想成真，她是真的替岑雾高兴。

岑雾弯了弯唇："谢谢舒影姐。"

"好了，感情说完了，要说正经事了。"舒影换了话题，"现在跳舞感觉怎么样？好些了吗？"

她说出昨晚经过深思熟虑后的话："离第一场演出还有一个月，如果你的状态依然如旧的话，我建议延期或者取消演出，现在还来得及……"

"我好像能跳了。"岑雾启唇。

舒影一双眼睛顿时睁得很大，激动得差点气息都不稳："真的？！什么时候的事？"

岑雾轻轻点头："今早。练完瑜伽后，我本想着试试最简单的动作，没想到比之前顺利，没有很排斥。"

舒影简直开心坏了，一颗从岑雾突然间不能跳舞那刻起提起来的心终于回归原处。

"谢天谢地，太好了。"她伸手拍了拍岑雾的肩，是为岑雾高兴也是欣慰，"一切都会越来越好，感情、工作都是。"

岑雾眼中铺满笑意："嗯。"

到了约好的地方，岑雾见心理咨询师看着自己的脸，下意识地伸手摸了摸："怎么了，林医生，我脸上是有东西吗？"

"没有，"林医生收回视线，笑，"只是觉得你和上次有些不太一样了。是放松了段时间，压力变小了吗？"

岑雾指尖微顿。

她先将这段时间尤其是今早的跳舞情况细致地告诉了林医生。

末了，她主动提及连舒影也不知道的一件事："我曾经放弃过跳舞，而在重新拾起梦想前，至少长达两个月的时间里，我和这次一样，怎么也跳不了。"

林医生很快就抓到了什么。

她的语调一贯温柔，引导着岑雾："那么，是后来遇到了什么事或者什么人，改变了那种状况吗？"

岑雾看向林医生。

林医生眼神鼓励："我认为，两者有共通点，而你心里也隐约有了答案，对不对？"

许久，岑雾笑："嗯。"

从林医生那儿离开后，周思源过来找岑雾，拉着她逛商场，衣服、包包、首饰买了一堆。

期间在逛一家奢侈品店时，周思源去试一条裙子，岑雾原本坐在沙发上等她，不经意的一眼，看到了一条领带。

不知怎么回事，她脑中第一时间冒出的是梁西沉。

她想买下来。

可是，重逢见面的几次，他都是一身休闲装。

他会要领带吗？

岑雾纠结着，眼睛始终不离那条领带。

——回礼而已，昨天情人节他也有送她玫瑰，那么礼尚往来，她送他礼物也是应该的。

心里一遍遍地这么说服自己，劝说到能感觉到一颗心都快拧成麻花了，她终于起身，轻声麻烦导购帮她包起来。

"雾雾？"付钱时，周思源好像从试衣间出来了，喊了她一声。

吓得岑雾差点没拿稳领带，连品牌纸袋也不要，做贼似的飞快塞进包包里，最后深呼吸缓了缓，才神色自然地去周思源那儿。

逛完街，在外面吃了晚饭，两人选了部春节档的电影溜进了影院。

岑雾趁着周思源去洗手间时拿出手机，心底反复纠结斟酌后给梁西沉发了短信：思源可能要在我这里住几天。

他没回。

岑雾只当他还没看到，只不过这样一来，就导致了她看电影看得心不在焉，手机攥在手里，就怕错过他的回复。

有两次，手机微动，她浑身神经都紧绷了起来。

低头一看，是垃圾短信。

"干吗呢，老是看手机？"周思源突然凑过来。

岑雾心口一跳，然后压下失落和纠结，摇摇头："没什么，垃圾短信。"

"那管它干吗，看电影。"

"嗯。"

她开始专心陪周思源看电影，直到，她看到电影的最后一幕，男主角在黑暗中拽过了女主角的手，将她拽入无人的巷子里。

岑雾的脸很没出息地瞬间就红了，她一下就想到了昨晚。

很相似的画面。

这一幕竟直接让她直到上床睡觉，满脑子想的都是梁西沉。

想到昨晚他在黑暗中的靠近，他的指腹碰过她唇角，他……

每一幕都分外清晰。

她的思绪全被梁西沉这个人牢牢占据，就连这晚梦里从头到尾都是他，以至于岑雾都忘了没收到回复这件事。

而她终于后知后觉意识到不对劲是在一周后的晚上。

她跟周思源去隔壁省看了场摄影展，玩了几天，最后周思源临时有事要回趟北城，她则独自回了澜城。

回到公寓指纹解锁时，她忽地愣了愣，想到什么，低头解锁手机，点进短信

界面。

和梁西沉的对话，停留在她去隔壁省前：我和思源出门几天，门禁卡有留一张在物业管家那里，大门密码：71800102，你也可以加上自己的指纹。

再往上一条，也是她发的：思源可能要在我这里住几天。

两条，他都没有回复。

她又想到什么。

几乎是迫不及待地，她开门进公寓——

鞋柜里，他的那双拖鞋在原处似乎没动过。

厨房里，她特意买的蔬菜早已不再新鲜，水果好像也没什么精神地安静地躺在一旁，一样都没有少。

她转身想去餐厅，却因为动作太急，不小心撞到了吧台，疼意迅速从膝盖处蔓延。

没顾得上揉一揉，她快步走到餐厅，目光急切地看向花瓶里那枝玫瑰花。

不知是不是膝盖太疼了，岑雾鼻子骤然泛酸。

——花瓣蔫了，暗沉沉地耷拉着。

和 2011 年的那枝一样。

手机还紧紧地攥在手里，用力的指尖有点疼。想扔了手机去练舞房什么也不想，然而腿还没迈出半步又硬生生停下。

她深吸一口气，努力不让手指发颤。

这么多年，第一次，岑雾鼓起勇气主动拨通了他的电话。

——"对不起，您拨打的用户已关机。"

深夜。

岑雾练舞练到满头大汗，浴缸里放满了热水，她脱了衣服，慢慢地浸入其中。

她趴在浴缸边沿，脸蛋枕着手臂，入眼的是玻璃外澜城辉煌的灯火和漫天的繁星。

空气安静，静得好像连她的呼吸声都被吞噬了。

直到记不清究竟多长时间后，她从浴缸里起身，温凉的水溅了一地，她裹上毛巾让自己陷进柔软的床里。

岑雾疲倦地闭上眼，外面透进来的浅淡月光洒在脸上，隐约照出她微微泛红的眼尾，以及攥着枕头的手指。

原来，就算成为他的妻子，暗恋的酸涩仍然会在，短暂的甜蜜欢喜后，她会迎来数不清的患得患失。

从来都是最先动心的人输得一败涂地。

黑暗无尽蔓延。

最终，岑雾纤瘦的身影无声无息地被湮没其中。

2 月 28 日，月底。

一辆车从西南方向驶回。

副驾驶，梁西沉一张脸风尘仆仆却不掩凌厉英俊，搭在车窗上的手收回，他开腔，嗓音沙哑："我在前面路口下。"

身旁的程修迟目不斜视："晚上吃饭呢。"

"不了，我回家。"

"呵，你一个孤家寡人回家干吗？"

梁西沉掀眸，哼笑了声："我老婆在家。"

暮色四合，路两旁的路灯逐次有仪式感地亮起，梁西沉开着自己的车，车速快而稳，暖黄的光线忽明忽暗地落在他嘴角，朦胧中勾出一抹极浅的温柔。

等红灯停下，他手肘搭着车窗，右手手指轻叩方向盘两下，继而拿起手机。

电量不够，还没能开机。

待绿灯跳转，他本能地想将车速再提高，然而下班高峰期车流量剧增，很快他被堵在车水马龙中龟速前行。

他抖出一根烟准备咬上唇，余光瞥见电量足够开机，他手指立马飞快动作。

"嗡嗡"接连几声响动，"岑雾"两字跳了出来。

薄唇情不自禁勾起弧度漾出笑意，他点开。

——思源可能要在我这里住几天。

——我和思源出门几天，门禁卡有留一张在物业管家那里，大门密码是：71800102，你也可以加上自己的指纹。

他指腹滑动，下意识地往上往下再翻。

除了一条来自程修迟的微信，再没有其他任何提示。

梁西沉没犹豫地拨通她的电话放到耳旁，但无人接听。

"嘀——嘀嘀——"

车后有稍显不耐的鸣笛声，他放下手机，启动车子。

路灯飞快后退，他的侧脸隐在光线中忽明忽暗，只隐约可见薄唇微抿着。

到公寓下车前，梁西沉再一次拨打她的电话，但依然是直到自动挂断都没有人接。

他下车，大步走进公寓大厅找到物业管家经理，一周没怎么睡导致声音很是沙哑："你好，拿一下我太太留在这儿的门禁卡，十七楼，姓岑。"

管家经理颜控又声控，冷不丁一张帅得"惨绝人寰"的脸出现在眼前，声音低磁又性感，看得她直接怔住。

梁西沉长指叩了叩办公桌，表情隐约不耐。

管家经理微红着脸回神，连忙道歉，低头翻找记录后，她蹙眉："岑小姐……门禁卡收回了。"

梁西沉薄唇抿得更紧了，面无表情地再次拨通岑雾电话被自动挂断后，他没有说一句，转身离开。

夜色渐沉。

他倚着车身，低下头发了条短信：在哪儿？

深夜，快十点。

微冷的夜风拂面而来，将岑雾额前几缕发丝吹乱。

她伸手把头发拨到耳后，手放下的那一秒，呼吸倏地滞住。

不远处，梁西沉倚在车旁，深邃目光刺破夜色。下一秒，他大步朝她走来。

只是一眼，岑雾只觉一股无法形容的酸痛缓缓地在心脏处弥漫了开来。

起先不是很疼，慢慢地，细细密密地刺着她，最终在他走到她面前时，变成一股猛烈的酸意涌上她鼻尖。

"结束了？"他问她。

岑雾绷紧的身体到底还是往旁边挪了步，眨了两次眼睛，她才勉强挤出很低的一个字："嗯。"

梁西沉捕捉到了这个动作。

眼底淌过暗色，他克制着，声音更低沉："回家吗？"

岑雾没看他，抬脚往前走："嗯。"

梁西沉抬起的手慢在半空，收回时悄然握成了拳，跟在了她身后。

视线里，她的背脊一如既往挺得笔直，步子不紧不慢，和从前每次都一样。

岑雾能感觉到梁西沉落后了自己一步。

她有意想走快些，偏偏四肢僵得仿佛不是自己的，摆脱不了两人间的距离，也摆脱不了他的气息，隔着夜风，那气息肆无忌惮地钻入她的肌肤里。

好不容易到了车旁，刚要拉开车门，他微哑的声音又从身后传来，却不是她要听的："坐我的车？"

"不用了，"她摇头，拉开门，胡乱找了借口阻断他接下来有可能说的话，"我明天有事要用车。"

梁西沉站在原地，两秒后，他没什么表情地转身回到自己车上。

两辆车，一前一后驶离。

岑雾双手紧握着方向盘，她始终咬着唇，怕一松开，有些情绪就会控制不住。

偏偏，事与愿违。

"砰"的一声，车胎意外爆了。

车子猛地停下，惯性使然，她的身体不受控制地往前倾，又被安全带勒回。

刹那间，那些被她死死压在深处的委屈和难过像是没了禁锢，争先恐后地急速窜了出来，惹得她失了冷静，失态地一脚踢上前面。

连车也要欺负她吗？

"咚咚！"

车窗被快速敲响。梁西沉的脸掩在暗色中："上我的车，我找拖车公司来。"

岑雾最终还是坐上了他的车。她不想看他，视线里却全是他打电话的身影。

拖车公司来得很快，十分钟不到，他看着她的车被拖走后转身回来，属于他的气息瞬间充斥空气。

岑雾很用力地，咬了下唇，在几乎就要有血腥味咬出来，而他的目光沉沉地盯着她时，周思源打来了电话。

她秒接，顺势偏过头望向了窗外。

"思源。"

声音很软，和对他时截然不同。

梁西沉眸色极深地收回视线，一言不发地重新启动车子。

岑雾有意地想要延长这个电话，但后面周思源有事，她们不得不下次再聊。

结束时两人已到了电梯里。

密闭的空间一下安静了下来，而梁西沉始终沉默地站在她身侧，目光亦是如此，压得她几乎不能呼吸。

"岑雾。"冷不丁的一声，听不出任何情绪。

岑雾身体没出息地微微僵住，她极力克制着，对上他的眼神："有事吗？"

生疏冷静，像是一下就回到了两人重逢之初的陌生。

梁西沉眉骨微不可察地拢蹙，想说什么，手机铃声突然在这时响起。

岑雾全然是下意识地开口："你先忙，我有点累，想先洗澡睡了。"说完她没有再看他，推开门进了家里。

手机还在响。

梁西沉额角突地跳了跳，心情骤然有如被黑云压城，接通电话的声音极冷极沉："你最好有重要事。"

岑雾放了满满一浴缸的水，在无尽的黑暗中，她整个身子没入其中。

起先还好。

没多久，水烫着胸口难受，终于在想到他不声不响消失半月又突然出现，她联系不上他别人却能打通他的电话时，难受到了极致。

强忍了许久的委屈酸楚，也终是爆发，瞬间就让她红了眼圈，趴在浴缸边沿的身子几不可见地微颤。

岑雾不知道自己这样过了多久，只知道恍惚起身时浴缸里的水早已凉透，她渴得厉害，再不喝水就会死掉一样。

她打开卧室门，却在下一秒，看到了站在门旁，闻声抬起眼眸的梁西沉。

手腕，被他轻握住。

在深夜中哑得仿佛像缠绻情话的声音随着他的气息一起落了下来："岑雾，你在生我的气吗？"

只这一句，就让岑雾好不容易建立起来的城墙倾塌，委屈的情绪在此刻像是死灰复燃。

岑雾看入他深不见底的眼中，两秒后启唇平静而轻声地反问："我为什么要生你的气？"

梁西沉喉结滚了滚。

岑雾垂眸，试图抽回自己的手，却被他突然紧握。

"半月前是临时有紧急事，"梁西沉盯着她卷翘的睫毛，人生第一次紧张地解释，"事态严重需要保密，手机没有带走。"

"我……"他顿了下，一句话咽了回去，改口，"没有下次，以后有任何事我都会告诉你，不会无缘无故消失。"

岑雾没有应也没有看他，她依然只想抽回手。

这一次，她终于如愿。

却不想在下一秒被他单手强势地拥入怀中。

少女时期的岑雾曾做过梦，梦见暗恋窥见了天光。

梦里就像现在，她被他抱在怀中。

那时溢满胸口的是一种酸涩的甜。

而领证那天被他护在怀里，她依然和那时一样会心跳加速不敢看他，但没有酸涩，而是满心的微甜。

可是此刻，她没有雀跃，没有偷偷的欢喜，有的只是忍不住的难过和委屈。

岑雾很想问他。

她可以理解他所说的情况，会支持他，她不是是非不分不讲道理的人。

可是，为什么就不能告诉她一声？

哪怕只是简单地说一句有事要离开几天，也好过让她这半月每晚辗转难眠，就像回到了高中时代。

即便睡着了，也总会从梦中惊醒，以为所谓的重逢领证都是一场梦而已。

他是连几秒钟告诉她一声的时间都没有吗？

不是的，追根到底，不过是因为他从没有想过要和她交代。

因为，无关紧要。

酸涩侵袭眼眶，岑雾眨了好几下眼睛，逼着自己无论如何都要将那股难受压下去。

"我没有生你的气，真的。"她极力平静地说。

岑雾没有察觉到梁西沉呼吸骤然一滞。

她抬起手，第一次主动抵上他胸膛，却是为了推开他，为了从他怀中离开。

"我今晚只是累了。"她敛下眸掩去所有不该有的情绪，努力和他对视，强忍着没有躲开，"这段时间我……"

不想示弱，她咽下那句"身体还没有彻底恢复"。她改口，声音很轻地说："有些累，是我自己的状态问题，真的不是在生你的气。"

浓郁的暗色悄无声息淌过梁西沉眼底，使得他的眼神越发幽暗不明。

他没有说话，就这么看着她。

岑雾几乎就要支撑不下去。

总是这样，他只需无意的一个眼神就能轻而易举地搅乱她的心神，让她尝尽酸甜苦楚。

"真的没有生气？"他紧抿的薄唇掀动，盯着她问。

"没有。"岑雾轻轻摇头，甚至还朝他弯了下唇角，尽管几乎看不分明，"所以你不需要保证什么。"

她说："我口渴，去喝水。"

不敢再多看他一秒，她抬脚往厨房方向走。

梁西沉没有拦。

他喉间干涩难忍，而掌心里还留有她的余温，手插入裤袋习惯性地想摸一根烟出来。几乎听不见的一声被他敏锐地捕捉，他立即大步转身，一眼就看到了岑雾微蹙的眉心。

"怎么了？"梁西沉一个箭步走到她身旁，迅速将她打量。

才消散的他的气息卷土重来，低沉的声音携着关切，岑雾想避避不开，鼻尖当即没出息地一酸。

刚刚她失神地倒水，水溢了出来，她手忙脚乱想擦掉，不想膝盖撞上吧台。

她觉得今晚糟糕透了。

她想说没事，却猝不及防地，她整个人被他一下打横抱起。

冷硬的侧脸轮廓因此立即撞入视线，包括紧绷的下颌线和几乎抿成一条直线的薄唇。

岑雾呼吸停滞，一声受到惊吓的"啊"被堵在了嗓子眼，直到被他小心放下。

他俯身，像是拥着她。

心跳乱了节奏，岑雾本能地要往后缩，却忘了身后是沙发靠背，她退无可退，随即想不管不顾地站起来回房。

下一秒，男人在她面前单膝跪地，被黑裤包裹其中的膝盖就这么落在了地毯上。

岑雾的心，狠狠地重重地跳了下。

"撞到膝盖了？"梁西沉掀起眼皮，声音紧绷。

岑雾的手落在了沙发上，不知什么时候指尖已将沙发攥出褶皱，呼吸更是紊乱。

她像是突然失声，发不出声音。直到梁西沉蹙了下眉，手指就要将她的睡袍拨到一旁查看。

"没……没事。"第一次，她在梁西沉面前再也维持不住平静，磕磕绊绊地，勉强挤出发紧的声音。

她条件反射地伸手想按住睡袍阻止他，却意外地覆上了他的手背。属于他的体温瞬间渗透手心，一路入侵直击她的心脏。

大脑有一秒的空白，岑雾猛地收回手藏到背后。

梁西沉喉结滚动："我看看。"

他垂下眼，动作有意放轻却也强势地拨开了她的睡袍一些，只露出膝盖部分。

她的肌肤冷白细腻，灯光下更是白得晃眼。偏偏，一块乌青在她膝盖上，看着有些瘆人。

他眉头蹙得更紧了。

岑雾有种莫名的难堪，心乱得厉害，她只想将它遮住。

"怎么回事？"梁西沉声音很哑。

岑雾指尖猛地蜷缩了下。

梁西沉眸色更暗了："去医院？"

"不用。"岑雾到底还是挤出了声音，避着他的眼神，声音几不可闻，"跳舞不小心碰到的而已。"

舞者有伤痛是再正常不过的事，就和呼吸、喝水一样平常，这种淤青不过是小事。

她唇动了动，想说没事，膝盖却在此时被人很轻地按揉。

岑雾身体骤然紧绷到极致。

视线里，梁西沉依然是单膝跪地的姿势，微垂首，看不真切的目光落在她的膝盖上，大掌动作轻柔也小心翼翼，竟让她生出了一种被他温柔珍视的错觉。

偏偏他又在此时抬眸，深暗目光牢牢将她锁住，仿佛眼中只有她。

"疼不疼？"梁西沉顿了秒，薄唇间滚出的声音异常低哑，"经常这样，跳舞……是不是很辛苦？"

他话音落下的瞬间，一股酸热忽然就冲向了岑雾的眼眶。

从没人问过她疼不疼。

在她难过地想要躲回自己世界里的时候，偏偏要这样关心她，给她一点甜，让她的一颗心起起伏伏。

胸口闷得再也忍不住，岑雾猛地起身避开他的接触，扔下一句"不疼，我要睡了"，头也不回地跑进了卧室。

"砰！"

很轻微的一声，门从里面被关上。

梁西沉已经站了起来，手还保持着想拉住她的动作，僵了几秒，最后垂落回身侧。

天花板上的灯将光线倾泻而下，把他的影子拉得很长。

岑雾趴在床上。

她脑子里，领证那天和今日看到他后的画面不受控制地反复浮涌，开心和酸涩交织，让她无法入眠。

卧室里没有开灯，手机微弱的光隐约照出她微红的眼尾。

她打开微信，点开和思源的对话框，输入删除反反复复，却始终说不出口。

手机在这时响动，舒影发来了消息：今天梁西沉联系不上你，有打电话问我你在哪儿。他让你不开心了吗？

岑雾只觉眼前忽然就变得模糊了。

她咬着唇，很用力，想借着这股力道试图压下那些重新涌上来的情绪。

但没用。

舒影久等不到她的回复，越发坚定了心中猜测。

接到梁西沉的电话时，舒影是惊讶的，想到这半个月雾雾没日没夜跳舞的模样，隐约察觉到了什么，但她和梁西沉根本不熟，没有立场问。

当时，她有想过要不要告诉雾雾一声，再问问雾雾是不是发生了什么事。

后来她没有，是想着或许应该让雾雾自己去摸索这段婚姻要怎么往下走，摸索怎么和梁西沉相处沟通。

然而她又很担心，因为想到了这段时间雾雾的状态，想到雾雾一贯以来什么都会掩藏得很好，只会把心事藏在心底。

现在看来，果不其然。

她叹息，犹豫了片刻，到底没把那晚她的感觉说出来——

梁西沉，或许对雾雾是不一样的。

雾雾喝醉那晚，她不经意间捕捉到了梁西沉看向雾雾的眼神。

有时男人藏得再好，眼神是骗不了人的。

所以，那晚她才会放心地把雾雾交给他照顾，也是想给他们机会。

而此刻，她最后选择不说也是考虑了很多——

雾雾自幼被父母抛弃，只生不养，那样的生长环境，导致她心思敏感细腻，骨子里，是对感情极度缺乏安全感的。

就算自己现在告诉她梁西沉应该是喜欢她的，她也不会相信。

除非，梁西沉在一点一滴中让她打开心扉并让她感受到，更给她绝对的不会被抛弃的爱。

最后，舒影只是说：雾雾，在婚姻里，夫妻双方学会沟通很重要。婚姻没那么简单但也不会很难。你认识他多年，他是你选择的人，你可以试着让他知道你在想什么，也试着去知道他在想什么。

岑雾将这段话反复地看了很多遍。

最后，她扔了手机，下巴搁在膝盖上的刹那，脑中开始重复梁西沉给她按揉的画面。

她索性重新躺下闭上眼，然而还是无论怎么都甩不掉那个画面。

良久，岑雾掀开被子下床，光着脚没什么声音地走在地板上，手搭上门把的时候犹豫了两秒，最终转动开了门。

再熟悉不过的身影在下一秒映入视线，他就半倚在墙边，和她四目相对。

"岑雾。"梁西沉低声唤她名字。

深夜中，他眸光深邃，声音分外沙哑："我睡不着。"

岑雾的心像是被刺了下。

梁西沉站到了她面前，再开腔的嗓音在这暗色中说不出的紧绷："我想看会儿电影，可以吗？"

岑雾忍住了没后退。

"嗯。"她努力平静地和他对视，轻声说完后想回房，手腕却被他抓住，她身体微僵，呼吸停滞。

掌心下肌肤细腻柔嫩，梁西沉没敢用力，只小心地握着，视线始终落在她脸上，撒谎道："不会用投影仪，能帮我吗？"

心底有声音要她拒绝，可不知怎么回事，她怎么也说不出来，好不容易张嘴，说的却是："好。"

她准备转身时，手腕上的力道一下子加重。

"岑雾。"

很沉的两字，听得她心尖直发颤。

"我拿手机。"她垂下眸，解释。

梁西沉没动。两秒后，他松手，薄唇抿得很紧。

家里只有沙发旁的那盏落地灯亮着，光线昏暗。

岑雾能清楚感觉到身后人落在她身上的视线，一秒都不曾移开。她心口溢出一种别样的酸涩，即便慢慢深呼吸好像也不能压下。

"想看什么电影？"她拿过手机，假装低头专心挑选，有意想要避开他的目光。

梁西沉随手一指："这部。"

岑雾指尖微顿。

——《花样年华》。

她很喜欢的一部电影。

她没说话，沉默地连接到投影仪上播放，过程中仍然没有和他对视，怕自己会没用地深陷进他的眼神里。

"好了。"她说着要走。

手腕却再被握住，强势但好像也不失温柔的力道，属于他的体温将她的肌肤熨烫。

"一起看吗？"他下颌线紧绷，喉结隐晦地上下滚动，低声说，"我想和你一起。"

在这样安静的深夜，字字滚烫了岑雾的心弦。

她攥紧指尖，大脑有两秒的空白。最后，她任由他拉着在沙发上坐下，他不失细心地将毛毯裹上她的身体。

岑雾僵硬地没有动。

抬眸，她撞入他的深眸里，万分清晰地在他眼中看到了自己，明明周围那么暗。

梁西沉仍握着她的手腕："手机给我，可以吗？"

岑雾沉默地把手机递给他。

梁西沉接过，当着她的面，长指飞快地将一个隐秘的程序安装到她手机上，并帮她设置指纹和密码。

手机交还到她手上，他一字一顿："只要你打开这个定位软件，无论什么时候都能知道我在哪儿。"

岑雾瞳孔重重一缩，始终有意避开他视线的眼睛终于再也忍不住，看向了他。

他就在她身侧，很近的距离，她的听觉世界里，只有他刚刚说的每个字。

屏幕上，电影的经典背景音乐已经开始，暧昧地将男女主角的故事拉开序幕，也将她和他的呼吸交缠在一起。

"为什么？"岑雾听到自己的声音，尾音隐约有颤意。

梁西沉深深凝视了她两秒，大掌蓦地轻柔地将手机和她的手一起包裹住。

"新婚不打招呼离开是我的错。"他将先前没说出口的话告知，"我必须要承认，从小到大，我没有习惯向别人交代我要去哪儿、要去做什么。"

"岑雾。"他牢牢地握住她的手，转而又用双手包裹住，不给她任何挣脱的可能，"我会改，从今往后，为了你。"

他望着她，字字清晰且强势地钻进了岑雾耳中。

岑雾突然觉得眼眶在变热。

那些自以为已经藏起来的情绪又就此被他勾了出来，却神奇地没有让她更加难过，而是一点点地暖着她。

梁西沉分明感觉到了她指尖的微颤。

他松开手，从裤袋里拿出刚到手的对戒，随即起身，没有丝毫迟疑地在她面前单膝跪地，捉过她的手。

"岑雾，"他指腹摩挲她的肌肤，从喉间深处溢出的声音极哑，"给我一个认错的机会，也给我一个学着做丈夫的机会。"

他的目光沉而灼灼，姿势虔诚。

岑雾从来没有见过这样的梁西沉。

她的眼睛酸热得厉害，几乎就要控制不住地掉下眼泪，想抽回手，但被他握得极紧，反倒是手机掉到了沙发上。

她稍稍清醒，想到他说的定位软件。

重逢后她不曾问过他在做什么，他也不曾提过。但这些年他在他们几人的小圈子里几乎是没有消息的状态，再加上那晚他的条件反射和那个眼神……

她隐约有了些猜测。

"告诉我这个，你就不怕……"

"我把我的命，交给你。"

心脏蓦地重重地蜷缩了下，岑雾忘了呼吸，怔怔地看向他。

梁西沉微勾了下唇，隐约有笑意，但语气和眼神分外认真。

下一秒，微凉的触感漫上，戒指被他戴入她的指间，而他视线始终紧锁着她的脸。

纵然从前经历过种种险境，但没有哪一次，梁西沉会像此刻一样紧张。

"岑雾……"他低低唤她名字，想看进她的眼睛深处，蛊惑着她，"你帮我戴，嗯？"

他们的视线在忽明忽暗中交缠，谁也没有移开。

"好。"借着电影里的背景声掩去自己话里的颤音，岑雾垂下眸，接过他手中的男戒。

他的手一如当年的修长好看，骨节分明。

第一次，她握住他的手，将戒指缓缓地戴入他指间。

下一秒，她的手被他反手握住裹入掌心。

"谢谢梁太太。"梁西沉声音很低。

或许是光线太暗，或许是电影氛围的影响，他还是单膝跪地的姿势，岑雾竟在他眼中看到了温柔缱绻。

"不看电影吗？"她的心跳不可避免地加速，"我……"

"看。"梁西沉站了起来，自然地在她身旁坐下，单手替她将毯子再掖了掖，嘴角情不自禁微勾出笑意。

他握着她的手始终没有松开，握得岑雾手心莫名发烫，想收回，但他根本不给她机会，只是侧头望着她，低低的声音像就在她耳畔："看电影。"

岑雾咬住唇："……嗯。"

这部电影岑雾其实已经看过好几遍，但因为喜欢，每次她都会看得认真专心，每次都会有不一样的感受。

但这次显然不能。

从开始到结束，她的眼里是电影，可脑子里、心里都有且只有身旁的梁西沉。

而她不知道，梁西沉更是。

两人皆是各怀心思。

后来电影结束，她隐约听到了梁西沉问她要不要继续看，她胡乱地"嗯"了声说"好"。

她仍有些恍惚，像在梦里，直到肩膀上有重量压下来。

好几秒过后，她回神，小心翼翼地转过头，率先映入眼帘的是梁西沉高挺的鼻子和薄薄的唇，随即是眼下淡淡的乌青。

他的呼吸平稳绵长，像是睡着了。

岑雾一动不敢动。

"梁西沉？"半晌，她轻声叫他。

昏暗光线洒落，衬得他的五官越发深邃，少了白日里的冷厉。

岑雾屏着呼吸看了许久，重新看向屏幕想看电影，偏偏脑子里仍然只有他。

一幕幕清晰浮现的，是今晚再见后的种种，尤其是在这沙发上发生的。

他的每句话、每个字、每个眼神……都被她忍不住拆开来反复地想，想到最后，心被搅得很乱。

而她不能不承认，今晚一下爆发的委屈和难过，好像已被他用话语和行动抚平了很多。

就像高中时期只需他一句话或一个眼神，就能让她的难过雨过天晴。

岑雾眨了下眼睛，有点痒，她想伸手揉一揉，然而手刚要动就被牢牢地握住。

她怔住，低头，才后知后觉地发现自己的手还在梁西沉掌中。

明明他已经睡着，偏偏她只是稍稍动一动就会被他握得更紧。就像……即便是沉睡中也已成了深入骨髓的本能反应一样。

岑雾的心，突然间跳得极快。

她盯着被他握住的手，脑子里又是方才的种种，好像有声音在问她——

他……什么意思？

会是她曾经不敢想的吗？

她越想，心跳就越快。

她忍不住再看向他，另一只没被握住的手更是情不自禁地抬了起来，直到，离他的脸只剩一张薄纸的距离。

但她到底还是忍住了没碰他，许久后小心翼翼地将自己身上的毯子也盖到了他身上。

不知过了多久，梁西沉掀眸，伸手轻碰上她的脑袋，让她靠在自己肩膀上，手滑落搂上她腰，最后将她抱在了怀中。

就着暗光，他看了她许久。

"晚安。"薄唇吻上她额头，他哑声说。

翌日。

大概是昨晚情绪起伏得厉害，又熬夜看了电影，岑雾醒来时脑袋蒙蒙的，恍惚又昏沉。

她闭着眼，下意识地想摸手机看时间。

但没摸到。

她想往下继续时，有声音从头顶上方落下——

"别摸了。"

极喑哑低沉的一句。

岑雾突然睁眼，下一秒，她发现自己正被梁西沉搂在怀中。

确切地说，是她和他窝在沙发里，严丝合缝地相拥。

她呼吸骤停，猛地收回几秒前还在四处乱摸的手，想也不想地就要爬起来。

却不知是身体没什么力气，还是人被禁锢的原因，连一个眨眼的时间也没有，她直接跌回到梁西沉身上。

她的耳根红了个彻底。

好几秒，她才磕磕绊绊地挤出几乎听不见的轻细声音："我……"

一声"啊"没来得及出口就被堵在了嗓子眼。

眼前骤然黑了那么两秒，梁西沉原本平躺的姿势换成侧躺，此刻变成了和她面对面，依然搂着她。

岑雾一动不敢动。

一只手枕在她脖子下，梁西沉低眸，落在她难得一见的染了红晕的脸蛋上，眼底掠过笑意。

"再睡会儿？"他放低了声音，是有意地哄着她。

可岑雾太紧张了，压根没有听出来，甚至连他薄唇若有似无地擦过她发丝也没有察觉。

鼻尖上全是他身上轻淡的气息，刺激着她紧绷的神经，而她的手心潮湿，全是汗。

她不知道要怎么办："梁西沉……"

娇娇的、软软的一声，带着些不自知的妩媚。

梁西沉喉结蓦地上下滑动，紧绷的单音节在喉间滚了两遍才溢出："嗯？"

尾音上扬，说不出的性感。

岑雾的心跳几乎就要蹦出胸膛，战栗从背脊升起。她能感觉到，自己的唇息极烫，胡乱扯出的一句话低不可闻："几点了？"

梁西沉摸到手机，睨了眼，重新握住她的手："七点半，还早。"

岑雾低低"嗯"了声，迟钝了好几秒才反应过来："我要去机场了。"

她要从他怀中起来，一动，柔软发丝拂过梁西沉裸露在外的皮肤上。

"有事？"梁西沉眸色微暗，手揽上她的腰，怕她再跌倒。

眼前人仍是躺着的姿势，深眸注视着她，上身的衣服被她攥得稍显凌乱，诡异地透着一种被她强迫的暧昧，岑雾觉得脸上的热意又明显了两分。

"工作，要去平城。"她将视线移开，心虚地胡乱拨弄着头发好遮住脸。

梁西沉跟着起身，长指将她几缕发丝别到耳后。见她耳垂染了层粉晕，他薄唇微勾，用指腹捏了捏："我送你。"

"嗯。"岑雾完全是避开了他的视线，心慌意乱地应了声后，同手同脚地爬下了沙发小跑回卧室。

空气里好像有一声愉悦的低笑。

是错觉吧？

十分钟后。

岑雾换好衣服拿过包包走出卧室，梁西沉已经在等她，寸头微湿，像是冲过澡后只随便地擦了擦。

他换了身衣服，然而她看一眼，想到的仍是先前在沙发上时被她弄乱衣服的画面。

岑雾稍稍别过脸。

"走吧。"

她抬脚，走过他身旁时，不经意地，她的手碰到了他的手背，想装作自然地挪开，却被他抓住。

手指被一根根地分开，继而是他温热的大掌将她握住。

岑雾心跳一抖，到底还是鼓起了勇气，故作镇定地抬头去看他，一下子，撞入他深不见底的黑眸里。

梁西沉捏了捏她的手指，声音有些刻意地压低，不疾不徐地蛊惑道："不能牵吗？"

不同于昨晚她的情绪状态都不对的情况下，他强势地裹住她的手，这会儿，两人都是清醒的。

外面的亮光透过落地窗洒落进来，好像能让一切都无所遁形。

岑雾的心跳得很快。

指腹摩挲她手背肌肤，梁西沉索性俯身，视线和她平视："可以吗？"

唇息炙热，见缝插针地侵入岑雾的毛细孔中。

她别过脸往后退了半步，按捺着越来越快的心跳，小声说："要来不及了。"

梁西沉笑："好。"

两人的手亲昵地握着，男戒明晃晃地映入眼帘。

岑雾看着，低着头情不自禁地扬了下唇。

从家里到停车场，她被他牵了一路，等上了车不得不放开时，她的手心毫不意外地沁满了细汗。

"717090。"安全带系上的同一时间，黑色的手机递到了她面前。

岑雾不解。

"手机密码,"梁西沉递给她,眸色极深,"梁太太,我还没有你的微信。"

只对视一眼,看得岑雾心尖不受控地悸动了下。

车子启动,她低下头,输入密码解锁。他的手机桌面极为简单,除了最基础的通话短信功能,就只有微信一个软件。

她有些紧张地点开微信,点开右上角添加朋友,对准自己的二维码扫了下。

他的昵称就是简单的名字首字母——Lxc,头像是幽深晚空,空中有几颗璀璨的星星,岑雾莫名觉得有点眼熟。

"好了。"她要递还给他。

梁西沉偏头:"麻烦梁太太给我备注一下,行吗?"

然而脑中明明还在想着他究竟是要让她给他备注,还是在他微信里给她自己备注,但她的手指已是快一步地点上了他的手机。

她余光偷偷地飞快瞥了他一眼,男人正目视着前方注意来往车辆,她只能看到他冷硬完美的侧脸轮廓。

"好了。"不想他分神,她直接把手机放到了中控台上。

到了机场,岑雾低头解安全带拿口罩:"我下车了,舒影姐在等我。"

车门却被落了锁。

"岑雾。"

岑雾一时没反应过来,茫然地转头。

车内光影偏暗,男人漆黑的眸直勾勾地盯着她,那里面似乎有隐隐的笑意。

"我等你回家。"

低低的一声,让岑雾的心跳差点停了。

逼仄的车里,视线不可避免地胶着,她说不出话。

"家"这个字,对她而言太过陌生,但此刻由他嘴里说出,好像缠着暖意,熨帖着她的心。

心跳又在瞬间快得无以复加,她没了反应,只是望着他。

男人性感的喉结轻滚,尾音缠着笑意:"再这么看着我,"他顿了一秒,声音低沉,隐约缱绻,"我会想亲你。"

岑雾三年前为一款网游推广,今年网游公司再次诚意邀请合作,今天她和舒影前往平城就是为了这件事。

再回到澜城是晚上十点。

一走出机舱,开了机的手机响动,梁西沉十分钟前发来一条短信:出来就能看到我。

岑雾嘴角一下就扬了起来。

天色已经很暗。

廊桥两边的玻璃被擦得干净,光线明亮,玻璃上映着岑雾的身影,也能看清她眼中分明的甜蜜笑意。

舒影瞧见,失笑:"看起来和好了?"

其实今早在停车场她就发现了，但那时两人还有工作要讨论，她就没多问。

岑雾对感情到底是内敛羞涩的，她没好意思多说。

"看来你老公还可以。要知道，夫妻间吵架最好不要过夜。"舒影拍拍她，"行了，快去吧，早点回家。"

岑雾的一颗心早就飞了出去，她抬脚想走，又停下。

"舒影姐。"

"嗯？"

岑雾口罩下的脸带着笑意，声音里也是："昨晚和今早，他给了我勇气，让我觉得，或许……我可以勇敢一点。"

"你开心最重要。"舒影点头，笑，"行了行了，快走吧，拜拜。"

"拜拜。"岑雾眉眼间漾出袅袅笑意，她转身，起先只是加快了点速度，后来不自觉地就跑了起来。

满心想要早点见到他，哪怕只是一秒。

等快到达时，她又停下站在原地，双手捂住脸让热意退去，缓缓地深吸了好几口气后，才迈着正常的步子走出去。

她一眼就看到了梁西沉。

他的脸极具攻击性，清爽的寸头也很惹眼。

看到她的第一眼，他就迈开长腿朝她而来，只几秒就站到了她面前，极其自然地牵过了她的手。

梁西沉低头："回家？"

周五的深夜，澜城机场依然灯火通明，人来人往，周围话语声不断，但他的声音准确无误地落入她耳中。

目光交缠，岑雾一颗心滚烫，唇角一点点地扬了起来，轻轻点头："嗯。"

回家，回她和他的家。

或许是错觉，或许是夜间高架上没什么车所以畅通无阻，岑雾莫名觉得回到家的时间被大大缩短了，车速好像也有些快。

路两旁的路灯光晕昏黄，她假装看向窗外，眼角的余光却忍不住几次三番通过后视镜偷偷地看梁西沉。

好在口罩没有摘下，否则她唇角上扬的频率实在是太过可疑。

回到家，她换鞋。

身后的梁西沉却没有动，只是将门禁卡和车钥匙不轻不重地搁在玄关上，而后目光像是落在了她身上。

明明没什么特别深意，也没说话，但就是让她没出息地没敢看他。她只轻声说了句："我去洗澡。"

她摘下口罩就往卧室走，但分明能感觉到，他也抬起了脚，跟在了她身后，慢悠悠地保持着一步的距离。

岑雾的心当即提了起来，就在以为他要跟进卧室时，他转身往客卧方向走了。

她轻舒了口气。

但好像也说不清究竟是不紧张了，还是隐隐有点失落。

洗澡时她有点心不在焉，以至于吹完头发走出浴室，冷不丁听到从卧室门口传来的声音时直接被吓了一跳。

"今晚还看电影吗？"

岑雾下意识地抬眸，就见梁西沉也是洗了澡的样子，单手插在裤袋里。

他倚着门的姿势懒散，偏偏望过来的眼神幽深晦暗，浸着侵略性，牢牢地将她锁住。

不知怎的，岑雾突然就想到了今天在停车场，他让她下车前说的那句话。

只是看电影吗？

好像有声音在心底意味深长地提醒她。

胡思乱想间，有阴影突然落下，下一秒，男人身上和她同款的沐浴露清香萦上了鼻尖。

梁西沉见她不说话，抬手捏了捏她的脸，微微俯身和她平视："梁太太，怎么不说话？"

岑雾哪里想到他竟然会捏她的脸，一时间僵在原地怎么也说不出话。

被他捏过的地方瞬间没出息地开始发烫。

她张张嘴，好一会儿才勉强挤出没有失态的声音，话却是没过大脑："没，我在想……看什么电影。"

话落，就见男人薄唇漾出了点似笑非笑的弧度，性感，又有种邪气的错觉。

让她的心脏根本无法正常跳动。

"什么电影都可以。"梁西沉嗓音低低懒懒，像在蛊惑人心。

岑雾舒缓着呼吸，想绕过他先走，却又被他握住了手，牵着她往客厅走去。

她低头，觉得耳根好像又热了点儿。

到了客厅，她把手机递给了梁西沉："你选吧，我去喝水。"

跑到吧台那儿，她喝了一杯温水，才勉强浸润喉咙觉得舒服点。

等回到客厅，梁西沉已经挑好了电影。

视线下意识地往屏幕上看去，她微顿，连呼吸也停滞了。

——《初恋这件小事》。

她没想到他竟然挑了这部电影。

这部电影 2012 年在国内上映，恰好是高考期间。高考结束后她第一时间离开北城回到了南溪镇，后来关了手机出门旅行时，在一座陌生的城市，她无意间看到这部电影的宣传海报，鬼使神差地走进了电影院，独自一人看了这部电影。

她还记得，当时周围大多数人是情侣一起来看，再不济也有朋友陪着，只有她是一个人。

她好像在电影里小水的身上看到了自己。

可到底是不一样的。

小水在多年后暗恋成真，有一个就算迟到多年也很好的结局。

她没有。

她和梁西沉没有开始也没有结局。

那场暗恋，自始至终都是她一个人的独角戏。她把他当成光努力去追逐，可她对他而言什么也不是。

那场电影结束时，她有听到啜泣声，是身旁不知何时坐下的一个女生哭得不能自已，颤抖的手摸出手机拨了个电话，却是什么话也说不出来。

她递了张纸巾给那个女生。

走出电影院，她才发现自己的眼睛好像也红了。

后来这部电影她再没有看过。

只是在和他重逢的除夕前夜出现在了她的视线里，让她恍了神，心中不受控制地起了点波澜。

现在也是。

只不过此刻岑雾掩饰得很好。她佯装镇定地在他身旁坐下，只是背脊绷得有些僵。

他身上的气息若有似无地飘来，而他侧眸落在她身上的目光也越发幽暗。

岑雾是硬着头皮和他对视的。

客厅里的灯已经关了，只有屏幕上露出昏暗光线。

他的眸色深邃难辨，看得她心尖直颤。

"怎么了？"

却见他忽地倾身。

而后……

他的指腹轻碾过她唇角。

岑雾身体陡然僵住。

梁西沉低眸，眼底隐隐有笑意，声音暗哑："有水。"

说完，他左手抬起，极其自然地搭在了她身后的沙发靠背上。

原本两人之间的那点距离瞬间消失，像极了他拥着她。

岑雾落在一旁的左手蓦地攥紧了身下的沙发，不自知地攥出褶皱。

哪怕今早醒来时其实比此刻亲密多了。

但她仍紧张。

偏偏，他漫不经心地落下了一句，唇息滚烫地洒落在她肌肤上，轻易掀起阵阵战栗："专心看电影。"

她根本专心不了好不好。

直到她的右手被温热掌心包裹，下一秒，他的长指从她的指缝间穿过，十指贴合相扣。

岑雾的身体瞬间没出息地紧绷，属于他的气息更是悄无声息地将她淹没。

她不敢看他，偏偏他的指腹若有似无地摩挲她的手背肌肤，让她的一颗心战栗不已。

心就要蹦出来，她用尽了所有本事才没有让自己落荒而逃，而是转过头看向他的眼睛。

"岑雾。"她听到他低声叫她名字，沉哑中似携着缱绻，像极了在停车场说想亲她的时候。

梁西沉眸光专注地盯着她，低哑得厉害的嗓音一字一顿："电影看完了。"

光线忽明忽暗，说不清道不明的暧昧悄然滋生，未知汹涌暗藏。

岑雾心跳已然停止。

倏地，她看到他喉结滚了滚，克制又分明蛊惑。

岑雾呼吸不自知地渐沉，她只觉那股口干舌燥的感觉又来了。

胸膛微微起伏着，她像是真的被他所蛊惑勾引，大脑一片空白，唯有一个念头蠢蠢欲动，在又一次看到他喉结滑动的时候——

岑雾抬手，微颤的指尖……摸了上去。

屏幕暗了。

客厅里最后一丝昏暗的光线消失，唯有外面城市的璀璨灯火透过落地窗隐约洒落进来些许。

呼吸声被无限放大，一声声暧昧交缠，温度悄然升高。

别样的颤意顺着指尖直抵心脏，似要深入灵魂最深处。

胸膛起伏逐渐不受控制，岑雾眼睫扑闪，抬眸。

喉结，下颌，耳郭，薄唇，挺鼻……

最后，岑雾在暗色中撞入那双深不见底的黑眸里。

眼神黏缠，谁也没有移开视线。

极近的距离，他身上轻淡的沐浴露味道似在空气中发酵，悄无声息地变成暧昧的情愫。

岑雾恍惚觉得好渴，她咽了咽喉咙，无意识地用舌尖轻舔了舔明明水润偏偏格外诡异干燥的唇。

蓦地，指尖下的喉结又上下滚动了下。

岑雾手抖了下就要收回。

手，却被他抓住。

"什么感觉？"梁西沉掀起唇，徐徐蛊惑。

岑雾手发麻，心也是。

视线里是他性感的薄唇一张一合，她渴得更厉害了，大脑跟着变得空白，以至于没有思考地就被哄骗出了最真实的感受。

"硬的。"

梁西沉盯着她，眼底暗色如墨，用指腹摩挲她的肌肤。他低头，寸寸逼近，额头抵上她的。

"岑雾。"

岑雾的心跳彻底乱了，好不容易，她挤出紧绷的单音节："嗯。"

他的喉头不觉地再滚动，他捉着她的手，低低地笑了声，哄着她："挺舒服的，再摸一次。"

瞬间，岑雾脸上热意翻涌，她失声，根本说不出话，目光没有办法地落在近在咫尺的他的薄唇上。

"嗯？"

偏偏，她被他蛊惑得再失了神，被他捉着的手指颤了下，如他所愿地轻轻地又摸了下。

一声若有似无的闷哼散入空气，钻入她耳中，最后重重地落上了她心弦。

岑雾脸蛋烧得厉害，呼吸一下变重，想别过脸避开他灼热的视线，后颈一下被两根手指扣住。

暗色中，她的脸红得彻底，指腹拂过她后颈肌肤，梁西沉的薄唇愉悦勾起："躲什么？"

每说一个字，薄唇都好像要落下来，擦过她肌肤一样。

空气中暧昧弥漫。

"岑雾，看着我。"暗哑撩人的耳语落下。

岑雾乖巧地仰起一点脸，唇，却碰到了他的下巴。

瞬间，像电流窜过，她身体冷不丁地一个激灵。

按着她后颈的长指却在下一秒来到了她脸上，侧脸被他单手扣住再抬起。

岑雾眼睁睁地看着他一点点靠近，直到两人的唇几乎只剩一张薄纸的距离。

"嗡嗡嗡——"

手机铃声响动，在安静到只有呼吸声的客厅里，无比清晰。

岑雾陡然惊醒，急急偏过头，没什么力气地想躲开，却偏偏摔到了他怀里。

她手忙脚乱地要挣脱，腰倏地被禁锢。

"电……电话……"她磕磕绊绊，声音显而易见地有些颤。

梁西沉睨了眼。

屏幕上，"明深"两字分外惹眼。

扣着她纤腰的手无意识地用力，手落下就要把手机扔得远远的，他的声音沉而紧绷："不管。"

岑雾哪里听得出来？

惊醒后意识到刚刚自己做了什么，她害羞得不行，心跳狂乱，根本不敢再看眼前人，也不知怎么面对。

"电话……"她呼吸不稳，手胡乱摸手机摸到他手上。

余光不经意瞥见是明深来电，想到明深从没在这个点找过她，怕他有急事，她脱口而出："你松手呀，让我接电话。梁西沉……"

梁西沉一张俊脸没什么表情。

感觉到身上的力量松了，岑雾走出几步，低着头，散着的长发稍显凌乱地遮住脸。

梁西沉薄唇紧抿成线，眸色暗得几乎要与黑暗融为一体。

茶几上有她先前带过来的杯子，他拿过，仰头喝下。

早已凉透的水难以浸润喉咙。

喝完，他一瞬不瞬地盯着那道纤瘦身影。

岑雾感觉到了。

那目光如有实质，轻易地搅乱她的心神，以至于电话结束她也没怎么听清楚明深说了什么，更不敢转身。

"不过来？"目光将她脸蛋紧锁，梁西沉出声，"怕我吃了你？"

岑雾到底还是鼓起勇气转过了身，只不过眼神有点飘忽。

她慢吞吞地走过去，像个犯错的小孩，张了几次嘴，差点紧张地咬到舌头："梁西沉，我困了，想睡了……"

她说着要逃回卧室。

"我睡哪儿？"冷不丁的一句，低哑中好似透着不易察觉的引诱。

岑雾脚步猛地停住，想也没想的："客……"

"那是周思源的房间。"不紧不慢地，梁西沉将她打断。

客厅里依然没有开灯。

但跟她对视的那双眼睛，存在感极强，浸着十足的侵略和强势意味。

岑雾的心跳得极快，手指几乎要把手机捏断，好一会儿，才结结巴巴地挤出几乎听不见的声音："那……"

"你去睡吧，我睡沙发。"梁西沉勾了下唇，语气淡淡，目光始终落在她脸上。

岑雾咬了咬唇。

视线里，他已经拿过毛毯在沙发上躺下，两条笔直的长腿根本舒展不开来。

岑雾十指都要被自己拧成麻花了。

"梁西沉……"

"嗯？"

黑暗中，岑雾的脸是唯一的亮色。

"睡我房间吧……"

主卧只亮了一盏床头灯，昏暗的光线虚虚地笼罩着在床上翻来覆去的岑雾的身影。

半小时前。

她说出那句话后脸烫得厉害，心跳也是，扔下一句她先回房就想跑。

不想原本躺在沙发上的男人一下坐了起来，抓住她的手起身，低下头，指腹也不知是有意还是无意地捏了捏她的耳垂。

低哑的声线里似乎隐约缠着笑意："好，听你的。"

然后他就去洗澡了。

而她自己，到现在脸始终在散发热意，不用照镜子也知道此刻究竟有多红。

耳垂上，他的体温仿佛还滞留着。

岑雾又翻了个身，努力地想要平复过速的心跳。

突然，有脚步声响起。

岑雾想也没想地猛地闭上了眼装睡，僵着的身子一动不敢动。

视觉缺失，听觉被无限放大，变得灵敏异常。

她听到他推门走了进来。

梁西沉走到了床边，就着昏黄的光线一下看到了她还在发颤的眼睫毛，呼吸声隐隐微重。

他嘴角微勾，关了灯，掀开被子上床，随即极其自然地将睡在床沿边的人连人带被捞进怀中。

岑雾毫无准备地滚进他怀里，还是面对面拥抱的姿势，她僵住，呼吸也跟着停滞。

下一秒，他的下巴抵上了她的头顶。

两人身躯几乎严丝合缝，极尽亲昵缠绵。

岑雾手指无意识地攥住了他的衣服。

"吵醒你了？"头顶落下他的声音，在这深夜中竟无端多了缱绻柔情的意味。

岑雾耳根极热。

鼻息间是他的气息，搅得她脑袋乱糟糟的，一时想也没想地不答反问："怎么洗这么久？"

梁西沉喉结滚了滚，"嗯"了声，搂着她身体的手滑落，覆上她的后背。

若有似无的轻抚，战栗渐生，一下就让岑雾又想到了先前在沙发上的种种。

她没想到他会突然这样，就像也没想到先前他会捏她的脸和耳垂。

偏偏，他丝毫不知道自己的动作会给她带来多大的风浪。

她就在他怀中，和他亲密无间地相拥。

他的气息、动作，他整个人，无一不在影响她的思维，牢牢占据她所有的感官。

在她胡思乱想之际，他的指腹沿着背脊流连往下，毫无预警地碰上她的腰窝。

"……梁西沉！"她低叫出声，呼吸和尾音皆发颤。

梁西沉动作微顿，漫不经心地用下巴摩挲她的发丝，语调懒慢："嗯？"

他还在动作，慢条斯理，有意无意。

岑雾胸膛止不住地起伏，呼吸亦跟着变沉变重："别……"

梁西沉眸色悄然暗了好几度，仍明知故问："别什么？"

岑雾脑中的弦倏地就断了。

"梁西沉……"她猛地抓住了他的手试图阻止，不料却被他反手捉住。

"睡不着吗？"她听到他好像又低哑了很多的声音。

思维凝固，她一时没反应过来。

直到脸蛋再度被他单手扣住抬起。

下一秒，温热的唇强势地覆了上来。

　老婆，你抱抱我

　　翌日。

　　岑雾在玄关换鞋，她低着头，乌浓长发散落，遮掩她的脸。

　　身旁，男人早已换好了鞋，此刻颇有些懒慢地倚着墙壁在等她，灼灼的视线毫无阻碍地落下来，存在感极强。

　　岑雾佯装镇定地看他一眼，从包中拿出口罩。

　　"口罩还有吗？"刚戴上，就听见他低沉的声音。

　　岑雾眨了下眼睛，默默拿出另一个递给他。

　　梁西沉没接，只是俯身拉近两人的距离，望着她："梁太太帮我戴？"

　　突然近在咫尺的距离，让岑雾心尖蜷缩了下。她没应声，拿起口罩，在他的视线下硬着头皮帮他戴。

　　像是为了配合她，他的头低得更低了些。

　　岑雾没敢和他对视，甚至极力避免指尖碰上他的皮肤，好不容易戴好，他却没动。

　　她掀眸，极飞快地睨他一眼，小声提醒："好……"

　　话音戛然而止。

　　——口罩被他的长指轻易挑开，下一秒，他的唇覆了上来。

　　"谢礼。"他低笑着轻碾过她唇瓣，似有若无地摩挲。

　　男人说话时的微微振动沿着唇直抵敏感神经，瞬间，昨晚那个吻浮现在她脑海里——

　　其实不算是吻。

　　更像是他极力隐忍着什么而咬了她一下。

　　她清楚记得那份突如其来的刺痛感让她呜咽了声，眼前雾蒙蒙的，想控诉。

　　他似乎哼笑了声，声线喑哑，语调十足十的危险："这样睡得着了吗？"

　　她身体僵着，说不出话，唯有胸膛起伏，想从他怀里离开，又被他捞了回去，牢牢禁锢在怀。

　　"睡觉，明天还有事。"他的下巴重新抵上她脑袋，又捉住她的手十指紧扣。

　　那会儿她的声音黏黏的："什么事？"

　　"谢汶他们要来，忘了？"

她愣了两秒，终于想了起来。

谢汶他们明天要来澜城，这事是她白天休息空隙中看了微信群才知道的。

白天谢汶和他不知怎么联系上了，谢汶把他拉回了他们的小群里，除了她和应该在忙的沈岸，其他人皆是激动得刷屏刷了快上千条。

谢汶说什么也要明天过来见他，其他人也是。

最后讨论的结果是，就聚在她家吃饭。

之后她忙工作忘了这事，直到被他提醒。

忽地，她的手被男人牵住。

"梁太太，走了。"

余光里，他长指一根根地从她指缝间穿过，岑雾回神，唇角情不自禁地就扬了起来。

好像，她和他之间的距离又近了些。

到了超市，岑雾习惯性地要推车，身旁，梁西沉快她一步，一手自然地推着推车，另一只手依然和她十指相扣。

基本上，要买什么都是她说一声，他便拿着放进推车。

大概是如今身份和心态的变化，岑雾觉得和他走在超市里，哪怕什么都不买，就这么慢悠悠地逛，也让她心生无尽欢喜。

是和重逢那晚截然不同的感受。

买完离开是半小时后，坐上车，她还没拉安全带，梁西沉已倾身过来，极其自然地替她系上。

回到家，岑雾摘了口罩先进西厨，一低头，长发散落，凌乱地挡住视线，她转身想回卧室拿发圈。

"要拿什么？"梁西沉就在门口。

岑雾脱口而出："发圈。"

"我去拿。"梁西沉说着转身，迈开长腿走向卧室，很快去而复返。

岑雾本想伸手接过。

不想他直接站到了她身后，动作颇为生疏地把她的头发揽了起来，不经意间，他的手指堪堪擦过她后颈肌肤。

梁西沉分明瞧见，他碰过的地方迅速染上了一层暧昧粉晕，随着头发被揽到手中，一下暴露在视线中。

他勾了勾唇，明知故问："不习惯？"

他就在她身后。

岑雾指尖无意地用力抵上操作台，好让自己不至于站不稳。

偏偏，他低头，稍稍靠近了些，随即长指漫不经心地将一缕发丝别到她耳后，声音很低："怎么不说话？"

岑雾想躲开些，却是动弹不了，甚至想换个话题，然而整个人有如昨晚一般被他蛊惑，说不了谎："嗯……"

下一秒，男人明显用了点儿力捏了捏她的耳垂，惩罚似的。

"那就习惯。"他说。

头发随即被他挽起，动作很笨拙，差点儿弄疼她。

她的面前是玻璃窗。

外面阳光正好，窗户上，隐约倒映着男人的脸，看不见神色，但似乎没那么冷硬，像是被阳光柔和了些许。

他低垂着冷厉眉眼，小心翼翼专注地给她扎头发。

有丝丝缕缕甜蜜无声息地涌出。

在他扎好抬眸前，岑雾假装自然地移开了视线，然而眼角余光里，她仍看到了他眼底浅浅的笑意。

"谢谢。"她说得小声，嗓音是自己都没察觉到的轻快。

梁西沉的眼尾同样浮起了笑意："不客气。"他懒懒地顿了顿，意有所指地提醒，"别忘记谢礼。"

岑雾的公寓第一次这么热闹。

门开的瞬间，门外的谢汶和蒋燃两个大男人红了眼。

沉默地对视几秒后，谢汶一拳用力打上梁西沉的肩膀，颤着声音骂道："梁西沉你……"

剩下的却是怎么也骂不出口。

有时兄弟间无需多说一句话，哪怕分别再久，一个眼神足矣，亦不会生疏。

后来的沈岸和周思源，沈岸虽没有红眼，却也是情绪波动，和梁西沉拥抱时，低哑地说了句："好久不见。"

周思源是女生，情绪到底要细腻外露些，眼眶酸酸的，差点就哭出来。

之后几人天南海北地聊着天，好像一下就回到了高中时代，仿佛这些年谁也没消失过。

依然是蒋燃最话痨，其次是谢汶。

蒋燃嚷嚷着谢汶如今做了律师，整个就是斯文败类，女友一个接一个地换，不知伤了多少好姑娘的心。

被谢汶直接不客气地踹了一脚。

蒋燃想躲梁西沉那儿，梁西沉靠着沙发，眉眼舒展笑得懒懒，没理他。

中午，六人终于一人不少地聚在一起吃饭喝酒。

入座的时候，周思源习惯性地坐在岑雾左手边，梁西沉在她右边坐下，岑雾眼皮紧张得微跳，好在没人觉得不对劲。

蒋燃率先站起来，举着酒杯和梁西沉碰了碰，极其兴奋和开心："来，先敬我们沉哥！今天不醉不归！"

岑雾也跟着举起了酒杯。

她原本是不想喝酒的，但周思源和她说这款果酒味道特别好，不会醉，想着今天是重聚的日子，便也倒了杯。

她抿了一小口，还没咽下，冷不丁听到蒋燃几乎能刺破耳膜的一声："沉哥你结婚了？"

"喀……喀喀！"她直接没出息地呛到。

"雾雾！"周思源连忙抽过张纸巾递给她。

余光里，另一张纸巾由梁西沉递来。

岑雾连连眨眼，心虚地接过周思源的，摇摇头，强装镇定："没事。"

周思源见她的确是没事，眨着八卦的眼睛急急越过她看向梁西沉，不意外地顺着蒋燃手指的方向看到了一枚戒指："呀，梁神你真的结婚啦？"

瞬间，所有人的视线都集中到了梁西沉身上。

除了岑雾。

梁西沉往后靠上椅背，手臂又不动声色地搭到了岑雾的椅背上，一副漫不经心懒洋洋的模样："嗯。"

岑雾感觉到他的动作，一颗心直接紧张得提到了嗓子眼。

诡异的沉默笼罩。

几秒后。

蒋燃瞪大了眼睛，震惊到无以复加，以至于脱口而出的话根本没过脑："那嫂子得多漂亮啊？比雾雾妹妹还漂亮？"

岑雾闻言，僵硬地抬头。

蒋燃看着她，诚实极了："毕竟雾雾妹妹这么漂亮，沉哥当年都说对她没印象！"他扭头，"是吧，汶哥？"

谢汶也是被惊得一时没反应过来，下意识地点头："对，阿沉是这么说的，没印象。"

他顿了下，终于稍稍消化了这个惊天新闻，难得和蒋燃一样八卦："怎么不把嫂子带来？"

搭在岑雾椅背上的手指尖随意地点了点，梁西沉挑眉，拖着腔，声线里缠着笑意："她觉得我见不得人。"

谢汶："……"

其他人："……"

岑雾："……"

岑雾低下头，强装自然地又抿了口果酒，意图平复过快的心跳。

接下来的话题怎么也绕不开梁西沉结婚这事，但无论怎么问，梁西沉再没有多说一个字，弄得蒋燃差点没跪下来求他。

后来菜没怎么吃，他们四个男人酒倒喝了不少，周思源也是。

岑雾最清醒。

喝酒这一段暂时结束，她看谢汶、蒋燃醉得厉害，便让还算清醒的沈岸扶着他们去了客卧休息，自己则陪周思源进了主卧。

梁西沉的微信语音消息就是在这时发来的。

岑雾本想转成文字，却不知怎的，一下手滑直接按了下去。

下一秒，安静卧室里响起他低低的喑哑的声音，仿佛他此刻就在她身旁，温热唇息缠在了她耳畔——

"老婆，我不舒服。"

"啪嗒！"

岑雾手一抖，手机直接掉在了地上。

她慌忙俯身捡手机，捡了三次才勉强捡起来拿稳在掌心。

她做贼心虚似的转头。见周思源闭着眼在睡，憋住呼吸的她才敢轻轻地舒了口气。

手机好烫，她的脸更是。

过了好一会儿，她到底还是站了起来，小心地打开门。瞥见沈岸已经躺在沙发上睡着了，她脚步极轻地走向洗手间。

搭上门把的手发抖得厉害，推开门，男人的手毫无预警地抓住她的手腕，强势又不失温柔地把她拽进洗手间。

腰被搂住，她撞进男性气息浓郁的胸膛里。

"梁……"

男人的重量落了下来，他靠着墙，下巴先是搁在她肩膀，不知是不是不舒服，又动了动，埋入了她颈窝。

薄唇若有似无擦过她的肌肤，炙热唇息喷洒。

"梁西沉……"她的声音不自知地变小，跟小猫似的。

"嗯？"头顶落下的低低嗓音沙哑透了。

岑雾一颗心根本无法正常跳动，呼吸亦不能。

她试图从他怀里起来，不想，揽着她腰肢的手忽地用力地将她压向自己的胸膛。

"梁西沉……"

"嗯。"

他慵懒地应了声，薄唇蹭过她颈侧。

岑雾僵住，呼吸不受控地变得紊乱。

"老婆，你抱抱我。"他的气息无孔不入地入侵她的毛孔时，他又在她耳畔低语，像极了在说缠绵情话。

岑雾身体猛地一个战栗。

刚刚语音里他也这样叫她，但现在，他是真真切切在她耳旁低声叫她老婆。

空气里温度似在悄然沸腾，和他的气息一起要将她点燃。

她手指紧攥着他的衣服，唇瓣几次艰难嗫动。半晌，她终于挤出了声音，磕磕绊绊："你……喝醉了？"

梁西沉没有回应。只有他的薄唇似有若无地擦过她肌肤，烫得她浑身止不住地战栗。

岑雾觉得，她好像快要窒息了。

她用尽了全部的力气仰起脸，想看看他究竟怎么样了。不想，他正一瞬不瞬地盯着她。

那张凛冽的俊脸，此刻偏又透着股难以言喻的慵懒的性感。

岑雾忘了呼吸。

直到下一瞬——

腰肢重新被他揽入怀中，脸被他单手扣住，英俊的脸不打招呼地落下来，一言不发强势吻上她的唇。

岑雾的瞳孔重重一缩。

"梁……"她的声音尽数被他吞噬。

不同于昨晚根本不算吻的触碰，这一刻，他吻得放肆。

不过几秒，她就要因缺氧而窒息。

他却又一个用力，单手将她抱起，一下把她抱上两步外的洗手台，掌心重新扣住她的脸，深深长长地吻。

岑雾根本无法抵挡。

"梁……梁西沉……"她费力挤出细碎的声音。

吻停了下来，但他抵着她额头，薄唇轻啄她眉眼："嗯？"

岑雾胸膛止不住地起伏，手无力地攀着他肩，刚想说什么，他不再强势而是变得细致温柔的吻又覆了上来。

偏偏，在这种时刻她还敏锐地听到有脚步声往这里来，她想也没想地要推开他。

"有……有人……"

"不管。"

他吻得更深了。

"咔嚓！"

是门把被转动的声音。

"砰！"

在两三秒诡异的沉默后，洗手间的门被人从外面猛地用力关上。

隐约有一声不敢置信的脏话飘入耳中。

是蒋燃。

滚烫的热意从被梁西沉吻得嫣红的脸上疯狂涌向四肢百骸，羞得岑雾好想现在找个洞钻进去。

"唔——"

蓦地，唇被咬了下，微微刺痛。

眼前人还在吻她。

不似最开始放肆深入的吻，而是一点一点地咬，给她无法形容的战栗感。

"专心点，乖。"他始终单手捧着她的脸，喉间溢出的低哑嗓音分明透着不动声色的强势和蛊惑。

岑雾呜咽了声，好不容易艰难挤出的声音细碎发颤："梁西沉……"

梁西沉喉结艰倏地滚了滚。他停下，额头轻抵着她的。

岑雾气息不稳："被看见了……"

她潮红的脸蛋微仰，一缕发丝在耳边凌乱纠缠，那双眼睛里像捧了一汪水，委屈和羞赧交织，湿漉漉地望着他。

只一眼，梁西沉眸底再添浓稠暗色。

"有什么关系？"指腹在她脸上摩挲，他轻吻她的眉眼，低而慢地在她耳畔说道，"你是我老婆，吻你天经地义。"

他看着她，眼眸幽邃直白："不要我吻你吗？"

岑雾心尖狠狠一颤。

这人的每一个字、每次吻，都让她的心脏根本无法正常跳动。

她避无可避。

下一秒，就见男人薄唇勾勒出浅弧，性感得有种痞坏的错觉，暗哑的嗓音里缠着薄薄笑意："可我想吻你。"

几次心理建设后，岑雾终于走出了洗手间。

一走进客厅，就见梁西沉颇有些懒散地靠着沙发，手肘抵着扶手，在听到她的脚步声时朝她看来。

蒋燃和谢汶的视线紧随其后。

周思源酒还没醒，刚被沈岸叫起来，见到她，不满的起床气消失，扔了抱枕朝她伸手撒娇："宝贝儿。"

岑雾有意地不看梁西沉，避着他的视线往周思源身边坐下。

周思源抱住她，脑袋在她颈窝里蹭了蹭，捉着她的手，又仰起脸，下一秒眼睛都瞪直了："宝贝儿，你眼睛怎么红了，谁欺负你啦？"

周思源当即凶巴巴地瞪沈岸："是不是你？！"

"不是。"沈岸无奈地吐出两字。

蒋燃顺着周思源的话猛地一打量，确实见岑雾的眼睛有点红，忍了有一会儿的震惊爆发，想也没想踹了梁西沉一脚。

"沉哥！"他单手叉腰，酒没醒脑袋晕晕的，说话有点大舌头，"你……你都结婚了，怎么能……"

他一脸怒气冲冲的模样，好不容易才挤出剩下的话："再怎么浑蛋也不能欺负雾雾妹妹！"

梁西沉掀眸，嗓音凉淡："你叫她什么？"

蒋燃一点也没听出话里的危险。

见梁西沉执迷不悔，他痛心疾首，转而看向受尽委屈的岑雾，想了好一会儿，才结结巴巴地安慰："雾雾妹妹，别怕啊，我和汶哥都会给你做主的。"

"沉哥虽然长了张好皮囊，但我知道你肯定不会被他的外表欺骗，"他把责任都推到了梁西沉身上，"一定是他太浑蛋！"

就他看到的那两秒画面，分明是梁西沉强迫岑雾。

"汶哥？"他扭头示意谢汶说两句话。

谢汶的目光从梁西沉身上又移到岑雾那儿，最后又落回到梁西沉那儿，意外捕捉到他看岑雾的眼神，脑中闪过什么。

"别叫我。"半晌，谢汶身体往后一靠，伸手抚额。

蒋燃瞪直了眼。

周思源终于在此时迟钝地听明白了蒋燃的义愤填膺，脑袋混乱了有那么一瞬后，她气呼呼地瞪向梁西沉："梁神！你结婚了！"

梁西沉懒懒地"嗯"了声，眼神深邃，就这么看着岑雾。

须臾，他的眼底掠过浅淡的笑意。他薄唇勾出点弧度，嗓音低而慢地重复肯定："是，我结婚了。"

周思源和蒋燃一样什么也没看出来，气得恨不得揍人，再骂道："那你还……还……你浑蛋啊？！"

梁西沉指腹按了按眉骨，唇间低低懒懒地溢出一个浑不在意的音调，隐隐有笑意："嗯，我浑蛋。"

周思源："……"

蒋燃震惊到直接没站稳，往后退了步，不敢置信地瞪着梁西沉。

好半晌，他才挤出一句："沉哥，你醉得不省人事了？怎么好意思说这话？你现在比汶哥还渣啊？！"

谢汶："……"

"我结婚了。"突然的一句。

蒋燃的话硬生生地堵在喉咙口，视线扫视一圈发现是岑雾在说话，当即瞪直了眼。

他想也没想，脱口而出："那你们还……"

"和……"岑雾呼吸缓了又缓，"梁西沉。"

诡异的气氛霎时弥漫，无人说话。

岑雾的心跳得厉害，能清晰感觉到此刻所有人的视线都聚集到了她身上，她终是抬头。

"我们结婚了。"耳根红得彻底，她小声说。

蒋燃再次被震惊到无以复加，一大段话最后只憋出一声脏话。

一旁的周思源傻愣住。

"宝贝儿，"她还是没反应过来，紧紧抓着岑雾的手，"你说谁结婚了？谁和梁神？"

岑雾心虚，眼睫止不住地扑闪："……我。"

"不对呀，"周思源狐疑地在两人的手上看了又看，像个小傻白甜，"你没戒指，梁神戴着戒指呢。"

话刚落，梁西沉的声音传来，就像洗手间里在她耳畔沙哑低语那般："戒指放哪儿了？"

岑雾脸热得厉害。她还是没看他，仔细想了想，记起是昨天去平城时收起来了，小声说着要起身："昨天的包里。"

但男人早已站起来，自顾自地往她的衣帽间走，不出一会儿去而复返时，长指间捏着属于她的戒指。

不及她反应，他在她面前单膝跪地，从周思源手中捉回她的手，当着所有人的面，将戒指再次戴入她指间。

客厅大概有半分钟的沉默笼罩。

最后打破诡异沉默的，是周思源，她猛地再抱住岑雾，委委屈屈的，下一秒就像是要哭出来："雾雾你不爱我了吗？居然瞒着我和别人结婚。你说最爱我的呀，呜呜呜。"

岑雾的眼皮莫名跳了跳。

她知道周思源酒还没醒，没多想地抽回还被梁西沉捉着的手，温柔地哄着："没有不爱，最爱你。"

于是她也就没发现梁西沉薄唇抿了抿，眼神朝始终站在一边的沈岸示意。

沈岸微扯了下嘴角，还是走到了周思源那儿，半强势半温柔地将她的手从岑雾身上拿下，直接抱起她去主卧。

很快，客厅重新陷入安静。

梁西沉坐回了沙发上，整个人懒散地往后靠着，指腹按着眉心，像是不舒服。

岑雾佯装平静地走向厨房。

考虑到今天他们肯定会喝酒，她有提前准备醒酒茶，还在超市买了一瓶蜂蜜，蜂蜜水也能解酒。

水壶里的水烧开了。

熟悉的气息也是在这时萦上了她鼻尖。

男人的身躯贴了上来，胸膛贴上她的后背，手臂圈住她的腰，从身后将她搂入了怀。他下巴埋入她颈窝，若有似无地蹭了蹭。

岑雾身体不可避免地僵硬。

此刻，下午时分的阳光正好，从玻璃上透进来在两人身后洒落一片，影子亲昵地交缠。

她的身体被他禁锢，两只手也被他握在了一块儿。

"放手啊，"她克制着，忍了又忍，才勉强挤出还算正常的声音，"要弄醒酒茶。"

然而梁西沉的呼吸就喷洒在她脖颈附近，热意入侵的同时，一种难以言喻的酥麻被掀起，一下就让她想起了洗手间的旖旎。

她想躲。

忽地，男人禁锢她的力道紧了点。

"我也喝多了，不舒服，"他喉结轻滚了下，薄唇微磨她的肌肤，嗓音低哑，"老婆，你不管管我吗？"

岑雾呼吸渐乱："水好了，我帮你……"

他温热的唇在下一秒吻上了她的耳郭。

"想你喂我，"他缱绻的低语跟着钻了进来，扣上她心弦，"好不好？"

此时此刻，只有她和他两人，满世界都是属于他的气息，岑雾的心跳瞬间快得无以复加。

她从未见过这样的梁西沉，根本无法招架，哪怕极力强装镇定，然而好不容易挤出的声音分明微颤："你喝醉……"

尾音戛然而止。

只因他的唇沿着她的耳郭缓缓流连，若有似无地轻碰她的耳垂。

——耳鬓厮磨。

岑雾脑中不知怎么就冒出了这个词。

"嗯，"梁西沉手臂收紧，抱着她往自己的胸膛里压，下巴重新埋入她颈窝，懒懒回应，"喝醉了，很不舒服，难受。"

"那就喝……"

"想你喂。"

岑雾失声。

料理台的大理石明亮干净，她低垂着眼眸，几乎能在上面看到自己那张红得彻底的脸。

她从来不知道梁西沉喝醉后会这样。

蓦地，他薄唇若有似无地再碰过了她颈侧肌肤，微妙的酥麻感被带起："真不喂？"

岑雾掐着指尖的力道加重，贝齿无意识地一下重重咬住了唇。

可他没有放过她，薄唇突然从她耳垂一点点地吻下，轻而慢地折磨她。

"谢礼，可以吗？"

呼吸在无形中被他掌控，丢盔弃甲般变成急促的微喘，岑雾忍不住死死地抓住他的手腕。

梁西沉敏锐地察觉。

他眼底笑意渐浓，薄唇一点点地再吻上她唇角，嗓音低沉徐徐蛊惑："老婆，你管管我，好不好？"

岑雾气息不稳。

"可以吗？"他的薄唇在她眼尾处厮磨，湿热熨烫肌肤，他每吻一下，就问一声，分明就是要用这种方式让她点头。

岑雾哪里抵挡得了？

"梁西沉……"她尾音颤得厉害，身体亦是，"别这样……"

一只手扣住她的脸不给她躲开的机会，他一点点地再吻上她敏感的耳垂，他明知故问："别哪样？"

岑雾只能求饶："好。"

"好什么？"

"……管你。"

梁西沉低笑出声："谢谢老婆。"

岑雾见他不松手仍然这么抱着她，她声音极轻地催："松手呀，思源他们还等着。"

"唔……"

突然的轻咬，微微刺痛，莫名像惩罚。

下一秒，她听见梁西沉在她耳旁低声威胁："先管我，让他们等着。"

耳朵被他的气息烫得厉害，岑雾呼吸微促，好久才小声地说："那你先松手呀。"

他终是松手。

岑雾避开他的视线，低着头自顾自地泡好醒酒茶和蜂蜜水，跟着端起来就要给思源他们四人送去。

他竟然没有拦。

只是在她路过他身旁时，听到了他意味不明的哼笑："小骗子。"

本想在思源那儿待会儿拖延时间，奈何沈岸的眼神让她招架不住，她只能慢吞吞地走出主卧。

客厅里，男人已重新背靠着沙发，头往后微仰，手背搭在额头上，看着像是喝多了极不舒服的模样。

姿势使然，锁骨线条隐约露出，凸出的喉结凭空滚动了下，难言的性感，衣领下隐隐的胸膛肌肤更是引人遐想。

岑雾竟说不出地紧张起来，下意识地移开视线，然而想到他说难受，她又看了回去。

"老婆。"突然，他低叫了声。

他的手放了下来，睁开眼，幽邃直白地盯着她，半寸不移，好像在用眼神告诉她剩下的话："难受，你管管我。"

岑雾心跳如雷，眨了下眼睛，她到底还是走向了他。

醒酒茶和蜂蜜水还在茶几上没有动过。

意思不言而喻。

离沙发还有一步距离的时候，梁西沉突然伸手捉住她的手腕，强势却也温柔地轻轻一拽，她直接摔进他怀中，腰肢被他手臂禁锢。

他的下巴抵着她头发蹭了蹭，又低哑了两分的嗓音落下，听着竟有点像在委屈控诉："等你很久了。"

岑雾原本下意识要抵上他胸膛推拒的手攥了起来，心尖莫名溢出细细密密的酸涩："我来了。"

她又小声提醒："松手啊，把醒酒茶喝……"

尾音被截断。

——他吻上她脸颊，像在厨房一样。

"你喂我？"他厮磨着。

岑雾的脸再度滚烫。

这人……

气息没出息地紊乱，她紧咬上唇的贝齿终是松开，说出了他执意想听到的话："喂……"

梁西沉愉悦低笑："好。"

他松手。

岑雾想从他身上起来，还没站稳，又被他一拽，一下变成她……坐在他腿上的姿势。

心跳倏地漏了一拍，她忘了呼吸也忘了眨眼。

直到他的唇轻啄她的唇角。

"就这么喂。"他说。

脸上的热意瞬间被无限放大，她的头发还是先前他帮她扎起来的发型，没了遮掩，耳垂上的红晕轻易暴露。

她只能就着坐在他身上的姿势，倾身先拿过蜂蜜水递到他嘴边。

就见他嘴角噙着薄笑，看过来的眼神沉静又专注，出色的五官莫名覆上了层别样的性感，轻易蛊惑人心。

"喝呀。"她小声催促，尾音缠着自己都没意识到的撒娇意味。

梁西沉勾了勾唇。

"好。"他低头，喝了口，又看向她。

客厅安静，他喉结滚动吞咽的声音变得异常清晰。

岑雾没出息地心跳加速，别过脸。

直至久久没再听到声音，她狐疑地侧眸，一下撞入他的黑眸里，他正一瞬不瞬地凝视着她。

"好……"

尾音被他截断在厮磨中，慵懒的嗓音字字都是蛊惑："老婆，我不舒服，陪我睡会儿，好不好？"

岑雾发现，于她而言，梁西沉这个人本身就是最大的蛊惑，每每都能轻易将她诱哄。

尤其是今日喝醉后另一面的他。

不算大的沙发，她被他严丝合缝地搂在怀中躺了下去，他的胳膊放在她脖子下让她枕着，另一只手搂着她的腰。

"老婆。"他吻她，又这样低低地叫了她一声，像极了缱绻深情的耳语。

听得岑雾脸热心也热。

等她好不容易鼓起勇气想应声问他怎么了，头顶落下他平稳绵长的呼吸声。

好久，岑雾万分小心地从他怀中仰起脸。

他的喉结率先映入她的眼帘，接着是他线条完美的下颌，他的唇很薄很好看，据说薄唇的人通常也薄情。

但就是这样薄情的唇，今天不止一次地吻了她。

肆无忌惮且强势。

她的呼吸里，全是他的气息。

明明是一贯的轻淡，偏偏在此刻突然搅乱了她的心神，让她恍惚，也让她忍不住地胡思乱想。

今天他那样吻她，叫她老婆，那些亲昵的动作，究竟是喝醉了，还是……是她不敢想的那个意思？

岑雾的心乱极了，也跳得快极了。

等回神，她发现自己的手抬了起来，指尖几乎就要碰到他的脸。

半晌，她收回手。

下一瞬，遏制着过速的心跳，她佯装自然地轻轻地回抱住了他，脸小心贴上他的胸膛，听着他的心跳闭上了眼。

她没有发现，梁西沉掀起了眼皮，满眼的笑意。

六人在晚上时分陆陆续续地醒来，嚷嚷着先吃火锅再唱歌。

岑雾被周思源拉着走在最前面，沈岸始终在一旁，蒋燃凑了过来也要加入她们的聊天。

谢汶和梁西沉在后面。

谢汶"啧"了声，转头和当年一样搭上身旁人的肩，习惯性地要从他口袋里找烟。

梁西沉扔给谢汶一根。

谢汶点燃，有意压低声音没让前面的人听见："你知道有人喜欢岑雾吗？"

梁西沉摸打火机的动作微顿一秒，点燃烟浅吸一口，漫不经心地吐出烟圈，仿佛不在意。

谢汶瞧着，微抬下巴往岑雾的背影示意："那家伙吧……"他忍住笑，"高中为了对岑雾好，每次一起吃饭，都给她烫餐具，反倒是他兄弟，仅有的两次都只是被顺带。"

梁西沉又抽了口烟。

谢汶一把搂过他的肩膀，差点笑得不能自控："怎么会有那么傻的家伙？玩暗恋单相思，还不让人岑雾知道。

"你说，那家伙到底什么时候开始喜欢岑雾的？"

梁西沉睇了谢汶一眼，眼神凉淡。

谢汶极力憋住笑，一脸"我就是想和你探讨"的模样："我实在是好奇，究竟什么时候，明明说对岑雾一点印象都没有，怎么就纯情地暗恋上了？"他手肘撞了撞梁西沉的胸膛，"哎，阿沉，你说呢？"

梁西沉斜眸睇谢汶，长指将叼在唇角的烟拿下，漫不经心地掸了掸烟灰，扯出一句："抽你的烟。"

谢汶乐坏了，"啧啧"两声："怎么，嫌我八卦啊？"

没得到回应。

"行，我八卦是吧？"谢汶下一秒扭头就冲岑雾喊，"岑雾！"

岑雾和周思源手挽着手，正听周思源说这段时间工作上的事，冷不丁听到谢汶带着笑意扬声叫自己，狐疑地转头。

谢汶分明感觉到梁西沉朝自己投来了警告的一眼。

谢汶只当不知，笑得荡漾："是阿沉……"故意顿了下，睇了梁西沉一眼，拖长音调，"他有事要和你说。"

身旁人那眼神，凉漠危险。

谢汶手搭着梁西沉的肩，憋住笑，一脸故作不解："怎么了，我不能……"

他顿了顿，想到中午的事，于是咽下原本的称呼，悠悠地喊："叫雾雾妹妹过来？"

他故意在"雾雾妹妹"四字上加重了音。

像是想到什么，谢汶睁大眼装出一副震惊的模样："怎么了，怕雾雾妹妹被抢走啊？"

"别担心啊，"谢汶拍拍梁西沉的肩膀安慰，就要忍不住笑了，"你都有名分了。中午不是故意让岑雾主动公开和你结婚的事，让她承认了你？"

余光里，岑雾已经朝他们走来。

谢汶是真想知道究竟是什么时候身旁这家伙对岑雾有了心思，他绞尽脑汁地回忆着。

但到底马上就九年的时间了，当初那些根本就不曾在意的细节，他早就忘得差不多。

他能想起来的，也只有烫餐具这事，还是因为吃火锅时蒋燃那句话才让他有了隐约的猜测。

再者，尽管他们是好兄弟，但这家伙的心思从来就没人能看透。他怎么也不会想到梁西沉喜欢岑雾。

"据我所知，岑雾这些年应该没谈过恋爱，没想你暗恋成真。"

说完，谢汶再也忍不住，笑出了声。

他刚想松手，脑中陡然闪过什么。他盯着梁西沉，压低了声音："你别是连相亲结婚也是故意算计的吧？"

梁西沉冷嗤了声："滚吧你。"

岑雾不知道两人在聊什么，只看到梁西沉踹了谢汶一脚，谢汶却笑得更灿烂了，看到她，还朝她挥挥手，十分开心："雾雾妹妹。"

岑雾朝他弯唇浅笑了下。

谢汶憋住笑。

无意间瞥见梁西沉在岑雾来时就把烟头掐灭扔进了一旁的垃圾桶，这种细节一看便知是不想让她闻烟味。

如果不是喜欢，又怎么会时刻在意这种细枝末节的事。

谢汶"啧"了声，怕再待下去自己会露馅，离开得飞快。

岑雾眨了眨眼，转头想问梁西沉有什么事。

不期然，撞入他深邃的眼眸里。笼罩在夜色下，他眸光极深极暗地将她注视。

心跳没出息地失控，她佯装自然地随口问："你们在聊什么，谢汶看起来很开心。"

谁知男人俊漠的脸猝不及防在眼前放大，阴影跟着落下。

下一秒，她的唇瓣被他轻咬了下。

岑雾微微吃痛，本能地要往后躲，后颈却被他两指轻易地按住。

"梁西沉……"她不明所以。

指腹慢捻她后颈的肌肤不给她躲避的可能，梁西沉盯着她，低低地哼笑了一声："这么关心别人？那我呢？"

路边人来人往，她被他禁锢，那双辨不出情绪的眼睛像是要看进她的心里。

岑雾气息不稳，动了动唇试图说什么，却被他毫无预警的下一句截断——

"雾雾妹妹？"

四个字，像从他喉间深处滚出，一字一顿低而哑，语调显而易见地被拖长，和他的眼神一样意味不明。

岑雾呼吸骤停，睁大了眼。

"雾雾妹妹？"

又是听着漫不经心的一声。

岑雾的心，乱了。

最先开始叫她"雾雾妹妹"的是蒋燃，是高中那会儿，但蒋燃把她当妹妹，他也叫思源妹妹，谢汶很少会这么叫。

而眼前这个男人，在这一秒之前，从未那样叫过她。

其实只是一个称呼而已，可偏偏，从他的薄唇间吐出，莫名携了几分难言的暧昧。

两人的身影被昏黄路灯笼罩，他不说话，就这么望着她。

明明周遭有其他人声音，岑雾却清楚地听到了自己如雷的心跳声，一下一下，仿佛随时要从胸腔里蹦出来。

她挤出声音，却因为这男人难言的眼神叫她磕磕绊绊，也不曾过大脑："你……你酒还没醒吗？"

梁西沉气笑了。

"没醒，"他的手转而扣住她的脸，指腹缓缓摩挲她的肌肤，语调淡淡的，"因为没良心的小骗子骗我，没有先管我。"

岑雾："我……"

"嗯？"他的语调又变得懒懒的，像极了在等她怎么再"骗"他。

有路人投来视线。

岑雾莫名羞恼，想也没想地瞪了他一眼："明明管了。"

梁西沉眼底平添一层暗色，喉结轻滚，再开腔的嗓音哑了两度："但你没对我笑过，雾、雾、妹、妹。"

包厢里，蒋燃和周思源在唱一首组合的歌。

岑雾坐在沙发上，虽然听着歌，但脑袋始终是乱糟糟的状态。

她指尖动了下，立刻被人抓住，男人指腹漫不经心地摩挲她的肌肤，带来一种若有似无的粗糙感，惹得她心颤几许。

她佯装自然地侧眸，身旁的男人也看向了她。

原本的距离被他拉到亲密无间，他在她耳旁咬字格外清晰地问："怎么了，雾雾妹妹？"

岑雾脑中涌出的，是先前在马路上，他说的那句意味不明的话。

昏暗中，男人的眼神似笑非笑。

岑雾的心跳得更快，她眨了眨眼睛，小声说："没事。"

她想移开视线，脸却在下一秒被扣住转了回来，被迫和他对视。

极近的距离，呼吸纠缠。

她看到白日里吻她的薄唇懒散地撩起，嗓音缠着薄薄笑意："真没事吗？雾雾妹妹。"

热意顿时涌上岑雾的脸，她全然是想也没想的，伸出手捂上他的嘴，毫无意识地威胁："不许叫我……"

她的手心湿热，暗色中耳垂上的红晕看不分明。

梁西沉也不拿开她的手，就这么问："不许叫你什么？"

岑雾觉得手心好麻。

她听不清楚他在说什么，却能感觉到他突然吻了下她的手心，又在她缩回手时，嗓音幽幽地说："别人能叫你雾雾妹妹，就我不能？"

"可以。"

岑雾说不出话了。

这时周思源结束了歌，扔了话筒给谢汶，朝她飞扑而来："雾雾！"

岑雾如获大救，猛地抽回自己的手。

掌心触感消失，梁西沉微勾了下唇，到底暂且放过了她。

手机在口袋里响动，他拿出睨了眼。

岑雾接过周思源递给她的饮料，正要喝，耳旁洒落下不陌生的气息，接着是他的声音："我出去接个电话。"

余光里，他起身离开。

她眨了下眼，这才觉得独属于他的危险侵略感稍稍散了点。

她轻舒口气，喝了口饮料，却在下一秒冷不丁听到周思源八卦的一句——

"雾雾，梁神的吻技好不好呀？蒋燃说你们在洗手间待了好久。"

"喀……喀喀！"

岑雾直接被呛到，一张脸咳得通红。

偏偏蒋燃也唯恐天下不乱地跑来凑热闹，挤眉弄眼："刚刚沉哥跟你说什么悄悄话呢？他还是我认识的沉哥吗？"

岑雾耳根热得厉害，好不容易不再咳嗽，她看也没看地重新端起一杯饮料一饮而尽。

然而她喝完才发现，喝的是酒。

意犹未尽的唱歌在凌晨时分结束，原本还有夜宵活动，但周思源和蒋燃醉得不轻，只能作罢。

梁西沉给他们订了附近的酒店，叫了车，一转头看到周思源双手搂着岑雾的脖子在傻笑撒娇："雾雾，晚上我们一起睡呀。"

"吧唧"一口，周思源亲上岑雾，脑袋在她颈侧蹭着。

梁西沉沉着眉眼将两人分开，又抱着人往旁边躲开。

沈岸也适时地把周思源拽了回去，瞧见车来了，又直接把她抱起，朝梁西沉额首："先走了。"

还算清醒的谢汶瞧着这一出，忍不住笑出了声，拍拍梁西沉的肩膀，语重心长："看来我们沉哥任重而道远。"

梁西沉连个眼神都没给他。

送走了四人，梁西沉低头，看到岑雾那双似捧了一汪水的漂亮眼睛直勾勾地望着自己。

路边的灯昏黄浅浅，笼在她泛红的脸蛋上平添朦胧。她眨了下眼，眼神迷蒙又带了点易碎感。

是喝醉的模样，但和上次似乎又有些不同。

梁西沉喉结滚了滚，压制着胸腔某些情绪，暗哑的嗓音温柔了两分："回家了。"

她没有吭声，只是安安静静地看着他。

梁西沉眼底暗色深浓，搂着她："喝了多少？"

岑雾伸出两根手指，声音很小："一点点。"

梁西沉盯着她，手掌扣住她的脸抬起："还知道我是谁吗？"

话落，却是她的脸颊在他掌心蹭了下。

"知道呀。"她说。

梁西沉呼吸微沉，一瞬不瞬地看着她："我是谁？"

"……梁西沉。"

"梁西沉是你的谁？"目光紧锁她的眼睛，他沉声再问。

她不说话了。

他用指腹惩罚似的碾过她水润的唇，想说什么，却见眼前的她忽地扬起了唇角。

丝丝缕缕的笑意从她眉眼间漾开。

夜空中繁星点点，然而再璀璨的星光，都不及此刻她眼中的笑意半分。

下一秒，她踮起脚尖，凑到他耳旁，嗓音很软："是……梁西沉。"

唱歌的地方离公寓不过几分钟的车程。

下车进楼进电梯，梁西沉都将岑雾抱在怀中。

在她凑到他耳旁说了那句话后，她再没吭声，一路安安静静，乖巧得像是睡着了。

只有在下车时，他将她打横抱起，她缓缓睁开眼，无辜地看了他一眼，而后双手自然地圈上了他的脖子。

梁西沉低哼了声，大步带她上楼，过程中身体线条绷紧。

回到家将她小心轻放在沙发上，他耐心低哄道："我去弄醒酒茶。乖乖的，别动。"

他起身要走，袖口忽地被揪住。

"不要喝。"岑雾眨着眼睛，重复，"不喝。"

梁西沉盯着她，下一瞬，他直接在她身旁坐下，手一搂，抱她到了自己大腿上。

岑雾的脑袋是迷糊晕晕的。

这个冷不丁的动作让她被吓到，她的双手近乎本能地攀上男人的肩。

"不喝？"他哑声问。

岑雾望着近在咫尺的俊脸，摇头："不要喝。"

梁西沉盯着她，忽地低低笑出了声："可以，那做点其他事。"

岑雾茫然："什么？"

"接吻，好不好？"

岑雾觉得好热，气息越发不稳，晃了晃晕晕的脑袋，努力了好几秒才听懂他说什么。

"我不会……我不会呀，"她的尾音娇娇，像是委屈，"梁西沉……"

"叫我什么？"

岑雾双眸迷离："梁西沉……"

"不对。"他轻吻她的眉眼，打断。

岑雾指尖蓦地攥上他衣服，细喘声隐隐变得急促，好几秒，想到谢汶他们怎么叫他："……阿沉。"

薄唇吻了吻她眼尾随即离开，梁西沉哼笑："不对。"

岑雾咬了咬唇，好委屈："……沉哥。"

梁西沉呼吸蓦地变沉。

"不对。"他的声音一如既往的低哑，只是极紧绷。

浓郁的男性气息淹没着神经，岑雾贝齿咬上唇又松开，指尖不自知地用力，无辜地望着他。

梁西沉也不急，只是有意无意地轻碰她唇角又离开："再想想。"

岑雾只觉得好难受，在男人的薄唇再轻碰上来之际，脑中模糊闪过他叫自己"雾雾妹妹"，她没细想，微微带颤脱口而出："哥哥……"

梁西沉厮磨她唇侧的动作倏地停下。

没听到他说不对，岑雾以为自己叫对了，唇角情不自禁地扬起，极难得的傲娇笑意淌出，她软声再叫："哥哥。"

梁西沉眼底暗色浓得厉害。

他低笑了声，喉结有些艰涩地滚动，哑着嗓子："那哥哥教你接吻，好不好？"

他单手捧过她的脸，指腹摩挲，他吻她："你先吻，不对哥哥就教你，嗯？"

岑雾觉得脑袋好像更晕了，完全是遵循本能地靠近他。

"好……"

身体懒懒地靠上沙发，梁西沉单手搂着她，嗓音里缠着笑意："来吧。"

岑雾脑袋晕晕，呼吸莫名急促起来，一颗心怦怦直跳像是要蹦出来。

脑中在这一刻若隐若现地浮现这人吻她的模样，于是她本能地有样学样，攀着他肩的一只手微颤着捧上了他的脸。

指腹摩挲，缓缓靠近。

闭上眼，慢慢地贴上他的唇。

生涩笨拙地一点点地厮磨。

没有回应。

心跳得好快，她红着脸，唇瓣间溢出的声音细碎又好不委屈："亲得不对吗？"

好不委屈。

梁西沉眸底的暗到了极致，他蓦地抬手扣住她后脑勺，长发在指间穿过。他诱哄："没有，继续。"

岑雾咬着唇，无辜地望着他。

她挂在他脖子上的左手忽地微颤着也跟着捧住了他的脸，几秒后，有些难言的胆怯，更是害羞地吻上了他的眼睛。

鼻尖，唇角，下颌……

始终是青涩生疏地循着本能亲。

也不好好亲，是若有似无地厮磨。

后脑勺猛地被锢住抬起，岑雾本能地要往后躲，后颈转而被按住动弹不得，男人的体温透过掌心传递。

吻不断加深，又凶又狠。

……

光线昏暗。

岑雾迷迷糊糊地醒来，眼皮刚张开，梁西沉肋骨那隐约有看不清楚的文身映入眼帘，好像胸膛上也有长长的疤痕。

"梁西沉……"

梁西沉扣皮带的动作微顿，随即极快速地扣上，又捞过一旁的上衣穿上后在床沿边坐下。

"吵醒你了？"他顺势将坐起来的人搂进怀里。

岑雾脑袋还有点晕，趴在他胸膛上好一会儿才找回一丝清明，喉间干涩地挤出声音："你……是要出去吗？"

梁西沉用长指将她的一缕凌乱散落的发丝别到耳后，"嗯"了声，没瞒她："临时有任务，现在就要走。"

现在……

岑雾下意识地仰起脸，眼睛也不眨动。

梁西沉一瞬不瞬地盯着她，半晌，低哑着嗓音问："有什么话要和我说吗？"

岑雾张了张嘴。

"嗡嗡嗡——"手机响动。

"我要走了，"他捧住她的脸抬起，吻住她的唇，"天还没亮，你再睡会儿。"

说完他放开了她，摸过手机起身就要走。

手突然被抓住。

岑雾完全是下意识地抓住他，当他手上疤痕的粗糙感透过手心传递到心脏的时候，她止不住地心慌。

她不知道他的任务是什么，但潜意识里觉得很危险。

谁也没说话。

好几秒后。

"注意安全。"她克制着，"我……"

男人单膝跪上床，手再度扣住她脑袋抬起，俯身，来势汹汹的吻覆了上来。

一吻毕，岑雾呼吸急促。

"我会平安回来。"他的额头抵着她的，梁西沉温柔了几分的嗓音缠着薄薄笑意，是哄她，也是说着内心深处的话。

"为了我老婆。"

卧室里没了他的身影。

在心跳快趋于正常时，岑雾恍若梦醒，猛地掀开被子下床，走了两步想到什么，胡乱拿过一件外套穿上，急急追了出去。

她急切地按电梯键，等门开，她跑进去，又一个劲地按下负一楼地下停车场。

她从来没觉得电梯这么慢。

好不容易熬到了负一楼，她一个箭步冲了出去跑向停车位。

——但车不在了。

他已经走了。

她慢了一步。

有夜间的风吹来，将岑雾的秀发吹乱，她站在无人的空旷过道中，懊恼极了。

早知道……

她后知后觉地看着紧抓着的手机，呼吸微屏，想到什么，她急急解锁，加上微信后第一次给他发消息。

她盼着他回来，希望他能尽早回来，打下的话是内心深处的希冀，希望那天他能在。

岑雾：这个月17号，我有演出，晚上七点，就在大剧院。

3月17日是她舞剧巡演的首场。她准备按下发送键，想到他没说什么时候会回来，她咬着唇，又加了句：7月17日最后一场，在港城。

她又慢慢地深呼吸，按住语音键鼓起勇气，柔声说出在卧室时没说出口的话："梁西沉，我等你回来。"

好像又回到了当年他送她回燕尾巷那晚，她第一次给他发短信时的心情。

每一次的急促呼吸都是紧张和期待的证明。

他不回，她就舍不得动。

每一秒都分外煎熬。

不知过了多久，手机响动，一条语音回复清晰地映入视线。

她点开——

"等我。"

他低沉的嗓音在夜色中似有种别样的温柔，钻入耳中，也一字一顿地扣上了她心弦。

格外明艳的笑意从岑雾眉眼间一点点地淌出，唇角情不自禁地扬起弧度，每一分都是欢喜甘甜。

和当年一样。

第九章

你可以依赖我

3 月 17 日。

这天睁眼醒来的第一时间，岑雾摸过手机，犹豫了几分钟，最后到底也没有拨打梁西沉的电话看是否能打通。

她觉得，他会在今天回来的，既然让她等他。

缓了缓呼吸，想起身先洗漱，手机短信声骤然响起。

刹那间，笑意极速覆满她眼底。

岑雾满怀期待地打开，却在看到是她母亲岑意卿发来的"生日快乐"时，笑容瞬间消失得干干净净。

她没有回消息。

巡演的首场注定是忙碌的。

这不是她第一次演出，她和以往每次一样平静淡然，倒是舒影很紧张。

舒影原本很担心她的状态恢复得怎么样，在看过几次后放下了心，甚至觉得她比从前跳得更好了。

但就怕有意外，舒影难得地又紧张起来。

岑雾笑着安慰了舒影几句。

她低头，已经数不清是第几次看手机了，只不过手机里始终没有来自梁西沉的消息。

舒影终于在她又拿起保温杯喝水时发现了她的不对劲，问她："今天怎么喝这么多水？紧张？"

岑雾张了张嘴，半晌轻轻摇头："没有。"

舒影想提醒她少喝点，后知后觉地想到什么，凑到她耳旁压低了声音打趣："在等你老公啊？"

岑雾的脸当即泛红："舒影姐。"

怕舒影还要逗她，她站了起来，面红耳热地扯出借口："我去趟洗手间。"

舒影没忍住笑了起来。

岑雾瞥见，越发不好意思和舒影对视，急匆匆跑去洗手间，没想到心不在焉地差点走错。

等再回来，离演出时间更近了。

可是，她还是没收到梁西沉的任何消息。

离演出就剩二十分钟时，她到底没忍住，紧握着手机到了安静的角落。

就是在这时，有人喊："岑老师，有人找你！"

暗淡的眼眸在这一秒变得璀璨，一颗心怦怦怦狂乱，她手提起衣服往门口方向跑，嘴角抑制不住地漾开笑意。

一双被黑色西装裤包裹的笔直长腿率先迈了进来。

"……明深？"

甜蜜欢喜的笑意瞬间消失，岑雾眼底明显的失落外露，忘了掩饰。

"祝顺利。"他将一束大麦递给她。

将她微小的神色变化尽收眼底，明深唇角微不可察地勾了勾："紧张？"

岑雾接过，再开腔的嗓音低了好几分："没有。"

到底是没忍住，她往门口方向又看了眼。

来来往往许多人，但就是没有那个心心念念的身影。

"岑雾？"

"啊？"

岑雾心不在焉地收回视线，想掩饰，却听见明深意味深长地说了句，一针见血："看来在等他。"

岑雾的脸，一下就不好意思地红了。

"我……"

"雾雾！"舒影在这时突然叫她，"看看谁来了？"

就这一句，岑雾心脏蓦地重重地悸动了下，黯淡的眼底瞬间重新发光，迫不及待地看去。

是梁西沉。

但，不是她之前见到的梁西沉。

之前他穿得都休闲，此刻却第一次穿着一身剪裁精良的西装。

黑色的衬衫和西裤，熨烫妥帖，衬得他本就修长的身形越发挺拔，无端散发出一种难言的禁欲气息。

冲击力极大。

隔着距离和人群，她和他的眼神在空中交汇。

只一眼，岑雾的心脏疯狂跳动，忘了呼吸。

直到梁西沉走到她身旁，手指不轻不重但分外昵地在她鼻尖上刮了刮。

跟着，她手中的大麦被他自然地接过，空出的另一只手握住了她的手。

"我回来了。"他和她对视，眸光专注。

岑雾的一颗心几乎就要冲出来。

她想说什么，偏偏又没出息地失声，甚至不知道要怎么开口，明明他走了这么久，她每天都那么想他。

"雾雾，差不多了，要准备了。"一旁的舒影看了眼时间，提醒。

这话像救星，让岑雾终于在不知所措的羞赧中回过了神。

她好艰难地挤出声音："好……"顿了下，她又不好意思地说，"我去趟洗手间。"

"快点。"

"嗯。"

飞快地瞥了眼还没有松手的梁西沉，她声音极轻，很好地掩饰了紧张的颤音："我去洗手间。"

男人的眼神太幽邃直白，她怕会没用地晕溺其中，急急收回视线，挣脱了手，微红着脸快步往洗手间的方向跑去。

不知是不是她的错觉，她总觉得梁西沉的视线一直在她身上。

洗手的时候，她无意间抬头，看见镜中的自己脸上说不出的嫣红，脸更烫了。

她缓了又缓，深呼吸，这才推门出去。手腕却突然被人截住，她吓得差点叫出声。

"是我。"梁西沉直接将人扣入怀中。

岑雾陡然间被提起的心安全降落，却又在闻着他的气息时怦怦乱跳，欲盖弥彰地想要挪开视线。

但她的脸随即被他单手箍住扳了回来。

梁西沉头微垂，问道："躲什么？"

低哑的嗓音携着温热呼吸，每个字都像是要扣上她心弦。

岑雾心跳乱得厉害："没有……马上……马上要演出了，我要去准备了。"

可他还禁锢着她。

"放手呀。"她轻声细语，不自知地撒娇。

梁西沉盯着她，喉结滚动，没松手，只抵着她的额头，懒懒地低声道："可以，亲我下就放了你。"

岑雾蓦地睁大了眼。

梁西沉靠着墙，薄唇微挑，好心提醒："时间要来不及了。"

那眼神，分明是她不亲他，就不会放她走的意思。

岑雾又急又羞。

瞬间，脑子里只有一个念头——

他欺负她。

"梁西沉……"她瞪他，胸膛隐隐起伏。

看得梁西沉眼底添了层晦暗，下颌线无声息地紧绷着，脸廓越发冷肃。

"亲吗？"指腹流连缓缓，他带着两分痞气问。

岑雾像是突然被他的眼神烫到喉间失声冒烟，惹得唇瓣也跟着干涩起来，她本能地舔了舔。

男人突然不打招呼地直接俯身吻了上来，扣住她的后脑勺，逼迫她微仰起脸承受。

强势，凶狠。

岑雾指尖一下极用力地攥住了他的衬衫。

"去吧，演出顺利，"梁西沉松开了她，似笑非笑地哼了声，又捏了捏她的耳垂，"结束后跟我回家。"

岑雾的呼吸早已不知不觉地急促起来，想控诉他的恶劣，就见他唇角慢慢勾了起来，拖着腔，似威胁："还想继续？"

到最后她也没能说出什么，红着脸羞恼地跑掉了。

梁西沉懒散地靠着墙，注视着她的背影直到再也看不见，摸出一根烟咬上。想点燃，发现没有打火机，他作罢。

他一张脸没什么表情，长手指扯开一颗衬衫纽扣好让呼吸顺畅，顺手把烟扔进一旁垃圾桶。

他转身回场内。

离演出开始仅剩最后一分钟。

他找到座位，一眼看到了旁边的明深，睨了眼，便坐下。

昏暗光线中，舞剧《水下洛神》缓缓拉开序幕。

梁西沉长腿随意伸直，手肘撑着扶手，懒慢的眼神在捕捉到岑雾后再也移不开视线，看她沉浸其中，看她翩翩起舞。

一颦一笑，一皱眉一落泪。

记忆逐渐重合。

光线明暗交错，他的整张脸隐在阴影中，眼神沉寂，一眨不眨地望着台上的人，任谁也无法分辨他眸底确切的情绪。

他的姿势始终没有变过。

演出顺利结束，岑雾从舞剧中抽身回到现实。

一颗心早就不受控地飞到了梁西沉那儿。和舒影打过招呼后，她连妆都没卸，只换下了演出服，摘下了头上的饰品就往外跑。

嘴角情不自禁地扬起，在走了几步后她跑了起来，有风吹来，似乎也降低不了她脸上和心上的滚烫热意。

到停车场时，她急急停下，站在原地几次深呼吸，勉强让狂乱的心跳恢复正常后，她才强装镇定地走向他发的定位。

她看到梁西沉了。

他懒散地倚着车身，原本在低头看手机，像是感觉到什么，在她看向他时也抬起头看了过来。

而后，他大步朝她而来，牵过她的手。

"回家。"

再平常不过的两字而已，偏偏轻易地让岑雾心中泛暖。

牵着她的手有力，清晰的青筋和那条长疤一起，无端透出一种只属于他的狠劲和强悍。

回到公寓，也不知是不是洗手间外的那个插曲还在影响她，她莫名紧张，不敢看他，小声扔下句"去洗澡"就跑了。

似乎有意味不明的一声哼笑隐约弥漫在空气里。

她没敢细听。

洗澡结束，她深吸口气，鼓起勇气走出卧室。

公寓里很安静，什么声音也没有。

岑雾微愣。

人呢？

她下意识地找寻，最后，在露台上看到了那道身影。

——梁西沉背对着她，一手捏着手机，一手夹着一根烟。

青白烟雾徐徐弥漫。

蓦地，他转身，烟叼在了唇角。

下一秒，他拿下烟摁灭扔进垃圾桶，大步朝她走来。

眼神幽邃，全程紧盯着她，浸着极强的侵略意味。

岑雾心尖猛地战栗，忍不住想往后退。

"别动。"他眼眸微眯，淡淡说出两个字，字字透着不容置喙的强势。

岑雾……真的就站在了原地，看着他从洗手间找了吹风机出来。

"过来。"梁西沉下巴微抬，示意她在沙发上坐下。

岑雾眨了眨眼，慢吞吞走近沙发，刚坐下，手中的毛巾就被他抽走。

他直接站在了她面前，动作分外生疏但很温柔地替她擦头发。

极近的暧昧距离。

岑雾身体微僵，本能地想要往后挪一挪。

"动什么？"

她眼睫一颤，看到梁西沉半眯着幽黑的眸盯着她。

"坐好。"

岑雾最终没再动，任由他给她吹头发，渐渐地，她紧绷的呼吸和心跳像被他安抚。

只是，姿势使然，她只要目视前方，看到的就是他的身体和那条莫名诱人的皮带，跟着脑中就会不合时宜地冒出他腹肌的样子。

让她忍不住面红耳赤。

最后，她慌不择路猛地闭上了眼。

然而视觉一旦缺失，其他感官瞬间变得异常敏锐，属于他身上的清冽气息萦上鼻尖，见缝插针地侵入她的毛孔中。

他给她擦头发的动作，吹风机的声音，甚至是他的呼吸……

任何动静都好像在她耳旁被放大了无数倍。

最后在吹风机声音停下的一瞬，她还没来得及有所反应的时候，猝不及防被他搂住，又被轻而易举地抱到了他腿上。

岑雾吓得睁眼，他却突然松了手。完全是本能地自救反应，她急急伸手圈上他的脖子。

"梁西沉！"她胸膛起伏、气息不稳，脱口而出。

恰好这时她放在茶几上的手机响起，她转身捞过手机，看到是明深的电话。

手机倏地被他抽走，毫不留情地扔到了沙发另一边。

岑雾睁大了眼。

她没忍住，终于挤出了声音，但怎么听都像是在撒娇："我的电话！梁西沉……你干什么呀？"

没有半分别的意思，偏生想叫人欺负。

他漆黑的眼眸悄无声息地幽深起来，直直地盯着她。

"看不出来？"

岑雾抱着他的脖子，眼神分外茫然。

"梁太太。"梁西沉要笑不笑地扯出一句，但到底没忍住，单手扣住她后脑勺重重地吻上了她的唇，恶劣地厮磨，一字一顿——

"你说我在干什么，嗯？"

"嗡嗡嗡……"

被他无情扔远的手机再次响起，就在他重重吻上来的时候。

岑雾别过脸，余光里，手机屏幕恰好对着她，跳跃着"明深"两字。

"唑……"

唇突然被他咬了下，像在惩罚她的不专心。

她的手本能地抵上他的胸膛，最后她喊出了声，软软的："梁西沉，让我接电话啊。"

梁西沉深暗的眼眸一瞬不瞬地望着她。

他喉间深处溢出一声意味不明的低嗤，单手搂着她，另一只手将手机捞过，当着她的面滑开接通键贴上她耳朵。

岑雾呆呆地睁着眼睛，竟忘了呼吸，直至明深叫她。

"岑雾？"

下一秒，恶劣的男人手掌再扣住她后脑勺吻上了她的耳郭，薄唇有意无意地轻碾。

她的呼吸骤然紊乱。

偏偏，明深又叫了她一声。

"怎……怎么了？"岑雾用尽了所有的本事才勉强让自己的声音正常。

明深应该没听出来，声音一如既往："下场演出，我临时有事来不了了，不如我把票还给你，你送给其他朋友？"

话音落地，她的耳垂突然被咬了一下。

她大脑瞬间空白，唇颤了又颤。

两秒后，她才勉强挤出磕磕绊绊的声音："好……"

后面明深还说了句什么她根本没听清楚，等电话结束的时候，她连拿着手机的力气都没了。

她激滟的眸瞪着面前的男人，想控诉他的恶劣，然而撞入他神色不明的眼眸里，偏偏又没用地发不出声音。

她羞恼，索性别过脸。

躺在垃圾桶上方的一张今晚场次的巡演票就是在这时意外撞入了视线。

岑雾突然就想到了一件事——

她期盼他能回来看她演出，却忘了给他留一张票。

巡演的第一场票早就在预售当晚几分钟内卖光，当初她自己只留了两张，一张给明深，一张给思源他们，看谁有空要来。

那这张票……怎么来的？

岑雾忽然有点心虚，眼睫眨了好几下才看向他，声音轻细："梁西沉，后天晚上的演出，你……"

"没票。"他吐出淡淡的两个字。

岑雾噎住，越发心虚，忽然想到明深刚刚的电话："我朋友来不了，我把票……"

"给我？"

"嗯……"

"可以，"他的唇扯出温凉弧度，眼睛盯着她，嗓音寡淡，"别人来不了，就轮到我。"

好半晌，岑雾才小声地再挤出声音："梁西沉……"

声音蓦地被吞噬，唇再被吻住勾缠，凶狠强势又恶劣。

细碎的呜咽从岑雾唇间溢出，直到她快要窒息了，面前的人才终于好心地放过她。

"看出来了吗？"滚烫唇息携着低哑撩人的嗓音在下一秒像是温存般钻入她耳中。

岑雾一颗心战栗不已，气息不稳让她的胸膛止不住地起伏，攥着他衬衫的手指早已没力气。

她望着近在咫尺的男人，到现在依然是迟钝迷茫。

确切地说，从他在演出前的最后一刻终于出现，除去演出时，到现在，她的情绪、她的整个人都被他掌控。

她一直在想，今天他会不会赶回来。

她知道他有重要的事要做，但私心里，她是期盼他能回来的，能在台下看她跳舞。

于是从早上睁眼开始，她就想着他，心神不宁，却迟迟没有消息，也让她的失落一点点地累积。

最后失落在达到顶峰时，他出现了。

那一刻她开心得根本说不出话，后来洗手间外短暂的亲吻，让她心中欢喜。

所以演出一结束，她第一次什么也不想顾，只想快点和他回家，和他待在一块儿。

或许是看到他实在太欢喜，或许是他眼中浸着的侵略意味太强，也或许是其他，总之她觉得自己脑子被影响得不清醒，什么也思考不了。

就好比现在。

她不明白他怎么了，好像有哪里不太一样，也想不明白他为什么要咬她，像惩罚似的。

她乌浓的秀发凌乱散落，有一缕覆上了脸蛋，就在唇边。那双漂亮的失神眼睛里，盈满了水，眼尾泛着红。

怎么看，都是被欺负狠了的模样。

"看没看出来？"梁西沉喉结重重滚动，手捧过她脸逼着她和自己对视，回到先前话题。

岑雾勾着他脖子的双手滑落，却被他抓住重新攀上他的肩。

"抱好了。"他语调漫不经心地吐出一句，但分明十足的是威胁。

他沉沉地望着她，指腹漫不经心地沿着她的肌肤流连，轻而易举地掀起无法言说的战栗，让她只能任由他为所欲为。

她气息再度不稳，缺氧的感觉重新席卷而来。

"梁西沉……"

她瞪着雾蒙蒙的眼睛："梁西沉，你欺负我。"

发颤的尾音在控诉，但更像是撒娇。

梁西沉盯着她，忽地低笑了声，连眸底也像是覆上丝丝缕缕的笑意："是，我就是在欺负你。"

岑雾一下睁大了眼睛，想再控诉，唇又被他咬了下。

"我不欺负你，欺负谁？"沉哑得蛊惑人心的嗓音贴着唇缓慢地传递，带来微微震感和异样酥麻，"老、婆。"

将恶劣展现得淋漓尽致，毫不遮掩。

岑雾说不出话了，索性偏过头不再看他。

然而当即就又被他扳了回来。他的指腹摩挲她的脸蛋，缠着痞坏邪气的语调里是不容置喙的强势："躲哪儿去？"

岑雾的心跳得极快，咬着唇，不说话。

偏偏这人像是欺负她上瘾了，捏了捏她的脸："说话。"

她不说。

他薄唇挑出寡淡的弧度，睨着她，轻描淡写："可以，和我就没话说。"

岑雾不明所以，唇齿松开，到底叫出了声："梁西沉……"

"梁太太，"梁西沉薄唇依然勾着，低沉的嗓音温温淡淡地将她打断，"那晚你可不是这么叫我。"

话题变得突然，岑雾完全是脱口而出："哪晚？"

"忘了？"梁西沉嗤笑了声，"怎么，是想始乱终弃，不对我负责？"

岑雾的脸唰地就红了。

也是这一秒，她突然就反应了过来他说的应该是谢汶他们来的那晚，她喝错酒醉了。

可是……

什么叫始乱终弃不负责？

那晚不是只有接吻？

岑雾绞尽脑汁地再回忆，然而不管她怎么努力，依然和那天醒来一样，想起来的片段只是她和他在这里接吻。

难道……

是她主动吻的他?

岑雾脸更红了,红得仿佛能滴出血。

她的呼吸也不受控地急促起来,唇动了动,她想说什么。

然而男人眼神沉寂深邃,正一瞬不瞬地盯着她,莫名地有种每一秒的眼神都像要钉进她心里的错觉。

瞬间,她心跳如雷,难以启齿。

直至余光里,他薄唇微微掀动,嗓音极其低地携着股难以言喻的情绪说了句:"看来是不想对我负责。"

岑雾头皮莫名发麻。

"……没有。"她磕磕绊绊地,到底是从喉间深处挤出了两字。

"没有什么?"

手指攥在了一块儿几乎要扭成麻花,岑雾咬着唇。

半晌,她鼓起勇气对上他的眼眸,小声地低低地说出被他蛊惑的话:"没有……不想对你负责。"

梁西沉嗓音淡淡:"是吗?"

蓦地。

他欺身抵近,鼻尖抵上她的,手掌贴着她的脸缓缓厮磨,沉哑的嗓音低而慢地扣上她心弦:"那该叫我什么?"

唇息交缠。

岑雾只觉脸上的热意在一点点地增多。她有预感,如果她叫出的称呼不是他想听的,他会比刚刚还要恶劣地欺负她。

可是,那晚她究竟叫了他什么?

"想不起来了?"

岑雾睫毛不受控制地眨动,受他影响,大脑根本无法思考,只是眼神迷茫又乖巧地顺着他的话点头。

梁西沉睨着她,手指将一缕发丝捋到她耳后,有一下没一下地轻揉她的耳垂,低低地问:"那怎么办?老婆——"

"老婆"两个字,被他拖着腔,慢条斯理地喊出,无端营造出别样暧昧。

岑雾的心,重重地悸动了下。

温度似在悄然升高。

她无意识地,用舌尖舔了舔好像很干的唇,完全已是被他影响:"你……你想怎么办?"

梁西沉眼底蓦地就飘出了笑意。

他看着她,像要看进她的眼睛深处,开腔的嗓音是有意的低沉,语速非常慢地想让她听清楚:"哄老公,会不会?"

岑雾一下呆呆地睁大了眼睛,说不出话。

忽地,他揽过她的腰,将她从自己腿上抱下来放到了一旁。

他起身，注视她两秒，复又俯身，手掌轻抚她细腻的脸，唇畔勾起不甚分明的弧度，轻描淡写地说："既然梁太太不愿意，我也不勉强。"

他直起身，身姿在明亮光线下挺拔。

他的手指倏地被她勾住。

岑雾仰起脸望着他，难得地露出毫不掩饰的无措，嗓音软软地叫他："梁西沉……"

男人的眸色极暗。

耳朵很热，岑雾无意识地把唇咬了又咬，好几秒后，才小声地说："没有不愿意。"

梁西沉眼底闪过一抹极淡的笑意，俯下身："所以，打算怎么哄你老公？"

极近的距离，独属于他的气息淹没她的感官，侵袭她的神经，整个世界里仿佛都是他。

岑雾的心跳快要蹦出胸膛了。

下一瞬，她的手臂缓缓地抬起重新勾上他的脖子。她仰着不知不觉红透的脸，极飞快地在他薄唇上印上很轻的一吻。

——是将他离开那日，她原本冲动地想做但当时没勇气的事终于做了。

主动吻他。

在她清醒的状态下。

公寓安静，安静得仿佛能清楚听到她一声大过一声的心跳。

唇分开，就离他一张薄纸的距离。

岑雾几乎是用尽了所有的本事才没让自己落荒而逃："我哄你了。"

突然，一声低呼。

"啊……"

他毫无预警地单手搂过她直起身，她双手急急紧紧圈住他的脖子。

他却突然松手，搂着她的手松开。

"……梁西沉！"

岑雾眼睛猛地闭上，完全是条件反射地，用双腿勾上他的腰，严丝合缝地挂在了他身上。

有哑透了的嗓音贴着她耳畔落下，缠着笑意："不够。"

浴室的水声淅淅沥沥。

热气氤氲，氤得岑雾本就泛红的脸热意更甚。

脑海里，先前旖旎的画面清晰。

岑雾脸上又浮上了灼人的热意，她试图用双手捂住，想压一压。

然而没用。

好久，她认输般放下手，关了花洒结束今晚的第二个澡，没什么力气的手抬起拿过浴巾裹住身体。

镜子里，她满脸潮红，眼睛像盈满水。往下，锁骨下方一片吻痕深浅不一。

提醒着她先前究竟有多过火。

呼吸缓了又缓，在彻底平复后，岑雾又长长地舒了口气，换下浴巾鼓起勇气走出卧室，慢吞吞地走到了客厅。

茶几上的两样东西就是在这时撞入了视线。

一束娇艳欲滴的鲜花，有玫瑰有向日葵。

还有，一个不大不小的两人份生日蛋糕。

岑雾垂落在身侧的指尖蓦地蜷缩了下，身体犹如被定住，脑海里，忽然就有两段排斥且不想面对的画面交织着出现。

——在生日那天被母亲扔到虞家。

——在生日那天得知梁西沉讨厌自己这样的私生女。

她一动也不能动，直到男人的温热胸膛从背后贴上来，双手将她抱住，薄唇轻覆上她的脸。

他低哑的嗓音像浸着温柔："生日快乐。"

岑雾眼睫猛颤。

她想说什么，喉咙却怎么也发不出声音，只有一股股控制不住的酸涩往上涌。

"面煮好了，先吃面，然后许愿吃蛋糕，嗯？"他吻了吻她的耳郭，手垂下要牵过她。

碰到的手微凉，是握成拳的状态。

他唇角微勾，一根根掰开她的手，强势却也温柔地插进她指缝间，和她十指交缠。

"梁太太？"

没有回应。

有的，是她的身体微不可察地颤了颤。

梁西沉皱眉，走至她面前，单手轻柔地捧过她的脸抬起："岑雾？"

剩余的话倏地堵在了嗓子眼。

——她的眼眶微微泛红，眼睫低垂着扑闪，想要避开。

梁西沉默了一秒。

"岑雾？"他从喉间深处溢出的声音极哑，"发生什么事了吗？"

他不叫她还好，一叫，她只觉得那股酸意骤然间变得浓烈，一下从眼睛冲向了她的胸膛。

她想说没事，可是唇才微微张开，就止不住地颤抖。

"岑雾，"梁西沉低头，视线和她平视，紧绷的声音有意地又放柔了好几分，想哄她，"告诉我，怎么了。"

第一次，他的手微不可察地发颤，吻她额头的唇亦是："说话。"

岑雾满腔的情绪无处发泄。

偏偏他的手掌在轻抚她的脸，将温度传递给她，用他的方式安慰她。

可是越安慰，她心底的酸意越是强烈。

"岑……"

"我……不过生日。"

分明是极力压制着哭音的声音低低响了起来，像一把细细尖尖的针，猝不及防地刺在了梁西沉的心上。

有眼泪从她的眼角溢出。

梁西沉手上的动作微顿。

"对不起。"他用指腹轻轻拭去她的泪，声音懊恼。

岑雾的眼泪，突然就失控了。

一滴一滴，很轻却也极重地砸在了他的手背上。

她死死咬住唇，拼命摇头，想要控制住，眼泪反而越来越烫，越掉越多。

可他还在帮她擦。

他半拥着她，先是用指腹小心翼翼地轻轻擦拭，大概是太多了，他转而又用唇温柔地吻。

"别哭。"梁西沉吻着她眼尾。

第一次，触碰极尽小心，怕伤着她。

可她的眼泪不停。

她在哭，没有声音，只是一滴接一滴地从眼眶里掉落眼泪。

他曾见她哭过一次。

但从未见过她这样的哭法。

在过去的几年里，他遇到过数不清的旁人无法想象的危机，他都能冷静到极致地处理，在绝处逢生。

但此刻，是他第一次束手无策。

他的心脏像被一只无形的手揪着捏着，难以言说的酸痛漫开，一点点地变得强烈。

半晌。

他侧身，刚抬脚，衬衫突然间被抓住。

她微仰起了脸，眼睛里捧了一汪的泪水，像害怕被抛弃的小孩，好不可怜地望着他。

看得他呼吸不顺，几近要窒息。

"拿纸巾，"他低声哄她，笨拙地轻抚她后背，"没有要走。"

她还是攥着他，衬衫被攥出一团褶皱。

梁西沉心口发闷，只得作罢，单手搂她入怀，轻抚她的脑袋："对不起，让你不开心。"

又是一句道歉。

他始终都在安慰她、哄她。

岑雾的眼泪一下掉得更凶，她快要不能呼吸了。

从未有过的委屈和难过，仿佛在心底深藏了一个世纪之久，在这一刻终于彻底爆发。

眼泪决堤，他的胸膛前被她哭湿了一大片。

眼泪很烫，靠在他怀里的身体也很僵硬，和半小时前截然不同。

梁西沉薄唇悄然紧抿，抚摸她脑袋的手往下，小心地轻拍她后背。

几秒，他重新捧过她的脸和自己对视，微低下头，沉默地重新吻掉她的眼泪。

"岑雾，"他开口，笨拙安慰人的声音又干又涩，"不哭了，好不好？"

吻从眼睛到脸颊，到下颌，所有的眼泪被他一一温柔吻掉。

"别哭，"他将她的手捉着放到自己心口让她贴着，沙哑的嗓音里缠着一丝叹息，"你一哭，我……"

他轻轻抵着她的额头。

"我们是夫妻，"梁西沉温柔地亲吻她的指尖，注视着她，"如果你需要，我就在这里，任何事你都可以告诉我。

"岑雾，我是你丈夫，你可以依赖我。"

我就在这里。

你可以依赖我。

这两句话，一遍遍地在岑雾耳旁回放。

他的眼里，倒映着哭得狼狈的自己。

他担心她。

岑雾攥着他衬衫的手越来越用力，指尖根根泛白。她再也忍不住，猛地撞进他胸膛，双手极用力地抱紧他。

"梁西沉……"她带着哭音喊他。

她眼眶发酸得厉害，打转的泪水再次决堤，就像方才在他面前突然情绪失控一样。

"我在。"明亮光线下的俊脸轮廓线条绷得很紧，梁西沉一遍遍地吻她的发丝，"岑雾，我就在你身边。"

岑雾终于极低地哭出了声。

从小到大，她哭过的次数屈指可数。

上一次这么哭是什么时候呢？

是他高考前的那一晚，她哭到眼睛红肿，哭到生了一场好久的病，病后瘦了很多。

她向来会克制。

可在这一刻，在他的怀里，她像是要把这些年没有哭过的都哭出来一样，在他面前，她似乎很少再淡然。

她只会在他面前有情绪，有七情六欲。

人好像不能被安慰。

一旦被安慰，哪怕难过只有一点点，本来很快就能消散，也会在顷刻间被无限放大。

越安慰，越难过，越委屈。

何况安慰她的这个人，是她最在意的、喜欢了多年的人。

"梁西沉……"

"我在。"

岑雾哭得上气不接下气。

唇张了又张，好久，她才极颤抖地说出从未对人说出的话："你生日……许过愿吗？"

梁西沉动作微顿。

"我……许过，"鼻尖酸得无以复加，她贪恋地想在他身上汲取温暖，"在我五岁那年，我……母亲，第一次给我过生日。"

她到底叫不出一声妈妈。

她早就不会了。

她只过过一次生日，就是那年。

她许了愿，希望她的妈妈可以爱她一点。

一点也不奢侈的愿望，不是吗？

可是，转头她就被她妈妈抛弃在了虞家别墅门口，在夕阳最美的那一刻。

她亲眼看着她妈妈的身影越来越远，没有回头。

然后，她被扔到了虞家，寄人篱下。

生日许愿有什么用？

她还不是被抛弃。

眼睛不知不觉哭得胀红，很疼。

岑雾用力地抱着面前人。

贪恋他的温暖，贪恋他说他在她身边，于是她第一次在他面前失态，第一次在他面前像个孩子一样无理取闹地哭诉，第一次敞开心扉。

"我不要……"她的每个字都明显颤抖，身体亦是，"不要过生日，也不要许愿。梁西沉，我不要……"

梁西沉感受得分明，手掌一遍遍地轻抚她后背。他开腔，嗓音晦暗难辨："我带你去个地方。"

夜色浓郁，车窗外城市灯火璀璨，携着路两旁昏黄的光晕飞快掠过。

"好点了吗？"耐心地将一滴眼泪从她眼角擦掉，梁西沉极为隐忍克制地又吻了吻她。

他的长指穿过她秀发，小心地磨着她的唇，无关情欲，只是用这种最简单的方式安抚。

岑雾一双眼睛蒙眬地望着他，手攥着他的衬衫，无意识地用力攥出褶皱。

好不可怜。

看得梁西沉眸底无声息地添了浓郁暗色。他将车停在路旁，轻搂着她的腰，按着她的脑袋贴上自己肩膀，像哄小孩一样："不哭了，没事了。"

只这一句，酸涩再次汹涌。

岑雾的眼泪一下就沾湿了他的脖颈肌肤。

她埋入其中，努力地想要控制。

"嗯……"她努力挤出声音，双手小心地抱住了他，贪恋着他的所有，"我没事。"

她索性闭上眼，压着胸腔里那股酸涩想让它消失。

"没事，"岑雾仍攥着他的衬衫，无声哽咽下的声音龉龉的，但已经不再发颤，"梁西沉，我没事了。"

她说着想从他身上下来。

"我抱会儿。"低哑的一句随着温热的轻吻覆上她的耳郭,妥帖地扣上她心弦,竟一下子,又让她掉了泪。

岑雾从不知道,自己的眼泪能这么多,也从不知道,当自己越来越贪恋他在身边时,她也会变得脆弱。

"嗯。"她再闭上眼,终于放纵了自己全身心地将他依赖,更是主动地,抱他抱得紧了点儿。

梁西沉亦是。

他单手回抱住她,手掌始终轻抚她的后背。

气息清冽,呼吸温热,属于他的每一样都让她被安抚,润物细无声般驱散那股酸涩,将她治愈。

之后,她再没有哭了,也没有说话。

直到他停车吻了吻她的发丝,低低的声音哄着她:"到了。"

岑雾缓缓睁眼,不经意地抬头,她发现前方不远处停了不少的车,人更多,有举着相机的,有拿着望远镜的。

气氛热闹。

她一时没反应过来,睁着泛红微肿的眼看向梁西沉。

他恰好低头:"今晚有流星雨,这里是最好的观景点。"

岑雾微怔。

她脑子里,忽地就想起了当年和他以及谢汶他们在南溪镇看的那场流星雨。

梁西沉喉结轻滚了下:"你不是问我,许过愿没有?"他顿了顿,"许过,总共两次。"

他的声音偏低:"一次,是那年寒假你们陪我过生日;第二次,是高考结束,我们一起看流星雨。"

他捉过她的手,薄唇吻过她指尖:"流星雨那次许的愿实现了,流星雨许愿灵验,我能实现,你也能。"

指尖热意传递,忽然间,岑雾鼻尖不受控制地再次泛酸。

不是因为突如其来失控的委屈难过情绪,而是她看到了他眼中的珍视。

她的手被他握得很紧,身上也披着他的西服,感受不到丝毫的凉意。

他始终注视着她,一字一顿:"从前不作数,从今往后,你的生日都会开心,你的愿望都会实现。

"岁岁年年,任何愿望,我帮你实现。"

岑雾眼前再度变得模糊。

"相信我吗?"他再吻她指尖,问。

一滴眼泪无声地砸到了他手上。

"相信。"一颗心早就被他抚慰得不再难受,岑雾点头,泪眼模糊,尾音隐隐发颤。

"乖。"梁西沉吻了吻她眉眼。

手暂时松开,他从裤袋里摸出手机解锁,点开备忘录,长指飞快点了几下,接着递给她。

岑雾垂眸，一眼就看到了一行大字——

　　梁太太岑雾的心愿备忘录

下面一行是备忘录的登录账号，是她的手机号，密码是7170。

"只要你想要，无论什么，只要写在这里，就能实现。"梁西沉轻抵着她的额头，嗓音低低却也郑重，"我保证。"

岑雾猛地用尽全身的力气抱住他："嗯。"

心脏快得无法正常，但她仍努力地吐字清晰，隐晦地表露深藏在心底的某些情意："我相信，相信的。"

有晚风吹来，微凉。但她胸腔里有他熨帖而至的热意。

是暖的。

"我信你。"她的鼻尖又隐隐地溢出酸意。

"流星雨来了！"有人突然兴奋地大喊。

"我们许愿？"

"嗯。"

岑雾轻轻地点头应下，身体被他转了过来面向前方，后背紧贴着他的胸膛。

流星雨划破漆黑夜空，和原本悬挂着的繁星一起交织出别样璀璨，再远处，是整座澜城的辉煌灯火交相辉映。

好像比高中那年的流星雨还要漂亮。

岑雾闭上眼，双手交握，鼓起勇气在心底无声地许下一个心愿。

许完，她忍不住转头。

黯淡的光线覆在梁西沉的脸上平添朦胧，看不清确切的神色，但能看到他眼中的自己。

此刻，只有她。

"梁西沉。"

"嗯。"

他的指腹轻缓摩挲着她的脸，温热熨帖。

岑雾的心跳得极快，她眨了下眼睛，听到自己鬼使神差地问："你……许了什么愿？"

话落，她清醒，懊恼地微咬唇。

"别说了，会不……"

"会灵验。"温淡笑意自他眼底飘出，他亲吻她的额头，"我许愿……"

他顿住。

岑雾的好奇心莫名就被勾了起来，想知道，耐心等了几秒，到底是忍不住追问："什么？"

她的手被握住。

他修长的手指一根根地穿插进她的指缝，和她十指相扣。

梁西沉微低着头，看着她的眼睛："岑雾岁岁平安，永远开心。"

岑雾几乎就要溺毙在他的眼神中。

"岑雾。"他的下巴埋入她肩窝，耳语的声音低低哑哑，轻而易举就让她的心跳怦怦。

"……嗯？"她克制着呼吸。

梁西沉吻了吻她的耳垂，声音有意地压低了两分："我许了两个愿。"

岑雾心尖莫名地狠狠悸动。

"什……什么？"

"许愿……"

手又被松开了，下一秒，男人的两只手掌捂住了她的耳朵。

刹那间，她听不见声音，唯有男人薄唇张合时的炙热唇息喷洒在她侧脸上的触感分明。

岑雾忘了呼吸，直到鼻子被他亲昵地轻刮了刮，听到他低声哄她："等我一分钟。"

视线里，他迈开长腿走向前方的人群。

确切地说，是走向一对带着小孩的年轻夫妇那里，她看到手里有点燃的仙女棒的小孩在开心地转圈圈。

他和年轻夫妇说着什么，她自然听不见。但是，她看到他随即又在小孩面前蹲了下来，仙女棒的亮光照着他的侧脸。

没了一贯的淡漠冷硬，反而有一种朦胧的柔和。

他说了什么，小孩给了他未点燃的仙女棒，他伸手接过，看口型是说了声"谢谢"，接着拿出了手机像是要给钱，年轻夫妇笑着摆手拒绝了。

流星雨还在继续，繁星依然璀璨。

他踏着星光，携着温柔，走向她。

走到了她心上。

一根仙女棒被递到了她手心，他摸出打火机，微俯身，"啪嗒"轻微的一声，火焰跳跃，将仙女棒点燃。

"哗哗哗——"

烟火被点亮，发出和绚烂相配的声响。

梁西沉在看她，无论如何这一刻能看到的有且只有她，眼神始终温柔。

他在对她好，想她开心。

仙女棒燃到了底，灭了。

"还有。"拿走她手中燃尽的那根，梁西沉又递了一根给她。

准备再点燃的时候——

柔软的身躯猝不及防地从身后抱住了他。

他动作微顿，喉结滚动。他握住她的手，哑声问："怎么了？"

鼻尖净是他的气息，她的全世界，都是他。

岑雾唇瓣几次上下轻碰，终于挤出了声音："梁西沉。"

"嗯？"

岑雾抱着他，双手无意识地收紧，心跳狂乱。

"你……"

不远处的惊叹声仍在。

但她只能听见自己如雷的心跳，一声声，是她紧张的见证。

或许是他的温柔让她冲动，或许是夜色惑人，这一刻，她突然想知道答案了。

"高二的时候……"指甲不自知地用力掐进了手心印出痕迹，她的眼睛睁开了又紧闭。

"那个帖子，"终于提及那个话题时，她身体里的血液仿佛一点点地不再流动，"关于我是……私生女的帖子。"

她张嘴，喉间极干极涩，却仍努力地让剩下的声音听起来正常，问出她深藏心底耿耿于怀的那件事——

"你……有没有，因此……讨厌过我？"

大概有五六秒的时间。

岑雾的耳边除了不远处人群发出的惊叹声，再没有其他。

一颗提到高空的心倏地直直坠落，失重的难受感觉袭来，随着夜间的风一起，将她的身体和血液都吹凉。

后悔和难堪涌出，她呼吸不顺，慌乱地垂下眸，想收回抱着他的手。

但她的手蓦地被他的大掌包裹，他指腹摩挲带来她不陌生的粗糙感，炙热熨帖她的肌肤。

下一秒，被她鼓起勇气抱着的男人转过了身，带着她拥她入怀。

两人眼神在半暗的夜色中交汇。

鼻尖隐隐泛酸，岑雾唇微颤，想别过脸，但被他半强势地锢住，动不了。

"为什么会这么问？"他轻吻过她眉眼，又捏了捏她的脸。

脸被抬起，岑雾重新撞入他的深眸里，那里面似乎蓄着她看不懂的东西。

她心尖一颤，差点就要脱口而出当年听到了谢汶和他的对话。

"为什么？"梁西沉深暗的眼眸一瞬不瞬地将她紧盯。

岑雾的心跳得快了起来，晦涩地动了动唇，努力挤出声音："那个帖子……"

"看着我说。"

她本能要偏过的脸被他掰回，两人的目光再次相撞。

"我不在意别人怎么看我，可是……"像被他蛊惑，却也是为自己保留了退路，好几秒，她在心跳如雷中低声说，"你……们是我朋友，我在乎你们怎么想。"

"也在意我？"

岑雾心跳毫无预警地漏了一拍。

一瞬间，她竟有种说不出的紧张，指甲又无意识地在手心里掐出痕迹。

梁西沉薄唇微挑："怎么不说话？"

喉间像冒了火，良久，岑雾轻轻点头，在他沉暗的眼神下。

一缕笑意自眼底掠过又很快隐匿不见，梁西沉将她的脸抬起："为什么会觉得我讨厌你？是我做了什么，让你觉得我会讨厌你？"

明明是她想知道答案，不过几句话而已，反倒是换了过来。

“你高三时，我有没有给你寄东西？”梁西沉再问。

岑雾很慢地眨了下眼睛，脑子里，当年收到他包裹的画面适时清晰浮现。而直到现在，那日的心情她仍记得清楚。

“……有。”她缓着呼吸，小声挤出声音。

梁西沉蓦地就哼笑了声：“如果我讨厌你，为什么要给你寄东西？”

他好气又好笑地捏她的鼻子，带着略微惩罚的力道：“又为什么要和你结婚？”

他微低头，到底是没忍住，轻咬上了她的唇：“岑雾，你有没有良心？嗯？”

微微的刺痛感自唇齿间漫开，但岑雾感觉不到疼。

耿耿于怀深藏了多年的心结，一朝被他安抚，消失。

“真的？”她眨着眼睛，有些没出息地想哭。

她仍抱着他，指尖攥着他的衣服，这一刻像个小孩，执着地想听他再说一次：“真的吗？”

她仰着脸望着他时，好不委屈的模样。

原本想欺负她的心思到底是败给了她，梁西沉捧住她脸，低而慢地清晰吐字，很想刻到她心里：“真的，没有讨厌过你。

“从前没有，现在也没有，将来更不会。”

时隔八年。

当初生日那天细细埋入心脏里的那根刺，终于也在生日这天被拔出。

岑雾的鼻尖一下涌出了难忍的酸热。她猛地埋入他胸膛里，抱住他。

梁西沉搂着她，手掌轻抚她的后背。

“不信我？”

岑雾直摇头，尽管极力克制，但声音仍有些颤颤的朧朧的：“相信。”

她又重复，一字一顿：“相信的。”

梁西沉低笑一声：“那还误会我？”他捏她的耳垂，“这些年，你就是这样认为我的，是不是？”

岑雾身体战栗了下。

梁西沉敏锐地感知到，捧起她的脸让她重新看着自己，微微挑眉，说：“看来是了。”

岑雾想说不是，然而话到嘴边，又不得不承认，事实的确如此。

她噎住。

直到他的手再次捏上她的脸，眼睛盯着她，问：“岑同学，我在你眼里，就是这样的人？”

他叫她一声“岑同学”，仿佛回到了当年，他站在早餐摊前，也是这样问她：“岑同学，我长了张‘杀人放火要吃人’的脸？”

少年的脸和如今成熟男人的脸在这一刻重合。

而她这样想着，他的话再幽幽地落了下来：“杀人放火，吃人，怕我，觉得我讨厌……朋友，岑同学，这就是我在你心里的形象？”

淡淡的一句，像在控诉。

岑雾突然间心虚不已。

她的脑袋有点混乱，以至于一时没细想，也没敢深看他的眼神，而是脱口而出："你……生气了？"

梁西沉望着她，扯了扯薄唇，轻描淡写："没有，我生什么气？谁叫我长了张不被信任的脸？"

岑雾咬唇，心跳得极快。

"梁西沉……"她轻声叫他。

梁西沉垂下眸子，睨着她，要笑不笑的。

岑雾心跳再加快。

她松开了不知何时攥在一块儿的手，再一次鼓起勇气，伸手圈住了他的脖子。

"梁西沉……"她有意地放软了声音再叫他。

梁西沉没有应声，只是搂着她的腰托着她，不动声色地让她和自己亲密无间。

岑雾没有察觉。

第一次这样靠近他，她浑身神经紧绷到极致，眼里只有近在咫尺的这个人。

她没有过别的感情经历，唯一的喜欢从年少到现在都只给了他。

她不知道情侣间要如何表达，也不知道正常的夫妻是怎么相处。但她知道，这一晚，他哄着她陪着她，想方设法地让她开心，解开她的心结。

她也想付出，也想让他是开心的。

她是没有经验，但她会学。而此刻她能想到的，只有吻他。

她是这么想的，也是这么做的。

"梁西沉……谢谢你，今天的生日，是我最开心的一天。"

谢谢你给我过生日，陪在我身边，谢谢你原来从来都没有讨厌过我。

喉间突然有些哽咽，她抱紧他："我很开心，真的。"

"我……"

终究还是没出息极了，她的眼前浮起了水雾。

"梁……"

话被吞咽，在她主动再贴上他唇的时候，她的后脑勺被扣住。

"以后每一年生日我都会陪你。"她听到他说。

夜色浓郁，流星雨点缀。

她被梁西沉抱在怀中，极尽温柔地吻。

第十章

初吻是你

两天后，演出准备前。

岑雾正在化妆，舒影突然出现凑到她耳边，压低了声音，是震惊也是忍不住的打趣："梁西沉是不是太夸张啦？"

岑雾不明所以，眨了眨眼睛。

舒影憋着笑摇头，转过她的身体。

——人来人往的后台，一束束的玫瑰花被人送了进来。

"是他送的吧？"舒影"啧啧"了两声。

岑雾还没来得及回答，其中一人快步走到她面前，笑盈盈地说："岑小姐，您的花，总共999朵香槟玫瑰，麻烦您签收下哦。"

岑雾眼神茫然。

舒影还在冲她暧昧地笑，好像在说，梁西沉送你花哦。

所有人都朝岑雾投来八卦的眼神。红晕倏地就染满了岑雾整张脸，一颗心怦怦直跳："我……我不知道，他……"

来人将手里捧着的花递到她眼前，说："这是卡片，并让我转达一句话——祝您演出成功。"

舒影替岑雾接过花塞到了她怀里，甚至贴心地帮她打开了卡片让她看——

情敌

苍劲有力的两字一下撞入视线，她觉得莫名有点眼熟。

电光石火间，岑雾突然就想起来了——

这像是高中时梁西沉的字迹，她临摹过千千万万遍。

但，好像又不是他的。

舒影就在她身旁，一眼也看到了卡片上的字。

情敌？

舒影不解地皱眉，俯下身压低了声音："不是梁西沉送的？"

"你的追求者？"舒影说出疑惑，"但这卡片什么意思？写错了？"

岑雾有心想问送花的人，然而等她起身，送花的人的身影已经不见，但刚刚那人又说转达的话是祝演出成功。

她记得，香槟玫瑰的花语是"我只钟情你一人"。

何况，这些玫瑰一看就是最好的。

"雾雾？"

卡片捏在手中，岑雾被舒影的话拽回了思绪，摇头，轻声说："我不知道。"

她是真的不知道。

只是，刚刚认出这字迹很像梁西沉高中时的，不知怎么回事，她的脑子里第一反应想到的竟是……夏微缇。

但她很快又自我否定了。

她和夏微缇并没有多少交集，唯有的几次只是高中那会儿比赛和考试偶遇，高中毕业后就再没有见过面。

可是这字迹，到底是怎么回事？

难道就是舒影姐所说的，是她的追求者，只是卡片写错了？

还是巧合？

一时间，岑雾脑子里乱乱的，直到舒影低声提醒："梁西沉来了。"

她抬头，果然看见一天没见面的人朝她而来，依然是一身剪裁精良的黑色衬衫和西裤，衬衫纽扣解开着一颗。

更重要的是，他的手里捧着束花。

那么，这999朵香槟玫瑰真的不是他送的。

岑雾脑子越发混乱，混乱到，当他走到她面前时，眸光像是瞥了眼她手里的卡片和花，她竟是像做贼心虚般，猛地合上了卡片。

梁西沉自然捕捉到了她的动作，包括她有些飘忽的眼神。

以及，惹眼的玫瑰。

他站定。

"演出顺利。"他微俯身，把向日葵搭配黄莺和洋桔梗的花递给她。

岑雾莫名地心虚，低敛着眼眸小声地说："谢谢。"

梁西沉睨着她。

连看都不敢看他了。

他低哼笑了声，顾及着这里人多怕影响到她，到底没欺负她，只是很是随意地问了句："追求者送的？"

岑雾眼睫一颤，不知怎么失了声。

"岑老师，时间要来不及了。"化妆师在此时开口。

岑雾顿时有种松口气的感觉，实在是梁西沉的眼神太有压迫感、侵略感。

"我化妆啦。"她飞快抬眸和他对视，不自知地放软了声音。

梁西沉薄唇微挑，要笑不笑的。

岑雾："……"

她屏住呼吸，转过了身，继续让化妆师帮她上妆，手里的鲜花和卡片想了想，准备放桌面上。

"我来。"男人的手从身后伸过来，极其自然地接了过去。

镜子里，他随手拉过旁边的一张椅子坐了下去，坐姿随意懒散，无端散出一种令人心悸的成熟男性魅力。

有小姑娘偷偷打量他，尽管压低了声音但仍不掩兴奋，激动地说着好帅之类的话。

他充耳不闻，摸出手机像在回复消息，连一点眼角余光都没有给，包括从她手里一同接过去的那张卡片。

但他时不时地会抬眸看她一眼，在镜中和她四目相接。

每次，都轻易地叫岑雾心跳加速。

等上完妆，她又小跑着去换衣间把演出衣服换上。

没了他灼灼的视线，她勉强呼吸顺畅。

梁西沉仍坐在椅子上，直到见不到她的身影才收回视线，垂眸，长指漫不经心地将合着的卡片打开，"情敌"二字映入眼中。

十五分钟后。

梁西沉目送岑雾前往幕布后准备，他没有立即去观众席，而是半倚着墙，摸出手机拨了个电话。

安静的走廊里，暖亮的光线洒落下来，但他那张脸，依然凛冽。

只一眼就足够叫人不寒而栗。

他掀唇，声音冷戾至极："帮我找个人。"

巡演的第二场演出完美落幕。

岑雾被梁西沉带去了一家私厨馆过二人世界，之后又被他十指相扣牵着慢悠悠地沿着澜江散步。

她的手全程都被他紧握。

澜江边轧马路的人很多，有情侣有朋友有家人，路灯昏黄温馨，将每一个人的影子都拉得很长。

岑雾低着头望着别人的影子，冷不丁听到梁西沉问她："今晚演出很成功，有没有想要的奖励？"

她一时没反应过来，傻傻地"啊"了声。

梁西沉用手指刮她的鼻子，微垂首和她平视，说："可以许个愿望，现在帮你实现。"

他的清冽气息萦绕在鼻尖，岑雾莫名紧张："不……不用了吧？"

梁西沉哼笑："不行。"

"……"哪还有逼着人许愿要奖励的？

岑雾偏过头，恰好看见有一个女生跑了几步，开心地跳到了男生背上。

两人脸上皆是笑意，一个甜蜜，一个宠溺。

她忘了眨眼。

直到……

"上来。"手被松开，梁西沉竟在她面前蹲了下来。

岑雾僵着没动，思维像被他突如其来的动作彻底影响，大脑空白地说出了一句前言不搭后语的话："我累了，想……"

"所以我背你。"

一秒，两秒……

第四秒的时候，岑雾用力地咬着唇，极力压制着狂乱的心跳趴到了他背上，贴着他，双手圈住他脖子。

同一时间，他起身。

视野瞬间变化。

岑雾埋入他颈窝里的脸，红得彻底。

她依然咬着唇，不敢说话，甚至连呼吸也有意地放轻，生怕被他察觉出自己紧张不已。

偏偏，他非要和她说话："有男的这样背过你吗？"

岑雾身体猛地战栗，忘了回答。

直到他再开腔，语调带了点危险的压迫感："不说话，就是有了？"

她张了张嘴。

"哪个追求者？"

他轻描淡写的一句将她未出口的话语截断。

追求者……

她突然就想到了在后台时，他问花是不是追求者送的。

"没有。"顿了下，岑雾又声音偏轻地补充，"没有让人背过。"

他从来都是唯一。

姿势使然，她没看到梁西沉微勾起的唇角。

"追你的人那么多，没谈过恋爱吗？"他的嗓音低低徐徐，诱着她，想听她亲口说答案。

岑雾也不知道话题怎么会绕到这上面来。

脸上的热意在一点点地增加，她有种莫名的害羞感，害羞到忘了想梁西沉怎么会知道她的追求者很多。

好久，她才挤出几乎听不见的声音："没有。"

但她说完后，好一会儿都没听见梁西沉再说什么，她忍不住探头，看着他棱角分明的脸廓："你怎么不说话？"

"在等你。"

"等我什么？"

梁西沉稳稳地背着她，闻言薄唇勾起浅弧，不动声色地蛊惑："礼尚往来，我问了你，你也可以随便问我什么。"

问他什么？

岑雾难得傻住。

直到突然间，那晚在KTV，思源和蒋燃逮着她八卦梁西沉吻技的问题在脑海里清晰地冒了出来。

她一时没过脑子，也没意识到自己竟有这样的勇气，脱口而出："你……你

239

的吻技那么好，是因为有经验吗？"

澜江边的风吹来。

岑雾突然清醒。

她后悔不已，极力想要镇定冷静地转移话题，没想到一开口便是结结巴巴："我……其实……"

她根本说不出一句完整的话。

"我……"

而他也没有回答。

澜江边风微凉，她那颗直直坠落的心也是，脸上热意被吹散。

她又想到了夏微缇，想到那张卡片那个字迹。

"初吻是你。"

他低低淡淡的一句突然穿过周遭所有的声音精准钻入她的耳中。

岑雾心跳骤停，亦忘了呼吸。

直到梁西沉背着她走入一条安静巷子，而后，她被他放下，背抵上墙。

巷子幽长安静，墙壁上复古的灯倾泻出昏暗光晕，越发衬得眼前人的神色意味深长。

岑雾呼吸微促。她颇有些艰难地咽了咽喉，想别过脸，却被他单手扣住扳回。

"躲什么？"

岑雾指尖都快嵌进墙里了。

她想否认，但见他一颗衬衫纽扣不知什么时候解开了，紧实的胸膛肌肤隐隐绰绰，喉结上下轻滚。

她看得一时失了神。

"解释下。"他低哑的嗓音有条不紊地落下，语调染了点似笑非笑。

岑雾心跳漏了一拍，一时没反应过来："什……什么？"

他伸出手惩罚似的捏了捏她的耳垂，微垂着眸，哼笑："为什么又误会我经验多，嗯？"

他顿了下："岑同学……"

岑雾忽然发现，每次他叫她"岑同学"，就像一声懒懒散散的"嗯"一样让她抵挡不了。

这人……

她的一颗心直接被他吊了起来。

见他没继续，她到底还是硬着头皮，努力不结巴地接过他的话："怎么了？"

突然，她的唇被他轻轻咬了下。

"唔……"

不疼，只是有种别样的战栗。

"经验多……我在你眼里，"梁西沉轻碾她的唇，低而慢缠着笑意的嗓音就此传递给她，"很滥情？"

幽暗的环境中，岑雾的脸没出息地染上了一层粉晕，偏偏他还在若有似无地继续。

巷子外人来人往，路过行人的欢声笑语不甚清晰地传来。

"不是呀，"莫名羞耻，她无意识地软了声音求饶，"没有。"

他眼底掠过薄薄的笑意，直起身，捏她的脸："解释。"

要她怎么解释？

难道要她再说一次因为他的吻技太好了吗？

岑雾咬着唇，想瞪他。

好几秒，她才磕磕绊绊地挤出声音，人生第一次，把责任推到了别人身上："……蒋燃，他说你经验多。"

她也不算说谎，那晚蒋燃的确是这么八卦来着。

但梁西沉没说话，只眼神幽幽地落在她脸上，带着隐隐的危险。

岑雾眼睫止不住地扑闪，小声重复像是肯定："他说的呀。"

梁西沉薄唇微挑，笑了。

"他说你就信？"他睨她，语调带着威胁，"这个解释说服不了我。"

岑雾："……"

她羞恼，别过脸，然而下一瞬又被他扳回，被迫对上他深不见底的黑眸。

"说不说？"梁西沉就这么看着她，要笑不笑的。

岑雾简直要被他弄哭了。

"吻技……吻技，"她羞耻得浑身战栗，脸在他面前失控变红，"很好，不像……没经验。"

他温热的薄唇毫无征兆地覆了上来，她的眼睛被他手掌遮住。

"专心点。"微微的震动感贴着唇直抵心脏。

不似先前几次或强势或温柔的吻，这一次，他的吻笨拙，甚至不能说是吻，而是毫无章法地贴合触碰。

像在探索。

生涩极了。

生涩到，纠缠时差点就咬到她。

腰适时被他揽住，她被他困在胸膛和墙壁间。

岑雾几乎就要窒息。

下一瞬，生涩的吻消失，取而代之的是不陌生的强势和长驱直入。

揽腰的力道变成了掐，遮挡她眼睛的手转而捧住她的脸扣住，凶悍吻过寸寸肌肤，像是要将她拆骨入腹。

空气燥热。

"现在验过了，"滚烫的唇忽地停了下来，变为缓慢地微磨，他低着声，"相信我的初吻是你了吗？"

岑雾睁开眼，男人的眼眸格外黑亮深邃。

他薄唇染了笑，轻而慢地咬她："没经验的和有经验的，不喜欢哪种？"

岑雾哪里还发得出声音？

但他若是放过她，就不是在这种事上总是欺负她的恶劣梁西沉了。

他的手碰上了她的腰窝，蓦地一按。

241

战栗丛生。

"……梁西沉！"手无意识地慌不择路按上他的，破碎喊出声时，岑雾呼吸急促。

一张薄纸的距离，他的呼吸纠缠，混着淡淡薄荷烟味和清冽气息，萦绕上她鼻尖，悄然将她蛊惑。

岑雾到底败在了他晦暗难辨的眼神下，胸膛剧烈起伏，挤出羞耻的答案："相信，没有……没有不喜欢。"

梁西沉笑了。

只一眼，岑雾心跳加速，耳热难忍，只想推开他离开，然而手才抵上他胸膛就被他捉住按着，手心下，是他强而有力的心跳。

她听到他喉间深处像是溢出了低低长长的笑意："误会了我这么多……岑同学，我那时在你眼里，究竟是什么形象？"

他唇角微挑，眼底似也隐隐有笑意，摆明了是一定要听到她的答案。

岑雾快要无法呼吸了。

偏偏他的指腹在流连，缓而慢地就要到……

"学神！"她脱口而出当初思源总是在她耳边提的话，"天……天之骄子，很……""很多女生喜欢"这句差点也跟着出口，怕会问包不包括她，她硬生生改口，"好看。"

"继续。"

"……"

"说不说？"

"……"

岑雾羞耻地咬住了唇，在心跳快得像是要炸裂之际终于再挤出了一句自己也不知道怎么想到的话："……好人。"

梁西沉蓦地就笑了。

低低哑哑的，听得岑雾耳边渐生别样酥麻。

想说什么，男人意味不明的一句紧随其后落下："谢谢我的梁太太夸奖。"

我的梁太太……

不是没听他叫梁太太，但加上"我的"，像极了是情话，猝不及防地就让岑雾心脏狠狠悸动。

以至于她像是鬼迷了心窍，脱口而出了一句话："那……我呢？那时候，我在你眼里，是什么形象？"

"想知道？"梁西沉手往下，握住了她的手捏了捏，眸光幽邃地望着她。

岑雾心跳骤停。

"想……"她一眨不眨地回看他，根本已被他蛊惑。

然而——

"不告诉你。"他勾着唇，慢条斯理地吐出一句。

岑雾羞恼地就要控诉，他却在她面前蹲了下来，示意她上来："梁太太，我们该回家了。"

热闹的声音重新从四面八方而来，但不知怎的，唯一清晰地在她耳旁一遍遍重复的，竟然是——

"初吻是你。"

"梁西沉……"

"嗯？"

岑雾的呼吸和心跳都是紧绷的。

或许是被他那句初吻迷了心窍，或许是这两天他对她的好让她的勇气又多了点，她忽然大胆地也想告诉他。

"我……"她将红透了的脸埋入他颈窝，声音颤颤，唇动了又动，终于挤出了剩下的话，"我的初吻也是你。"

到底是害羞的，又对情感极度没有安全感，能说出这句已是鼓足了所有的勇气，所以声音极轻极细。

"丁零丁零——"

却不想在她出口的同时，有一群恣意的学生骑着单车经过，按了车铃提醒行人避让，轻易地将她的话盖过。

"说了什么？"她听到梁西沉问。

勇气瞬间如被戳了针的气球迅速变瘪，岑雾无意识地把唇咬了又咬，眼底失落尽显，过了两秒才否认："没什么。"

耳畔有风，从澜江上徐徐而来。

下一秒，低哑的声音携着薄薄笑意一起随着晚风被吹至——

"可我听到了，怎么办？"

·第十一章

她喜欢过的那个人是我，对吗？

将岑雾送回公寓后，黑色的库里南在夜色中疾驰。

梁西沉单手把着方向盘，嘴角咬着烟，青白烟雾弥漫，隐在阴影中的半张脸讳莫如深，辨不出情绪。

二十分钟后，刹车声在一家私人拳击馆前划破夜空。

梁西沉推开了车门，将指间猩红掐灭，大步朝里走。

余盛立马迎了上去："沉哥。"

梁西沉脚步不停："人呢？"

"里面。"

余盛是拳击馆的老板。

拳击馆的生意一向很不错，因着今晚有挑战赛更甚，欢呼叫喊声几乎要掀开屋顶。

除了一间 VIP 房。

余盛帮忙推开了门，眼看着梁西沉解开衬衫袖口随意地往上卷，忙问："沉哥，要给你准备衣服吗？"

"不用。"薄唇吐出一句，视线扫过台上那道由人陪练的身影，梁西沉神色依然淡漠。

余盛没再说什么，只示意陪练教练先离开。

梁西沉上了台，没有丝毫的留情和浪费时间，快准狠的一拳打上了那张和自己有两分相似，在笑着的脸。

脸极白的男人嘴角处立刻有血迹渗出。

下一秒，他挥拳回击。

近身格斗。

拳拳凶戾。

明晃晃的灯光照亮梁西沉异常俊漠的脸，连眼角眉梢都过分冷硬。

"唔！"

不出两分钟，梁西沉不费吹灰之力地将男人打倒在地。

那男人抬起脸，血狼狈滑落。

"滚。"

梁西沉深深冷的睥睨了那男人一眼，将裤袋里那张写着"情敌"两字的卡片扔上他的脸，一条细细的血痕被划出。

梁西沉语调极冷："离她远点。"

"哥！"

梁西沉充耳不闻。

梁奚临从地上爬起来，看着连背影都透着寒凉的男人，低笑了声："远不了，我和岑雾是朋友。"

梁西沉冷冷地睥着他。

血顺着梁奚临的嘴角溢出，他抬着脸和梁西沉对视："我追求过她，我们一起吃过饭，前段时间刚刚见过面。"

看着眼前人冷戾的眉眼，梁奚临咧嘴一笑，丝毫不掩饰自己明晃晃的挑衅："我坐在她身边，那天她用的香水是……"

一声闷哼。

撑着地面的右手蓦地被黑色皮鞋踩上，钻心的疼从手骨蔓延。刹那间，梁奚临脸上血色尽失。

"想死是吗？"梁西沉从喉间深处滚出的嗓音没有丝毫温度可言。

梁奚临笑，依然不知死活地开口："哥，她配不上你，她和我一样是私生子，她还和……"

"唔！"

又是一拳。

甚至没看清楚那张脸上是怎样的神色，梁奚临瞬间再被打趴在地，嘴角血流不止，血腥味变得浓重。

狼狈不已。

剩下的"……不清不楚"混着血一起被模糊不清地吐出。

梁奚临撑着一口气还想挑衅，阴影落下，下一秒，他整个人被攥住衣领提了起来，直接被扔了出去。

梁西沉站直了身体，将衬衫纽扣再解了两颗。

他掀眸，五官在明亮光线下溢出狠戾和凶悍，薄唇轻描淡写地扯动，偏生吐出的每个字都缠着肃杀："你是什么东西？"

话落，一拳再次快准狠地招呼向梁奚临。

梁奚临堪堪站起来的身体直接往后退了好几步，差点再倒下。

可他也不是吃素的。

这些年，他的身手也有提高。

他同样快准地回击，歪着脑袋，依旧笑得出来，无辜得很："哥，我们很久没痛快打一场架了。"

余盛没走，一直等在台下，一起的还有站在他对面的一个黑衣保镖。

台上的两人已经不算近身格斗了。

梁奚临身手是可以，但在梁西沉面前，不堪一击。

再一次被打下爬不起来的时候，离他说完挑衅宣战的话还不到一分钟。

余盛面不改色，只在梁西沉大步走下台时递了块干净毛巾给他："沉哥。"

手上沾了梁昊临的血，梁西沉没有表情地擦掉："再有下次，试试。"

毛巾被厌恶地扔在了地上，他周身的气息异常冷漠。

原本仰躺在地的梁昊临在听到这话时挣扎着爬了起来，盯着他挺拔的身躯，喉咙口滚着血有些烫："哥！"

梁西沉脚步未停。

他只来得及在梁西沉的背影即将消失之际，遏制着胸膛起伏带来的剧烈痛感，艰难地说："当年，我没有要爸赶你出梁家去北城，我……"

"砰！"

门被甩上，身影隔绝。

夜空阴沉。

在离公寓还剩五分钟路程的时候，车子意外爆胎。

梁西沉降下车窗，又点了一根烟。

青白烟雾弥漫，他那张隐在阴影中的脸越发晦暗难辨。

"轰隆隆——"

忽地，有春雷沉闷地响起。

梁西沉抽烟的动作微顿，不过半秒，他继续。

豆大的雨珠在片刻后从天而降，噼里啪啦地砸在车玻璃上，整座澜城瞬间迷蒙在突如其来的春雨中。

烟燃到了尽头，梁西沉又点了一根。

路边不远处。

像是外出归来的一家三口不巧被雨淋到，于是躲在了公交站台下，小男孩坐在父亲的肩上，三人笑意明显。

脑海里，差不多的深夜雷雨画面蠢蠢欲动。

——那年他被压着跪在庭院里冷硬的地砖上，鞭子一遍一遍地抽在身上，所有人冷眼旁观，包括父母。

——鲜血满地。

一根接一根的烟从烟盒中抖出咬上唇。

手机屏幕上，那个隐藏多年的视频播放了一遍又一遍。

春雷响起的刹那，公寓里，蜷缩在沙发里睡着的岑雾猛地惊醒，她猛地睁开眼，大口大口地喘着气。

她竟然，梦到了梁西沉——

不是高中的他，也不是重逢后的他。

而是他躺在地上，周围满是血。

胸膛上的长疤仍在冒血。

她缓了缓呼吸，手指微颤着摸过手机想联系他，才打开微信，蓦地，她耳尖地听到门口处有指纹解锁的声音。

他回来了！

紧绷的弦一下松懈，岑雾急急从沙发上起身，连拖鞋也忘了穿跑向门口。

"咔嚓！"

门开。

玄关的灯光暖黄，温温柔柔地笼上那张英俊的脸。

一句"你回来了"蓦地堵在了岑雾嗓子眼。

眼前的梁西沉衬衫淋湿，薄唇紧抿，那双深眸像蘸了墨一样黑沉，同时，有浓烈的烟味萦上她鼻尖。

这样的梁西沉，给她一种形容不出的感觉。

她微愣："梁西沉？"

眼前的人穿着睡袍，微仰着脸在看他，眼神温柔。

梁西沉眼底晦暗，在喉咙深处滚过几遍溢出的声音分外沙哑："怎么还没有睡？"

岑雾竟有种心脏像是被什么刺了下的感觉，胸口莫名发闷。她脱口而出："我在等你，等你回家。"

他没有说话，只是薄唇似乎抿得更紧了，眼眸越发深暗，仿佛暗藏着什么。

"你⋯⋯怎么了？"岑雾伸出手，鼓起勇气，试探着去碰他，"是发生了什么⋯⋯"

最后一个"事"字还没说出口，男人坚硬的胸膛撞上她，她被他双手桎梏，牢牢地抱入了怀中。

很紧，很用力。

几乎让她生出一种他想把她融进他骨血里的错觉。

"梁⋯⋯唔⋯⋯"

所有的声音被他急切地吞噬。

和以往每一次都截然不同的吻凶狠地覆了上来，就连他的气息也带着陌生的强势。

男人完全不给她任何心理准备地把她压在了墙上，一手搂着她，一手扣住她的后脑勺。

被雨淋湿的衬衫带来凉意，让她冷不丁地打颤。

她想躲，但退无可退。

只两秒，岑雾呼吸彻底被夺。

连她的思维，和她整个人皆是如此，无法反抗自控。

偏偏，他越发凶狠。

头顶的灯光暖黄，将两人的身影笼罩在一起。

她眼睫直颤，费力睁开眼，对视的刹那，他的呼吸更沉，眼底突然像是有火在烧。

眼神令人心惊。

她努力挤出声音："梁⋯⋯"

声音再被吞噬。

他的薄唇碾过，一下比一下重。

恍惚间，岑雾竟有种他在发泄压抑的情绪的错觉，那么用力。

她的手指无法自持地死死地攥住他的衬衫，仿佛唯有这样，她的身体才不至于没出息地滑下去。

这样的他让她陌生。

"梁西沉……"她呜咽。

细碎的声音，微颤的身体，像一盆冰冷的水突然浇头而下，瞬间浇灭了梁西沉骨子里那股恶劣。

他身体猛地僵住，拢上她的衣服，掐着她腰的手改为搂住她。他将下巴埋入她颈窝，呼吸微沉，嗓音哑透："弄疼你了？"

岑雾双手无力地攀着他的肩，剧烈起伏的胸膛让她一下发不出声音。

梁西沉吻她，薄唇有意地厮磨，想安抚也是想哄她："抱歉。"胸腔里的情绪硬生生遏制住，他的额头轻抵她的，他的薄唇再流连过她眉眼，低低地唤她名字，"岑雾，岑雾……"

一声声，近乎偏执。

听得岑雾胸腔里不受控地泛出股无法形容的酸意，一层层地缠上她的心脏，几乎要让她难受得窒息。

"没有……"她尾音颤颤，叫他，"梁西沉，你怎么了？"

四目相接。

她眼里盈了温柔的水，眸光潋滟。

脑海里，是刚刚开门时她说在等他回家的模样。梁西沉艰涩地滚了滚喉结。

"没事，"他克制着将薄唇落上她眉眼，就这样把她抱起，压着声音哄她，怕吓到她，"我抱你回房睡觉。"

可岑雾哪里能睡得着？

"是发生了什么事吗？"她搂着他脖颈的手无意识地收紧，想知道答案。

被他抱起，她低头，试图从他眼眸里窥探一二。

然而，什么也看不出。

"没有。"他轻啄她的唇角，始终注视着她，眼神深浓幽邃，就这么猝不及防地撞进了她心底最深处。

岑雾的心有下坠的感觉。

她直觉觉得他在说谎。

"真的吗？"

"嗯。"

他抱着她往里走。

也不知是刚刚的眼神压得她难受，还是酸意作祟，理智被冲昏，岑雾忽地抱紧了他："你……不难受吗？"

动作骤停。

梁西沉抬头。

冷不丁触及他的目光，岑雾本能地想要避开，然而刚才他那一声声唤她名字的模样定住了她。

她只想着要他开心。

她努力遏制着呼吸，鼓起勇气没躲。

他就这么望着她，她也是。

空气陷入难言的安静中。

"你难受？"沙哑性感的声音低低徐徐，"想要？"

"……"

绯红不受控地染上脸蛋，昏黄的光线中，岑雾分明捕捉到了他眼底薄薄的笑意，眼神意味深长。

一下子，他又变回了往日里会欺负她的恶劣男人，仿佛刚刚他陌生的种种只是幻觉。

脸上有热意涌出，她呼吸微促："我……"

但她的话根本没机会说出口，甚至分明是被男人曲解了。

他的长腿重新迈开走动，他抱着她走往卧室里，边碰她的唇，边哑声说："我的错，让梁太太难受了。"

她忽然有些后悔了。

"梁西沉……"

"啪嗒"一声，灯被他关了。

黑暗笼罩，唯有城市的璀璨灯火混在春雨的迷蒙中，透过窗户隐约地渗进来了些许。

她被他抱进了浴室坐在洗手台上。

"梁……"

尾音消散。

花洒被打开，淅淅沥沥的声音在耳旁无限放大。

不出片刻，热意氤氲，他或轻或重流连的手指似乎也沾上了热意。

"舒不舒服？"他在她耳畔轻吻，极致沙哑的嗓音性感得蛊惑人心，温柔又强势，"嗯？"

仅有的一丝光线被模糊。

他俯下了身。

岑雾足尖倏地绷直。

隔着磨砂门，水声隐隐约约。

一声声的，莫名像在提醒她什么。

岑雾躲在被子里，本就覆满酡红的脸被闷得红了个彻底。

氧气稀薄，她就要喘不过气了，但饶是如此，她仍不愿探出脑袋。

直到男人从背后抱住她，连人带被将她捞进怀中，即便隔着被子，似乎也能清楚感受他身上的微凉。

下一秒，被子被掀开，她猛地闭上眼假装睡着。

眼睫微微发颤。

脸红得……很彻底。

梁西沉瞧见，薄唇微勾，习惯性地想扳过她的脸亲吻，低头之际想到刚刚做了什么，怕她恼，到底放过了她。

"晚安，梁太太。"眼底飘出笑意，最后，他只吻了吻她的发丝。

他伸手，关了床头灯。

黑暗笼罩。

他拂下来的气息就在耳旁，和自己的心跳声一样无比清晰。

他抱着她，下巴抵着她头顶，那只手伸过来捉过她的，捉着她的手背和她十指相扣，指腹轻缓摩挲，掀起别样感觉。

岑雾到底是睁开了眼。

"梁西沉……"半晌，她慢慢地缓了缓呼吸，鼓足勇气，极小声地叫他。

"睡吧，"梁西沉吻她发丝，慵懒的嗓音里淌着笑意，"很晚了，明天你还要出差。"

岑雾的脸更烫了。

她咬唇，仍是没忘记在玄关时他的不对劲。

"你……"

"梁太太，"梁西沉捏她的手，到底是忍不住，薄唇还是微磨上了她的脸蛋，"不想睡的话，继续？"

岑雾的身体僵住了。

她猛地闭上眼，声音魍魉的，是自己也没察觉到的羞媚："睡觉。"

梁西沉笑："乖。"

"……"

或许是他回来了，或许是先前让她有点别样的累，以为会睡不着，没想到在他怀中没多久，困意便袭来将她淹没。

渐渐地，她的呼吸变得绵长平稳。

身后，梁西沉始终睁着眼，习惯性地摩挲她手背，时不时地吻她发丝，直至她彻底沉睡，他才小心地松开了她。

他下床，捞过烟盒，去了露台。

雨还在下。

整座澜城笼罩在暗色中，朦胧一片。

梁西沉熟练地抖出一根烟咬上，垂首，手微拢打火机点燃，自然地半眯了眯眸，慢条斯理地将烟圈吐出。

等小半盒烟见了底，他转身回到室内，在外面的洗手间冲了个澡，确定身上的烟味彻底被冲去后才回到卧室。

他上床，动作极轻地搂她入怀。

他低眸看着她。

她睡得安稳。

他一瞬不瞬地凝视良久，终究是没克制住，低下头重新轻吻她的唇。

"岑雾……"

"岑雾，岑雾……"

岑雾睡得沉，迷迷糊糊好像听到梁西沉在叫她。

一声声的，就像在玄关那儿一样。听得她心尖发颤，酸意在胸腔里横冲直撞。

她费力睁开眼，入眼所及是自己被他双手禁锢在怀中，牢牢地，仿佛谁也不能将他们分开。

她稍稍动了动，下一秒，困着她的力道更甚。

他没醒，仿佛是他即便在沉睡中也刻进了骨子里的本能反应一般。

或许是做了亲密事，哪怕没到最后一步，也让她觉得她和他是不一样的了，于是这一刻，她突然很想很想碰他、吻他。

她望着他沉睡的面容，小心翼翼地贴上了他的唇。

薄软。

温热。

和每次接吻的感觉一样。

甜蜜悄然溢出，她抬起还算自由的左手，指尖碰上他的脸，慢慢地沿着线条描绘脸廓。

但很快，她发现了不对劲。

——他的皮肤很烫。

怕感觉错了，她的手心贴了上去，的确温度不对。

他身上也是。

他穿着睡衣，哪怕隔着睡衣，温度也很烫。

发烧了？

岑雾一下想到这个可能，又想到他回来时浑身湿透也没及时换衣服，她不免着急。

"梁西沉？"她叫他。

没有回应。

岑雾眉头皱得更紧了，不管不顾地费劲从他怀里钻了出来，掀开被子下床，光着脚快速跑出去找到体温计。

一量，是高烧。

不敢浪费时间，她急急跑去洗手间，拿了条干净毛巾沾湿，又找出冰袋，想先用冷敷退烧。

等回来，却发现他的额头布满了密密麻麻的冷汗，薄唇死死地紧抿。

整个人，给她一种形容不出的感觉。

像……

在压抑着某些极端的情绪。

她不由得又想到了他回来时的模样，尽管看不出什么，但她总觉得不对。

他究竟怎么了？

满世界浓墨的漆黑，没有一丝光亮。

251

大雨滂沱，没有将鲜血冲刷，反而让血腥味四散弥漫。

躺在地上的人一动不动。

"梁西沉……"

好像有人在叫他。

"梁西沉……"

温柔的嗓音，一声声，隐隐约约，由远及近。

他抵着地面的手指微颤，近乎就要再没有起伏的胸膛重新有了动静，艰难地呼吸。

他缓缓睁开眼。

满眼的黑暗。

"梁西沉……"

他循着声音侧头。

两秒后。

黑暗像被一点点地劈开，有一丝光慢慢而至。

光的尽头——

是岑雾。

他呼吸困难，合眼半秒，蓦地伸手扼住那截手腕。

他再次睁眼，模糊渐散，她近在咫尺，满目的温柔。

"岑雾。"

冰敷许久，他的体温降了一点，岑雾轻舒口气，正要再去洗手间，冷不丁地，手腕被扼住。

那双深邃的眼眸睁开，正一瞬不瞬地盯着她。

"别走。"完全无法形容的沙哑，似从喉间最深处发出，在压抑着什么。

岑雾微怔。

"梁西沉？"她叫他。

但他没有回应，仿佛是在做梦，似醒非醒，只不过握着她手腕的力道无意识地在加重。

有些疼。

"梁西沉？"她没有挣脱也没有动，只小声地叫他。

他好像在看她。

那眼神，好像和在玄关时一样压得她难受，但又好像不一样。

做噩梦了吗？

"我不走。"好几秒，她试探着说。

他的眼睫毛细长浓密，颤了颤。

下一秒，他的眼皮再合上。

"梁西沉？"

他没再醒。

岑雾抿住了唇，怕吵到他，没再叫他。

她低头看了眼被他攥着的手，小心翼翼地试图抽出，但她稍稍一动，他就握得极紧，莫名……像是怕她离开。

不知怎么回事，这一刹那，之前那股酸意重新涌了出来，一点点地充斥她的胸腔。

她看着他。

没被桎梏的那只手轻轻抬起，她万分小心也极轻柔地抚上了他沉睡的脸。

大概是发烧的缘故，极具攻击性的五官在昏黄的光线下没了一贯的冷硬。

第一次，让她有种梁西沉也是常人，也会生病的感觉。

凝视良久，她俯身。

长发从肩头散落，发尾若有似无地拂过他的脸，她眼疾手快地将其别到耳后，低头慢慢再靠近，唇贴上他的唇。

"我不走。"她轻声说。

她就这样照顾了梁西沉许久，到了上午他终于退烧醒来，记得的第一件事就是送她去机场。

岑雾没让他送。

这会儿，她坐在休息区给他发微信，原本是想再问问他昨晚怎么了为什么会发烧，但最后她还是作罢。

他不想说，那她就不问。

最后，她只是发：吃了药好好睡一觉，醒来量体温，还不舒服的话去医院。

他回了一条语音。

岑雾点开放到耳边，下一秒，低沉而磁性的嗓音不疾不徐地钻入她耳中——

"我听老婆的话，有奖励吗？"

像极了他的人此刻就在她耳旁低语，甚至还有温热气息拂来的感觉。

岑雾脸热，咬着唇，没回。

但他偏偏不放过她。

他再发来语音，语调慵懒性感："老婆？"

舒影买咖啡去而复返，恰好听到这一句，意味深长地朝她笑："这才分开多久？和你老公这么如胶似漆啊？"

"没有。"岑雾伸手按了按脸试图降温，颇有些心虚地否认。

舒影拖着腔："是吗？"

岑雾被她看得脸似乎更烫了，就差没开口求饶了。

好半晌。

"舒影姐……"

"怎么啦？"

岑雾慢慢地深呼吸，发觉没用，心跳仍是狂乱，乱得她挤出来的声音细得几乎听不清楚："我感觉……"

"就是……"她猛地闭上了眼，说话结结巴巴的，是羞涩更是紧张，"我感觉他……对我，好像……是不一样的。"

舒影差点没忍住笑出声来。

当局者迷。

她家迟钝的雾雾，终于反应过来了吗？

她憋住笑，故作没听懂："他？谁啊？"

岑雾感觉到了舒影的打趣。

"舒影姐……"她呼吸微促地睁开眼，更加不好意思了，声音也更轻了，带着不自知的娇，"梁西沉。"

舒影没马上说话，而是慢悠悠地抿了口咖啡，直到瞥见她都快把自己的手指绞成麻花了，才给她想要的确定答案："我觉得也是。"

岑雾呼吸滞了两秒，找回声音的时候，她的眼睛是自己都没察觉到的亮以及雀跃甜蜜："真的？"

"嗯哼。"舒影笑，摸摸她的脑袋，"舒影姐看男人眼光很准的。"

有那么一刹那，她是想冲动地告诉岑雾，梁西沉应该很早就喜欢她了。

但她到底了解岑雾的性子，对情感的极度没有安全感，并不是她这种局外人一句话就能让它没有的。

好在目前看来，雾雾能这么说，应该是梁西沉一直都有给她绝对的明目张胆的偏爱，所以才会让她愿意一步步地走向他、相信他。

那么，就让他们慢慢来吧。

大概是有了舒影的肯定，回想起这段时间相处的种种，岑雾觉得先前自己的那些犹豫不决好像少了些。

那个自己不敢深想的念头，开始在心底蠢蠢欲动。

登机后，她轻轻地舒了口气，嘴角盈着自己也没察觉到的笑意。

想到昨晚忘了发演出结束后的微博，趁着还有时间，她打开微博，从舒影发给她的照片里选了张大合照、舞剧剧照。

准备发送，她指尖微顿。

她抿着唇，按捺着过速的心跳，又把昨天她下车后助理意外抓拍到的她的一张照片也放了上去。

照片里，是她抬眸看向西边的落日。

日落西沉。

余晖仍温柔。

又想到什么，她点开自己的资料，关了仅显示星座，将生日的日期改成了可见的 3 月 17 日。

从那晚起，这个日子于她而言再也不是不想提及的一天。

往后年年岁岁，他说他会陪着她。

修改完，她没多停留，就退出了微博。

此时身旁的空位有人姗姗来迟，她没有在意，直到她终于后知后觉地察觉到身旁人一直在盯着自己看。

确切地说，是一种肆无忌惮的打量。

她眉心微蹙，抬起头。

——一张皮肤很白的俊脸，有伤，嘴角处分外明显，像是被人打的。

眉眼……

这次，岑雾很快地就认出来了。

是曾经在大学时错认为是梁西沉，但只是眉眼有两分相似的那个男人，前段时间从平城工作回来时偶然遇见了。

他朝她勾了勾嘴角："岑雾，又见面了。"

岑雾礼貌也疏离地回应："你好。"说完便收回了视线。

然而这人始终瞧着她看，又在她准备拿出眼罩补眠时，轻笑了声，如好友聊天般极自然地说："昨晚我和人打了架。"

岑雾沉默两秒，没理。

乘务人员已经在提醒即将起飞，让乘客做好准备。

于是她戴上了眼罩，侧着身对向机舱外方向，以为这样的举动足以让身旁人明白，她和他并不熟。

事实证明，是她想得太简单。

他似乎一点也没意识到她的冷淡，依旧说着话，还压低了声音，仿佛和她有多熟一样："你就一点不好奇？"

岑雾只当没听见。

梁奥临支着胳膊打量每次都对自己淡漠的女人，嘴角勾了勾，没顾上疼，又问："岑雾，我不明白，我这张脸并不差啊，当初为什么拒绝我？"

他看向她纤细指间的戒指，和他哥的是一对。

岑雾眼罩下的眉头皱了皱。

他又自顾自地叹了口气，很委屈："我也睡会儿，昨晚打架太疼了。"

然而他说要睡觉，视线却有意无意地落到她身上。

一直到飞机平安在平城机场降落。

岑雾摘下口罩，低头解安全带。

这时，身旁的男人悠悠地开口了，声音很低，缠着笑："其实你长得也就一般般啊，我哥看上你什么了？"

岑雾并没有把那男人放心上，本就是无关紧要的人，至于说的什么他哥，她更是不认识也不在意。

这次她来平城，主要的工作是拍摄上次的网游推广视频，接受杂志采访，以及和一档舞综的制片人见面。

总体来说都还算顺利，就是她几乎没什么休息时间。

等好不容易暂时可以喘口气，她又被舒影带着去了酒会应酬。

她是淡然低调的性子，应酬这种事多数情况下是舒影处理，但必要的时候她也会出席。

用舒影的话说，她什么也不用做，只要人在那儿就好。

但她没想到，她竟然会在酒会上再次遇到飞机上的男人，奥临。

这个名字，还是下飞机时，对方要笑不笑着提醒的，原话是："你是不是忘了我叫什么名字？我叫奥临。"

她的确早就忘了他的名字，当时她也没有理会。

只是无意间一瞥，她看到了不远处一身黑色定制西装的奚临，被人众星捧月围在中间，手里拿着杯香槟，百无聊赖的模样。

她收回了视线。

然而就在收回时，他也看到了她，举起香槟隔着距离朝她笑着示意。

"岑雾。"

她才转身走了两步，男人的声音从身后传来。

她不想理会，没想到对方直接走到了她面前，在众目睽睽下，从路过的侍应生托盘里拿了杯香槟递给她。

岑雾没有接，神色极淡。

男人毫不遮掩的目光肆无忌惮地将她上下打量——一袭旗袍勾勒出完美身材，天鹅颈白皙修长。

往下，她的手上并没有那枚戒指。

他"啧"了声，语调带笑："看着一般般，今晚打扮起来勉强可以吧，不过我还是好奇，我哥看上你什么了。"

这是他第二次提及所谓的他哥了。

岑雾在外人眼里是清冷的性子，低调，脾气也好，但今晚，她本能地排斥奚临的种种，或者说从飞机上遇见就开始了。

她抬眸，眉眼间是不加遮掩的冷淡："如果我没记错，当初你追求过我一段时间，那么，你当时又看上我什么了？"

在往常，她是绝不会说这种让人难堪的话的，也不会拿别人追求的事反击或是得意什么，实在是他的眼神让她不喜。

她以为，她的态度这么明显了，对方至少会觉得没面子离开。

但她到底是小看他了。

眼前的人丝毫不介意她的态度，甚至在她说完话后还冲她友善地挑了下眉，拖腔带调："你的意思是，我眼瞎？"

岑雾眉心微蹙，抬脚微动，想离他远些。

"小梁总？！"有胖乎乎的中年男人兴奋地靠近，明显是想来搭讪，"好久不见，没想到能在这见到您。"

梁？

到底是这个字对岑雾而言太过特殊，在听到时，她几乎是条件反射地脚步微微一顿。

紧接着想到的是……他不是姓奚？

下一秒。

梁……

奚临。

梁奚临？

她也不知道自己为什么会联想到这里，甚至，她还想到了如果这人姓梁，那么和梁西沉就差一个音不同。

岑雾眼睫微颤。

男士香水味忽地侵上鼻尖。

有阴影将天花板倾泻下来的灯光遮掩一点，男人站到了她面前，仅和她一步半的距离。

岑雾排斥，本能地往后退。

来搭讪的中年男人面露意味深长的表情，眼光将她打量，笑着说："既然小梁总您有事，我就不打扰了。"

"重新认识一下，"在她想离开时，眼前男人又悠悠开口了，似笑非笑的模样，"我姓梁，梁奚临。"

他有意地顿了秒，拖长了音："梁西沉的梁。我哥，梁西沉。"

——我哥，梁西沉。

几乎是同一时间，岑雾就想起了当年在天台上意外听到谢汶说的那一句话。

视线里，梁奚临懒懒散散地朝她笑，这样笑时，原本只有眉眼间两分和梁西沉相似，一下子，相似程度高了些许。

所以，他就是谢汶所说的，梁西沉厌恶的私生子弟弟？

面上，岑雾神色不变。

梁奚临的眼神始终在她身上，嘴角勾了勾，像是好奇："私下里，你在我哥面前也是这副冷冷清清、无趣的模样？"

他漫不经心地喝了口香槟，脑中回忆起当初她还在澜舞时他追求她的画面，她似乎也是这样，多年如一日的冷清，拒人于千里之外。

他哼笑，给出结论："挺配不上我哥的。"

岑雾眼睫轻抬起，自始至终，她就没给过他一个笑容，只是轻描淡写地反问："和你有什么关系？"

酒会上人来人往，或许是梁奚临这人的缘故，两人哪怕站在偏安静的角落，也新奇地叫人多看两眼。

岑雾并不想和他有牵扯。

但似乎，梁奚临并不想放过她。

就在她要转身之际，他像是携着冷意的话语再响起："别以为我不知道，你只是为了躲避虞家的联姻才嫁的我哥。

"你根本不爱我哥。"

他再走到了她面前，明晃晃地伸出长腿将她拦住，不疾不徐地问："什么时候离婚？"

不像是问，更像是威胁。

人生第一次，岑雾有了匪夷所思的感受。

她眼神极冷清地看了梁奚临一秒。

她垂下眸，想打舒影的电话让她过来带自己走，没想到才从手包里拿出手机，梁奚临的话又落了下来——

"怎么，要打电话跟我哥告状啊？"

颇有些嫌弃的语气，像是在嘲笑她这么大的人还玩告状这一套。

梁奚临百无聊赖地晃了晃手中的香槟酒杯，哂笑："我哥早晚会和你离。你不知道吧，我哥最讨厌私生子。"

他肤色偏白的手指指了指她又指了指自己："你和我，同一类人。"

如果是生日那晚之前，岑雾听到这样的话或许会难过，但那晚梁西沉亲口说了，他从未讨厌过她。

所以这会儿梁奚临这话，丝毫没有对她有影响。

她没有搭理。

梁奚临也发现了，眼底一闪而逝不平衡的恼意，他却笑得越发温和无害："小时候，我哥挺护着我的，后来就讨厌了。你猜，我哥对你这种比我还不如的私生女，什么时候也会讨厌？"话里话外，他的眼神语气，分明是在说，她很快也会是和他一样的下场。

岑雾平静地看着他。

"呵，"低低的嘲讽的一声从胸腔里溢出，梁奚临嘴角微勾，盯着她，"我哥和你结婚这么久，没带你见过梁家人，或者他外公那边的家人吧？"

他黑亮的眸满是无辜："对了，我哥在澜城有好几处房产，带你去过吗，给你准备好婚房了吗？

"我哥……"

岑雾突然出声："演出那晚的花，是你送的，对吗？"

空气大概有两秒的静滞。

岑雾捕捉到他的神情，肯定了自己突然而至的猜测。

从开始到现在，梁奚临一口一个"我哥"，不经意间泄露的眼神，是崇拜。就差没明晃晃地写明他哥梁西沉是天底下最优秀厉害的人，谁也比不上、谁也配不上。

原本，她以为那束花是出自夏微缇的手笔。

但现在看来，是梁奚临的话，"情敌"两字更像是写给梁西沉看的。

岑雾神色依然平静，将他的心思指出："你是不是就等着我打电话跟梁西沉告状，好让他注意你？"

梁奚临狠狠地盯向她。

岑雾眼睫眨了下，毫不畏惧，一针见血："你嫉妒我？"

"啪！"

香槟杯被捏碎。

瞬间，鲜血从梁奚临指间缓缓流下。

他冷笑，被戳穿的恼羞成怒一闪而逝，呼吸沉了两分："我嫉妒你什么？嫉妒你不知道我哥现在在哪儿，嫉妒你现在根本联系不上他？"

蓦地，他垂首。

"岑雾，你猜猜，我哥现在究竟在哪儿？"

天花板上的灯璀璨明亮，落在梁奚临消瘦的面容上，竟诡异地透出一股在同情可怜她的错觉。

岑雾反应慢了两秒，脑子里，竟想到这段时间梁西沉都是早晚给她发消息，但今天，直到现在都还没有消息。

就是这两秒，他突然俯身，靠近她耳旁，用旁人看起来很是亲昵的姿势，又说了句笑盈盈的话——

"我哥喜欢看人跳舞。"

落地窗外，繁华的平城笼罩在璀璨的灯火之中，繁星点点，如梦如幻。

岑雾趴在浴缸边沿失神地望着，侧脸枕着湿透的手臂，许是热意氤氲的缘故，眼前逐渐模糊。

脑海里，梁奚临的那些话不受控制地一遍遍清晰重复。以及，舒影姐打听来的消息，原来梁奚临是顶级豪门世家梁家的小公子，圈子里人称一声"小梁总"。

心里，是两个声音在将她肆意地拉扯。

一个声音说——

"你该相信梁西沉，领证那天他承诺过的，这段婚姻只对你忠诚，他是你可以依赖的丈夫，你不信他，难道要信梁奚临吗？

"梁奚临分明是不怀好意，他的话一个字都不能信。

"再者，梁西沉不止一次地说过要信他，你也说过相信的。

"你也感觉到他对你是不一样的，不是吗？"

另一个声音在她内心的天平要倾斜时跑了出来，居高临下毫不客气地冷冷泼她冷水——

"可他没带你见过家人。

"你对他是不是算一无所知，不知道他在澜城其实有住的地方，不知道他出生在那样的梁家？"

两个声音吵了起来，谁也不服谁，都试图要让她相信。

吵得岑雾心口隐隐发闷。

"嗡嗡"两声，手机突然响起，提示有微信消息进来。

岑雾瞬间捞起手机。

她的心跳是紧绷的。

她闭上眼，咽了咽干涩的喉，好几秒，才眼睫带颤着重新睁眼，点开微信。

下一秒，悄然沁满眼底的期待消失得干干净净。

不是他。

她眼睫低垂，不甚在意地点开昵称为"x1"的人发来的消息，发现是一段几秒的视频。

视频里，是梁西沉名下的房产证明。

直到这一刻，岑雾才后知后觉地反应过来，那日手滑通过好友申请的人，竟然就是梁奚临。

他又发来一句话：看到没？我哥对你不过如此。

浴室里热气氤氲，照理来说脸应该泛红，但岑雾的脸色有些白，本就冷白的肌肤，在灯光下更是白得晃眼。

她抿着唇，面无表情地删除了他。

她将屏幕摁灭，想扔掉手机。

然而手机就像在手心里粘住了似的，怎么也扔不掉。

脑海里，梁奚临的话又开始重复刺激她，而这次，来来回回的，就一句——

“我哥喜欢看人跳舞。”

她或许不在意梁西沉没有带她见家里人，毕竟她也没有带他见过外婆，也不在意他是不是有住的地方。

她在意的，只是这最后一句。

她诡异地就想到了夏微缇。

或者说，是一种悄无声息深入骨子里的条件反射，平时毫无察觉，但凡和梁西沉有牵扯的女生，她第一个想到的都是夏微缇。

她不想承认，却又不得不承认，夏微缇这个人，从很久开始就成了她心底深处的一根刺，让她耿耿于怀。

而此刻，她就像是回到了当年酸涩的高中时代，像无数个辗转难眠的深夜一样，难以自控地陷入无法自拔的胡思乱想里——

他说没有喜欢的人。

现在没有，但并不代表从前没有，不是吗？

或者，喜欢和爱本身就是不同的。

毕竟，他会为了夏微缇特意请假陪着舞蹈比赛。

会为了夏微缇打架。

会……

少年时的爱，本身就很难忘，不是吗？

何况是他那样的天之骄子。

岑雾知道，自己不该这样乱想。

可是，她控制不住。

哪怕……哪怕如今他真的没有再喜欢夏微缇，可夏微缇这根刺依然在她心上，早已刺入了心脏深处，连着血肉，稍稍试图拔动都会很疼。

她没有勇气拔掉。

就好像也没有勇气打电话给梁西沉问他究竟在哪里，是不是……真的像梁奚临暗示的和夏微缇在一起？

她想拨通电话，问问他在哪儿。

却在下一秒，脑海里，陡然涌出幼年画面——

她的母亲岑意卿在第一段美满婚姻破碎时，失了一贯的优雅，红着眼打电话给那时的丈夫，冷声质问他在哪儿。

回应岑意卿的，是男人像忍无可忍的烦躁不耐：“你疑神疑鬼什么？我在国外出差！岑意卿，既然你总是怀疑我，不如离婚！”

之后，她亲眼看着她的母亲将手机砸到地上砸碎，当时客厅里的摆设无一幸免，包括有市无价的古董花瓶。

花瓶碎片四溅，堪堪划过她脚背。

而她被抛弃在虞家的那些年，也是亲眼见证她那位父亲是如何冷暴力对待他妻子的，只因他妻子问了句是不是还忘不掉岑意卿。

从浓情蜜意到爱意消磨。

只需要一次猜疑。

因为有了第一次就会有第二次、第三次，或许最初会解释，但后来都会不耐烦吧？

婚前爱得再浓，到头来都会如此，何况她和梁西沉这种最开始并没有感情基础的。

那么，如果她打电话给梁西沉，是不是其实就是忍不住在猜疑？

她也会成为她父亲母亲那样的人吗？

岑雾吸了吸鼻子，将整张脸彻底埋入僵硬的手臂中，不知保持这样的姿势究竟有多久，只知道起身时水似乎凉了。

她有些恍惚地拿过吹风机吹头发，却在不经意抬眸看到镜中的吹风机时，一下又想到了梁西沉。

——那晚他帮她吹头发。

岑雾垂下了眸，沉默地将头发吹干，又在黑暗中窝在床上，蜷缩的姿势，侧脸贴着雪白枕头。

想睡觉，奈何只要一闭眼就是梁奥临在酒会上说那些话的画面，那些胡思乱想也跟着跑了出来，包括想知道他在哪儿的念头。

指尖紧攥着枕头。

到底，她还是睁开了眼，望向被放在床头柜上的手机。

半晌，她伸手摸过。

点开解锁，乍然的亮光刺得她眼睛疼。

她缓了缓，调整亮光。

很快，微弱的光照亮了她在黑暗中的脸，也照亮了朋友圈入口的小红点。

两分钟前有一条新动态，来自——Lxc。

只有一张照片，是昏黄路灯下的一条路。

没有人点赞也没有评论。

那条路……

岑雾一眼就认出来了，是高中时他住的运河岸小区外面的那条路。

他在北城。

这个念头同一时间在她脑海中浮现。

下一秒，难以形容的委屈突然蹿了出来，或许有些无理取闹，但无法控制——

有时间发朋友圈，没时间联系她吗？

鼻尖隐隐泛酸，指尖微颤，岑雾退出了微信。

不想看了。

她想合眼，脑中却又一次地冒出了梁奥临在酒会上最后说的那句。

以至于让她竟像是鬼迷了心窍，控制不住地点开了微博，等意识到自己是想知道夏微缇在不在北城，已来不及。

她看到了热搜——#夏微缇机场#。

她恍恍惚惚地点开。

她看到是夏微缇在机场被人拍到，而机场……分明是北城机场。

北城。

夏微缇也在北城吗？

岑雾眨了好几下眼睛，退出微博，想摁灭屏幕。

"嗡嗡嗡——"

手机突然响起。

屏幕上，梁西沉的名字在跳跃。

他打电话给她了。

岑雾的眼睛一眨不眨。

想接。

但好像就是没有勇气，也有些难言的委屈。

不多时，手机自动挂断，她眼睫眨动。

"嗡"的一声。

有微信消息映入视线：晚安，老婆。

像前几晚每次结束微信聊天一样，只不过之前是语音，今晚是文字。

她没有回，而是鬼使神差地点开了他的朋友圈。

他的朋友圈很空，只有刚刚那一条动态。

那张照片……

岑雾看了一遍又一遍。

要问吗？

怎么问？

现在问吗？

他会觉得她是在猜疑，不信任他吗？

蓦地，岑雾扔掉手机，合眼。

纤瘦的身体依然没有安全感地蜷缩着，指尖紧紧攥着枕头，她吸了吸鼻子，强迫自己睡觉。

但这一晚，她噩梦连连。

先是幼年亲眼所见的几次母亲和她丈夫争吵，后来变成父亲变心后如何对他妻子冷暴力。

一幕幕都十分清晰。

再后来，画面一转，竟变成了梁西沉和她相看两厌，在她想问他去北城做什么时，他微扯薄唇，眼神极致的冷淡："和你有什么关系？"

……

岑雾猛地睁眼醒来时，胸腔沉闷到几乎就要让她窒息，太真实。

好久，她有些颤颤地掀开被子，想下床，不料浑身没力气，她直接摔倒在了地上，好在有毛毯垫着，不至于摔得太疼。

她的脑袋低着，长发散落遮掩侧脸，颇有些狼狈。

半晌，岑雾手撑着床缓缓地站了起来。

她脑袋昏沉，迟钝地意识到应该是昨晚泡澡着了凉。她摸过手机，给舒影发了微信，麻烦对方过来时给她带感冒药。

接着，她慢吞吞地挪动脚步去洗手间洗漱。

镜子里，她的脸除了有些白，看着还好，她庆幸昨晚忍住了没有哭，眼睛没有红肿，不至于影响今天的工作。

洗漱过程沉默，到了沙发里窝着时也是。

直到，房门被打开，有脚步声靠近。

"舒影姐。"尽管喝了水，但喉咙仍有些干涩，她不怎么舒服地低叫了声，慢慢抬眸。

以为被深压下的委屈和难过在这一刹那漫出，她呆呆地望着突然出现在眼前的梁西沉。

他也在看她，和梦里的眼神不同。

"你……怎么来了？"

话落地，他在她身旁坐下，她被他抱到了腿上。

他的薄唇轻吻她的脸蛋，嗓音低低："来见你。"

心，猝不及防地重重悸动。

岑雾呼吸停滞。

"见到我不开心？"他将她散乱的秀发别到耳后，顺势捏了捏她的耳垂。

一如既往极其自然的亲昵。

岑雾身体却微僵，心跳极快，唇不自知地抿住。

她无声摇头，想从他身上下来。

"先吃药。"梁西沉看她一眼，单手圈住她的腰，倾身拿过带来的感冒药，掰出一粒递到她嘴边。

显然是要喂她。

岑雾眼睫颤了好几下，强忍住心口突然的酸胀，张嘴，含住他递来的药。

水跟着递来。

她温吞地喝了口，将药吞咽。

"咳！咳咳——"

没想到药咽不下卡在了喉咙口，一下咳得满脸通红。

梁西沉眼疾手快地放回杯子，轻拍她的后背，另一只手摊开在她的嘴边，声音沉了两分："吐出来。"

眼前雾气浮涌，岑雾本能地抓住他的手腕，胸膛起伏。

终于，药吐了出来，她也止住了咳。

他的手掌顺着轻抚她的背脊，瞥了眼她涨红的脸，他有意放柔了声音哄她："还买了感冒冲剂，我去冲。"

岑雾发不出声音。

深深看她一眼，梁西沉暂时将她放下，起身拿过杯子和冲剂，用温开水冲散搅拌，差不多了，想再抱着她喂她。

白皙的手伸了过来接过杯子。

岑雾微微垂下脑袋，借着长发的遮挡稍稍避着他的视线，捧着玻璃杯，一口口慢吞吞地将冲剂喝完。

冲剂不甜。

喝第一口的时候，莫名地反胃想吐，但她忍住了。

想将杯子放回到茶几上，男人的手快她一步从她手中接过，属于他的体温将她熨烫，烫得她差点没拿稳。

下一瞬，她重新被他抱到腿上，几乎是条件反射般地，她双手就要攀上他的肩，然而就在行动还未开始前，她不知怎么忍住了。

手僵垂在身侧，她想要低头。

梁西沉薄唇微抿，眸色悄然暗了两度。

岑雾感觉到他的注视，身体越发僵硬，想说什么，脸被他捧起被迫和他对视，避不开他的目光。

"怎么感冒了？"他低声问。

一句话而已，几乎让岑雾没出息地掉眼泪，好像一下子又让她回到了昨晚。

可她不想表露出来，也不想被他看出什么。

"不小心。"她随便说了句。

梁西沉盯着她看了几秒，末了，他低头，薄唇微磨她的唇："不开心？"

岑雾心尖当即不受控地猛颤几许，喉咙口，那句"昨天你和夏微缇在一起吗"沉沉地堵着，每每在鼓足勇气想问时，又被昨晚的噩梦重重压下。

她害怕。

"没有，"她微偏脸想避开，强忍着几乎要将她吞噬的酸涩，低声说，"就是……不太舒服，有点累。"

她躲开，他的唇堪堪擦过她侧脸。

在他的手再度扣住她脸蛋像是要再吻上来时，她呼吸不稳："不要。"

他眼神沉下来。

岑雾心跳极快。

"舒影……舒影姐等下就要过来了，"他的眼神太暗，她越发不敢看，"我今天还有工作。"

仿佛是为了帮她，舒影在这时打来了电话。

"我接电话。"她的声音更低了。

梁西沉看她一眼，捏了捏她的脸："不舒服跟我说。"

"嗯。"

他松手，她从他身上下来。

温度消失。

提着的心重重地坠落，失重感强烈，岑雾咬住唇，到底什么也没说。

舒影是打电话来问能不能过来了，化妆团队已经到了，时间也差不多了，她说好。

不一会儿，人就来了。

梁西沉开的门，没让她动。

之后，他就坐在一旁，像那晚演出前一样陪着她化妆，目光时不时地扫向她。再然后她配合摄影师拍照，他也是如此。

她在哪儿，他就陪着在哪儿，但不会打扰她。

一整天都是如此。

岑雾逼着自己不许去看他，也会有意地避开他的视线，她清楚自己是在逃避，但她没勇气问出口。

但工作的时候能避开，回澜城后就不能了。

尽管，她以感冒难受为借口睡了一路，等回到家吃了药，又以不舒服太累去了浴室洗澡，而后上床继续睡觉。

可他也上了床。

他习惯性地从身后抱住她，将她半强势半温柔地搂在了怀里，十指交扣。

他吻她眉眼。

岑雾完全是下意识地按住他的手，心中酸胀也无措："梁西沉，我……我不舒服……"

卧室只亮了盏昏黄的落地灯，虚拢着两人亲密无间的身影。

但怀中人身体僵硬。

梁西沉微绷的俊脸明暗交错，眼眸在半暗中显得格外幽深，他一瞬不瞬地望着她紧闭的双眼，最后只吻了吻她发丝："睡吧。"

他关灯。

黑暗笼罩，他的呼吸声近在耳畔，岑雾指尖攥着身下的床单，只觉胸口闷得就要喘不上气了。

一趟出差而已，好不容易和他越来越亲密，现在却因为自己的敏感胆小，关系仿佛又回到了最开始。

她讨厌这样的自己。

这一夜，岑雾依然没有睡好。

次日。

舒影早早地来接了她去工作室先补拍一个练习室舞蹈版本，然而一整晚的噩梦让岑雾第一次精神有些不济，以至于补拍了十多遍才算满意。

休息时，她收到了梁西沉的微信，问她有没有吃饭，身体感觉怎么样。

她脑子里一下就涌出了今早醒来时的画面——

他给她量体温，确定体温正常后怕她反复还是给她冲了感冒冲剂，抱她去洗手间洗漱，给她煮了爱喝的粥。

细心妥帖地将她照顾。

可她……

指尖在屏幕上无意识地用力压着，很多画面在脑海中闪过，岑雾突然就有了决定。

——等下月初演出结束吧。

結束後，她就问。

她不该还像当年一样没有勇气的。

他们是夫妻。

今晚回家后她也不能再躲着梁西沉了。

她闭了闭眼，努力地压下那些浮动的情绪，继续投入到了排练中。

然而，她收到了明显是梁奚临发来的短信：我哥喜欢看你跳舞吗？

没头没尾的一句。

岑雾直接将号码拉入黑名单。

她想扔掉手机，却突然想到第一场演出那晚，梁西沉哄着她跳舞给他看。

以及，他说的那句话。

岑雾呼吸蓦地停滞。

下一秒，她突然就想到了另一件事，谢汶他们来的那次，蒋燃脱口而出的那句当初梁西沉对她没印象。

她忍不住想，如果她不会跳舞，梁西沉是不是根本不会和她结婚？

岑雾的脑子乱了。

偏偏，下一瞬，梁奚临像是知道会被她拉黑似的，又换了手机号发来了一句：我哥和明深的关系，他是不是也没告诉你？

岑雾原本是打算直接删掉的。

但她看到了明深。

明深……

他和梁西沉有什么关系？

她差点就忍不住回复问他什么意思，就在指尖即将碰上屏幕的时候，很巧，明深给她打来了电话，问她晚上要不要一起吃饭。

岑雾心绪乱糟糟的，说"好"。

她挂了电话，手机响动了下，她没有看，心神不宁地放回了包里。

这样的心神不宁，一直持续到她和明深见面，以至于在明深问她最近怎么样时，闷在心口许久的情绪到底是没忍住。

"明深。"她眼睫轻抬，看向他。

其实原本，她是想过打电话给明深的，她想知道，从男人的角度，梁西沉大概是怎么想的，她该怎么面对。

但没想到会收到梁奚临那样的短信。

她直觉，梁西沉和明深都有事瞒着她。

或者，明深是不是也知道梁西沉那时候是喜欢夏微缇的？

这么想着，不知怎么回事，鼻尖竟隐隐翻涌起了酸意，连眼睛也不能避免。

又在下一秒，在明深递给她一张纸巾时，一下没有控制住。

眼泪一滴滴地往桌上砸，像是要把昨晚忍住的眼泪也一同掉下来。

眼前模糊。

她没接他的纸巾，只是盯着他，说："我们认识十多年了，你是我第一个朋友。明深，我想知道，你是不是和……"

266

梁西沉三字梗在嗓子眼，她的眼泪突然间掉得更凶了。

明深静默片刻，递给她纸巾："慢慢说。"

岑雾却说不出话了。

她的胸口闷得难受，几乎是用尽全部力气才勉强再挤出委屈的声音："明深，你……"

突然有沉而重的脚步声逼近。

在她根本没意识的时候，梁西沉毫无预警地出现在眼前，薄唇抿得几乎成了条直线，一双紧锁她脸蛋的眸子像蘸了墨。

她忘了呼吸，也忘了说话，唯有眼泪还在不停地往下掉，越发汹涌，像断了线的珍珠，怎么也止不住。

他却将她的手腕扼住，拉着她站了起来。

"砰！"

车门被他重重地甩上。

他绕过车头回驾驶座，给她系安全带，夕阳余晖温柔，他那张冷硬的脸却没有丝毫温度可言。

黑色的库里南如同离弦的箭一般疾驰而出，挂着的那枚平安符前后疯狂摇动着。

逼仄的空间里，气压极低。

岑雾的眼泪一直在掉，她的脑袋恍惚，思维像是凝固，同时失声发不出声音。

直到——

库里南驶入公寓地下停车场，她被他从车里带出来，不打招呼地直接扛到了他肩上。

倒挂的羞耻姿势。

"梁西沉！"

她尖叫，可是梁西沉充耳不闻，长腿迈开大步往电梯那儿走。

她本能地挣扎，想从他肩上下来，然而他只是用一只手就将她牢牢禁锢，她甚至根本动弹不了。

"咔嚓"一声。

家里的门解锁，"砰"的一声，又被他勾腿带上。

半暗的环境里，她的身体跌入柔软的沙发。

不等她撑着起来，男人不打招呼地压了下来，扣着她的后脑勺将她禁锢，让她整个人陷入沙发里。

下一秒，薄唇凶悍强势地重重碾上她的唇。

像是某些压抑的情绪不再有枷锁，他攻势强硬地勾着她纠缠，继而又极致恶劣地辗转啃噬，让她寸寸失守。

脖颈，锁骨……

没了早晨的细心体贴，分明像是换个人。

"梁……"

她发不出完整的声音，身体被他牢牢困住动弹不得。

他掀起眸。

半暗的光线里，岑雾分明看到他下颌线条紧绷，那双眼睛盯着她，凛冽得好似没有一丝温度。

偏偏眼底又像是有火在烧。

危险，也叫人战栗心惊。

"你……"

尾音再被凶狠吞噬。

想躲，却又被他扣住脸，力道像是轻柔，然而薄唇碾过的力道却一下比一下重。

侵略意味极强。

不只是吻。

还有他的手。

岑雾被紧压向他胸膛的身体猛地僵住，又在下一秒不受控制地战栗。

——那晚他让她舒服，完全是以她为主，处处照顾她的感受。

可现在，他分明是在欺负她。

"梁西沉……"细碎的呜咽声溢出，岑雾眼眶里好不容易压下的眼泪到底是再掉了下来，无声滑过她脸颊。

可他像是压根没听到她的声音。

比那晚还要让她觉得陌生。

"嗡嗡嗡……"

掉落在地毯上的手机忽地不停响动。

她努力偏过脸，看到显示的名字，她的眼泪掉得更凶了，完全是不受控制的。

梁西沉顺着她的视线瞥过，本就凛冽的眸再添冷意和暗色，骨子里最深处的占有欲和欺负欲横冲直撞。

他偏要厮磨她的唇："要接吗？"

炙热唇息交错，声线低醇，像在与她温存缠绵，却掩不住他的恶劣。

岑雾的瞳眸蓦地睁大，指尖死死攥紧沙发。她的胸膛止不住地剧烈起伏，脑海里，是那晚他故意在她接电话时吻她的画面。

而他的手分明抬了起来去按下了她手机的接通键，另一只手仍在肆意妄为，时轻时重。

欺负她至此。

眼泪一滴滴地从眼角汹涌滑落，沾湿凌乱的发丝，没入米色沙发里晕出浅浅痕迹。

她终是忍不住哭出了声。

可即便有声音，也是极力在克制着委屈。

梁西沉猛地僵住。

脑海里，她生日那晚伤心的哭，和今晚她仰着脸对着明深哭，两种截然不同的画面来回交织，最终变成此刻的模样。

他合上眼，薄唇紧抿，呼吸极沉。

哭声像一把尖针，细细密密地扎上他的心脏。

刺痛蔓延。

身体里的醋意和怒火瞬间被她的眼泪浇灭，消失的理智回归。

他想帮她擦眼泪，但意识到什么，换那只意图接通她电话的手，僵硬地轻拭："对不起。"

岑雾别过脸，躲开。

手僵在离她的脸仅一寸的地方，暗色中，梁西沉整个面容沉入其中，轮廓上的每根线条都难以形容的紧绷。

"岑雾，"他哑透的嗓音唤她的名字，"我们谈谈。"

他不再压着她。

可她转眼就侧过了身，面向沙发，蜷缩着。

像在排斥他。

梁西沉呼吸一下变重，想掰过她身体。

"岑雾……"

"你能不能走？"

空气死寂。

岑雾眼睛紧闭着，睫毛上的泪水跃跃欲掉，哭得太厉害，导致她说的每个字都在哽咽都在颤："梁西沉……"

"我……"指甲掐入了手心，深深的痕迹被用力掐出，仿佛只有这样才能说出剩下的话，"我现在，不想说。"

她更没有办法和他谈。

谈什么？

谈他从前那样喜欢夏微缇，还是谈他为什么在北城，还是谈刚刚为什么要那样欺负她？

逃避也好，难过也罢。

她现在只想一个人待着。

她几乎就要再哭出声了："你能不能……先离开？"

衬衫的纽扣已经扯开了两颗，然而，呼吸仍是不顺，梁西沉一瞬不瞬地盯着她，忍不住抬手又扯掉了一颗。

她其实还在哭。

两秒，他起身，随即将她打横抱起。

"……梁西沉！"岑雾颤颤地低叫出声，身体瞬间更僵硬了。

梁西沉脚步未停。

没有在意她的挣扎，他面无表情地大步将她抱回卧室，动作极轻地放她到床上，随即转身往洗手间里走。

毛巾用冷水沾湿，去而复返，他克制着，收起强势，小心翼翼地敷上她的眼睛，全程紧抿着唇一言不发。

末了，他倒了一杯温开水放到床头柜。

他站在床边，暗得和外面的夜色几乎要融为一体的眸望着她，开腔的嗓音极哑："就一晚，明早我就回来。

"我只答应这一次，没有下次。

"岑雾。"

可她已经躺下背对着他，蜷缩着身体。

"有事给我打电话。"想要俯身吻她的动作僵住，他最后直起身，喉间深处滚了几遭，说，"对不起。"

卧室门被轻轻地带上。

不多时，偌大的公寓里再没有他的声音。

岑雾手指攥着枕头，眼泪无声。

库里南在夜色下疾驰。

梁西沉紧握着方向盘，手背青筋跳跃，像是要迸裂。

他的脚踩下油门，再加速。

二十分钟后，库里南在一家热闹奢华的酒吧前停下，他甩上车门，面无表情地大步进入酒吧。

酒吧热闹，音乐声震耳欲聋，男男女女在这里纵情肆意。

梁西沉扫视了一圈，最后视线精准地将在角落的卡座里漫不经心喝酒的男人捕捉。

他冷嗤了声，走近。

"没酒驾？"明深睨他一眼。

梁西沉眼神极冷："喝没喝酒你闻不出来？"

视线在昏暗中交汇，谁也没退让。

脸沉得几乎可以滴出水，梁西沉薄唇扯出讥诮弧度："我没把你女人的消息告诉你？你没本事带回来，招惹我女人做什么？"

明深点了一根烟，抽了口，徐徐吐出烟雾，侧首说："阿沉，我和雾雾只是朋友。"

梁西沉冷笑，压了多年的情绪一朝爆发："你明知她喜欢你，你跟我说只是朋友？"

明深侧眸，不答反问："你欺负她了？"

死寂的两秒。

烟夹在指间，另一只手两根长指撑着额角，明深低低地笑："不如，你先告诉我，她究竟是做了什么，让你这么多年误会她喜欢我？"

梁西沉要摸烟抽的动作骤然僵住。

周遭喧闹，但身旁人的话字字清晰精准入耳。

尤其是——

误会。

他盯着他，一瞬不瞬，以为听错。

"你……"

"她是有喜欢的人，但那人从来都不是我。我说了，我们只是朋友，男人女人间不是没有纯友谊。"

时间似静止。

梁西沉的心脏却猛烈跳动，眸色暗得厉害："不是你，那是谁？"

明深指间的那抹猩红明明灭灭。

明深送到嘴边又抽了口，分明是看他笑话的声音缠着笑意："知道了又能怎么样？让他从这世上消失？"

梁西沉薄唇抿得极紧，起身就要走。

"雾雾我让人带走了。"

他脚步骤停，盯着明深。

"不是想知道是谁？"明深薄唇微勾，"你给我消息，礼尚往来，我也给你。你现在去趟北城，你想知道的就能知道。"

这个时间已没有澜城飞北城的机票。

梁西沉开着车上了高速，极暗的双眸目视着前方，然而眼前时不时地会闪过今晚她无声掉眼泪的模样。

他摸出烟盒点了一根烟咬上，想借尼古丁的刺激消散那股酸闷，只是一口接一口地抽，直到烟盒里的几根烟全都抽完仍没有丝毫作用。

反而更加沉闷，压得他呼吸逐渐困难。

到底是没忍住，他拨通了岑雾的电话。

直到自动挂断她都没有接。

他打开微信，指腹在她头像上摩挲。

末了，他按下语音："岑雾。"

他顿住。

第一次，不知道该怎么继续。

"老婆，晚安。"他沉哑的嗓音里携着极淡的月色般的温柔。

一根烟抽完，依旧没有得到回复，他抿着唇，上车。

从澜城到北城近五个多小时的车程，终于下高速时，朝阳从东方升起，橘红色的光晕染天际。

微信上，明深发来一个地址。

竟然是七中。

她喜欢的人也曾在七中？

梁西沉近乎是下意识地想，当初她转学来七中，走得近的，只有他们几人。

谢汶？

蒋燃？

还是沈岸？

沈岸吗？

他们同班，她对沈岸笑过。

可她对谢汶也笑过。

他紧握着方向盘，每想一次，力道就无意地加重几分，到最后快要把方向盘捏碎时，明深再发来了微信，让他到七中里走几圈。

"这和她喜欢的人有什么关系？"他直接拨通了明深的电话。

"照做就行。"

他眉心微拢又松开。

他下车，照做。

起先，他漫无目的，后来，大脑完全是被脚步控制，每一步走过的，都是曾经见过她的地方。

最后，是她待过的班级。

但，仍一无所获。

哪怕他绕着七中走了很多遍。

上午阳光最明媚的时候，明深再发来了微信，让他离开七中，沿着外面的那条路往前走。

他抿了抿薄唇，照做。

走了大概有两站的路，他远远地看到了住过的运河岸小区。

北城这些年发展很快，很多地方早就有了变化，就好比明深给的地址，在他的脑海里并没有对应的记忆。

直到他不经意地一瞥，看见了公交站台的站称——

燕尾巷。

燕尾巷当年属于老城区，如今，破旧的巷子早已不见，取而代之的是全新发展的高楼小区，唯一保留的只是站台名。

明深：从你现在的地方再步行回七中。

心里突然间隐隐冒出了什么，可梁西沉没能抓住。

于是，他继续照做。

而等他回到了七中，明深却又让他再步行回燕尾巷。

步行，返回。

来来回回，一遍又一遍。

在数不清究竟走了多少遍的时候，明深的电话打来了。

此刻，他正站在运河岸小区对面。

3月底的风携着丝丝暖意，但从身旁拂过时，却莫名地像有重量，吹得梁西沉呼吸不顺，渐渐难受。

明深亦没有开口。

良久。

梁西沉喉头滚动，将胸腔里翻涌起的情绪压下，开腔的嗓音很低且哑透了："她喜欢的人……"

明深却在这时不疾不徐地打断了他。

"她是曾经在高中时喜欢过一个人，为他哭过，但离她高中毕业早已过了很多年，如今她还喜不喜欢那人……"

胸腔起伏，然而沉闷不减，依旧像是要压得他喘不上气。

梁西沉几乎是急切粗暴地将明深的话打断，眼尾泛着红，字字肯定却也带着颤意："她喜欢过的那个人，是我，对吗？"

第十二章

从前从前，有个人爱你很久

夕阳西沉，岑雾独自在长椅上坐了很久。

昨晚，她一夜未眠。

她睁着眼，脑中闪过的，是从认识梁西沉以来所有的画面。

重逢后的一幕幕更是清晰。

许久，她有些恍惚地起身去了衣帽间，拿出堆满星星的玻璃瓶，星星滚落在地，像是少女心事重见天日。

拆开，再折回原貌。

每一颗星星，每一句话，都是他，在漫长却也短暂的少女岁月里，所有的欢喜和酸楚，有且只和他有关。

她就这样坐在地上，看了一遍又一遍。

而后，她来了北城，将那条当初他送她回燕尾巷的路走了很多遍。

最终，来到了当年初见他的地方。

她坐在长椅上看了很久，当球赛结束，那群少年说说笑笑离开时，她仰起脸，才发现橘红色的光晕落满了天际。

片刻后。

她低头，解锁一直被她紧握的手机，打开他给她的"梁太太岑雾的心愿备忘录"，写下了第一个心愿：我想见你。

她不知道他什么时候能看见。

"我在北……"只是"城"字还没打出来，屏幕忽地一暗，手机因为电量过低自动关机了。

岑雾指尖微顿。

须臾，她垂下眸，指腹在屏幕上无意识地滑了又滑，不知过了多久，她松开紧咬着的唇，准备起身。

"岑雾！"

傍晚的风吹过，拂来她再熟悉不过的声音。

心跳骤停。

余霞漫天，整个世界被覆上一层橘红，她看到了梁西沉，夕阳的余晖将他的轮廓照得分明。

一如当年。

不一样的是，当年他迎着日落离开，渐行渐远，而此刻，他踏着温柔的余晖，大步朝她而来。

一瞬间，身影和当年的少年重叠。

岑雾的眼圈突然间就红了起来，又在他终于站到她面前时，没出息地红了个彻底。

她匆匆别过脸。

手忽地被紧紧地握住，他在她身旁坐了下来。

"岑雾……"

"让我先说，好吗？"眼前有些模糊，岑雾尾音发颤着打断了他的话，"梁西沉，我有话想说。"

怕他会不同意，怕拖得越久好不容易积攒的勇气会消散，她几乎是没有半秒停顿地继续："我……"

可话到嘴边，她还是哽了一秒，鬼使神差地改了口："有个朋友，她曾经暗恋过一个人，很喜欢很喜欢。"

仿佛只有借了朋友这层关系掩饰，深埋在心底的，连那日借着酒意也不曾说出口的话才能有勇气表达出来。

"她曾经想过，在毕业后勇敢地向那个人表白，哪怕被拒绝，可试过了，或许就不会遗憾很久。"

岑雾望着远方，深觉原来哪怕过了多年，和他有关的难过仍然是藏在心底，并没有因着时间的流逝而消失。

因为，在没有知道夏微缇前，她是真的那么想过的。

"但后来没有结果，再后来，"眼眶酸得厉害，她轻轻眨了眨，"老天好像待她不薄，她意外地得偿所愿。

"可现在……"

心口突然闷得厉害，呼吸不上来的难受，手下意识攥成拳，她合上眼。

手指在下一秒被一根根地掰开，男人温热的长指强势又温柔地穿过她的指缝，和她十指相扣。

夕阳的余晖落来，温柔地将两人的身影笼罩在一起，亲昵不可分。

岑雾终是扭过头。

梁西沉的眼尾似乎有些发红，一双深眸辨不出情绪。那眼神，压得她难受。

她好像有短暂几秒失去说话的本能。

直至傍晚的风温柔地再拂来。

她心口酸胀，唇颤了颤，说："她患得患失，没有安全感。她想知道答案，想给自己最后一次机会。"

"梁西沉，"她极力克制着酸涩，叫他的名字，孤注一掷，"我不想再有遗憾，可也不想强求。"

"我……"

可突然间，她失声。

比傍晚的风还要温柔的怀抱紧紧地将她抱住。

密不可分。

男人单手紧紧抱住她，像要将她融入骨血，另一只手抚摸她的脑袋，顺着她的发丝抚上她的后背，一下下，带着难言的温柔。

他的唇一一吻过。

"对不起。"他说，声音是无法形容的沙哑，像有很多情绪也在压着他。

岑雾几乎不能呼吸。

细细密密的酸痛从心脏蔓延，从知道她喜欢过的人是自己后，到现在变得强烈，充斥着胸腔，他抱她抱得更紧了。

"对不起，"他哑透的声音第一次发颤，"让你等了我这么久。"

明深只说，她曾经喜欢过他。

那条路，她在高考前走过数不清多少遍。

她独自一人，怀着不知道什么样的心情，喜欢了他很久，他却从未察觉到，迟钝地没有发现一丝一毫。

如果他能早察觉。

他吻她，声音是从喉间最深处发出的："我曾经对谢汶他们说了谎，没有对你没印象，那天你坐在这里，我就认出了你。"

岑雾被他死死地抱在怀中。

昨晚一整晚，她依然做不出决定，于是带着离婚协议来了北城。到最后，她终于决定最后给自己一次机会。

想勇敢一次。

也想弥补高中时的自己。

然而在听到他第一声对不起的时候，她那颗紧绷不已的心脏其实在直直坠落，她以为是要给否定答案的意思。

刹那间，她难堪地只想躲。

以为输得一败涂地，却在下一瞬，听到了他的下一句。

——每一个字都是她认识的，然而突然组合在一起，却莫名地让她失去了理解能力，让她思维凝固。

以至于，她根本没注意到最后那句认出了你，也没细想，"认出"究竟是什么意思。

就是这时，她再听到了他的声音，比方才更晦涩沙哑，似缠着难言的难过，却也有似不再压抑的深情——

"没有强求。我也曾暗恋一个人，很喜欢很喜欢，那个人叫岑雾，现在是我的太太。"

风细细地吹拂，身后有树叶被吹响。

沙沙的。

有那么一瞬间，岑雾觉得自己产生了幻听。

直到他放开她，手捧住她侧脸，额头轻抵着她的额头，薄唇极尽温柔地吻她眉眼。

末了，他看着她的眼睛，一字一顿清晰重复方才的每个字。

"没有强求。我也曾暗恋一个人，很喜欢很喜欢，那个人叫岑雾，现在是我的太太。"

满腔的酸胀突然在这一刻猛烈爆发，肆无忌惮地冲向她身体里每个角落。岑雾眼泪瞬间溢出，直直地掉了下来。

日落的温柔无尽蔓延，她却哭得上气不接下气，哪怕眼前的梁西沉紧张地帮她擦眼泪，眼泪依然越来越多。

哭得梁西沉心口泛出更为难忍的酸痛。

他笨拙地抹着她的眼泪，然后改为小心地轻吻，想用这种方式告诉她，他能感受她此刻的情绪。

"对不起。"他捉过她的手贴上心脏，说出生日那晚克制住的话，"你一哭，我这里，会很难受。"

他知道她从来不是爱哭的人。

明深也说，她的骨子里比谁都倔强，绝不会掉眼泪，可他却让她哭了好几次。

"岑雾……"他低低唤她的名字。

一声声，像在抚平她多年的遗憾和难过。

岑雾眼睫上还沾着眼泪，一眨动，又有泪水掉了下来，也让眼前这张脸更加模糊。

可他的眼神仍然认真清晰。

她的唇颤得厉害："那……夏微缇呢？你明明那么喜欢她，她……"

耿耿于怀的刺，她终于问出了口。

"夏微缇……"她哽咽，脑子乱糟糟的，"大前天，你没有和她在一起吗？高中的时候，你明明……"

一口气没上来，她噎住。

梁西沉瞬间从她的话里反应了过来，她竟然误会他喜欢夏微缇，一误会便是这么多年。

"没有，"他极快地否认，捉着她的手，"我只喜欢你，从来都是。"

他薄唇微抿，直接摸出手机，当着她的面拨了个存上没两天的电话，开了免提，问："你还在北城吗？"

"在啊，怎么了？"

声音并不陌生，是夏微缇。

岑雾呼吸是停滞的，她根本没有反应过来，直到听到他说："地址。"

下一瞬，她被他握着手带了起来，直接一个打横将她抱了起来，大步走向不远处的停车场，又将她抱入车里扣上安全带。

她恍惚。

直到车子终于停下，她才堪堪从那股说不出的难过情绪中回了神。

她看向他。

梁西沉捉过她的手吻了吻指尖，哪怕过了一路，他的声音也依然沉哑得不像话："她在这里，我当面解释。"

他很清楚，夏微缇这件事若现在不解释清楚，她怕是不会轻易相信他自始至终只喜欢她。

"来了。"余光瞥见人影，他推门，又绕过车头带她下车，牵过她的手。

待夏微缇走近，没有理会她的震惊，他直入主题："我和你什么关系？"

这一整天，岑雾的心情大概可以用"大起大落"来形容。

——孤注一掷地说出深藏的情意，以为输得一败涂地，谁能想到原来她喜欢多年的人也喜欢了她很久。

自始至终都是彼此暗恋。

而他坦荡地带她来找夏微缇，她其实已经隐约感觉到，或者说早就相信他的话，这中间应该是有什么误会了。

但她无论如何也没想到——

"你是我哥啊。"一身古装戏服的夏微缇震惊的眼神扫过她，脱口而出。

岑雾大脑空白。

梁西沉紧握着她的手，喉间溢出的沉哑声音似压着不愿外露的情绪："我和夏微缇，同母异父。"

夏微缇像是明白了什么，灵动的眼眸里覆满笑意，极自然地喊："嫂子好，梁西沉真是我哥，亲的。"

她八卦的眼神扫过两人，还想说什么。

"麻烦你了。"大概知道身旁人此刻是什么心情，梁西沉有意地挡住了夏微缇，护着岑雾，"还有事，先走了。"

说完，他牵着岑雾重新回到车上。

是想现在就说清楚，但考虑到这里是剧组拍戏的地方，人多眼杂，不方便，他只能暂时忍下来。

他倾身，习惯性地给她系上安全带，但到底是没忍住，手指拨开她遮掩了侧脸的长发别到耳后，他扣住她的后脑勺，吻上了她的唇。

"剩下的回运河岸再说。"微沉的呼吸和她的交缠，他有意地想哄她。

岑雾眼睛红红的，发不出声音。

梁西沉指腹碾过她的唇角，看着她，心头软得不可思议。

怕她会多想，更是想尽快解开她的心结，在保证安全的情况下，他踩下油门提速，一路疾驰到了运河岸。

他解开安全带，开门，直接将她打横抱起。

混乱了一整天的脑子终于清醒，岑雾心跳骤然加速，下意识地看了眼周围，哭过的声音匦匦的："我自己……"

"我想抱着你。"梁西沉脚步不停。

岑雾蓦地蜷缩手指。

她抬眸，像是心有灵犀，他也在同一时间看向她。

半秒不差。

他的眼尾也仍有些红。

这一眼，足以抚平所有。

却也让岑雾的心酸酸胀胀的，有因为想到这些年的错过而遗憾难过，但更多的，是庆幸和欢喜。

庆幸没有错过终生。

幸好，他们重逢了。

她就这样被他一路抱着到了当年他住过的地方，走进去后，又被他带着直接在沙发上坐了下来。

但一时间，两人谁也没有开口说话。

他手指穿过她的发丝，另一只手一下下地轻抚她的后背，极尽温柔也是隐忍地吻她的唇角，不停歇地厮磨。

吻她一下，他就看她一眼。

他没说一句话，但岑雾明白，他是在用这种无关情欲的纯粹方式，安抚她，想将她心底不知藏了多久的难过吻掉，再用他的情意填满。

"梁西沉……"

"我在这里。"

岑雾搂着他脖子的双手收紧。

好久，她从他腿上下来，遵循心底念想，贴上他胸膛，想和他贴得更近。

"我没事了。"她轻轻地吸了吸鼻子，情不自禁地抱紧他。

从他说出喜欢开始，从他这样吻她，她所有的难过都已被他抚平。

"没事。"她轻声再说。

喉间干涩，梁西沉低低"嗯"了声。

须臾，他扣着她的脑袋，克制着吻她："她母亲……"

顿了下，怕她误会，他改口，说出二十多年未叫过的称呼："我母亲，离婚后嫁给了夏微缇的父亲，因为一些原因，没人知道我们是兄妹，也不能说。"

更确切地说，是没人知道他是他母亲的儿子。

他说得轻描淡写，但不知怎的，岑雾只觉听得心里难受，好像被什么压着似的，有些喘不上来气。

她看向他。

他轻抚她的脸，吻住她："还误会吗？"

他眼底似飘过笑意，但又很快隐匿不见，很好地将刚刚他眼底压着的情绪掩饰，仿佛什么事也没有。

被他这么影响，想到这些年耿耿于怀的事原来是一场天大的误会，岑雾先前那股难言的羞恼感觉又回来了。

她摇头。

"那告诉我，为什么会误会？"

"……"

岑雾咬住了唇。

"岑雾。"他低声叫她名字。

岑雾到底是抵挡不住，也深知到了这个地步有些话必然是要说开的。

"有次我听到，"她有点不敢和他对视，"谢汶问你和夏微缇是什么关系，一起在商场喝奶茶……"

梁西沉眉心微皱。

"什么时候？"他早就没了印象。

岑雾心虚地垂眸，指尖攥着他的衣服，声音渐小："在天台，我是不小心听到的，那时候不敢听了，就走了。"

梁西沉隐约想起了些。

只是他想到的，是谢汶问他周末做什么了，为什么周一睡了一整个早自习，谢汶以为他和夏微缇有什么。

但那个周末，他是为了岑雾整理数学笔记熬了夜。

岑雾瞥见他沉暗的眼神，咬了咬唇，借着这会儿的勇气继续："然后就是梅梨杯舞蹈比赛，我看到了你，以为……"

"以为我是陪夏微缇？"梁西沉接过她的话。

岑雾张了张嘴，默认。

那时夏微缇的那个电话，让她认定了她看到的是他的身影，他就是特意请假来陪着夏微缇比赛的，也认定了他喜欢夏微缇。

可谁能想到……

"不是陪她，我不知道她有比赛。"视线移开不过半秒还是回到她脸上，梁西沉捧起她的脸让她看着自己，"不是她。"

他连夏微缇会跳舞都不知道，又怎么会去陪她比赛。

岑雾脑子短路。

"那是谁？"

梁西沉蓦地哼笑了声。

"陪我心上的姑娘。"他刮了刮她鼻子，没有再瞒着，幽幽地坦诚，"只是那时她看不到我。"

那时他只是想陪着她，没什么别的想法，哪怕她不会知道。

可那晚他看到了明深，看到她在转身看向明深时脸上明显的开心。

后来知道她进了决赛，他依然去了港城，没让她知道。

那天唯一的意外大概是撞见了夏微缇对一个冷淡的男的撒娇，他只看了一眼便不在意地收回了视线。

明明如今是情意相通，但不知道为什么，在听到他说出心上的姑娘这话时，岑雾心跳一下就过速了起来。

四目相接，梁西沉心头无限制地变软，有些不忍再问，所谓的误会，在曾经，于她而言都是难过酸涩。

只是今天看来，夏微缇这事分明是她心里的一根刺，刺了很多年。刺总要拔出，否则就会腐烂。

如果不解释清楚，他怕始终会让她耿耿于怀。

"还有什么误会？"他用指腹摩挲她的脸，嗓音是沙哑的，"你想知道什么我都可以说。岑雾，我不想你不开心。"

岑雾的心，亦是一寸寸地软了下去。

突然间，很多当年误会的事好像在这一刻重新有了不曾发现的蛛丝马迹。

"那年情人节，"她望着他，说出了此刻算是肯定的猜测，"那枝玫瑰花，其实是送给我的。"

夏微缇既然和他是兄妹，那么当初空间里的那枝玫瑰就绝不是他送的了。

是从她一开始就先入为主地误会，但其实夏微缇喜欢的肯定是另有其人。

"是吗？"

梁西沉的唇覆了上来，蜻蜓点水："是，这辈子，我只给我太太送过花。"

想到什么，他哼笑，时隔多日地认领了那晚谢汶说的重色轻友："谢汶不算，只是顺带。"

那时，只有假装给得随意，她才会收下他的花。

他捉过她的手："以后也只送花给你，一直只有你一个。"

一股酸意涌上了岑雾的鼻子。

当年那枝玫瑰被她做成了干花保存至今。

曾经以为只是她一个人的独角戏，原来他早就将他的心意毫无保留地给了她，更曾在她不知道的地方陪着她。

"嗯。"她眼眶也跟着发酸，声音魕魕的。

"还有吗？"

岑雾心口酸热，一下扑到了他怀里，脸贴着他颈侧，第一次主动地轻轻地摩挲他："突然不想说了。"

梁西沉指腹轻揉她后颈肌肤，拖着腔："真不说？"

岑雾换了侧脸摩挲。

"你也有好多没说的。"她搂着他的脖子，像是控诉般脱口而出，"你有好多事瞒着我，明明有地方住，还要问我借床。"

梁西沉动作微顿。

"梁奚临找过你了。"他不是问句，是肯定。

岑雾从他怀中起来，没再否认，点头，也逐渐明白夫妻间不该隐瞒而是要沟通，于是把梁奚临说的话如实地告诉了他。

而后，她捕捉到了他眼底一闪而逝的冷意。

"他……"

"我会解决，不会让他再出现在你面前。"他又伸手捏她的脸，哼笑，转而回应她的控诉，"我不那么说，怎么接近你？"

"婚房在装修。"原本是想给她惊喜，梁西沉还是先说了，"我外公那边，是想等你巡演结束再带你见他们。要不，明天我们就去，好不好？"

梁西沉："除了为了接近你说过谎，其他没有。"

他又捏了捏她染上粉晕的耳垂，冷意掩在话语下："他还说了什么？"

岑雾耳根有点热，指尖攥着他的衣服，想问他喜欢看人跳舞是什么意思，但不知怎么开口变成了："那，你和明深什么关系？"

她眨了眨眼睛，小声地补上一句："你说过什么都会告诉我。"

捏着不够，梁西沉又吻了上去。

"他是梁家人。"在她战栗的时候，他说。

岑雾微怔。

"明深……他姓梁？"

"不是，他随母姓。"

"那姓什么？"

梁西沉蓦地就咬上她的唇："怎么，他不告诉你实话你不生气，轮到我就躲着我？"

他咬她，和以往每次欺负她一样。

岑雾气息不稳，想解释："明深……唑——"

岑雾吃痛。

"梁太太，"梁西沉按着她后颈不让她动，鼻尖轻抵，"不要总在你老公面前提别的男人的名字，嗯？"

岑雾下意识地想说明深不是别人。

但突然间，她像是福至心灵。

想到昨天他突然出现，不分青红皂白地将她从明深那儿带走，想到演出那晚回到家他的种种恶劣欺负……

他是不是以为……

她心跳一下子变得极快，呼吸屏住，眨了眨眼睛。

"梁西沉……"她快他一步，双手轻捧住他的脸，唇有些微颤地贴上去，回忆着他吻她的模样厮磨。

或许是剖心后让她有了更多的勇气，或许是她也想给他安全感，也或许，她是想彻底弥补高中时的遗憾。

她大胆地坦诚地将这些年的情意说与他听，也将满腔的爱意用吻传递给他："我只喜欢你，没有过别人。"

吻暂停，她轻抵他额头，缓着越来越急促的呼吸，字字坚定——

"从始至终，只有你。梁西沉，我……"

未出口的话被男人狠狠地吞噬。

天旋地转，她的身体陷入柔软的沙发里。

"我爱你。"沉哑性感的嗓音携着炙热的呼吸，低而慢，一字一顿地扣上了她心弦。

是爱。

不只是喜欢。

岑雾的眼前一下浮起了水雾。

梁西沉眼底漾出薄薄笑意。

"表白这种事，让我先来。"他轻吻她眼尾，嗓音极尽温柔，"我爱你。"

眼泪从她眼角滑落，眼前逐渐模糊。

岑雾望着他，纤细双手在下一秒抬起圈住他脖子，是近乎急切地主动与他勾缠。

换来他扣住她的脸，攻势越发强悍。

他的唇灼烫也强势地在她肌肤上留下属于他的温度，又摩挲着，像是要她尽快熟悉他的身体和气息。

她能感觉到这次的吻和以往不同，也能感觉到接下来会发生什么，情难自禁，她搂他搂得更紧了些。

只想着要和他在一起。

在他的薄唇一点点轻咬她的耳垂时，她到底是没忍住嘤咛出了声："梁西沉……"

换来他捉住她一只手和她十指紧扣。

"嗯。"

然而在她难以克制地战栗时，他停了下来，薄唇贴着她颈侧，喷洒的呼吸沉而重。

"等我会儿。"他哑透的嗓音烫着她，像是要起身离开。

岑雾大脑空白了下，条件反射地勾住他，声音里带着自己都没察觉到的委屈："你要去哪儿？"

梁西沉低眸。

光线明亮，她望着他的眼眸潋滟迷离，唇瓣和脸蛋都染上了旖旎的嫣红。

叫人只想极尽恶劣地狠狠欺负。

他眼底添了层暗色，但他克制着，薄唇微磨她耳郭，是想哄她的，但嗓音里缠上了笑意："去买个东西。"

岑雾下意识地想问什么东西，在声音即将溢出喉咙时，她后知后觉地反应了过来。

本就嫣红的脸，瞬间红了个彻底。

"很快回来，"梁西沉薄唇染笑，再度吻住她，"这里一直有人打扫，什么都可以用。"

岑雾呼吸不稳。

但他说着要走却没动，仍抱着她，属于他的温热呼吸喷洒在颈侧，微痒。

岑雾好不容易挤出轻细的声音："怎么还不走呀……"

她的手忽地被他半强势半温柔地捉住，带着往下。

"现在让我怎么出去，嗯？"耳畔的声音哑得不同寻常。

指尖被烫到，岑雾呼吸骤停，本能地想抽回，却动弹不了。

偏偏，他还在她耳旁若有似无地低笑。

恶劣至极。

胸膛剧烈起伏，岑雾用力咬住唇，偏过脸，不要说话了。

大概抱了有十几分钟，他终于将她放开。

脚步声消失，她才平缓着呼吸转身。

确定他走了，她慢吞吞地坐起来走进浴室洗澡。

这里只有梁西沉生活的痕迹，沐浴露什么的都是男士的。也不知是换了环境不习惯，还是紧张所致，岑雾洗得很慢，等她换上他的睡袍出去时，他似乎还没回来。

岑雾又暗暗地舒了口气。

外面华灯初上，璀璨灯火透过落地窗洒进来。

她的身影有点模糊。

脸蛋仍在发烫。

她用双手按了按试图降温，但没什么效果。她脚步极轻地走过去把窗帘拉上，好像这样就能降低紧张感。

但灯还亮着。

她索性又把窗帘拉开一点儿，把灯关了。

很快，环境半暗。

却莫名地让气氛添了几分难言的旖旎，隐晦地暗示暧昧。

岑雾咬唇，想把灯再打开，一旁充电的手机响起。

她拿过。

微信提醒有好友申请：我是夏微缇。

岑雾微讶，缓了缓呼吸，点击通过。

夏微缇消息发来得很快：Hi，岑雾，你现在方便吗？

眼睫眨动，岑雾抿了抿唇，如实说：你说。

没几秒，夏微缇的第一段话就发来了：2010年那届梅梨杯，我们遇见过，后来小高考和校考也见过，不知道你有没有印象，但那会儿我不知道你叫什么名字。

岑雾不确定她说这些是想表达什么。

好在夏微缇很快就给了她答案：我是刚刚想到件事，想告诉你，就是我哥梁西沉，我们小高考前几天，我撞见他和别人打架，因为你。

当"打架"两字撞入眼帘，岑雾呼吸一下停住。

她知道那场打架。

那是她第一次见到那样凶狠一面的梁西沉。

当年她误以为他是为了夏微缇，哪怕今天误会解开，不是她想的那样，但她也没有追问，只是想着为妹妹打架同样合理。可现在，夏微缇竟然告诉她，他是为了她……

夏微缇：当时他没说原因，是我后来无意间听到被打的那几人愤愤不平，说我哥为了个女的把他踢出群，我听到的是你的姓。

夏微缇：打架的原因应该是他们说了难听的话。

岑雾差点没拿稳手机。

那边在输入又取消，两三次后，夏微缇索性发来了段语音，和见面时的语调不同，这会儿显得低沉。

"梁西沉真是我亲哥，你别误会。我哥他……挺不容易，我觉得他一定喜欢你很久了，所以冒昧地拜托你，希望你可以对他好点。"

岑雾的心跳莫名快了起来，她直觉夏微缇接下来要说的话会让她很难过。

果不其然。

夏微缇发来数条语音：

"我和我哥同母异父，只比他小三岁不到。但其实我……

"我是我妈还没彻底离婚的时候，和我爸爸有的我，因为我妈发现了梁西沉爸爸出轨有了私生子，她就用同样的手段报复……

"后来离婚，梁西沉的抚养权在梁家，我妈为了我不被人指指点点，不认梁西沉，撇清了和梁家所有的关系。梁家那边，梁西沉他爸爸只偏爱私生子。

"外面人都知道梁家有位受宠的小公子，会是以后的继承人，但根本没人知道梁西沉。

"再后来，不知道怎么回事，梁西沉来了北城上学，一直都是一个人生活，偶尔才会回外公家吃饭。"

岑雾握着手机，指尖渐渐泛白。

她突然就想到了一件事，当年他们在这里给梁西沉、谢汶过生日的时候，思源说他一个人住这儿，没听说过他有家里人。

夏微缇还说了句什么，有点乱，声音也隐隐有了哭腔。

岑雾没能听清楚。

她只是觉得心好像被什么蜇了一下，有点疼，很快，这份疼悄无声息地蔓延，变成难言的酸痛。

重重地挤压她的心脏。

梁西沉拎着东西回来时，客厅没人。他薄唇微勾，直接去了卧室。

一开灯，岑雾仍泛红的眼睛映入他的视线。

隔着距离望着自己。

他失笑，长腿迈开要走向她，她突然就跑了过来，一下撞入他怀里，手臂牢牢地抱着他。

"我回来了。"他伸手揉她的脑袋，轻哄，"我带了晚餐，先吃点，嗯？"

他掌心的温度似能透过发丝传递到她心脏。

岑雾仰起脸，圈着他腰的手转而搂住他脖子往下压，她踮起脚，唇急切地去摩挲他的："不要吃，我要你。"

她吻他，生涩地撬开他的唇齿。

"梁西沉，我想要你。"她胡乱地勾着他纠缠，没有技巧的缘故，甚至咬到了他，"就现在。"

她解开他的衬衫纽扣，手却被捉住。

"发生了什么？"他后知后觉地察觉到她的不对，伸手捧住她的脸，细细打量着，低声哄她，"告诉我。"

岑雾摇头。

"你不想吗？"她再吻他，眼眶里的酸意难以克制地加剧，"梁西沉，你要不要我？你……"

尾音消散在他突然地将她公主抱抱起时。

她被带到了浴室。

花洒被打开，温度适宜的热水将两人的身体从里到外淋湿。

热意氤氲。

不等她询问是不是又要和上次一样，他吻了上来，一手扣住她后脑勺，另一只手带着她。

"解开，会吗？"分明携着欲的喑哑男低音就在她耳畔。

岑雾眼前迷蒙。

梁西沉低笑，捉着她的手不给她任何反悔的机会，薄唇沿着她肌肤一点点地厮磨："老公教你。"

他的手温热。

岑雾好不容易止住的眼泪再一次狼狈地掉了下来，一滴滴地砸落在地。

她急切地再吻上他，又顺着他线条流利的下颌毫无章法地重重地厮磨过其他所有。

想用这种方式告诉他，她想要他。

每个细胞都想。

很想。

"梁西沉……唔……"

后背被推到墙上时，男人的胸膛压了过来，火热的薄唇重重碾上她的唇，将她的呼吸和声音强势吞噬。

两人的身体严丝合缝地相贴，她被他掌控。

天鹅颈蓦地扬起，她的手指不受控地插入他发间，胸膛剧烈起伏，气息极度不稳。

水声淅淅沥沥，暧昧掩在其中。

而当岑雾被他抱着出浴室时，迟来的害羞终于找上了她，在明亮的光线下，她猛地闭上了眼。

"梁西沉……"

她的声音磕磕绊绊，颤意不减。

听得梁西沉喉结滚动，不仅下颌，就连脖颈线也都紧绷了起来，他明知故问的声音极哑："嗯？"

岑雾的脸烫得厉害，指甲掐着他坚硬的肩膀。她呼吸急促地说："关灯，好不好？"

梁西沉哼笑："不想看我？"

到底是没经历过，哪怕已经两次用那种方式，但真正要面对时，那种害羞的感觉是不一样的。

她将脸埋入他颈窝，心跳得极快，咬着唇，说不出话了。

偏偏，他的手时轻时重，若有似无，在不知是不是有意地按上她腰窝时，她战栗不已，足尖绷直。

"……梁西沉！"

被她的反应愉悦到，他薄唇勾起笑，哑声哄她也是逗她："别急。"

"……"

她哪里急了？

但岑雾害羞得说不出话，跟着卧室突然一暗，她整个人被轻柔地放到了床上。

他没动了。

什么声音也没有。

到底没忍住好奇，她悄悄睁眼，不期然地就看到他从沙发那儿转身回来，手指间拿着他刚才买回来的东西。

他也在看她。

就着落地窗外透进来的一丝璀璨灯火，她看到他的眼睛里面有薄薄笑意。

还有她。

被子在不知不觉中被扯出了褶皱，是她的手指攥的，在无意识地用力。

忽地，她的手被握住，他将她的手指一根根地掰开，穿入缝中和她十指缠。

"别怕。"梁西沉轻吻她耳郭，有意放低了声音哄她，另一只手缓缓地温柔安抚。

岑雾的呼吸慢了又急。

"岑雾……"他低唤她的名字，哑透的声音性感。

一声声。

叫在了她心上。

她看着他的眼眸，那里面分明有着极端的欲。

但他在忍。

哪怕他的额角已有汗，在枕头旁压着她的手的手背上青筋隐隐跳跃。

他始终把她放在第一位，是想让她舒服，所以一遍遍地安抚她，让她不那么紧张，全程顾及着她的感受。

岑雾的眼眶不知怎么又涌出了阵阵酸热，她费力抬起手，抚上他的脸，指尖沿着他的轮廓描绘。

末了，她单手攀上他的肩，上半身稍稍起来，唇贴上他的唇，完全由着心中念想："梁西沉，你要我。"

她根本不知道，心底爱了多年的女人，说出这句话，对男人而言是多大的诱惑力。

她只看到梁西沉的喉结上下滚动了下，眼神极暗。

他再压上来时，封住她声音的吻是完完全全脱去了枷锁的，原先的温柔不见，再没有心慈手软，也再没有克制。

……

夜色昏暗。

外面下起了淅淅沥沥的雨，屋子里，细碎的声音隐隐约约，从卧室到浴室，甚至是落地窗前。

岑雾像一尾缺水的鱼，呼吸早就被抽空，偏偏仍要大口大口地喘息，殊不知这样只会让自己越来越缺氧。

觉得快窒息时，是男人的唇覆了上来，勾着她纠缠，渡给她氧气。

却让她没了意识，只剩指尖掐着他。

"岑雾……"

他和她亲密无间，一声声地唤她，就在她耳畔低语。

"我爱你。"

岑雾醒来时意识还未彻底恢复，率先感觉到的，是男人的薄唇在亲吻，手掌轻缓地按揉她发红的膝盖。

"醒了？"对上她分明有点怕他再来一次的紧张害羞模样，梁西沉低笑，吻了吻她，"有没有哪里不舒服？"

岑雾眨眨眼，动了动唇，想说话，然而几次都没能发出什么声音，后知后觉地意识到大约是被他诱哄着叫出声叫哑了。

她羞恼，瞪他。

梁西沉意识到了什么，眸底漾出笑："喝点水？"

岑雾不想理他。

哪怕他倒了杯温开水回来，温柔地将她抱起来让她靠着他胸膛，又把杯子递到她嘴边，她也只是喝水，不肯说话。

梁西沉低笑。

他将杯子放回床头柜，然后搂着她，捉过她的手把玩她纤细的手指，是哄她也是示好："饿不饿，要不要吃点东西？"

岑雾还是不说话。

梁西沉自知欺负她狠了，语气又温柔了好几分，捉过她的手贴上自己的脸："老婆，你理理我，嗯？"

他边哄边吻："岑雾，别不理我。"

她偏头，想躲开他就追上来。

岑雾："……"

她咬唇，红透的脸到底还是抬了起来，指尖戳戳他的手，在他默契地把掌心摊到她眼前后。

她慢慢地在他手心里写三字：想吃面。

写完想收回，手指却被他捉住，他低头亲吻，声线低沉："我去煮面，好了叫你。"

岑雾知道，他明白了她的意思。

——一碗简单的面，其实就是她和他都想要的简单温馨生活。

因为是她和他的家。

情不自禁地，她翘了翘唇。

待他起身离开卧室，她裹着被子靠着枕头坐了会儿后，手伸出捞过睡袍穿上，她掀开被子慢吞吞地走到了厨房。

他在给她煮面又煎荷包蛋，明亮光线下的那张脸分明覆上了温柔，她的一颗心又无限制地软了下去。

岑雾无声地走到他身后，第一次从背后抱住他，双手圈住他精瘦的腰，脸贴着他的后背蹭了蹭。

下一秒，她的手被他包裹，他用指腹轻轻地抚摸着，将属于他的温度传递给她。

没人说话。

唯有煮开的水咕噜咕噜地在跳跃。

岑雾的指尖主动地轻轻勾住他的指尖，被一大半杯温水浸润的喉咙终于能发出点声音："梁西沉。"

"嗯。"

浅浅的笑意从眼角眉梢间漾开，岑雾嘴角扬起，小声喊："梁西沉。"

"老婆。"

岑雾耳尖发热。

明明早就不是听他第一次这么喊她，但或许是彼此吐露了情意做了亲密事，她发现，原来听他叫一声"老婆"都能欢喜至此。

她勾着他的手指，唇角翘起的弧度越发明显。

她没再出声，只这么抱着他。

直到勾人胃口大开的香味弥漫进空气，他转身将她打横抱起，抱到餐厅椅子上坐下，随即转身回到厨房把面端出来。

岑雾接过他递来的筷子，压了压翘着的唇角，低头小口小口地吃起来。

眼角余光里，他的视线就没移开过她的脸。

看得她脸红心跳。

她抬起头，想说一句不准再看了，不期然地看到他薄唇也漾出了弧度，望着她，莫名性感又有点痞。

他眼里也有笑意。

和她一样。

岑雾和他对视几秒，一下就被他蛊惑了心智，以至于等脑子清醒回神时，竟发现自己夹起了几根面喂到了他嘴边。

她羞赧地要收回。

他却张嘴，慢条斯理优雅地吃掉了她筷子上的面。

"很好吃。"他薄唇轻勾，直直地看着她，视线说不准是看她的眼睛多些还是面多些。

"哦……"她故作没听懂他的暗示，平静地收回视线低头继续吃面，只是唇角忍不住偷偷地弯了弯，笑意极好看。

大概是饿久了，又被他折腾得没了力气，平时根本吃不掉的一碗面在今晚被岑雾吃得干干净净。

刚放下筷子，就听见他问："吃饱了？"

岑雾下意识地点头，不等她出声，头顶阴影落下，他有力的双臂将她抱了起来，低眸，看她的眼神意味深长："那我们做点事。"

岑雾心口猛地跳动，一下就想到了先前的疯狂。

可她实在没力气了呀。

眼看着自己被他抱着坐下，他坐在沙发上，她在他腿上。

"不要……"岑雾按住他手腕阻止，眼神可怜，"梁西沉……"

他故意抚上她腰线，在分明感觉到她的身体战栗后，他低笑了声，到底没再逗她："想哪儿去了，今晚不做了。"

然而落到岑雾耳中，不知怎的，她想到的竟是——

今晚放过她，明晚开始就不会了。

梁西沉捧住她的脸，薄唇落上她额头，蜻蜓点水地触碰："我回来的时候，怎么在哭？"

岑雾一下就从旖旎的胡思乱想中回了神，看向他。

"告诉我。"捉住她的手指亲吻，梁西沉注视着她。

岑雾心口忽地就泛起了难言的酸意。

脑子里，是夏微缇说的那些话，每个字都像是在提醒她先前那股细密的疼是如何挤压心脏的。

她微微动了动唇，下一秒，双手圈住他脖子，脸贴着他颈侧，佯装自然地否认："没有呀。"

梁西沉手轻抚她后背。

他侧首，薄唇印上她发丝，开腔："是不是夏微缇找你说了什么？"

岑雾厮磨他脖颈的动作微顿。

梁西沉敏锐地察觉到了。

想到她今晚不同寻常地依赖自己，第一次明明疼得掉眼泪却仍要主动吻他，之后又温顺地任由他"欺负"。

"说了我的事？"他两指轻揉着她后颈。

大概能猜到夏微缇会说什么，但想到怀中人为他哭，他的心头一寸寸地软了下去。

"我不在意那些。"捧起她的脸轻吻她唇角，他低声哄着，"不难过了，好不好？"

他在哄她。

无论何时何事，想到的总是她。

岑雾胸腔里那股好不容易压下的酸热好像又有卷土重来的趋势。

"梁西沉……"她极力忍住，只是叫他的声音到底还是控制不住地有些闷闷的了。

她摸索着，用唇去触碰他的脸，用这种方式诉说："我没有过家，但现在我有你。有了你，我就有了家，你就是我的家。"

其实今晚，在听到夏微缇说的那些后，她是真的为他难过。

再没有人比她更清楚，被父母抛弃是什么滋味。

她就是因此，对感情极度地缺乏安全感，排斥婚姻，不信任婚姻。

他和她有差不多的经历，可是他却从始至终坚定地选择了她，一步步地走向她，给她绝对的偏爱。

她双手捧住他的脸，吻他薄唇，看着他，说出剩下的话："你有我，我也是你的家。"

她眼前已经隐隐有了层水雾，再去吻他，抛却骨子里的内敛害羞，将爱意热烈地说给他听。

"我爱你。"

年少的喜欢，早已在不知不觉中变成了深入骨髓的爱。

是永远无法抹掉的。

"梁西沉，我好爱你，好爱好爱你。"

后半夜，岑雾昏沉沉地睡着。乌浓秀发散乱，半遮掩住白净侧颜，昏黄的光线落在她纤瘦的薄背上。

梁西沉动作极轻地上床，习惯性地想捞她入怀，她像是感觉到他的气息一样，一点点地朝他靠近。

她将脸贴上他的胸膛，亲昵地蹭了蹭。

"岑雾。"

他微低头，情难自禁地轻吻她。

"嗯。"梦中溢出的嗓音低低细碎。

他眼底漾出薄薄笑意，指腹轻碾过她的唇角："老婆……"

她往他怀里贴了贴。

"梁西沉，"她仍紧闭着眼，低喃的声音细细，几不可闻，"你有我的，我们有家……"

她的手在他身上摸索，抱住他。

亲密无间。

他的心就这么再次软了下去，心甘情愿地沦陷至她身上，再无法自拔。

"我在等你，等你回家。"

脑海里浮现的，是那晚她望着他说的话。

"嗯，我有你。"他深暗的眸里笑意渐浓，情难自禁地将她搂得更紧了些。

这世上终有人等他回家。

是他的岑雾。

厮磨许久，再起床已是下午两点多。

两人出门吃饭，吃完散步，似心有灵犀，梁西沉牵着她，慢悠悠地走上了那条对两人来说意义特殊的路，像回到了当年。

不同的是，当年彼此克制，如今他们十指紧扣。

她会忍不住看他。

他也是。

而后，笑意漾开在暖阳里，一点点地甜着岑雾的心。

等往回走的时候，落日逐渐西沉。

像极了她初见他的那日。

岑雾小手指去勾他的掌心，耳垂染着粉晕："想你背我。"

梁西沉眼底有笑，长指刮了刮她鼻子，他在她面前蹲下："上来。"

岑雾一下趴上他的背，唇角上扬。

"好了吗？"

"嗯。"

他手臂有力地将她托起，步伐稳稳。

日落极美。

岑雾搂着他的脖子叫："梁西沉……"

"叫我什么？"

岑雾咬了下唇，软软的："老公。"

梁西沉哼笑："乖。"

岑雾脸有点烫，想到接下来要说的话，热度更甚了。她慢慢地呼吸，缓了又缓，才勉强让自己的声音听起来正常："日落西沉。"

她的呼吸在耳旁，甜腻勾人。

梁西沉难得地没有反应过来。

"什么？"

岑雾指尖揪着，又无意识地去摸他的衬衫纽扣，却不想意外碰到他上下滚动的喉结，动得她心脏发麻。

她咽了咽喉咙。

她到底骨子里对感情是内敛的，即便鼓起勇气，也只是说了没头没尾的一半："就是……日落西沉，余晖温柔。"

但梁西沉听懂了。

"嗯。"他的嗓音里带笑。

岑雾一颗心跳动，下意识地反问："嗯什么呀？"

"想知道？"

岑雾不说话了，有点羞恼似的瞪了他一眼，瞪完反应过来他看不见，又气呼呼地去咬他。

感觉到他身体绷紧，她当即得意地笑了起来。

梁西沉哼笑，不阻止，只等她咬完了，才慢条斯理地扔给她一句："省点力气，晚上咬其他地方。"

岑雾的脸唰地红到能滴出血。

梁西沉眼底笑意深浓。

"生气了？"

岑雾只当没听见。

只不过，在她无意间看到路边有家舞蹈培训机构，有不少家长正送孩子进去的时候，心底的某些情绪被勾了起来。

"梁西沉。"

她将脸重新埋入他颈窝，遏制着突然狂乱的心跳，嗓音极轻："我原本放弃跳舞了，是因为你才重新拾起。"

梁西沉脚步微顿。

岑雾没有察觉。

她不知道怎么去回应他把她的名字文在身上的深爱，能想到的，是隐晦地将心底的一些情意诉说。

于是，她缓缓地说出自己记在心底多年的话："那时候你说，永远不要辜负心怀梦想的自己。我一直想……和你一样优秀。"

夕阳的余晖在这一刻似乎变得格外温柔。

岑雾的唇轻轻地去触碰他侧脸，橘红色的光笼着两人，她的眉眼里漾出同样的笑意："很庆幸，我遇见了你。"

更庆幸，兜兜转转地重逢，他们仍彼此深爱。

晚上两人也还是在外吃的饭，牵着手散了会儿步，岑雾忽然想看电影，想说去电影院，但梁西沉直接带她回了运河岸。

她差点就忘了，他那里可以看电影。

但他突然有个电话要接，便让她先挑看什么。

岑雾本想随意，突然间想到什么，找出了《初恋那件小事》，接着窝进了沙发里。

播放了大约有五分钟的时候，灯暗了。

她没在意。

直到身旁塌陷，梁西沉坐了下来。

下一秒，有温热触感落上她手指，随后，干燥的长指强势却也温柔地穿过她指缝，一根根地和她贴合相扣。

心脏骤然悸动，她转头，对上他漆黑的眼眸。

周遭很暗。

她却清晰地看到他的喉结漫不经心地滚了下，和当年一样。

不一样的是，他薄唇吐出来的话语不再是没有情绪波动，而是缠着明显笑意，每个字都在勾她的心——

"当年我就想这么做。"

对视间，当年画面浮现，清晰得仿佛刚刚才发生过，但其实每一样，都被岑雾妥帖地珍藏在心底许久。

无法忘怀。

而现在，他在用行动告诉她，他也是。

笑意一点点地漾开，岑雾跪坐着起身，飞快地凑上他的唇吻了下。

吻完要离开，被他强势地扣住后脑勺，细细深深地吻了好久。

……

凌晨时分。

梁西沉在露台点了一根烟，吸了口吐出烟圈，那边电话也通了。

不等对方骂骂咧咧地问不看看几点了，他笑，直入主题："明天我回澜城，你之前说的事，我考虑好了。"

那边的人愣了两秒，愣完哼了声，听着是实在高兴坏了："怎么想通了？"

293

梁西沉把烟从嘴角拿下来，转头，看了眼卧室里睡得安稳的岑雾。

半暗的环境里，他的眸光温柔，语气吊儿郎当的："我心里的姑娘，她太优秀了，我想和她一样优秀，配得上她。"

"嘟嘟——"那边的人直接掐了他的电话。

梁西沉低笑，烟又吸了口，他捻灭，习惯性地先去洗手间冲了个澡冲去烟味，接着上床把她搂进怀里。

一颗心被塞得满满当当，他吻她眉眼："晚安。"

第二天一早两人就回了澜城。

回到公寓门口，一个不速之客出现在了两人面前——

梁奚临在看到他们后从地上站了起来，一双发红的眼睛不甘心地扫过她，最后落到梁西沉的脸上，哽咽着，有些委屈。

"哥。"

两人谁也没在意。

只是等岑雾到了工作室处理完事情准备练舞时，梁奚临出现，指名要见她。大有她不答应让他说几句，他就一直跟着她的架势。

"我想和你谈谈我哥，很重要。"他说。

五分钟后。

两人在楼下一家私人咖啡馆的安静角落坐下。

岑雾只要了一杯温开水，在不熟悉的人面前，她的情绪一贯是极淡的："你想说什么？"

梁奚临仰头把咖啡喝光，跟喝酒似的。

咖啡杯放下发出声响，他盯着岑雾。

半晌，他气恼地别过脸，握紧的拳头松开，哽着声音愤愤不平地开口："你能不能，让我哥别不理我。只要你说，我哥一定会听你的，所以，你……"

"抱歉，不能。"

梁奚临猛地转过了头。

岑雾语气亦是很淡："我不会干涉他的任何事和决定。"

梁奚临的呼吸一下就急促了几分。

他的唇抿得极紧，羞恼得差点就想站起来拔高声音质问为什么。

胸膛起伏几秒，他硬生生压下，盯着岑雾，好不别扭地从牙缝里挤出一句："你那天说得对，我就是嫉妒你，就是故意说那些，等着你告状，那样我哥说不定会来找我。"

然而没有。

甚至在公寓门口的时候，他哥连一个正眼都没有给他。

岑雾神色不变，连眼睫也没抬一下。

梁奚临冷静不了了。

"你大学那会儿，我以为我要是追你，我哥就会出现，但他没有，他不在意。可他和你结婚了。"

像一个被抢走心爱玩具的孩子，他满腹委屈："我给你送花，他终于打我了，但让我滚，离你远点。我就在想，凭什么？明明你和我是一样的出身，凭什么他这么护着你？"

他鼻子泛酸："小时候，我哥明明也护着我的。"他看着岑雾，像终于找到人诉说自己的委屈，"我不是故意骗他。"

骗？

岑雾到底抬起眼睫看了他一眼。

有些话一旦有了缺口，好像也相应地有了诉说的勇气。

于是，岑雾在眼圈泛红的梁奚临的诉说下，知道了更多关于梁西沉年少时的事情——

梁西沉天性性子冷淡，那时住在梁家附近有个小孩，因为没有父亲，总被其他人欺负，有次梁西沉顺手帮了他。

自那以后，小孩经常跟在他屁股后面玩。

或许是看小孩被欺负得可怜，或许是那时父母早已因离婚闹得不堪，或许是平日跟在他身边的明深被"送"去了寺庙，总之，梁西沉没有赶人。

就这样，小孩像小跟班一样跟着他，会叫他"哥"。

梁西沉是性子冷，也被他父亲不喜地说骨子里的血怕都是凉的，但既然被人叫了声哥，他再冷，也会护着，不会再让别人欺负。

那时他大概是真的拿小孩当弟弟护着的。

变故出现在梁西沉的爷爷重病，他的父亲掌权后终于按捺不住把养在外面的"白月光"和私生子接回了家。

就是在那天，梁西沉知道了他一直护着的小孩竟然就是那个私生子，而小孩的接近，是那个"白月光"的有意安排。

身份揭开后，梁西沉便冷了下来，再没有搭理过小孩，无论小孩怎么和之前一样跟着他。

后来，梁老爷子去世那天，梁西沉喝了一杯添加了东西的水后过敏了，错过了葬礼时间，让整个圈子里的人看了笑话，然后被他要面子的父亲压在庭院里用梁家家规抽了好多鞭。

再后来，梁西沉去了北城。

眼睛泛红的梁奚临，是颤着声音说完最后的话的："那个小孩，就是我。我不知道那杯水有问题。"

无人打扰的角落，气氛压抑。

岑雾胸口沉闷得厉害，桌下的手几乎就要将桌布扯断。

从夏微缇那儿得知梁西沉身世的难过在这一刻卷土重来，混着梁奚临说的这些，像一把尖针刺在了她心脏上。

密密麻麻的疼，无法消散。

她难以想象，父亲偏爱私生子，母亲不认他只疼爱妹妹，没有人庇护，梁西沉是怎么独自面对那些的。

夏微缇说，外公是喜欢他的，也对他母亲的做法不满。

而她父亲也有意地想补偿梁西沉，据说梁老爷子也给他留下了保障，梁西沉的生活不需要发愁。

可是，物质的补偿算什么？

她突然就想到了领证后他第一次不打招呼离开，后来道歉解释说是没有交代的习惯。

怪不得。

他一直都是一个人，和谁交代？

谁会在意？

岑雾性子清冷，但此刻，她忍了又忍，才勉强没有失态地把面前的水泼到梁奚临的脸上。

也许梁奚临也是无辜的，可她还是忍不住，唇角浮出毫不遮掩的讽刺："是吗？"

梁奚临抿着唇。

"我昨天也在北城，看到我哥对你好。我从来没见他笑过。"他有些哽咽，"我承认，你跟我不一样，我哥是真的喜欢你。"

也是看到了那些，他终于明白，他再怎么想方设法引起他哥注意，他哥也不会再像小时候那样护着他了。

除非他哥原谅他。

他想到了岑雾应该能帮他，尽管仍有些心理不平衡，但他还是来找她了。

蓦地，他站了起来。

"对不起！"他鞠躬道歉，"我不应该那么说你，不应该故意说那些话让你误会我哥。"

岑雾眼神极冷。

不是为自己，只是因为心疼梁西沉。

"你要我怎么做，才愿意让我哥给我个解释的机会？"像是想到什么，梁奚临急急又说，"我也没有抢我哥的东西，只要他愿意回来，梁家从来都是他的。"

再不是酒会那晚被众星捧月的肆意公子哥样子，此刻的梁奚临分明像是犯了错不知所措的孩子。

"我……"

"我不会说。"

岑雾起身，再没有看梁奚临一眼。

夜幕降临，整座澜城沉浸在一片璀璨灯火中。

梁西沉远远地就看到了站在路灯下等自己的岑雾，似心有灵犀，她抬眸，亦在第一时间看到了他。

两人的目光在灯火中相撞。

下一秒，她唇角扬起，朝他跑过来。

车停稳，他下车。

她柔软纤薄的身体猛地撞入他怀中，手搂住他的脖子。

他伸手抚上她的秀发，嗓音低沉，缠着明显的笑意："这么急？"

岑雾脸贴着他胸膛蹭了蹭，极依赖的模样。

她用了一下午才堪堪调整好自己的情绪，前一晚他说不许她再为他过去的事难过，所以这会儿，她也努力地不想让他发现。

只是她更想让他知道，她会一直陪着他。

想让他和她在一起的每分每秒都是最美好开心的回忆。

想让他感受她对他的爱意。

"因为想你，"她从他怀中仰起脸，脚尖踮起，摸索着吻上他的薄唇，一点也不含蓄地表达情意，"想第一时间见到你。"

她抬起眼睫，望着他："你不想我吗？"

梁西沉低眸，含笑的嗓音比刚刚低了不止一个度："你说呢？"

岑雾不停扑闪着眼睛："我不知道呀。"

暗色涌入梁西沉的眼底，他哼笑，直接攥着她的手腕带上车里。

岑雾心跳倏地就漏了一拍。

她被他塞到车里，而后，她看着他把座椅往后调整，掀眸睨她，随即在她的眼神下再次地捉过她的手，指腹有意无意地摩挲。

"梁西沉……"

别样的感觉被带起，她想抽回手，却被他强势按住。

她听见他要笑不笑地像是用气音蛊惑："上来，告诉你答案。"

岑雾眼睫颤了又颤，想说这是在外面，然而不知怎么回事，喉咙口像被什么堵住了似的怎么也发不出声音。

他还在看她。

深邃，令人心悸。

逼仄的空间里，温度悄无声息地升高。

心跳加速，岑雾不好意思看他，全程垂着眸，然后慢吞吞地坐到了他腿上，膝盖跪在他身体两侧，手攀上他的肩。

过近的距离，鼻息间全是他浓郁的气息。

岑雾没出息地浑身发软。

"不看我？"他的手揽着她，低哑的嗓音里笑意明显。

岑雾咬唇。

她抬眸，借着昏暗光线遮掩耳垂的泛红，眼睛不眨地和他对视。

他没动。

两秒，她又慢慢地凑了过去，脸亲昵地贴了贴他的，主动问："答案呢？"

彼此心知肚明的明知故问。

梁西沉捏了捏她的耳垂，转而扣住她侧脸，薄唇缓缓厮磨她的，依然是低哑的气音："现在告诉你。"

岑雾情不自禁地微翘了翘唇角。

想学着主动回应他，却在她的手搂上他脖子时，他的手机铃声响了起来。

第一次，岑雾不是羞，而是有点恼。

也是第一次，她贴着他的唇，红着脸蛋明明白白地小声撒娇："不接。"

她甚至也不知哪儿来的勇气，去摸他的裤袋，想掐断恼人的电话，却不想手滑直接摁到了接通键。

下一秒，率先钻入耳中的是打火机点燃烟的声音，随即，不陌生的属于明深的声音漫不经心地响起——

"梁奚临在我这儿，你过来收拾，还是我动手？"

岑雾大脑空白。

羞耻的情绪在两秒后涌来，像被当面撞见一样，她想也没想地要从梁西沉身上下来。

却被他猛地一按。

"唔……"

猝不及防的一下，让她溢出细碎嘤咛。

瞬间，岑雾的脸蛋红得能滴出血。

眼睫急急扑闪，她瞪他。

不想，男人恶劣得很，幽邃眼眸里蓄着笑意，明晃晃地在她的注视下，手掌慢条斯理地沿着她腰线流连。

"等会儿。"他和她对视，厮磨她的唇，怎么听怎么暗哑的声音却是回应明深的。

"嘟嘟嘟——"

电话直接被明深掐断。

岑雾胸膛剧烈起伏，一双眼睛控诉意味极强地瞪他："……梁西沉！"

她要下来。

"不亲了？"他的薄唇沿着她唇角厮磨，哑声问，"不想知道答案？"

她躲开，他的唇堪堪滑过她脖颈。

"真不亲？"

"行，"梁西沉低笑，拍了拍她，"先送你回家，等我回来再亲。"

岑雾脱口而出："为什么送我回家？"

他的薄唇还在她脸上轻碾流连，导致嗓音模糊："男人打架没什么好看的，怕吓到你。"

岑雾眨了眨眼："梁西沉。"

"嗯？"

岑雾唇微动，莫名有点不好意思，小幅度地别过脸，好两秒才说："我见过你打架。"

她咬了咬唇瓣又松开，然后转回视线，对上他格外黑亮深邃的眼睛，小声补充："要吓早就被吓到了。"

梁西沉动作微顿，声音里藏着谁也没注意的不自然："什么时候？"

岑雾心跳有点快。

"……小高考前，"她佯装平静，大概是胆子大了点，怀揣着小心思，她玩

他的衣服，"为什么打架？"

没听到他的声音，她掀眸。

就见他往椅背上一靠，昏暗的光晕在他脸上落下晦暗不明的阴影，他勾起唇，似笑非笑的模样分外慵懒。

"忘了。"

"既然忘了，"一颗心怦怦直跳，岑雾移开视线，不自知地把泛红的耳郭暴露在了他眼前，"那就……"

最后几个字囫囵吞枣似的，低不可闻。

梁西沉掰过她的脸，低低哼笑："那就什么？"

"没什么。"生怕他要继续问，岑雾眼睫眨了眨，强装平静地对上他的目光，转移话题，"我陪你去。"

顿了顿，她一字一顿："我想陪着你，和你一起。"

车外光线昏黄。

但她望着他的眼神明亮清澈，毫不遮掩里头的眷恋缠绵。

不想他一个人。

心头暖意流淌，他伸手扣住她的后脑勺，嘴角噙笑着吻上她的唇，嗓音也在朦胧中变得温柔："好。"

岑雾唇角情不自禁地就扬了起来。

但到了地方，梁西沉只是让她在车里等他，说很快就好。也是巧，在这时她的电话响了。

岑雾只能作罢。

"梁西沉！"她突然喊了声。

梁西沉转身。

视线在昏暗中交汇，他薄唇微挑，两步返回到车窗前，俯身。

脖子被搂住。

下一秒，柔软的唇印了上来。

晚风吹拂，一旁的树叶发出沙沙声响，她探出身，望着他的眼睛璀璨如繁星，温柔的嗓音字字扣上他心弦——

"我等你，等你一起回家。"

岑雾直到他的身影再也看不见，这才回拨已经自动挂断的来电。

聊了大概有五分钟结束，一抬头，竟然看到梁西沉已经出来。

她微讶。

她想也没想急急推开车门朝他跑去，在他懒懒地站在原地，眼底漾着笑朝她张开手臂时，双手搂住他脖子，直接挂到了他身上。

他单手轻松将她托起。

她跳，他抱。

默契得像是早就排练过多次，路灯昏黄光线笼着两人亲密无间的身影，堪比电影里的唯美浪漫画面。

"这么快？"她低头看着他。

梁西沉"嗯"了声，缠着薄薄笑意的嗓音低哑："不想让老婆久等。"

岑雾心跳如雷。

他看着不想多说是怎么解决的，她也就没有问。只知道后来，梁昊临像护着他一样，爱屋及乌地护着她。

她搂紧他脖子，吻了吻他眉眼："那回家吗？"

"回，"梁西沉抬脸，"再亲下。"

岑雾耳尖红红。

想说等回家或者上车，然而被他看一眼，她好像就抵挡不住了，心里的天平早就毫无条件地偏袒向了他。

岑雾咬着唇，双手捧住他俊脸，低头飞快地印上他薄唇，蜻蜓点水的一下，要离开，却被他箍住了后脑勺。

长驱直入的深吻，强势也温柔。

岑雾脸发热，又在听到脚步声和打火机点烟声音皆骤停时，温度急剧上升。

有人来了。

唇分开的瞬间，余光瞥见来人竟然是明深，她全然是本能地将红得彻底的脸自欺欺人似的埋入梁西沉颈窝。

偏偏，明深淡漠地来了句："不能等回家？"

"……"

她的指甲倏地就掐进了梁西沉硬邦邦的肩膀里。

梁西沉无声低笑，转身，懒懒道："嫉妒？"

明深睨了他一眼。

明深："岑雾。"

岑雾硬着头皮抬头，但眼神有点飘忽，不怎么敢和明深对视。

直到明深淡淡地说："他要是敢对你不好，告诉我。"

大概有几秒。

岑雾鼻尖隐隐泛酸，暖意悄无声息地从心底漫开，她声音偏轻却坚定："他不会的。"

"没那个机会。"梁西沉睨着明深哼了声，"不如去把自己的女人找回来。"

车缓缓驶离。

后视镜里，岑雾隐约看到明深站在原地，点了一根烟，嘴角似噙着寂寥的笑。

"啊！"

手突然被带了点力道地捏了捏，她吃痛地转头。

梁西沉哼了声，拖着意味不明的威胁尾音："很好看？"

岑雾本想解释，忽地想到北城那晚。

她没忍住，问："你为什么会以为我……"到底是不好意思，她顿了下，再开口的声音小了点，"喜欢明深？"

梁西沉目视前方，说得轻描淡写："误会。"

分明是不想告诉她的意思。

"……"

她眨了眨眼，难得对别人的感情好奇，转而又问："你说让明深把自己的女人找回来，什么意思？"

他勾起嘴角，哼笑："他被人甩了，很久了，不知道？"

岑雾茫然。

她真不知道。

"那明深……"

"梁太太。"

"嗯？"

恰逢遇到红灯，车缓缓停下。

她的手被捉住抚上他的喉结，岑雾心尖直颤，冷不丁地撞入梁西沉直白的眼神里："有时间关心其他男人，不如想想……怎么疼老公。"

因着梁西沉这句话，回到家后岑雾"哄"了他好久。

她好不容易躺上床，餍足的男人没一会儿也从浴室出来。

他懒散地靠在靠枕上，手扶着她的腰，她长发散落，有几缕发尾有意无意地扫过他胸膛，他的手在她身上流连。

岑雾原本累到快要消散的清明顿时恢复。

还要来吗？

她无声地用眼神询问，见他久久没说话，只是指腹沿着她肌肤摩挲，她呼吸不免乱了几分："梁西沉……"

"下场演出是 4 号、5 号、6 号三天吗？"

岑雾眨眨眼。

巡演的第二站是余城，连着三天的晚上，明天就要迈入 4 月份，没几天了。

"是啊，"她的手攀着他的肩，"怎么了？"

梁西沉薄唇吻她的指尖，吻够了，才看着她，哑声开腔："抱歉，这次没办法陪你演出了。"

岑雾怔愣。

"有任务吗？"她反应过来，轻声问，"那……5 月份演出的时候能回来吗？"

安静了几秒。

"可能要几个月没办法在你身边。"

岑雾忘了呼吸。

"岑雾，"梁西沉斟酌着交代，"我答应了明天去突击队报到。我的情况特殊……体能考核没问题，但仍需要封闭训练。"

卧底任务结束这么久了，他的身体也完全康复，在突击队和缉毒大队中选择了进突击队。而等正式入队后，等着的也会是不确定的任务。

其他的，他没办法多说。

岑雾都懂。

早在他考上心仪军校的那年，她其实就曾偷偷查过，在网上看了很多资料，成为军人的人往后会怎样。

他能说的，不能说的，她都明白。

"好。"不想他有心理负担觉得亏欠自己，她努力地扬起一抹笑，亲吻他的唇，用轻松的语气说，"这几个月我也很忙，也没办法陪你。"

她倒是没骗他。

接下来的几个月，除了国内的巡演，她还要录制那个谈妥的舞综节目，而后国外的巡演也在准备中。

她将脸埋入他脖颈，软声撒娇："等你休假有机会的时候。"

脸被温柔地捧了起来，梁西沉吻她隐隐泛红的眼尾。

"对不起。"

心尖像是被什么蜇了下，岑雾抱住他。

她不经意地垂眸，看见除了那个文身，还有胸膛上几道显眼的疤痕，有长有短。

她抬起手，指尖轻碰，小心翼翼地抚摸。

疤痕像有温度，烫得她的指尖和心尖都酸胀得厉害，心底忽地生出强烈的感觉，这些疤应该就是他毫无消息的那几年造成的。

她想问他疼不疼，危不危险，然而话最终堵在了嗓子眼，变得干涩难忍。

她知道他们很多任务涉密，不是自己能问的。

她硬生生忍住，只是一遍遍地抚着。

"梁西沉。"

"嗯。"

半晌，岑雾从他怀中挣脱，低头，唇微颤着吻上其中一道疤。

她抬眸，重新捧住他的脸，主动亲吻他。

"梁西沉。"她再叫他。

而他像是早就看穿她的担心害怕，手掌当即箍住她的脸，带着不容置疑的力道反客为主吻上她的唇。

难舍难分。

当再次亲密无间时，她勾着他的脖子，望着他沉沉的眼眸，有好多想说的话，最后只是颤音分明的一句——

"我会很想你。"

翌日。

岑雾醒来时身旁早就没了人，微凉的温度不像有人睡过。

她睁着眼，出神了好久。

接下来几天，岑雾又开始了公寓和工作室两点一线的生活，像是为了陪着梁西沉，也是想和他一样更优秀些，她比往常更为努力地练舞。

很快到了 4 月 4 日，在余城的第一场演出。

他果然没有回来，只是早早地订了束花送到大剧院，在和他对不上时间的微信对话框里，岑雾把花的照片发给了他。

最后，她轻声发了句语音："谢谢老公。"

之后两天的两场也是如此。

而等 4 月份的这三场演出结束，岑雾又马不停蹄地开始了其他工作，其中包括舞综的第一次录制。

一直忙到 5 月。

这段时间里，梁西沉只回来过一次，是在一个深夜，在她结束工作时突然出现，给了她一个意外惊喜。

他晒黑了些。

久久没见面，两人皆是情难自禁，还没等出电梯就吻到了一起。

第二天早上他就走了。

如果不是身上密密麻麻的吻痕提醒着自己，岑雾都要以为那是她思念过甚的一场梦。

后来他再回来是 6 月，只有半小时的时间属于她。

因为他即将出任务离开一段时间。

就像 3 月底那晚他和她说职业选择一样，岑雾不想让他有心理负担，他说的时候，她全程没有表现出不舍。

只不过，在他真的要离开的那刹那，她终究是没忍住。

"梁西沉！"

她猛地撞入他怀里，手圈住他脖子，仰起脸急切地重重地吻他，下一秒便被他夺走了掌控权，被他压在了墙上。

强势的凶狠的攻势，迅速将她的呼吸掠夺。

安静的入户厅里，唯有彼此难舍难分纠缠的声响。

片刻后。

"我要走了。"他额头抵着她的，指腹摩挲她的脸蛋，半合了合眼，压下那些情愫，重新温柔轻吻她眉眼，"等我回来。"

他顿了顿："不出意外，能陪你 7 月 17 日最后一场演出。等我。"

岑雾的眼尾有点红。

她满心的不舍，也就没有听出来他说 7 月 17 日这个日期时嗓音有些微微的不同，似在克制着什么。

她点头，"嗯"了声，说："好。"

但她仍没从他身上下来。

"梁西沉。"

岑雾抬起脸，口袋里拿出一枚前几天刚求的平安符，不同于当年那枚不见的，这一次终于塞到了他手里。

她望着他，千言万语好多的话想说，然而都莫名地堵在了嗓子眼。

最后，她只是说："平安。"

梁西沉走了。

岑雾的生活又恢复到了以往，只不过忙碌之余，每晚深夜她又把抄写平安佛经的事捡了起来，是祈求他平安，也是寄托思念。

那瓶纸星星也在她实在太想他的时候拿出来数了遍。

就这样，时间一晃迈入 7 月。

离 7 月 17 日越近，岑雾心底的期待便越浓，她从未觉得时间过得这么慢。

也从未想过——

她没等到梁西沉回来，反而先等到了他受重伤的消息。

梁西沉从半昏半醒中醒来。

他眼皮睁开，一张巴掌大的脸撞入视线。

"岑雾？"

低哑虚弱的声音冷不丁响起，岑雾抬起眼睫，回神。

四目相接。

唇颤得厉害，用尽了所有本事，她才勉强让声音听起来正常："是我。"

眼眶酸热，她慌忙垂眸，克制后再抬起，轻声问："有没有哪里不舒服，要不要叫医生？"

梁西沉望着她，没说话。

酸意悄无声息地强烈起来，冲击着让岑雾的眼尾逐渐变红，明明忍了一路，却在被他看了眼后有崩溃的趋势。

她硬生生压下。

"我叫医生。"她飞快地眨了眨眼，移开视线。

手腕，蓦地被抓住。

身体有短暂两秒的微僵，又在余光瞥见他抬手扯到手上的点滴，针头开始回血时，陡然间僵硬到了极致。

"梁西沉！"她喊出了声，声音极颤。

她慌乱地想按住他，却又怕不小心会碰到他的伤口。一时间，她前所未有地无措着，眼泪几乎就要从眼眶里砸下来。

见他甚至要坐起来，她后知后觉慌乱地按下铃，隐约带了哭腔："你别动。"

梁西沉终于确定不是梦。

"我不动，"怕扯到伤口会吓到她，他到底没有起来，不敢碰她，嗓子极哑，"别哭，好不好？"

岑雾咬住了唇，怕一开口，哭音更明显。

梁西沉无声叹了口气，哄着她："岑雾。"

岑雾发不出声音。

眉头拧紧又松开，梁西沉有意地放柔了声音："老婆。"

仍然没有回应。

梁西沉沉默几秒。

"岑雾，"他叫她的名字，"你是在生我的气吗？"

徐越州推门进来时，听到的就是这么一句。

岑雾？

他眉头微挑，下意识看向床边站着的人，长发半遮看不清脸，只能看到她低着脑袋分明是在极力克制着情绪。

他不动声色地将视线落到床上的人的身上，他上前，有意地没让自己恍然大悟后的幸灾乐祸太明显："哟，醒了？"

梁西沉没搭理。

"老婆。"他一双眸子始终沉沉地盯着岑雾。

岑雾胸口闷得几乎不能呼吸了。

这时，包里的手机响动，她低着头翻出来紧握在手心，极努力地压下那股难受："没有，我出去接个电话。"

再不走，她怕自己会哭。

可她要是哭，他一定会担心、会自责。

她说完，为了掩饰，甚至没忘了和进来的医生打招呼："麻烦医生了。"

梁西沉薄唇抿着，到底没叫住她，只是一瞬不瞬地盯着她的身影，直到再也看不见。

徐越州早就按捺不住燃起的八卦之心，一见岑雾离开，立马"啧啧"两声，挑了挑眉："她就是岑雾啊？"

梁西沉收回视线，难得露出烦躁情绪，睨他的一眼极冷。

徐越州一点也不怕死。

他上前，边给梁西沉检查伤口，边夸张地说："怎么着，我们不怕死不要命的沉哥是忘了躺手术台那会儿，自己整天叫岑雾？"

"啧啧，行不行啊沉哥，年纪轻轻就健忘？"

梁西沉额角跳了跳："闭上你的嘴。"

徐越州要是能听梁西沉的话就不叫徐越州了，何况他存着报复心理，就想把这人不听医嘱的仇给报回来。

"闭不上啊。"把病床升起来，装模作样地给他身后垫了个枕头，趁着他虚弱，徐越州是一点也不客气。

像是突然想明白什么，徐越州佯装震惊地喊道："你别告诉我，那会儿你死活要偷跑出院，就是去见这姑娘？"

梁西沉脸色难看。

不是因为徐越州猜到的事实，也不是因为伤口，而是担心岑雾，偏偏徐越州烦人得很。

"人家现在不理你啊，"徐越州再也不遮掩自己的幸灾乐祸，笑得差点就直不起腰来，"你也有今天。"

"滚。"梁西沉几乎是从牙缝里挤出的一字。

徐越州忍住笑："点滴差不多了，我让护士来换掉，等会儿再来陪你说话啊，我估计岑雾没空搭理你。"

"……"

看着他脸色变青，徐越州心里舒服了，朝他摆摆手，愉快地哼着歌离开。

不想一出门，徐越州便撞见了原以为找地方接电话的岑雾，通红着一双眼睛看着自己，眼泪要掉不掉。

是一种无措又急切的可怜。

徐越州单身多年，根本不知道怎么和女孩子相处，尤其是面对一个在哭的女孩子。

这会儿他竟有点不知所措，再没了面对梁西沉时的幸灾乐祸，连后知后觉掏出纸巾递给岑雾，手都有点抖。

"你别哭了啊，他没什么大碍，已经稳定了。"好半晌，他才挤出干巴巴的一句。

岑雾眼前模糊一片。

她没接他的纸巾，只是一眨不眨地盯着他，费力挤出沙哑颤抖的声音："他什么时候上的……手术台，什么意思？"

她从来都是冷静的，偏偏次次失控都只是因为梁西沉。

就像此刻，她脑袋混乱至极，不知道要怎么说，说出来的话毫无条理可言，只是急切地想知道什么。

她哽咽着："偷跑出院……"

有电话进来是真，但那会儿她全部的心思都在梁西沉身上，没有办法冷静地接电话，也想着控制情绪别让梁西沉担心。

于是她没有走，就站在了门外。

没想到竟会意外地听到徐越州的那番话。

有眼泪掉下来，她偏过头，慌乱地擦掉："什么时候？"

怕受伤是因为涉密任务不能说，她急忙解释，也是恳求："不能说的你可以不说，把能说的告诉我，可以吗？"

徐越州张了张嘴。半晌，他无奈地笑了笑，说："其实我知道的，差不多就是你听到的那些。"

他斟酌着："去年，他……重伤回国，有刀伤也有枪伤，差点没能从手术台上下来，那台手术我是主刀医生。"

徐越州低笑了声："那是我做过的最危险最没有底的一台手术。我一度以为，他活不下来，你不知道那时他……"

怕吓到她，他到底没仔细明说当时梁西沉的具体情况。

他只说："我就是在那台手术上，第一次模糊听到了岑雾这个名字。"他看向她，"我想，那时候他仅有的意识，是你。应该是为了你，所以拼命想活下来。"

岑雾眼泪瞬间掉落。

"手术勉强成功，他挺过了最危险的四十八小时，但也昏迷了差不多两个月，等稳定醒来，是1月份。

"那时他被转回到澜城，在2月初，他说有很重要的事情要办，偷偷地跑出了院。"

至今提到这事徐越州都来气，差点飚脏话，但瞥见岑雾不停掉眼泪的模样，脏话一时噎在了喉咙口。

他越发无措，不知道怎么安慰："你……没事吧？"

岑雾的唇瓣几乎就要被咬出血。

2月初……

不就是他出现在伽寒寺和她重逢的时间？

他……不顾伤势就是为了来找她吗？

"然后呢？"她也不知自己究竟费了多大的力气才勉强问出的这话。

徐越州挠挠头，叹了口气。

"然后就是除夕那晚，不对，准确地说是年初一凌晨，他终于回了医院，伤口裂开了，我给他重新处理，打了点滴第二天早上又跑了。

"问他，只说有很重要的事。"

口袋里的手机响起，有人找他。

徐越州说了声"马上到"，想到什么又说："我没猜错的话，肯定是去见你了吧？那我想3月17日那次也是，那会儿他手臂……"

见她茫然，眼泪掉得更汹涌了，他硬着头皮，莫名心虚地解释："那次没事，就是一点点小刀伤，你别担心啊。"

顿了顿，他有意用轻松的语气开玩笑安慰她："梁西沉命大，阎王爷也抢不走他的命，他向来是自己说了算。"

他不管不顾地把纸巾塞到了她手中："我还有事，先走了。"

有风吹来。

明明7月该是很热的风，偏偏岑雾觉得冷极了。

重逢后的种种在脑海里浮现。

他拼了命地活下来，来找她，可她却那么迟钝，什么不对劲也没发现，甚至有意地避开他。

除夕那天，是为了送她回来开了一路的车所以伤口裂开吗？

3月17日……

她连他受伤都没看出来，却接受着他安慰她哄她。

——"那时我就想，等回来了，怎么也要把你抢回到身边，管你愿不愿意，喜不喜欢我。"

那日他漫不经心说的话字字无比清晰地跟着在耳旁回放。

再没有力气站住，身体滑落在地上，岑雾脸埋入手臂里，哭得不能自己。

梁西沉爱她，何止是深爱。

他分明，是拿命在爱着她。

可她却什么都不知道。

梁西沉久久没等到岑雾回来，他按下铃，想借手机给她打电话。

心心念念的人在此刻出现。

——眼睛泛红，分明是哭过，哪怕有意地在掩饰。

梁西沉放柔了声音，眼底覆上了一丝笑意："老婆，过来。"

岑雾心口仍是酸胀难忍，压着浮动的情绪，她低低"嗯"了声，走向他。

才走到床边，手指便被他勾住。

刹那间，她的心尖止不住地战栗。

"吓到你了？"慢慢地捉过她的手放到唇边亲吻，梁西沉望着她，温声安抚，"我没事，这次只是意外。"

受伤这种事他从没想过让她知道，更不想让她面对这些。

虽然他不清楚她怎么会来医院，但这时并不是追究谁告诉她这件事的时候。他现在唯一想的，只是让她不要再难过。

"别生气，嗯？"

岑雾好不容易止住的眼泪差点就要再没出息地掉下来，眼睫连忙眨动了好几下，她硬生生忍住。

"梁西沉。"

目光落到他脸上，看着他有些虚弱的模样，她到底还是没忍住，别过了脸。

尽管极力克制，但她的声音仍有些明显的发颤："我一直以为，我做好了心理准备。可我接到电话的时候，很害怕。"

她以为能坦然地接受，他有属于他的梦想，她该无条件地支持才对，毕竟她始终记得他的那句话。

可是，原来所谓的能接受，所谓的早就做好了心理准备，在看到他受伤，是会一点点地被推翻的。

在他醒来前，她也以为自己能控制住。

她不想他看到她哭，不想他本就受着伤还要担心她、安慰她，更不想他觉得对不起她、亏欠她，所以她很努力地克制。

可是，到底没有用。

在听到徐越州讲述的那些话后，她更是崩溃得彻底。

"我以为我能接受……"声音隐隐哽咽，一口气像是上不来，剩下的话，她却怎么也挤不出来了。

哪怕一点点的伤，她都没办法接受。

眼泪无声地一滴滴地往下砸，砸到了梁西沉手背上。

很烫。

心口密密麻麻的酸痛和伤口的疼一起，久久难散，他无声地滚动着喉结，手稍稍用力，将她拽到了床边。

他倾身，将她搂住，不动声色地缓着呼吸。

岑雾后知后觉地反应过来他做了什么，她不知道他的伤口在哪儿，怕牵扯到，慌乱后怕地想要起来。

"梁西沉……"

"别动，让我抱会儿。"梁西沉吻她发丝，呼吸又低沉了些。

岑雾身体一下僵住，一动不敢动。

梁西沉亦没有再动。

他喉间晦涩，几度启唇，想说什么，却一时间什么声音也发不出来，只能一下下地轻抚她后背。

她还在掉眼泪。

无声的眼泪全都落到了他的脖颈里，每一次皮肤都被烫到。

烫得梁西沉一颗心也酸胀不已。

他索性捧起她的脸，用温热的唇慢慢地吻掉她的眼泪，终是挤出沙哑的声音："不哭了。"

岑雾泪眼模糊。

她想回应他，想搂住他，却不敢。

心底压着的情绪被一点点地勾出，她哽咽着，说："每一年我都求愿，希望你平安。"

再没有什么比平安更重要。

从她认识他的那年起，她每次在伽寒寺都会许愿她在意的人万事顺遂，也必会独独留出一个求愿，愿他平安。

这些年，从来都是如此，哪怕是重逢前，她已经放弃喜欢他，可希望他平安好像早就变成了深入骨髓的习惯。

可他还是受了伤。

她忍不住想，是她的心不够诚吗？还是她所求太多？

可她明明不是贪心的人。

是曾贪心过想与他岁岁常相见，可后来，她所求的只是他平安。

仅此而已。

"梁西沉，我希望你平安。"到底是没忍住，她回吻他，极轻地触碰，"无论何时，你都要平安，好不好？"

病房里有一瞬的沉默。

梁西沉眸中倒映着的是她的模样，心脏就此微微地抽着。他的喉结滚了又滚，最后用手指轻拭掉她眼角的眼泪。

他目光专注也郑重地看着她，声音沙哑得只有彼此能听见："无论何时，我都会平安回到你身边。"

"岑雾在哪儿，梁西沉就会在哪儿。"

——岑雾在哪儿，梁西沉就会在哪儿。

这句话，一遍遍地在岑雾耳旁重复，徐越州说的那些话，似乎因此渐渐有了清晰画面。

任何一个医生，不到最后一刻都不会放弃，可徐越州却说，一度以为他活不下来。

那次究竟该有多危险？

只这一句，一下子让她再次哭得溃不成军。

梁西沉身体瞬间僵硬到不像样。

"岑雾？"他用手指擦拭她的眼泪，却怎么也擦不完，呼吸渐沉，他的声音也是，更是第一次慌乱，"我……"

"我爱你。"岑雾紧紧地搂住他的脖子，哑着哭腔一遍遍地重复，"梁西沉，我爱你，很爱很爱你。"

梁西沉想要抚上她脸的动作骤停。

突然间，他猜到了什么。

他摸她的脑袋，一下下，又轻抚她的后背："我以为你不喜欢我的时候，我尚能回来。你这么爱我，我更是会平安。"

很多想说的话堵在了嗓子眼，最后，他只是一字一顿，语气认真："我这一生都属于你，等老了，也一定会比你后死。

"我会平安。岑雾的任何心愿，梁西沉永远都会帮她实现。"

三天后，7月17日。

梁西沉没让任何人知晓地从医院回了公寓。

走进衣帽间，他找出黑色衬衣和西裤换上，又找出一对袖扣想扣上，不想徐越州的催命电话在这时打来，导致他手滑掉了袖扣。

他面无表情地掐断，循着滚落的声音在一个角落将袖扣找到，弯腰捡起，眼角的余光不经意间瞥见了两颗星星模样的东西。

他顺手捡起，没承想捏着的力道偏大，一不小心将纸星星捏扁。

愣了下，在研究片刻后，他颇有些心虚地打开手机上网搜寻怎么把这种东西复原。

真有视频教学，于是他认真看完，之后将捏扁的星星拆开。

下一秒，他心脏重重一缩，像是回到了得知她喜欢过的人是自己那天，细细密密的酸痛无声无息地蔓延。

并不宽的折纸上，写了一句话——

不能再喜欢他了。
2011.3.17

字迹虽有些模糊，但仍是他再熟悉不过的，岑雾高中时的字迹。

而时间……

3月17日，她的生日。

2011年，是她高二小高考那年。

2011年3月17日……

刹那间，梁西沉犹如心上被划开了道长长的口子，刺痛加剧。

他突然就想到了今年她生日那晚，他带她去看流星雨，她哑着声音问他的那句，是否讨厌过她。

难道是在2011年的那天……

手竟隐有些颤，他少见地艰难吞咽了下喉咙，拆开另一颗星星。

日落西沉。
2010.8.17

是他在篮球场那儿遇见她的那天。

2010 年 8 月 17 日……

突然间，一串数字猛地蹿入脑海，是家里公寓的密码——

71800102。

梁西沉身体僵住，呼吸极重地合上眼。

71800102，20100817。

捧着星星的手小心，隐隐发颤，他突然就明白了这两颗星星意味着什么。

港城。

落日开始西沉时，结束另外工作的岑雾和舒影抵达大剧院，准备为今晚的最后一场演出做准备。

门推开，尖细高跟鞋刚踩上地。

"岑雾。"

一点也不陌生的声音从后方传来，有种形容不出的暗哑。

她微愣，以为自己听错了。

直到，那个本该在澜城医院卧床休养的男人大步朝她而来。

逆着光，带来温柔余晖。

她看不清他脸上的神情，却诡异地能察觉到他眼底的晦涩深情。

不等她细看，她整个人被他用力地抱住。

呼吸间，淡淡的薄荷烟味漫上鼻尖，想到他的伤口，岑雾后怕又气恼，气他不听话不把自己的身体当回事："梁西沉！你……"

话音戛然而止。

她今天穿的是长裙，脖子裸露在外。

此刻，好像有一滴湿热的液体落了上来，伴着极沉的呼吸。

她僵住。

"梁西沉……"

"记得我的手机密码吗？"

耳畔的声音哑透，像在极力克制着什么难言的情绪。

岑雾大脑空白，完全是下意识地回应："717090……"

"717090，090717，"梁西沉直起身，双手捧住她的脸，喉结不停滚动着，"2009 年 7 月 17 日。"

早在他将密码反过来说出时，岑雾第一时间想到的是自己的那串，一个不敢深想的大胆念头倏地涌出。

下一秒——

"那天，我遇见了我人生中的光，她叫岑雾，我对她一见钟情。"

大剧院外的马路上车辆络绎不绝，各种声响混迹其中，身旁有风吹过，树叶发出沙沙的声响。

好像很吵。

可又好像极端的安静，安静到他所说的每个字，都无比清晰地钻入了岑雾耳中，甚至包括他吞咽喉咙的细微声音。

2010 年 8 月 17 日，她初见梁西沉，对他一见钟情。

可现在，他告诉她，早在 2009 年 7 月 17 日，他就遇见了她，对她一见钟情。

他的深爱，远比她还要早一年。

她根本不知道，他在她不知道的地方，多爱了她一年。

刹那间，一股极为强烈的但不知道该怎么形容的情绪沉闷地在她胸腔里翻涌，她试图说些什么，可偏偏什么也说不出来。

她只是无措地用脸颊去触碰他的，又想用指尖去抚摸时，手被他紧紧地又温柔地攥住。

两颗星星在这时塞了进来。

心跳骤停，她的身体再僵住。

梁西沉低眸，指腹不停地摩挲她的肌肤，又忍不住吻她眉眼："岑雾，我们谈恋爱吧，谈一场一辈子不分手的恋爱。

"这次，不会再让你难过，也不会让你有遗憾，好不好？"

日落的余晖洒落，笼着两人。

他微微泛红的眼睛里倒映着她，清晰得毫不遮掩对她的深爱情意。

阴错阳差后的幸运重逢，所有遗憾的终将会被他温柔弥补。

就像此刻的落日。

一如当年温柔。

酸热涌向眼眸，但有浅浅笑意一点点地漾开，岑雾踮起脚尖，圈住他的脖子，同样温柔地吻上他的唇——

"好。"

8 月 17 日，周六。

岑雾等了一整天都没等到梁西沉的电话，有些失落。

昨天他抱歉地说有急事需要回突击队，暂时不知道什么时候能回来。

当时她是理解的，只不过理解归理解，但毕竟今天是很重要的纪念日，她总是想他能在身边，哪怕就一会儿。

傍晚，她被思源拉出去吃东西。

她在 16 号的时候有工作去了港城，结束后思源说她这几天在北城，撒娇要她来陪她，她想着梁西沉不在家便答应了。

但她有些心不在焉，甚至在思源拉着她在树底下的一张长椅上坐下休息时，她根本没发现环境的熟悉。

直到，有篮球拍打声和男人兴奋吹口哨的欢呼声钻入耳中。

岑雾微怔。

下一秒，她猛地抬头，在看到那个再熟悉不过的身影时，再没能移开。

——最简单的白 T 恤黑色运动裤，一张五官极为出色的脸，一头短寸，十足的桀骜不驯。

他在喝水。

头微仰，凸出的喉结上下滚动，透着野性。

和记忆里一模一样。

突然，他偏头，视线朝她而来。

逆着光，隔着距离。

和当年不同，这一次，他们四目相接。

他微勾了下唇，在笑。

岑雾有短暂几秒的怔愣，大脑失去了思考能力，直到他重新归队，和谢汶、蒋燃一起继续与其他不认识的人比赛。

她一眨不眨地看着篮球场，看他和记忆中一样将一个三分球完美进筐，看他和谢汶、蒋燃一一击掌，又看着他结束后将篮球顶在指尖转动。

而后。

篮球落地，"砰砰砰"几声滚到了她附近。

一如当年。

不一样的是，他没有弯腰捡，而是逆着光站在那里，懒散地勾了勾唇，漫不经心的嗓音里缠着笑——

"岑同学，能帮忙捡个球吗？"

对视一眼，她的鼻尖终于没出息地变得酸热。

当年少女细腻酸涩的心思重新清晰地涌出，但随即又被他温柔坚定的眼神所安抚。

努力地忍住那股不是难过但无法形容的情绪，岑雾将篮球捡起来，抬脚，怀揣着颗怦怦狂乱的心跳，一步步走到了他面前。

他在等她，目光始终不离她半寸。

日落余晖洒落，将他们像是亲密依偎在一起的身影拉得很长。

她抬手，把篮球递给他。

"谢了。"梁西沉单手接过，指尖习惯性地抵着圈了圈，最后抱入怀中，看着她，"同学，能认识一下吗？"

岑雾仰起脸。

夕阳的光落在他眼睛里，太过耀眼。

她眨了眨眼。

嘴角肆意的笑意从未消散。有意替她挡住些夕阳，梁西沉喉结克制地轻滚，说："我叫梁西沉，木底梁，日落西沉的西沉。"

他望着她："你呢？"

此时夕阳正好，岑雾忽然有些想哭。

"岑雾，"她动了动唇，吴侬软语轻细隐隐有颤意，"山今岑。"

顿了下，咽下当年转学时自我介绍的那句"烟的雾"，二十五岁的岑雾勇敢地望着心中的少年，眉眼间漾出袅袅笑意："薄雾西沉的雾。"

回到运河岸。

梁西沉进了主卧洗手间冲澡，谢汶和蒋燃两人一人占了间客卧，岑雾和周思源在客厅里坐着。

岑雾的手机响起。

她垂眸，看见是梁西沉发来的微信。想了想，她佯装自然地对正在接电话的周思源指了指手机，周思源没细看，点头示意知道了。

明明是自己家，从站起来到走进卧室，岑雾就是心虚，耳尖也红红的，生怕被人发现似的。

关门转身，就见哄她来的男人大大咧咧地露着胸膛和腹肌，人鱼线没入刚刚不疾不徐穿上的裤子里。

早就不是第一次见这种刺激画面，但岑雾的脸仍是没出息地红透了。

大概也有点被刚刚才和"少年"的他"认识"影响，还没从那种情绪中彻底走出来，她眼神飘忽躲闪，不好意思看。

"叫我来干什么？"她偏过头，嗓音不自知的娇。

一声低笑。

下一秒，男人掌心覆上她的脸并箍住，英俊的面容随即放大，属于成年梁西沉的吻不打招呼地落了下来。

"想你，想亲你。"他吻她的唇，低低的气音性感。

他抵着她的额头，薄唇轻吻了吻她眉眼，闷喘压在喉间，低笑着问她："想不想我？"

岑雾双手没什么力气地攀着他肩。

"想。"她温顺点头，主动地仰起脸去厮磨他的唇，压不住的思念随着细碎的嘤咛一起给他，"好想你。"

她没闭眼，清楚地看到他眼底满是笑意。

好像又回到了篮球场上。

本以为忘了她纪念日的人，本以为到今天结束都不会出现或者联系她的人，惊喜地出现，用这样的方式。

"想你。"心潮涌动，她低声再诉说情意，情难自禁地撬开他唇齿，不算熟练地勾缠，只想吻得更深。

腰忽地被掐住，人被重重地压向他的胸膛，严丝合缝。男人压了上来，清新的沐浴露混着男性荷尔蒙灌入她所有感官。

强势得叫人招架不住，心悸阵阵。

等岑雾此地无银三百两地补了口红再回到客厅时，三人暧昧的眼神飞快地扫向她，笑意根本掩不住。

换来梁西沉朝谢汶、蒋燃一人踹一脚。

"走了。"

岑雾越发羞耻，只当没看见梁西沉习惯性伸来要牵她的手，避嫌似的挽过周思源。

一声意味不明的哼笑隐隐传来。

危险弥漫。

她眨眨眼，没看他。

难得有空聚在一起，但沈岸还没到，他们的意思是时间还早，等他到了再一块儿吃火锅，于是一行人先行出门。

等到地方，岑雾后知后觉地发现竟然是七中附近的那家书店。

就是在这里，当年她第二次见到了梁西沉。

二楼依然文艺气息满满，一排排的书架有序排列。

尽管是暑假，仍有不少学生过来看书，或盘着腿随意而坐，或三三两两地围在书桌前，青春气息四溢。

恍惚间，岑雾有种好像再次回到了当年的奇妙感觉。

心念微动，她下意识地放轻脚步，目光扫视，思绪还未确定，脚已快一步地抬起，走向靠落地窗的书架附近。

好巧，她意外地再次看见了本封面是日落的杂志。

外面的夕阳仍有一抹余晖，暗红的光线透过落地窗洒进来，空气中细微的浮尘若隐若现，点点斑驳在地上。

岑雾唇角微翘。

像变成了那年的少女岑雾，因为看见日落而心跳止不住地变快，她伸手，将那本杂志拿下。

和当年一样，她拿得小心，又忍不住笑自己。

而后，笑意毫无征兆地敛住。

——书架的另一面站着人。

身高腿长，有些懒散地倚着书架，夕阳镀上他的侧脸，棱角分明的下颌线被清晰勾勒出。

——梁西沉。

和篮球场时一样，再一次的，眼前的人和记忆中的少年重合。

岑雾忘了呼吸。

直至下一秒，他转头，深邃视线通过一本杂志的距离精准地将她攫住。

和当年不一样。

这一次，他看到了她。

"岑同学，"他的眼睛里蓄着少年感满满的笑意，压低的声音意外也愉悦，听得人耳朵酥麻，"又见面了。"

隔着书架，她和他的影子也跟着落下，也和当年一样，在落了一地的余晖里挨得很近。

若有似无的亲密。

不一样的是，这一次，她不用偷偷欢喜，也不用拿杂志挡住脸，她可以正大光明地抬手去触碰捕捉他的影子。

因为他回应了她。

在这个只属于她和他的两人角落里，再也不是她一个人的独角戏。

四目相对，夕阳似乎变得格外温柔。

岑雾的唇角一点点地弯起弧度，细碎的亮光铺满她的眼睛。

两人回到一楼时，谢汶说沈岸打电话来说他突然有事在七中，让他们进七中和他会合。

岑雾沉浸在梁西沉今天带给她的两次别样的惊喜中，一点也没察觉到有什么不对。

直到他们几人进了七中的礼堂，思源拉着她在第一排中间坐下。

而梁西沉，不见了。

不知怎么的，这一刻，篮球场和方才书店二楼的画面再次涌出，岑雾突然后知后觉地涌出一个不敢置信的大胆想法。

而这个想法，在几秒后就得到了证实——

口琴声悠扬缓缓，从前方传来。

吹奏的歌曲，是那年七中元旦晚会梁西沉的表演曲目《蜗牛》，更是那些辗转难眠的深夜里，她戴着耳机听了一遍又一遍的歌。

她也曾将他那个表演视频看了许多遍，懊悔过多次那天为什么不能小心些，如果没有受伤，她就能在现场看到了。

眼眶隐隐有些酸，岑雾眨了眨眼。

只是，当舞台上的幕布彻底被拉开，当一身七中校服的梁西沉和当年一样坐在舞台中间的高脚椅上，一条腿屈起，另一条懒散撑地吹着口琴，她的眼前瞬间模糊。

曾经只能在视频里看到的画面，此刻近乎完美地重现在了她面前。

将她其实曾耿耿于怀的遗憾弥补。

唯一的一束光聚在他身上，隔着半暗的环境和距离，他和她对视，蓄着笑意的眼眸像是要看进她的灵魂深处。

他的观众只有她。

而他，只是吹奏给她听。

只为了她。

有眼泪开始往下滑，肆无忌惮，想抬手擦掉，可她的手在发颤发麻，连抬起的力气也没有。

她只能没出息地泪眼蒙眬地听他吹奏完。

可这，并不是结束。

当幕布短暂地拉上一分钟后又被拉开，再出现在她眼前的梁西沉换下了校服，另换了身黑色衬衣西裤。

高脚椅没有了，取而代之的是一张钢琴椅，他坐着，背脊笔挺，面前是一架钢琴。

她看到他修长手指按下琴键，听到一点儿也不陌生的曲调从他指间滑出，跟着一个个的音符飘了过来。

钻入她耳中，也在瞬间，带她回到了 2015 年那场她冲动地跑去看的演唱会。

她以为是她感觉错了。

但很快，他用行动告诉她，她的感觉没有错。

——接下来的时间里，他将那场演唱会上的歌，截取每段的高潮部分，用自己的感情唱给她听。

连演唱顺序甚至都一样。

就好像他陪她一同去了那场演唱会，陪她因为青春红了眼，陪她一起听到歌。

她忽然明白了，今天的种种，从篮球场初见的重现，到书店二楼的再遇，再到此刻，他都是在弥补她的青春遗憾。

抚平她曾经因为喜欢他而有的难过，更是在回应少女岑雾的每一分喜欢。

从前从前

有个人爱你很久……

他在唱那次演唱会唱哭了所有人的《晴天》，但不再是原曲的氛围，而是被他改过，已是兜兜转转重逢后的再爱。

317

眼泪掉落，突然间，岑雾哭得不能自已。

视线变得模糊，而他也从舞台走了下来，捧着一束娇艳欲滴的路易十四玫瑰，花束里还有一枝向日葵。

——我只钟情于你一人。

——沉默的爱。

岑雾仰起脸，他却在她面前单膝跪地。

他一只手捉住她的手，习惯性地吻了吻，随即暂时放开，从花束里拿过样东西递到了她手里。

她低头。

率先映入眼帘的，是两张连在一起的演唱会 VIP 票，时间是今年 10 月。

好不容易忍住的眼泪又有要往下掉的迹象，她硬生生忍住，怕眼泪会打湿票。

"还有……"她听到他的声音，难以形容的暗哑，甚至还有些紧绷。

视线里，他的喉结上下滑动，那双向来将一切自信掌控的眼睛里好像透露着紧张。

唇翕动，岑雾想说什么，但根本发不出声音。

她只能再低头，拿掉演唱会的票。而后，她的呼吸她的心跳都在她看清楚门票下面的东西时一下停滞。

——是明信片。

是那张当年她在书店遇见他时，意外发现的日落明信片，因为紧张因为怕被人看出一点点的心思，她没有买。

等她再从燕尾巷跑回去的时候，明信片已经被买走了，店员告诉她，明信片是店主亲自设计，只有一张。

原来，明信片是被他买走了。

而此刻，兜兜转转还是到了她手里，他还在上面写了两句话——

岑同学，我喜欢你，可不可以做你的男朋友？

岑雾，我爱你，愿不愿意嫁给我？

第一句，写给十六岁的岑雾。

第二句，写给现在二十五岁的岑雾。

深爱她的情意自始至终不曾变过。

眼泪一滴滴地无声地往下砸，岑雾拼了命地想要忍住，甚至想用手捂住，可是毫无作用。

他的大掌覆了上来，将她的手温柔地捉住拿下。

他吻她的手心，郑重而又专注。

"岑雾，"他叫她的名字，喉间似乎也压着克制着的情绪，"我们错过了八年多，对不起，也让你难过遗憾了这么久。"

岑雾想要摇头，想说没关系，他已经来到她身边了，想说她也让他遗憾了那么多年。

可她发不出一丝的声音。

温热的指腹轻轻地擦过她眼角，眼泪被擦拭。

他的眼睛始终看着她："过往的遗憾我会一一弥补，往后的每一天，我都会比前一天更爱你，不会再让你难过，也不会再有遗憾。

"此生我只忠于你，只爱你。

"岑雾，嫁给我，好吗？"

高二那年岑雾写下过两句话——

向着光，永远热烈。

向着心底的少年，奔向光中。

梁西沉从来都是她心中唯一的少年，是生命里最亮的光。

而此刻，礼堂里唯一的一束光聚在他身上，也将她笼罩其中，他看着她的眼睛很亮，无声地告诉她，她同样是他的光。

岑雾猛地倾身搂过他脖子，哭腔明显："好。"她本能地贴他更近些，迫不及待地让他感受自己的情意，"什么都答应你。"

她哭得不能自控。

紧绷的身体稍稍不再僵硬，梁西沉抬手轻抚她后背，薄唇温柔吻她发丝哄着："不哭了，乖。"

岑雾哽咽着乖乖答应，只是眼泪还在掉。

"抬头。"眼底蓄上笑意，梁西沉只能哄着她先起来。

岑雾泪眼模糊。

"戒指。"他郑重地从裤袋里拿出丝绒盒，捉过她一只手亲吻，始终望着她，"求婚要戴戒指。"

丝绒盒里，是一对崭新、简约但很有设计感的对戒。

光线明明昏暗，眼前也很模糊，岑雾却一眼看到了戒指内圈上刻着的字母和数字——

xc0817

cw0717

刻有他的名字和她的初见日期的戒指是她的，他的戒指是她的名字和他的初见日期。

只一眼，岑雾眼眶再被滚烫的热意侵袭。

眼看着他拿过女戒要给她戴上，她想也没想地将他阻止，拿过男戒，看着他的眼睛，庄重而又缓缓地戴入他指间。

她捉过他的手，一滴眼泪砸落。

她低头，亲吻。

"梁西沉。"

　　脑袋里嗡嗡作响地混乱着，她深深地望着他，情话或许俗套，却是她内心最真实的情意，从未变过——

　　"我只想爱你，也只会爱你。这辈子，下辈子，下下辈子，都不想和你分开。"

求婚的第二天，岑雾又被带着去了七中，她下意识地看向梁西沉，以为他又准备了什么。

他低笑着捏了捏她的手，像是默认："先跟周思源走。"

"雾雾！"周思源飞快地跑了过来，挽过她的手就拽着她跑。

岑雾根本没来得及说什么，就被带着进了一间办公室的休息室，一套当初上学时的七中校服塞到了她手中。

"换上。"周思源笑盈盈的。

岑雾脑袋有些混乱。

换校服，换白色的帆布鞋，有人来给她化妆，扎马尾……

一个大胆的念头突然冒了出来。

很快，猜测成真。

——当她被带着走进高二（7）班，当她看到梁西沉也换上了校服，而思源带着她不知什么时候出现的助理架好了机器。

梁西沉朝她伸手："岑同学。"

蓄着笑意的桀骜眉眼中仍藏着意气风发的少年气，一如当年，让她一眼心动，刻骨铭心。

岑雾突然有些想哭。

他适时地伸手搂她入怀，薄唇亲吻她发丝，像哄也像威胁："不许哭，要是哭了，拍出来会不好看。"

手指攥着他的校服，岑雾简直想哭又想笑，最后控诉的语调听着更像是变相撒娇："你都不告诉我。"

梁西沉笑："嗯，我的错，不该怕说了后你昨晚会睡不着。"

到底还有其他人在，岑雾忍住眼底的酸热，小声说："那拍吧。"

"好。"

话落，她就被他牵着手到了她当年的位置上坐下。她的同桌不再是思源，而换成了她的少年梁西沉。

桌上有一张数学试卷、一张草稿纸、两支笔。

时光似倒流，回到了当年那次月考后，她看着糟糕的数学成绩懊恼，而他在她身旁坐下，给她讲解错题。

"懂了吗？"他侧头。

她没有无声点头，而是漾开了点点笑意，说："嗯。"

他也笑。

快门声就此响起。

教室后是实验楼天台，是十六岁的岑雾和梁西沉第一次短暂独处的地方。

此时日落渐显。

他靠着天台围栏，夕阳的余晖落在他的脸上，她鼓起勇气慢吞吞地走近，他在此时抬眼，深邃的眸子里盛着不甚清晰的懒慢笑意。

"鞋带。"他的话一如当年。

不一样的是，话音落地的同一时间，他弯腰在她的面前蹲了下来，好看的手指万分自然地替她系鞋带。

他穿的是运动鞋，和当年一样的黑色。

她的是白色。

一黑一白。

时隔多年，真的成了最不会出错的般配情侣色。

夕阳洒落，将两人的影子拉得很长。

亲昵也暧昧。

天台之后，是在操场拍摄。

她和梁西沉牵着手沿着跑道慢悠悠地走，听着思源的指挥，或回头或对视或盘腿坐下，彼此的眼里始终都铺满细碎笑意。

校服拍摄结束后，岑雾又被带着换了套适合学校婚纱照主题的简约婚纱。

也是这时她才知道，原来梁西沉早就准备好了一切，挑的婚纱是她绝对会喜欢的款式，尺寸也刚刚合适。

她不由得想到了那天回七中，她多看了两眼其他人从校服到婚纱的拍摄。

原来，他也看到了。

他始终在妥帖细腻地实现她的每一个心愿。

穿婚纱的拍摄和校服一样，如果一定要说有什么不一样，那便是日落。

此时的日落西沉，像极了她初遇他的那天。

洒落的每一寸余晖都因着他在她身边，而变得格外温柔。

8月中旬的天气燥热难忍。

但在有他的地方，空气里处处是甜蜜的凉爽。

抓着最后一抹夕阳，婚纱拍摄结束，最后要拍的，是他们几人的合照。

从高中到现在，这一路，他们的友谊从未变过，而他们很确信，他们仍会用不同的方式陪伴彼此到永远。

照片的最后，是岑雾被梁西沉公主抱抱了起来，其他人在他们身旁。

她扬起笑，他亦是。

对视间，快门被按下，画面皆被浪漫定格。

在日落西沉时美的那刻。

当晚，六人聚在运河岸吃饭，梁西沉亲自下厨。

吃到后半程，蒋燃回忆起他们高中时代第一次聚在一起吃饭，极有信心地撺掇："打牌吗？"

没人反对。

起初是他们四个男人先玩，岑雾和周思源挽着手在旁边观战，一时间，时光好像倒流，又回到了那时候。

她忍不住看向梁西沉。

他眼神精准地将她的攫住，而后，薄唇勾起浅弧，只对着她笑。

岑雾的唇情不自禁地扬了起来。

玩了两局，蒋燃说纯玩没意思，又把当初输家要被贴纸条或者脸上画画的玩法搬了出来，一副信心满满会是最后大赢家的模样。

然而输得最快最多的，是他。

又是一局惨遭失败，他摆出一副要报仇的架势，眼珠一转，嘿嘿笑了声，喊："雾雾妹妹，你来两局呗。"

岑雾："……"

根本没等她开口说什么，蒋燃已经让出了位子，和周思源一起把她按在了椅子上坐下。

很巧。

和当年一样，对面也是梁西沉。

一下，就让她想到了当年她在他额头上写下的"手下败将"四字。

一时没忍住，她偷偷地笑了，等抬眸，恰好撞入他意味不明的眼神里，好像是在问她笑什么。

岑雾抿住唇，没再笑。

蒋燃在一旁使劲地撺掇："雾雾妹妹，一定要赢沉哥啊，他太嚣张了，每次都是赢家一点意思也没有，必须给他点颜色看看。"

话音刚落，梁西沉漫不经心地扔了张牌。

空气大概有两秒的静滞。

蒋燃在反应过来后脱口而出，瞪大了眼，手指着梁西沉一脸的不敢置信："沉哥！你竟然输了？！"

谢汶若有所思的视线扫过，忽地恍然大悟，笑着身体往后一靠。

沈岸亦是。

周思源并没有明白，激动地拉过岑雾的手就炫耀："我家雾雾就是厉害！当年也是雾雾赢了梁神呢！"

谢汶嘴角的笑意更深了。

而一向被他嫌弃为蠢货的蒋燃，难得聪明了回，在瞧见他的笑脸时，脑中顿时涌出一个大胆的想法。

"沉哥！你当年是不是故意输的？！"

此话一出，谢汶率先憋不住，转过身笑得肆无忌惮，沈岸也跟着勾了勾唇。

周思源眨眨眼，傻在原地。

而岑雾……

在短暂两秒的怔愣，不经意地和梁西沉对视一眼后，一抹可疑的绯红由她的耳尖迅速地蔓延到了整张脸。

蒋燃痛心疾首："沉哥！你……"

"有意见？"他将手边的一张纸随意折成飞机扔向喋喋不休的蒋燃，哼笑，"不输给我老婆，难道输给你？"

这话，也不知是回应刚刚的输，还是当年的输。

蒋燃作势"嗷"地叫了声，天不怕地不怕："你要点脸吧沉哥，当年雾雾妹妹是你老婆吗，啊？！"他直摇头，嘴里念念有词，"世风日下啊，沉哥你真丧心病狂，重色轻友……"

谢汶第一个没忍住，笑得乐不可支。

像是突然想到什么，蒋燃猛地扭头又看向岑雾："不行，雾雾妹妹，沉哥输了啊，给他贴纸条，或者脸上随便写什么也行。"

岑雾脸很红，下意识要拒绝，没想到回过神的周思源一下把笔塞到了她手中，跟着起哄："宝贝儿，加油！"

蒋燃顿时得意起来："沉哥，输得起吧？"

岑雾眨了下眼睛。

她抬眸，和当年一样，在哄笑声中和他目光相撞。

不同的是，当年短暂，这一次，他始终望着她。

"老婆，来吧。"他懒懒撩起嘴角，声线含笑，轻易地将她的心跳搅乱。

岑雾缓了缓呼吸，像被他蛊惑，她起身，拿过笔走向他。

他坐，她站。

他的眼神在她脸上，她稍稍俯身，呼吸亲密纠缠。

和当年一样。

笑意情不自禁地从眉眼间漾开，她怀着和当年截然不同的心情，时隔多年再一次在他额头上写下了四个字——

手下败将。

其他人哈哈大笑，蒋燃嚷嚷着要再来，一直闹到了凌晨。

岑雾和梁西沉一起送他们下楼回家，因为都喝了酒，所以叫了代驾。

原本蒋燃故意使坏说反正明天周末，就都住在这里算了，房间也足够多。

刚说完，就被梁西沉凉淡地睨了眼。

于是他很是不怕死地来了句："明白，春宵一刻值千金，我们就是沉哥用完就扔的电灯泡。"

岑雾："……"

将人送走，两人牵着手回家。

一路上，岑雾看了他好几次，终于在到达入户厅再没有其他人的时候，她忍不住去勾他的手指："梁西沉……"

话落，男人的重量忽地压了下来。

她被他单手抱入怀，他的下巴埋入她颈窝，薄唇轻吻了吻，唇息极烫："嗯？"

岑雾的身体瞬间酥麻，差点，她就发不出声音。

她缓了又缓，只不过呼吸仍然有些不受控的紊乱，以至于轻细的尾音隐隐发颤："为什么要输给我啊……"

回应她的，是他一声低笑。

"因为……"

下一秒，她的脸被他捧起，两人鼻尖相抵，他幽邃的眼神直勾勾地望着她，暗哑的嗓音轻而易举掀起她阵阵战栗——

"此生只做你的手下败将。"

·番外三
遗书

　　拍完婚纱照后，婚期也很快定了下来。
　　——8月31日。
　　梁西沉的外婆请大师看了两人的生辰八字，如果今年一定要结婚，黄道吉日是8月31日、12月26日、12月30日。
　　梁西沉直接略过了8月。
　　两人谈论这事的时候，岑雾问："不能是8月31日吗？"
　　梁西沉抬头，幽邃的眼神落在她脸上。
　　岑雾被看得耳尖红红，娇嗔瞪他一眼："看什么呀？"
　　回应她的，是他喑哑的一声低笑。
　　"……梁西沉！"
　　"这么着急嫁给我啊？"梁西沉就喜欢欺负她，看她脸红。长指刮她鼻子，他含住她下唇轻吮。
　　岑雾下意识地想要否认，然而话到嘴边，她咽了回去，别别扭扭地哼了声："你不着急娶我吗？"
　　"不着急那时候哄你和我结婚？"
　　他下巴顺势搁在她颈窝，低笑阵炙热唇息喷洒，轻易掀起阵阵别样战栗。
　　岑雾呼吸紊乱，她搂住他："梁西沉。"
　　"嗯？"
　　她缓了缓呼吸，眼睛直勾勾地望着他，说："如果不是你，我对这些没有期待的。"
　　她猜他早就知道她对婚姻是排斥，甚至是恐惧的。
　　否则，他不会在领证那天，在撞见别人不堪离婚时遮住她的眼睛不让她看。
　　而领证以来，他更是在用绝对的偏爱，给她极致的安全感。
　　手指穿过他指缝十指紧扣，袅袅笑意从岑雾眉眼间漾开："你知道那时候学校里，不止七中，还有好多外校的女生都喜欢你，想嫁给你吗？"
　　梁西沉勾了勾唇："不知道。"
　　他不在意更不关心那些。
　　"梁太太呢？"他顺着她的话问。

岑雾眨了眨眼睛，诚实点头："在梦里，曾经也想过。"

少女春心萌动时的喜欢，很多人何止只是想过嫁给暗恋的男生，还有的甚至会幻想如何过完那一生。

她也不例外。

只是那时两人的云泥之别，让她也只是在梦里想过那么一回而已。

她不敢。

"我想过。"他突然冒出一句。

岑雾一时没反应过来："啊？"

梁西沉捉着她的手亲吻指尖，眼里声线里皆是笑意："第一次见到你的时候，我就想娶你，想和你一起过这一生。

"现在，美梦成真。"

他漆黑深邃的眸，一瞬不瞬地认真注视着她。

岑雾心跳骤停。

两人眼神交缠。

她情不自禁地再亲了亲他，笑意渐浓，语调也软了好几分："我也是。"

话题回到最初，她搂着他说："因为是你，我也会幻想你求婚，还有婚礼。可是想到最后，我发现，我只想要你，求婚和婚礼可有可无。"

她本就不是在意仪式的人，她在意的只是他。

在和他重逢前，她根本没想过会结婚，结婚是那么可怕的事。

"梁西沉……"

"但我不想委屈你。"梁西沉指腹摩挲她指间的戒指，"别人有的，我的雾雾也要有。"

岑雾呼吸微滞。

半晌。

"那我就是着急想早点嫁给你啊，"忍住那一股股涌向鼻尖的酸意，她索性贴上他脖子，"好不好？"

怕他坚持，她努力一本正经地科普："你看，婚礼的话，我这边只有外婆，可是外婆常年不出南溪镇，不一定会来，剩下就只有思源他们。"

他那边的情况其实也差不多。

但她没有说。

"不要很多人，温馨一点，有你，有我在意的朋友就够了。"她眨了眨眼，撒娇，"太盛大、太烦琐的话，你的雾雾会很累。你舍得让她累吗？"

梁西沉捏捏她的脸，漫不经心道："只舍得她在床上累。"

岑雾的脸又红了："梁西沉！你能不能正经一点？"

梁西沉眼底的笑意都快溢出来了，他拖着腔："哪里不够正经？还是说，雾雾希望我在床上的时候对你正经点？"

"……"

岑雾咬唇，羞恼地直接松开他要从他身上下来，腰却被他一把勾住。

"我也想在这个月底。"梁西沉笑着去吻她，温柔地哄，"和雾雾在夏天认识相爱，也想和她在夏天结婚。"

岑雾原本想推开他的动作一下顿住。

心有灵犀。

他说的，也是她还没来得及说的话。

——在夏天热恋，也想在热烈的夏天嫁给他。

如果一定要办婚礼，那这就是她最大的期待。

她慢吞吞地抬眸看他，眼睛水润。

"谢谢老公。"她主动亲他。

梁西沉薄唇微挑，要笑不笑的，指腹沿着她腰线缓缓流连，暗哑的嗓音暗示意味极强："这样谢就够了？"

岑雾故意假装没听懂，只眨眨眼，说情话哄他："别人没有全世界最好最爱我的梁西沉。"

"不够。"

"老公，我好爱你呀。"

"不够。"

"阿沉哥哥……"

撒着娇，人已经被他就这么抱了起来，大步往洗手间走，边走还边诱哄她："继续。"

"……"

婚期就这么定在了月底。

岑雾是在第二天醒来后才从冲动中反应过来，今天是 24 号，满打满算离婚期也就一周时间，会不会来不及？

"来得及。"梁西沉搂过她有一下没一下地吻，哄着她，"宝贝什么都不需要做，准备做新娘子就好。"

说到做到，婚礼全程都是由梁西沉准备的。

岑雾想跟着一起准备，但他不让，只说会给她惊喜，不想她累。然而说着不想她累，他每天晚上还是喜欢折腾她。

除此之外，他唯一让她做的是写请帖。

写请帖时她才发现请帖不是传统的红色，背景是见证着两人爱意的日落西沉，黄昏温柔地抚慰人心。

还有一枝向日葵花安静地在左下角。

看到的第一眼，她就知道一定是梁西沉设计的。

他们的婚礼不会大办。

除了周思源他们必须到场，岑雾只请了舒影姐和自己工作室的小姑娘，梁西沉那边是明深、徐越州、程修迟和余盛。

两人的长辈，梁西沉那边是外公外婆和小舅舅，岑雾这边则是外婆，以及周思源的爸爸妈妈。

打电话给外婆时，岑雾是紧张的，她多少知道答案，但没想到外婆竟然答应了。外婆还告诉岑雾，梁西沉早就和她说过这事，希望她能出席。

等结束通话，岑雾只觉一腔的爱意汹涌酸胀，在梁西沉打完电话回来时，忍不住主动索吻。

除了请帖，每一样东西梁西沉都用心到了极致。

婚纱是她喜欢的款式，好几种任由她挑选，且都是独一无二，婚鞋也是，甚至怕高跟鞋磨脚，他还准备了双小白鞋。

就像那天他们拍校园婚纱照一样，给她准备小白鞋，他对应的也是情侣鞋。

用他的话来说，如果婚礼那天她想穿小白鞋配婚纱，那他就陪她一起。

岑雾想象着他一身剪裁精良的西装配一双白鞋，忍不住就笑了起来，又笑着去吻他。

到了 28 号，两人搬入婚房。

这边的婚房和别墅那套，岑雾还是选了这边。

搬家那天，她才告诉梁西沉，当初她买下这间公寓，其实不是因为坐在卧室的飘窗能看到外面的澜江风光。

而是，一下就让她想起了当初住在燕尾巷的深夜画面——

她推开窗抬头，隔着河，心中将对面运河岸的灯数过一遍又一遍。

那是无论如何想努力忘记却也忘不了的记忆，好像已经深入到她的骨髓里。

婚房在隔壁幢顶层，面积比她的公寓大很多，尤其是上下两层还打通。

搬到新家，岑雾想先收拾两人的衣服，但连叠衣服这种不费力的活梁西沉都舍不得她动手，抱起她，让她坐在了沙发上休息。

她本来不愿意，只是昨晚被他折腾得太过，又起得早，一碰上柔软的沙发眼皮就有点睁不住，不知不觉就睡着了。

等她再醒来，余晖落了满地。

她身上盖着薄毯，客厅里没有梁西沉的人，刚想喊他，余光瞥见茶几上压着张纸。

　　队里有事，晚点回来。

岑雾收起了这张纸，折叠起来。

视线环顾一圈，地上的纸箱已经被他收拾得差不多了。她起身，先将剩下的收尾，其中有一个纸箱里装着她的玻璃瓶和秘密。

收拾完梁西沉还没回来。

她趁着这个机会，先把她的秘密打开，从纸箱最下面找出了昨晚藏在里面的两封信，以及偷偷买回来的星星折纸。

她微微翘了翘唇，找到他的书房推门进去。

走到书桌前，她坐下拿过一支笔，想来想去，先在折纸上写下了一句话——

　　祝梁先生和爱他的梁太太百年好合。
　　2019.8.28

　　她忍住笑，拿出一路小心捏在手里的两样东西，郑重地放在了书桌上，并把折好的星星放置在最中间。

　　但想了想，不行。

　　她转而把东西拿起来，眼珠转了圈，最后决定打开书桌抽屉，藏在抽屉里让他自己发现。

　　下一瞬，岑雾呼吸微滞，也忘了眨眼。

　　她没想到会看到这些——

　　一沓机票。

　　两封信封上写着她名字的信。

　　最上面的那张机票，出发城市是平城，抵达城市是北城。

　　时间……2011 年 10 月。

　　2011 年，是他在平城上大学的时间。

　　突然间，岑雾的心像是被什么刺了下，一点很轻微的疼漫了出来，跟着，她的心跳极速跳动，偌大的书房里好像都是她的心跳声。

　　她忽然猜到了这些是什么，以至于指尖去触碰的时候，是微颤着的，甚至让她花了不少的勇气才把这些机票都拿出来。

　　第二张机票时间是同年 12 月，也是北城。

　　2012 年 2 月、3 月……

　　6 月，她高考前夕，她高考结束后第一时间回了南溪镇，他也就跟着离开了北城。

　　从 9 月开始，出发城市没变，变的是抵达城市，从北城换成了澜城。

　　频繁的时候一月一次，不频繁的时候，两三个月一次。

　　2014 年的 3 月 17 号，她生日那天，是最后一张机票。

　　而当初，他也是在 2014 年 3 月后退出了微信群，也彻底失去了消息。

　　心口那股轻微的痛感悄无声息地蔓延，一点点地扩大。岑雾缓了又缓，却仍挡不住疼意让她的呼吸渐渐变得困难。

　　她的目光落在了那两封信上，很久之后拿起来的时候，手指由微颤变成了颤抖，连拆开都要费好大的力气。

　　她能猜到是什么。

　　她知道做他们那行的，每次出任务前都会要求提前写一封遗书。

　　但她希望不是。

　　她开始在心里自欺欺人地想，是当年写给她的情书，应该是这样的。

　　只是等她将信纸抽出来——

　　一张有些泛黄的纸，分明被攥成团几次，最后应该是又被人用手抚平了。

　　纸上，有她的名字也有时间，2014 年 3 月 17 日。

　　开头，是再熟悉不过的字迹，是他写的——

　　岑雾。

我在梦中常见你。

从初见，到此刻。

无数日夜。

梦里的你和现实一样，对我冷淡，怕我。

可我还是喜欢你。

喜欢得要命。

我需要写封遗书，怕回不来。

第一时间想到的人，是你，是每一次见到的你。

我现在在想，如果我这次没能回来，这封遗书给到了你手里，或许能在你心里占个抹不掉的位置，能让你想到我。

挺卑鄙的，是不是？

算了。

我会回来。

这条命，我自知要忠于国家也交给国家，但我更想留下来，有朝一日能交给你。

如我能回来，管你愿不愿意，喜不喜欢我，我都要把你抢到身边。

梁西沉

2014.3.17

夕阳的光线从薄云中泄露，透过落地窗安静洒落进来，有一抹虚笼在了岑雾侧脸上，将她眼底的红色窥探得清楚。

这封信不长，寥寥几笔。

可不知怎么，岑雾此刻脑海里都是他写这封遗书时的画面，想他揉了几次不想继续，最后又抚平却始终没有把想说的写完整。

想他离开时的心情，想他那几年都遭遇了什么。

可她又不敢想。

怕一想，情绪会不受控制。

细细密密的疼从心底一点点地漫出，她别过脸闭上眼，却还是有湿热的液体悄悄地从眼角溢了出来。

而这股湿意，在她鼓起勇气打开第二封信时，瞬间崩溃成海。

·番外四

亲笔婚书

梁西沉在繁星满天时回到家里。

客厅里亮着盏暖色调的灯，朦胧光线覆着柔和，茶几上摆放了一只花瓶，花瓶里插着束鲜艳欲滴的玫瑰。

若有似无的香味弥漫空气中，他微勾了勾唇径直走向厨房。

厨房光线明亮，倾泻在背对着他的岑雾身上，将她的身影拉得很长。

她在煮面。

手机放在一旁，有声音传出，是教人怎么煮面。她认真地看两秒视频，接着咬着唇目光落回到锅里。

乌浓长发随着她倾身的动作散落，她抬手别到耳后，哪知另有一缕非要和她作对。

靠着墙的身体直起，梁西沉走近，从手腕上取下黑色发圈，捧起她的长发，动作逐渐熟练地替她扎起来。

弄完，他顺势从背后搂过她，薄唇吻她的眼尾："好香。"低懒的声线里缠着笑意。

分不清究竟是在说煮的面香，还是怀里的人香。

他唇息喷洒的地方微热，岑雾脸微红，拿筷子搅拌面的动作差点不稳，她推他："洗手，吃面。"

"等老婆一起。"他将下巴埋入她颈窝，习惯性地吻她的耳郭。

岑雾微翘了翘唇："哦，好吧。"

"这么勉强？"

"不行吗？"

"不行。"梁西沉哼笑。

面煮得差不多了。

"我来。"他暂时松开她，拿过干净的碗把面捞入其中，接着将一旁她准备好的蟹肉蟹黄有条不紊地搅拌。

拌完，他仍搂着她。

"想尝尝。"

想说洗手就能吃了，话到嘴边，岑雾咽下，拿过筷子夹起几根面条，压着唇角的笑意侧身，手抬起喂到他嘴边。

梁西沉笑着张嘴，慢条斯理的。

岑雾的一颗心当即提到了半空。

她一眨不眨地盯着他，想到他发烧那次自己煮的难以下咽的粥，紧张得连呼吸都急促了："好吃吗？"

他没说话。

岑雾失落："不好吃啊？"

梁西沉到底是没憋住笑。

"好吃，很好吃，真的。"他裹住她的手，"谢谢老婆。"

岑雾瞪他。

"洗手？"没等她说话，梁西沉直接打横将她抱起，大步走去洗手间，也没让她自己动手，打开水龙头。

温度适宜的水将两人的手皆淋湿。

岑雾还没来得及伸手挤洗手液，他已快她一步将洗手液涂在她手中，颇为认真地将她的手指一根根洗净。

"痒。"她忍不住笑。

"乖，别躲。"他低笑了声，亲她侧脸，哄小孩似的，"有奖励。"

岑雾眨眨眼，笑意外溢，慢吞吞的："哦……"

盯着两人交缠的手指，她情不自禁地挽起唇角，索性也挤了洗手液帮他洗。

洗完擦干，她踮起脚亲他的唇："谢谢老公。"

头顶的灯光照着两人。

他的手掌温柔地抚上她的长发，见她眼睛亮亮的，他的心犹如被羽毛拂过，忍不住回吻她，哄她："再亲老公一下。"

岑雾心跳微快。

笑意漫开，她听话地再吻上他的唇，望着他无辜地眨了眨眼睛，又像小动物求抚摸似的蹭了蹭。

梁西沉低声失笑，单手捧过她脸将吻加深。

吃完面，梁西沉负责洗碗。

岑雾跟进了厨房，从背后抱住他。

"怎么了？"他微挑了挑眉，边洗碗边逗她，"这么黏我？"

岑雾嗓音糯糯："就是想和你在一起，不喜欢我黏你吗？"她戳他胸膛，大有他要敢说不喜欢，她就咬他的架势。

梁西沉眼底的笑意藏不住："喜欢。"

"有多喜欢？"

"很喜欢。"

"很喜欢是多喜欢？"

"有多喜欢就有多喜欢。"

岑雾自己听着这幼稚对话都忍不住想笑，偏偏他还陪着她。

后来是他有电话进来，她才暂时放开他，低声说了句"我先回房洗澡"。

梁西沉摸了摸她的脑袋，说"好"。

这通电话不过几分钟，只是才结束，明深又来了电话，有梁家的一些事要和他商量，他便进书房找明深要的东西。

他目光不经意一瞥，书桌上有一颗折好的星星。

他勾唇。

等电话结束，他在书桌前坐下，小心地将星星拆开，看见那句话，他嘴角笑意更为明显，随即又熟练地将它折回原貌。

拉开抽屉想将星星收起来。

动作微顿。

抽屉里多了很多秘密。

一本地理杂志、玫瑰干花、装满星星的玻璃瓶……

以及，两封信。

岑雾睡得迷迷糊糊，熟悉的清冽袭来，她习惯性地翻身往他怀里钻。

柔情似水的吻落上她眉眼。

"下午哭了？"

她清醒，睁开眼，男人幽邃的眼神将她紧锁。

她没说话，直至手里被塞了一颗星星。

是他折的，新的。

梁西沉手掌抚着她脑袋，嗓音里有笑意，更多的是温柔的哄："那天在医院，我跟你说的话记不记得？"

岑雾缓缓点头。

"你在哪儿，我就会在哪儿，无论何时，我都会平安回到你身边。"手捉过她的手穿过指缝，梁西沉低头轻吻。

"因为你是我唯一的牵挂。"

岑雾原本用了几小时平复的情绪，就这么轻易地又被他勾了起来。

她鼻尖酸热，把脸埋入他的胸膛，即便有意克制，仍有些瓮声瓮气："我知道的。"

梁西沉低声失笑，有意想让她开心："我看到梁太太给我的情书了，早知道她这么喜欢我，当初就该哄她和我早恋。"

岑雾被他说的，心口其实有点酸胀。

她放下的是两封情书，也是她之前准备的惊喜，一封写给当年十八岁的梁西沉，一封写给她现在的丈夫梁西沉。

只是她没想到会发现他的秘密。

以至于，她觉得两封情书远远比不上他那么多的来回机票，更不论那两封信的情意。但最后她还是把情书留下了。

"嗯，就是那么喜欢你，"她仰起脸，亲他下巴，"喜欢得要命。"

手摊开，那颗星星安静地躺着。

"是什么？"

"给十六岁的梁太太回的情书。"

知道他是在哄她，岑雾佯装失望："可我给你写了两张纸呢，就一颗星星打发我吗？"

只是虽然这么说着，她的唇角仍情不自禁地翘了起来，有甜蜜伴着欢喜一丝丝地漾开，她低下头拆开。

　　岑雾吾爱：
　　这一生，我忠于国家，更忠于你。

　　　　　　　　　　　　　　　　　　　　　　梁西沉

好像有水雾浮了起来，岑雾紧咬住唇，用力之大，几乎就要把唇咬破了，而下一秒，她的脸被温柔捧起。

指腹摩挲，温热传递。

随即是他的薄唇吻上来，不许她咬。

似有微不可察的叹息，也有低低笑意："我的雾雾喜欢我的时候受了很多委屈，她还愿意在原地等我，于我而言是极大的幸运。

"不许再胡思乱想觉得我爱你胜过你爱我，我和你注定深爱彼此。"

话落，他忽地起身，将她公主抱抱起。

岑雾本能地搂住他脖子，没有问他去哪儿、做什么，只是将自己全身心地交给他。

他抱着她去了书房。

眼角的泪水被他擦干，她坐在他腿上，逐渐看清楚了书桌上的东西。

一沓文件，以及纸墨笔砚，其中那张纸是一张颇有年代感、质感极好的红纸。

岑雾一时没反应过来。

他嘴角微勾，率先拿过那沓文件，将签字笔塞到她手中，哄着她："签字。"

岑雾傻傻地看着他："什么？"

"聘礼。"梁西沉捏着她的手，眼睛紧锁着她，"我这个人，以及名下所有的财产，都归岑雾所有。"

岑雾心口蓦地颤了下，想说不要。

"不许不要，"梁西沉笑，低低哑哑的声音蛊惑着她，"老婆，你说过会对我负责。不收，就是不要我。"

原本这些前几天就想给她，奈何一直耽搁了。

"乖，签字。"他厮磨着她的唇，笑意传递，"男人也需要安全感，给我，好不好？你不爱我吗？"

岑雾心颤得更厉害了。

偏偏，厮磨结束后他那双深邃眼眸一瞬不瞬地望着她，大有她不签字就一直这样的架势。

满腔的酸热汹涌，岑雾强忍住："爱的。"

"那签字。"

"好。"

她被他带着签字，根本没细看他究竟有哪些财产，只知道签了好多次，每签一次，他都会亲她一下，哄她说乖。

等恍惚签完，就见他修长手指拿过毛笔蘸上了墨水，就着这样抱她的姿势，执笔在红色纸上写下他的名字和生辰八字。

写完，他又将毛笔塞到了她手中。

薄唇温柔地吻了下她的唇，他的大手握住她的手，带着她，在他的名字旁一笔一画地写下了岑雾两字，以及她的生辰八字。

而后，他重新拿过毛笔，认真专注地写下一句——

　　一堂缔约，良缘永结，我与岑雾岁岁长相见。此生，此志。

瞬间，岑雾的眼泪掉了下来。

是婚书。

他亲笔写下他们的婚书。

8月31日，婚礼日。

婚礼举办的地方在别墅婚房那儿。

这一天天蓝如洗，万里无云，金色阳光洒落将别墅笼罩，一切都美得不像话。

二楼，露台。

窗未关，夏日的风吹起薄薄纱帘，轻软地拂过岑雾的脚踝。

微痒。

更为酥麻的触感来自眼前人。

她被他拉着躲在纱帘后，背脊抵着墙，温热薄唇有一下没一下厮磨她唇角。

"梁西沉……"手抵上他胸膛，她推他，"别亲啦。"

梁西沉捉住她的手覆上心口，哼笑："不是你把我偷偷叫出来的？见了面不让亲，没这个道理。"

岑雾瞪他。

"有事呀，"指尖索性戳他胸膛，她不自知地娇嗔，"化妆师还在等我，时间不够。"

"你说你的，我亲我的。"

"……梁西沉！"

见她澈滟的眸直勾勾地瞪着自己，又羞又恼的模样像极了某种小动物，梁西沉喉结轻滚，轻啄她的唇角："什么事？"

他稍稍直起身，但仍困着她。

岑雾倾身，手指勾住纸袋，微红着脸，她递给他："给你的。"顿了下，她补了句，"回去再看，我走啦。"

心跳过速，她说完就要从他胸膛前逃离，然而被他一只长腿轻松挡住。

"现在就看。"瞥见她止不住扑闪的眼睫和染上红晕的耳垂，梁西沉嘴角微挑，不由分说地拿出里面的东西。

岑雾想要阻止根本来不及，只能眼睁睁地看着他的手指以她不能反应的速度将东西拆开。

红晕在下一瞬由耳垂蔓延整张脸，心跳没出息地变得怦怦狂乱。

小心地将盒子里的手表拿出放在手中，指腹摩挲，梁西沉看了眼，脑中闪过什么，嘴角笑意一点点地深浓。

他低头吻她，贴着她的唇轻磨："是那年要送我的生日礼物？"

是疑问句，但意思肯定。

害羞的情绪涌来，仿佛真的回到了十六岁那年，岑雾没好意思看他，下意识想要否认，但话到嘴边还是改口了。

"嗯。"

当初这块手表没能送出去，她收了起来，多年不用，指针早就停止走动，了解到那家手表店仍在，她特意托了人送去保养维修。

今早刚刚回到她手中。

"我……"

紧张的尾音被截断在他温柔的吻里。

"谢谢岑同学。"低低哑哑的嗓音里分明缠着愉悦笑意。

岑雾忍不住翘起了唇。

手表被递到她眼前，梁西沉压低了声音诱哄："帮我戴？"

岑雾哪里拒绝得了他？

她低低"嗯"了声，接过手表，目光落在他那截精瘦的手腕上，不动声色地轻舒口气，而后抬手帮他戴上。

才戴上，她的指尖被他捉住亲吻。

战栗蓦地直抵心脏。

"很喜欢，"他幽邃深情的眸望着她，蓄着和她一样的笑意，"就戴着它来娶我的岑同学，好不好？"

岑雾一下就没出息地溺毙在了他的眼神里，心跳快得像是要蹦出胸膛。

她回视他，漾开了笑亲上他下巴，软着嗓音："我等你。"

说完她就要跑，腰却被他勾住按向胸膛。

"亲下再走，"梁西沉哄着她，低而慢地将情话说给她听，"好想你。"

纱帘缓缓吹拂，交缠的身影若隐若现。

五分钟后。

梁西沉嘴角噙笑回到楼下。

蒋燃眼尖，一下就看到了他手腕上多了一块表，立即夸张地大惊小怪："哟，哪儿来的手表啊？不适合你啊沉哥。"

谢汶瞧见："笑得真荡漾啊。"

盒子的下方压着一张纸条。

梁西沉没理两人的打趣，拿出来。

　　　我在你不知道的地方，每分每秒都在偷偷想你。

他嘴角勾勒出的弧度越发明显。他将手机摸出，发了条语音，声线分外低醇性感："我也是。"

末了，他抬眸，视线不紧不慢地扫过八卦的众人，忽地朝谢汶晃了晃手腕："那年我老婆送的生日礼物。"

谢汶一开始没反应过来，"啊"了声，想问什么意思的时候，一个激灵终于明白了。

他噌地站起来，笑骂了句："你们夫妇虐狗是吧？雾雾妹妹偏心啊，当年她送我的礼物那么普通！"

梁西沉睨他一眼，嗓音懒慢："呵。"

岑雾回到房间时脸仍然泛着红，手压了又压试图降温但没用，反而被周思源拖长音调说"今天可以省腮红啦"。

连化妆师也捂住了嘴偷笑。

好在知道岑雾脸皮薄，大家没再继续打趣，开开心心地开始给她化新娘妆。

岑雾骨相精致，肌肤水润，化完新娘妆，再换上中式潮绣礼服，惊艳了所有人，化妆师在一旁止不住地夸赞。

周思源看得眼睛都直了，又在瞥见岑雾手腕戴上的手镯时，顿时尖叫出声："这镯子！"

她激动得连话也说不完整，缓了又缓，才说出一个天价数字。

岑雾呼吸微滞。

这镯子便是见梁西沉外公外婆那日，他外婆送给她的见面礼，按思源的说法，属于有市无价。

还在怔愣间，周思源已经开始下一轮惊叹，惊叹她的礼服是业界有名的大师手工定制，还不是有钱就能请到定制的。

岑雾眨了眨眼。

这套礼服，也是梁西沉准备的。

她的眼眶突然间就涌上了点酸热，想要现在就见到他的心情变得强烈，想扑到他怀里抱住他，什么都不做。

感受他的体温，和他亲密相拥。

这样的念头久久不散，以至于等梁西沉来接她下楼时，她将周思源千叮咛万嘱咐不能让他轻松接走的话抛到了耳后。

舍不得他被为难，在其他人起哄要他说出十个专属亲昵时，她红着脸小声说不能告诉他们，那是他专属的。

惹得周思源恨铁不成钢地说她被梁神的男色所误。

她翘了翘唇。

对上他宠溺的眼神，笑意弥漫。

她还想用眼神暗示高跟鞋被周思源藏在了哪儿，但他轻松就找到了，而后单膝跪在她面前，温柔捉过她脚踝替她穿上。

他起身，将她公主抱抱起。

和每一次的默契一样，她顺势圈住他脖子，眉眼间漾开笑，在众目睽睽下凑过去亲了一下。

四目相对。

她和他的眼神唯有彼此。

起哄声此起彼伏，甜蜜弥漫每寸空气。

到了楼下，他的外公外婆和她的外婆都坐在了沙发上。

她被他小心放下，手被他牢牢牵着，带着她给三位老人敬茶，改口叫人，收下红包也收下最大的祝福。

婚礼是草坪婚礼。

等下午，岑雾换上了偏简约复古风的白色婚纱，当吉时来临，由明深当她的娘家人哥哥，带她入场。

除了七夕那晚，今天其实是她第二次来这幢别墅。

婚礼全程都是由梁西沉亲自安排准备的，用他的话来说，她只需要等着他来娶她就好，其他什么也不用管。

也因此，婚礼的细节她并不知晓。

以至于当她挽着明深的手走近草坪时，眼眶一下子就泛起了红。

草坪在别墅花园里，满眼望去除了绿色，是大片的玫瑰，一路延伸，从她眼前铺至在等她的梁西沉那儿。

鲜艳欲滴的玫瑰，浪漫成海。

而此时，日落西沉，余晖温柔洒落，一望无际的绚烂组成最美的时刻。

就像她初见他的那年。

耳旁有歌声。

是很多人在婚礼上会选择的那首《今天你要嫁给我》，不一样的是，播的不是原唱，而是梁西沉不知道什么时候录制的他唱版本。

他甚至进行了改编。

在唱到"我就在此刻爱上你"后，接下来的歌词换成了"手牵手一步两步三步四步望着天"，后面甚至有《简单爱》和《说爱你》中的歌词。

每一句歌词都是在唱着爱意。

眼前好像浮起了水雾，岑雾轻轻地吸了吸鼻子。

从她到他那儿，有一段距离。

按传统的流程，该是她挽着明深走向前，而后由明深把她的手交到他手里。

可是她等不及了。

她迫不及待地抽回手，提起婚纱裙摆，迎着落日，扬起笑朝着他，朝着她此生的挚爱梁西沉飞奔而去。

梁西沉早就迈开长腿要去接她。

冷不丁看见她跑来，他深眸飘出越发明显的笑意，脚步瞬间加快，想抱住她，又在看到她张开手臂时也伸开了双臂。

他默契地将她抱进怀中。

"急什么，我又不会跑。"隔着薄薄头纱，他吻她发丝，声线里亦是缠着愉悦的笑。

气息萦上鼻尖，岑雾扬唇。

隔着头纱，那张近在咫尺的脸一如既往的英俊，他脸上漾着笑，眼睛里倒映着她，只有她。

别样嫣红染上她的眉眼，她笑："因为等不及要嫁给你。"

梁西沉低眸。

两人眼神交缠，他满眼的温柔宠溺："我也是，等不及要娶你。"

话落，他直接将她公主抱抱起大步往花架那儿走。

草坪临近湖。

湖面上波光粼粼，有日落余晖的洒落，也有璀璨繁星的坠落，好像还有昏黄路灯的倾泻，交织在一块儿。

像极了当年她在燕尾巷那些深夜里隔河看他的模样，也像极了他在运河岸找寻她身影的画面。

在发现这隐晦的一幕时，岑雾觉得眼中的热意更浓了。

而花架上缠着粉白、粉蓝、粉红的三色厄瓜多尔玫瑰，清新梦幻，中间有向日葵点缀，深爱藏于其中。

于是，在他低沉缱绻的嗓音说出"我愿意"时，她几乎是迫不及待地接上了他的话，同样告知她的情意："我愿意。"

也在听到新郎可以亲吻新娘时，她眼眶微润笑着急切地掀起头纱，踮起脚尖，头纱再放下遮住彼此，热烈吻上只属于她的新郎。

梁西沉只慢了她半秒。

他双手捧起她的脸，化被动为主动，重重地却也温柔地吻住她的唇厮磨。

有湿热液体滑落。

他辗转吻上她眼尾，将那滴眼泪虔诚地吻掉。

一旁的屏幕上，一段岑雾特意准备的视频在播放。

她将藏在手机里秘密相册中的照片拿了出来，又在穿上婚纱后在日落下看着镜头对他表白——

"我看过很多次日落，不同城市不同地点不同天气，但没有哪一次，像那年初见你的那天那样，让我刻骨铭心。

"也再没有人，能像你一样让我一眼怦然心动，深爱至此。

"我想和你一起看遍人世间温柔日落，想和你共度余生，直到暮雪白头，地老天荒。"

·番外六
蜜月

蜜月地在禾城。

梁西沉不能出国，离他休假结束也没几天了，原本岑雾是想就待在澜城，但他不想她有遗憾，最后定在了她喜欢但没去过的禾城。

下飞机后两人先等行李。

这会儿岑雾还有点困，直接被梁西沉抱了怀里。

她双手搂着他的腰，贴着他胸膛的脸动了动，不经意地一瞥，她看到几步外有小孩坐在行李箱上由爸爸妈妈推着走，开心得直拍手。

"要不要坐？"头顶忽地落下他低低的诱哄的声音。

岑雾听成了"做"。

她立即羞红了脸，气呼呼地瞪他，胸膛微微起伏，压低声音："梁西沉！"

鼻子被轻轻捏住，梁西沉低笑："想什么呢？"他指了指拿下来的行李箱，"我是问，要不要坐行李箱上，老公推着你走。"

"……"

岑雾的脸更红了。

偏偏，他低头凑到了她耳旁，闷笑了声，用喑哑性感的气音问她："昨晚没做够？"

岑雾直接伸手去捂他的嘴。

没想到手心被他的唇贴着轻啄，又意味不明地咬了下。

战栗倏地直击心脏。

不等她有所反应，他单手轻松揽过她腰把她抱上了行李箱，又低头亲了亲她眼尾，哄小孩似的："乖乖坐好，晚上有奖励。"

"……"

到底是第一次做这种事，岑雾一时放不开，红着脸低下头，根本不好意思直视前方。

梁西沉俯身，嗓音里带着笑，哄她："没人看，不用不好意思，我们开心就好，是不是？"

岑雾的手遮着脸，被他说得蠢蠢欲动，手指分开点缝，眼珠转了圈，发现路过的旅客就算投来好奇视线，也不过一眼而已。

她本能地转头，对上身后男人毫不遮掩宠溺爱意的眼神，到底是放下了手，轻舒口气，该怎么样就怎么样。

脑袋被他手掌揉了揉，像在鼓励她。

明明方向不变，变的只是从走路到坐在行李箱上，但莫名地，周围的一切仿佛有了变化。

机场里的冷气不再偏冷。

路过的欢声笑语和广播声交织在一起，似处处都是甜蜜。

空气里也是。

岑雾的唇角情不自禁地就勾了起来，笑意漾开。

到了来接他们的车旁，她没马上从行李箱上下来，而是转了个身。

"梁西沉。"

"嗯？"

他才俯身，脸被她的双手捧住，柔软的唇印了上来。

四目相对。

她眼里满满的笑意。

没有半秒的迟疑，全然是本能地，梁西沉伸手扣住她后脑勺，在她亲完要分开时低笑着加深了这个吻。

就在人来人往的路边。

禾城是海岛城市，两人入住的是明深名下的酒店，站在窗边就能看到一望无际的湛蓝海面。

落日余晖洒落其上，波光粼粼，风景极美。

放下行李洗了澡后两人牵着手出门，先找了家店吃东西，点的都是清淡的，岑雾起先没反应过来，直到他让她多喝点水。

她瞪他。

还不是他害的。

梁西沉但笑不语，只是眼底的坏很明显。

岑雾不理他，慢吞吞地吃完，又被他牵着手在悠闲地逛着。

路边有很多文艺的店，她会拉着他走进去随便看看，走走停停，好几次，她都发现了他在拿手机拍她。

想看他拍成什么样，偏偏他不让她看，甚至抬起手，眼睁睁地看她踮起脚尖抢手机也不给。

无论她怎么撒娇。

气得岑雾一时忘了这是在外面，按着他肩，直接在他下唇上报复似的咬了口，咬完朝他哼了声挑衅。

梁西沉勾她手心，笑："宝贝，看电影吗？"

岑雾很有骨气地拒绝："不看。"

手心又被他指腹摩挲，酥痒触感轻易被她勾出来，想让他不许这样，他忽地低头亲了下她唇角，很轻的触碰。

"男朋友想请你看电影，给他一次机会，好不好？"

岑雾轻易就被蛊惑了。

"好吧。"

然后就被他带到了最近的电影院，由他做主买了两张电影票，又排队给她买了爆米花和饮料。

大概是周末的原因，电影院里人很多。

"牵着我，别走丢。"他低头在她耳边说了句，手紧紧牵着她，和她十指紧扣。

岑雾望着他的侧脸轮廓，一下就想起了领证那日在商场，他也是说了差不多的话，只不过那时是抓着她的手腕。

她翘了翘唇。

说起来，这是两人第一次真正在外面的电影院看电影，之前都是在家里看。

感觉很不一样。

她拉了拉他，在他低头过来时，她仰起脸亲了下他嘴角："谢谢男朋友。"

梁西沉勾勾唇。

进了放映厅，岑雾发现他买的是后边的情侣座，她没多想，直到电影开始播放，诡异惊悚的背景音乐响起。

有人害怕地尖叫，也有胆小的女生"啊"了声一下钻到身旁男朋友的怀里。

就在他们前排。

岑雾眨了眨眼睛，两秒后，她扭头。

放映厅光线昏暗，那张英俊的脸掩在阴影中，五官似格外深邃立体，平添难言的成熟性感。

他也在看她。

岑雾指尖戳他的手，慢吞吞地靠近，压着声音，像发现了什么似的得意："男朋友是故意买的恐怖片吗？"

暗色中，她那双眼睛格外亮。

梁西沉捉过她纤细的手指玩，薄唇勾起浅弧，不否认也不承认："如果害怕的话我们换一部。"

岑雾亲他："不害怕呀。"她提醒，"那年在你那儿看电影，他们都害怕，尤其是思源，就我不怕。"

她说着重新坐直身体，目视前方："看吧。"

梁西沉低笑，抬手懒散地把手臂搭在了她身后的座椅靠背上。

"行。"

假装没听到他的声音，岑雾看得认真专注，只怕是放映厅里最不害怕的女生了，全程眼睛一眨不眨也不叫。

身旁人也是。

两人是全程"唯二"的例外。

在又一次惊悚镜头冷不丁出现时，岑雾脑袋一靠，埋在了他怀里，抬起头，眼底的笑意根本掩不住："我害怕。"

"你要不要抱抱女朋友，哄哄她？"

梁西沉搭在她座椅上的手往下，搂过她的肩，另一只手捉着她的手指，闻言低头，眸底同样蓄着笑："不是不怕？"

距离被拉近。

有意压低的嗓音像是耳语，温热唇息在昏暗中交缠。

旖旎悄然弥漫。

脸有点热，岑雾眨眨眼，软声撒娇："现在害怕呀，所以要我男朋友哄。"

指尖在他掌心轻轻地画圈圈，她望着他的眼睛，假装要从他怀里起来："不想哄吗？那……"

腰忽地被掐住。

距离消失，薄唇在下一秒亲吻她眼睛，紧随其后的是他的手遮住了她的眼睛。

"害怕就闭眼。"落下的嗓音里分明淌着笑意。

与此同时，冷不丁地，电影中的惊悚背景音乐声和此起彼伏的尖叫害怕声交织着传入耳中。

岑雾微翘了翘唇。

"还是害怕，"她突然演上瘾了，伸手故意胡乱摸到他的手背，声音很是娇气，"怎么办啊？"

她眼睫眨动，轻飘飘地刷过他的掌心。

微痒。

梁西沉低低徐徐地笑了声，索性搂着她腰把她抱到了腿上，将她的脑袋按向自己的胸膛："我抱着你，还害怕吗？"

本意是想撩他，没想到脸红不好意思的是自己。

"会被看到的。"她小声说着，要从他腿上下来。想到什么，她抬手自欺欺人地遮住脸，飞快地在他脸上亲了下。

"奖励。"

梁西沉捏她的手，在她要离开之际吻她唇角，沉哑的气音暗示意味毫不遮掩："不算，回酒店再奖励我。"

他哼笑，手重新搂上她的腰让她靠着自己："抱着我。"

岑雾慢吞吞地"哦"了声，声音里都缠着甜腻。

电影后面的剧情究竟是什么，两人谁也没注意。

两人只是拥抱彼此，全身心地感受了看恐怖电影被男朋友抱着哄，女朋友"害怕"地钻入怀里是什么甜蜜滋味。

等结束，在灯光亮起来的前一秒，岑雾飞快地捧过他的脸亲了亲："今晚的电影约会，你女朋友很开心。"

灯亮。

彼此眼中笑意分明，只倒映着彼此。

梁西沉捉过她一只手，低头吻上她手背，敛去一身的桀骜，看着十分绅士："是我的荣幸。"

从电影院出来，两人十指紧扣漫无目的地沿着街边走走停停。

晚间的海风吹来，将岑雾额前的一缕碎发吹得凌乱，刚想伸手，梁西沉的长指已温柔地替她捋到了耳后。

她笑起来，抱住他的胳膊亲他。

亲完，不经意的一眼，发现街对面有家奶茶店在做第二份半价的活动，不知怎的，一下就让她想到了当年燕尾巷的那杯奶茶。

她眨了眨眼睛，忍不住看向身旁人，脸微热："梁西沉，我想喝奶茶。"

梁西沉顺着她的视线也看到了奶茶店。

只是……

脑子里，是年初那天她喝桂花酒酿圆子吐了的画面。

"你不能吃甜的，乖。"他哄着她。

只看他的眼神，岑雾瞬间就猜到了他在担心什么。

"现在可以了。"她双手搂上他的脖子，再亲他，半是撒娇半是威胁，"第二份半价这种事，谈恋爱的男女朋友都会做的。"

其实她谁也没告诉——

她是在 2015 年那场演唱会后不能吃甜食、不再喝奶茶的，因为会想到上学那会儿他请她喝过奶茶，想到他喜欢其他人，在喝完一杯后她就全吐了。甚至后来很长的一段时间里，她连看到奶茶都不行。

如今，误会解开，她知道自己肯定不会再有那样的反应。

"想喝奶茶。"她眼睛直勾勾地盯着他看，第一次胡搅蛮缠，"不请我喝，就说明你根本不爱你女朋友，连这样小小的愿望都不满足她。"

想到什么，她委委屈屈道："是你说的，什么心愿都会帮我实现的。"

眼看着她就要当场"哭"出来。

梁西沉彻底认输。

"我去买。"明知她是假装，他也心甘情愿地哄她，用亲吻安抚，"其实我也想和女朋友一起喝奶茶。"

似心有灵犀，岑雾一下就明白了他藏在这话下的情意——

当年好几次只有她和他的奶茶口味一样，是他暗暗地想和她一样，是他想请她喝奶茶。

心口有点热热的，她小声说："今天我请你。"

梁西沉拿下她的手重新牵住，声线里始终缠着笑意："下次，今天让男朋友请。"

岑雾侧眸看他的侧脸，暖意携着甜蜜在胸腔流淌："好吧，听男朋友的。"

奶茶店人很多。

两人随着人流排队，岑雾靠着梁西沉，他从身后抱着她，他压低着声音和她说话时，她的手指会在他的掌心画圈圈。

他有耐心也纵容，任由她怎么玩。

等排到时，两人非常默契地选了一款好像和当年那款差不多的奶茶。

三分糖，一人一杯。

他将吸管插进杯中，递到她唇边，她便就着他喂的姿势喝了口。

"甜吗？"他低眸看着她。

奶茶滑过喉咙，岑雾想点头，脑中忽地闪过什么。

她扬唇，在他要低头将距离拉近时，率先一步仰起脸吻上他的唇，浅浅地厮磨两秒后，舌尖撬开他唇齿。

极为细致地轻吮勾缠。

她没有闭眼，清楚地和他对视，感受任何细枝末节的变化。

"尝出来了吗？甜不甜？"她靠在他怀里任由他搂着，笑盈盈地问。

此刻两人正站在路灯附近。

昏黄光线倾泻在她脸上，又将两人亲密无间的身影拉得很长。

亲昵甜蜜弥漫在交缠的呼吸中。

梁西沉黑眸里和她一样的笑意，语气却是一本正经："没，要再尝尝。"

他低头。

不同于她的浅尝辄止，他单手箍住她后脑勺，吻得肆意深入，直到她唇间溢出几声细碎暧昧的嘤咛。

分开后，他抬手，指腹抹掉她唇角的痕迹，笑："现在尝出来了，挺甜的。"

岑雾别过脸，满眼的笑。

时隔多年再喝奶茶，又是和第一次一样是他买的，身边也是他，一杯奶茶慢吞吞地喝完岑雾脸上的笑意都没消失。

他也是。

等喝完了他自然地接过要扔进一旁的垃圾桶里。

"等等。"她叫住他，拿出手机，微红着脸将两杯空奶茶杯，以及他的修长手指一块儿拍了下来留念。

她拍了一张，没忍住，又指挥着他站到路灯下，回想着前几天思源刚发给她的"喝奶茶万能拍照公式"，一连拍了他好几张。

梁西沉听从她的指挥，任由她拍。

只不过在她要收起手机时，他拿过手机，搂过她的腰带着拍了张合照。

"发给我。"

岑雾低头查看，发现他拍得特别好，氛围感十足，他看她的眼神里，有光也像是有星星。

她弯了弯唇，把照片发给他。

而后——

她看着他发了朋友圈，除了这张合照，还有张不知道什么时候拍的她的侧脸照，跟着他点开和她的微信对话框，设为了聊天背景。

她知道他的微信，聊天背景都是系统自带。

唯一的例外。

从来只是她。

笑意铺满整张脸，她也学着他，将这张合照，以及一张偷拍的他的照片一起发了朋友圈，跟着也设为了聊天背景。

没去管秒赞、秒评论的蒋燃他们是怎么控诉他们虐狗的，弄完，她便勾着他的手指。

"梁西沉……"

他掀眸，明暗光线交错下的俊脸难言的温柔。

心跳倏地就漏了一拍，她忍不住撒娇："走不动了。"

没有半秒的浪费时间，梁西沉在她面前蹲下，低笑："上来。"

岑雾唇角扬起，一下趴到了他背上。

他起身，稳稳地轻松地背着她。

"梁西沉。"

"嗯？"

她吧唧一下亲他的侧脸，小声问："你会不喜欢我这样撒娇，黏你吗？"

梁西沉忍不住笑："为什么这么问？"

其实都是没必要的问题。

岑雾脸蛋贴着他脖颈，心跳有点快："就是……和你在一起后，我好像越来越喜欢对你撒娇呀。"

她骨子里不是那样的性子，自小她就是内敛的、冷静的。

但碰到他，她会不一样。

在他面前，她变得越来越爱笑，变得不再含蓄，想亲他的时候就会亲他表达爱意，也变得喜欢撒娇。

一切，只是因为他是梁西沉。

她当然知道，他不可能不喜欢，他是很喜欢的，只是刚刚想到了自己的变化，她就忍不住问了。

唇忽地被轻啄了下。

在她反应过来的时候，他转过了头重新目视前方。

她能看到他嘴角和眼底满是纵容的宠溺笑意。

"不好吗？"他的声音低沉，在这样的夜晚想是贴着她耳语说情话，"我喜欢雾雾黏我，对我撒娇，喜欢得要命。"

不知道是不是热恋的情侣间都会有这种幼稚的对话。

反正岑雾觉得因为时时刻刻被他宠着偏爱着，这会儿自己挺幼稚的。

佯装想了想，她吻他的耳郭，说出自己听了都会忍不住笑的话："那……你发誓，发誓永远喜欢雾雾黏你，对你撒娇。"

海风徐徐，海浪拍打石头的声音若隐若现。

街边一盏盏的路灯晕出温柔光晕。

梁西沉背着她，在路灯下走过一步又一步，光晕晕染出属于他们的甜蜜。

"我发誓，"他的嗓音低哑也温柔，含着笑意，混在海风中经久难消，"永

远喜欢我的雾雾黏我，对我撒娇。

"永远爱她，臣服于她。"

永远热恋

在禾城的几天，岑雾觉得时间都变得慢了下来。

不用工作，没有任务，在这座陌生的城市里，只有她和梁西沉两人抛下一切，悠闲地度着蜜月。

没有做旅行攻略，每一天都睡到自然醒，而后牵着手慢悠悠地逛着感兴趣的地方。

走到哪儿算哪儿，都是缘分和惊喜。

只是虽然在度蜜月，岑雾深入骨髓的习惯还是没有改变，她依然会每天抽出时间练舞或基本功，或早上或晚上。

每每她跳舞时，梁西沉都会陪在她身边，虽无声，但眼神炙热。

看得她忍不住瞪他不许他看，他就会抱住她低笑着哄她，夸她跳舞好看，但因为是她跳得所以才好看。

她被他夸得会红脸，娇嗔地瞪他，高中时冷冰冰的梁神如今怎么情话张口就来，他则会一本正经地解释因为遇见了她爱上了她。

惹得她更是脸红。

他陪着她的时候很温柔。

无论是陪她跳舞，还是陪着她在禾城漫无目的地闲逛。

蜜月的最后一天，岑雾原本的打算依然是和前几天一样随便走走，没想到梁西沉竟然带她去了禾大。

甚至……带她像这里的学生一样上课。

被他牵着在一间大教室的最后一排低调坐下的时候，她根本没反应过来他什么意思，于是用眼神无声询问。

课桌下，两人的小拇指勾在一块儿。

她的眼神懵懂。

梁西沉喉结轻滚了滚，低头凑到她耳旁，压低着声音，但压不住笑意："大学没机会谈恋爱陪女朋友上课，雾雾今天能满足我吗？"

手心被他勾缠了下。

微痒。

他唇息喷洒的地方更甚。

岑雾一下子就明白了过来，哪里是要她满足他，分明是他在用这种方式弥补她缺失的校园恋爱遗憾。

如果当初没有那些阴差阳错的误会和她的敏感胆小，大学时她是有机会和他谈恋爱，享受校园恋爱的滋味的。

她心念微动，余光瞥见没人注意他们，她飞快地在他嘴角亲了下，眉眼间漾开了笑，顺着他的话答："好呀。"

当即又被他反亲。

"谢谢女朋友。"他的气音低低徐徐。

岑雾呼吸不稳，唇角情不自禁地微翘，桌下和他握在一块儿的手交缠得更亲密了："不客气，男朋友。"

近在咫尺的距离。

两人眼中皆是笑意，有且只有倒映着彼此。

好像真的回到了大学时代，她上课，旁边坐着她的男朋友陪她，上课时她认真听讲，下了课，她被他牵着慢悠悠地走在校园里。

蹭完课到了中午，她又被他牵着前往食堂吃饭。

今早出门前她戴了帽子，帽子被他稍稍压低遮住脸，他带着她绕了圈，最后选了有她爱吃的东西的窗口排队。

和校园里再普通不过的情侣一样。

就是梁西沉那张脸太惹眼，加上一头短寸，时不时地就有女生打量他，有假装路过回头看的。

岑雾还没来得及吃醋，就见他拿出了口罩戴上，冷漠至极的眼神加上毫无顾忌地搂她的腰，立马劝退大部分的人。

她唇角微扬，大胆的念头忽地在脑中闪过，不及细想，她的身体已快思维一步，转身亲上他侧脸，用这种方式暗暗地宣示主权。

果然就没有人蠢蠢欲动地想来问梁西沉的联系方式了。

后来两人找了没人的角落吃饭。

她一抬眸，就见梁西沉看着自己，眼底的笑意都快溢出来了。

"笑什么呀？"岑雾莫名被看得有点害羞，没忍住瞪他。

梁西沉起身坐到了她身边，握住她的手捏了捏，低头压着嗓："是开心，原来我女朋友刚才是在宣示主权。"

"……"

脱口而出想否认，但话到嘴边，岑雾戳他手心，眉眼微扬，有点傲娇还有点凶巴巴的："不行吗？"

"行。"梁西沉失笑，像是思考了两秒，又正经地诱哄，"就是亲一下可能不够。"

他的指腹忽地若有似无地划过她锁骨。

岑雾身体猛地战栗。

锁骨下，密密麻麻的是他留下的吻痕。

他很坏，在她嘟囔着抱怨脖子上都是吻痕不好意思出门后，转而在其他看不见的地方留下或深或浅的印记。

这会儿，他手指一碰，她瞬间就明白了他的意思。

她故作不懂："饿了，吃饭。"

她抽回被他握着的手，一本正经地拿起筷子吃饭，只是被头发遮掩的耳尖泛起了红，心跳也有点儿快。

梁西沉低笑了声。

沙沙的，像是就在耳畔，撩人极了。

岑雾觉得……有点儿渴。

等到了下午，不知是不是传开了还是什么情况，明明两人已经格外低调了，路上时不时就要转头看梁西沉的视线更多了。

好多兴奋的声音，比如——

"哇，他好帅啊，绝对的校草，他是新生吗？"

"好想要他微信！"

"人家有女朋友了，牵着手呢。"

"那又怎么样，可以公平竞争啊。"

"……"

岑雾没忍住，转头又去看梁西沉，他低着头，也在看她，眼里蓄着笑意。

她咬唇。

两秒。

她伸出只手勾住他脖子压着他往下，而后……重重咬上他的喉结，在上面留下属于她的口红印和吻痕。

就在众目睽睽下。

如他在食堂时所暗示的那样，更张扬热烈地宣示主权，印上只有她能印上的标记。

她吻完羞恼地要离开，不想被他箍住后脑勺。

占有欲极强的凶悍的吻落下。

"哒！"

有震惊的抽气声，也有人呜呜地说了什么。

岑雾忘了呼吸，睁着眼。

"礼尚往来。"梁西沉微挑了挑眉，望着她逐渐泛红的脸，笑得肆意。

岑雾："……"

后来到底是觉得没有脸面顶着鲜艳的吻痕去蹭课了，她怎么也不肯进教室，最后被梁西沉哄着去了图书馆。

禾大的图书馆很大，两人待在里面，或倚着书架随便翻书看，或带着书找桌子面对面坐下，时不时地对视一眼。

偶尔，他会装模作样地给她讲题，讲她听不懂的题。

讲完了又哄着她应该亲他给他奖励，大有她不奖励他就要自己来的架势，最后岑雾还是亲他了。

消磨了一下午，离开图书馆的时候正好是傍晚。

日落西沉，余晖漫天。

岑雾忍不住拿出手机拍了几张照片后，一辆自行车停在了眼前，梁西沉坐在上面，一条长腿懒散地撑着地。

"上来。"他望着她说。

夕阳落了半边在他侧脸上，洒落进的光线和他眼底的笑意缠在一起，哪怕是最璀璨的星星也不及半分。

岑雾心跳倏地就漏了一拍，继而扑通扑通地狂跳。

是心动。

下一秒，一个转运风车由他递到了她眼前，也不知道他什么时候准备的。

他始终望着她，眼里只有她。

心脏犹如被戳中，软得不可思议更是难以自拔，岑雾接过，同时仰起脸亲上他薄唇，笑盈盈的："谢谢。"

梁西沉勾唇，低声蛊惑："那上来吗？"

岑雾毫不犹豫地重重点头，袅袅笑意染满整张脸。

轻松坐上车后座，她一手举着风车，一手抱住了他的腰，轻快的声音散进日落的风中："上来了。"

"坐稳了。"

"嗯。"

他脚一蹬，骑着自行车干脆利落地往前冲。

此时正值下课时分，禾大的校园里也有不少骑着自行车经过的同学，或单人，或车后座带着人。

岑雾抱紧他的腰，情不自禁地，又将脸贴上他后背抱了会儿，指尖攥着他的T恤，另一只手欢快地举着风车晃动。

抬眼，日落很美。

她看着梁西沉的侧脸，忍不住扬起了唇，肆意地喊："梁西沉！"

"嗯？"

他的声音低而沉，落上她心弦。

她笑："唱歌给你听好不好？"

梁西沉也笑，温柔流转其中："好。"

夏日傍晚的风再拂来，将岑雾温柔清唱的歌吹散进空气——

> 夏天的风我永远记得
> 清清楚楚地说你爱我
> 我看见你酷酷的笑容
> 也有腼腆的时候
> 夏天的风正暖暖吹过
> 穿过头发穿过耳朵

你和我的夏天

……

自行车仍穿梭在校园里，她坐在梁西沉的车上，手里的风车被夕阳照得好看，亦在随风转动，会转走霉运带来好运。

她想，她此生最大的好运，便是遇见了梁西沉，和他相爱。

脸上铺满明艳的笑，在哼完一段后，她忍不住抱他抱得紧了些，眉眼间的笑意亦缠上喊他的声音里："梁西沉。"

她仰起脸，任由日落余晖洒落，笼罩着两人的身影。

"我好喜欢你。

"永远永远！"

禾城仍是夏季的温度。

很热。

傍晚的风拂过带来燥热，吹着风车转动，也吹着两颗靠近的心悸动不已。

一年四季，春夏秋冬。

岑雾和梁西沉永远热恋。

就像夏天的风永远热烈。

从情窦初开到垂垂老矣，永远爱你

7月末，梁西沉执行任务归来。

到家是深夜，客厅里只亮了盏昏黄的落地灯，朝思暮想的人窝在沙发里看电影，白净的脸蛋在忽明忽暗的光线中透着点恍惚的意味。

也不知在想什么，连他回来都没察觉。

梁西沉走近，俯身，单手直接扣住她侧脸，薄唇不轻不重地咬她的唇，溢出的嗓音低哑："雾雾妹妹。"

他大手一捞，她整个人就坐到了他腿上，想加深这个吻，却被她没良心似的拦住了。

"梁西沉……"

"嗯？"

岑雾回了神，欲言又止地看了他一眼，唇咬了下，她将脸蛋埋入他颈窝蹭了蹭，手摸到他的手，一根根地和他紧紧相扣。

梁西沉吻了吻她手心，抱着她，低笑了声哄她："不想我？"

岑雾摇头。

就这么抱了大概有五分钟。

"梁西沉，"岑雾脑袋转而枕上他肩膀，在他耳旁落下的声音极小，带着些许掩饰不了的紧张，"我好像，怀孕了……"

最近她忙于演出，频繁犯困，吃得也比以前少了很多，最开始她没放在心上，想着忙过这段时间就好了。

直到今天舒影将贪睡的她叫醒，凝视她许久压低声音问了句她是不是怀孕了。

她那会儿刚醒，有点蒙。最后是舒影去药店买了验孕棒塞到她手里，她便带着这些回到了家，一个人躲在洗手间。

验孕棒都显示两条杠。

结婚这几年，她和梁西沉每次都有措施，还没有计划要宝宝。

两人错过了太久，想多过几年两人世界弥补。还有个原因，尽管梁西沉从来没说，但她知道的，她喜欢跳舞，事业在巅峰期，他就支持她，想让她没有负担。

但宝宝就是意外来了。

她将脸贴着他脖颈温存，他的脉搏在跳动。岑雾抬头，却发现他似乎不在状态，眸色极深。

"你……不喜欢吗？"

"不想要？"

两人的声音同时响起。

视线交缠在一块儿倒映着彼此，岑雾紧张了半天的心情忽然缓解了很多，也难得地比他先反应过来。

他误会了，她也是。

他们都在非正常家庭长大，没有感受过父母的爱，被父母喜欢。

她怕宝宝来得意外，他没有心理准备，会不喜欢。他知道她被原生家庭影响太大，最初连婚姻都害怕抵触，所以担心她不知道怎么接受宝宝，更担心影响她的事业。

岑雾望着他，眉眼漾开浅笑，轻声说："想要的。"

虽然一开始她对这个突然到来的小生命有些不知所措，但想到梁西沉，心底的不安就散了很多。她相信他，那种信任，是早就刻在了骨子里的。

她故意做出委屈难过的模样："你不想要，不喜欢吗？"

他克制地吻上了她的额头，接着是她的眉眼、她的唇。

一点点地吻她，温柔似水。

岑雾单手圈上他脖子，手心下的身体隐隐有些紧绷，她同样柔情地回应他。

梁西沉就这么抱着她吻了很久，分开时专注地盯着她："想要，"他顿了下，薄唇溢出的嗓音沉哑，"喜欢，只要是你生的。"

因为喜欢她，所以也会喜欢他们的孩子。

爱屋及乌。

岑雾眨了下眼睛，微翘了翘唇。

她也是。

因为是和他的宝宝，她想生。

好像他一回来所有的茫然都不见了，被他的拥抱和亲吻抚慰，岑雾忍不住又亲了他一下，再开腔的时候声音软了好多："那你想要男孩还是女孩？"

梁西沉低眸，撞入她满是温柔的眼眸里，温柔得轻易让人溺毙其中。

"男孩。"他没有思考，"男孩可以和爸爸一起保护妈妈。"

岑雾压下嘴角忍住笑意，拖长音调"哦"了声："思源说这是你们男人的标准答案，问就是喜欢男孩，可以哄老婆开心。"

去年周思源怀孕的时候就跟岑雾吐槽过，她问沈岸喜欢男孩还是女孩，沈岸也回答了差不多的话，她气得好几天没理沈岸，说小说里的男主角都会这么回答。

梁西沉笑，捉过她的手亲吻："真心话。"

"可我喜欢女孩子，怎么办呀？"岑雾故意和他唱反调。

梁西沉难得有不善言辞的时候。

岑雾忍不住笑了起来，搂过他的脖子，凑到他耳旁亲了下："你和宝宝保护我，我和宝宝一起爱你。"

梁西沉扶着她腰的手微顿。

他侧眸。

外面夜色浓郁，而她眼里盛满遮不住的浓情爱意。

他直直地盯着她，溢出的嗓音里添了难以言喻的情绪："好。"

岑雾笑得眉眼弯弯。

搂着他脖子的手情不自禁地用力，人依赖地靠在他怀里，她声音软软的："老公，我有一点点紧张。"

十指紧扣的手带着一起轻轻放到小腹，梁西沉吻她的唇，厮磨着哄她，力道极轻柔："我陪着你。"

岑雾觉得肚子里的宝宝是女孩子。

宝宝很乖。

除了嗜睡，岑雾没有一点不舒服的感觉，孕吐更没有。这让她越发肯定宝宝就是个安静的妹妹，连和梁西沉一块儿买婴儿用品也全都买女孩子用的。

她满心欢喜期待着宝宝的出生。而这份期待在三个月检查，医生恭喜说出怀的是双胞胎时，一下子变成了意外惊喜，她差点失态。

她下意识地去看身旁的梁西沉，对视间看见他唇角微勾，握着她的手无声息地用了点力。

她也忍不住弯唇笑了起来。

知道是双胞胎后，两人并没有想办法去知道宝宝的性别，毕竟无论是男是女他们都会喜欢，用心呵护他们的宝贝平安开心长大。

大约是有梁西沉在身边陪着，岑雾其实心态很放松，每一天都是好心情。但慢慢地，她发现紧张的似乎是梁西沉。

梁西沉暂停了突击队的任职。

这事，还是有天她后知后觉地发现他这次休假似乎休了很久，迟迟不归队。她问，他回答得轻描淡写，申请了暂停工作方便照顾她。

怀孕是件很辛苦的事，他不愿意她一个人。

他说这话时，手还在给她按摩双腿，岑雾想到知晓怀孕那晚那句陪着他，没出息地一下红了眼，鼻尖酸酸地扑倒了他怀里，紧紧地抱着他。

梁西沉失笑，厮磨她的唇，低声哄她哄了许久。

怀孕后梁西沉就在家里都铺上了地毯，为了让她光脚走得舒服。又请了营养师，学习给她做孕妇的营养餐，一日三餐都是他亲自来。每天陪她散步，她想出去玩他便安排好一切。

岑雾什么都不需要做。

发现他紧张是有天晚上她迷糊醒来喝水，发现他不在身边，在书房找到他时，他正在看一堆和孕妇相关的书籍，密密麻麻地做了一堆笔记。

灯光照亮他那张脸，皱着眉，神情严肃。

岑雾恍惚想起，知道怀孕的那晚，她嗜睡，被他抱着睡得很沉，但半梦半醒间，好像感觉到他盯着看了她很久，摸她腹部的动作轻柔又僵硬。

她眼睛迷迷糊糊地睁开缝隙，还看到了他额头上有汗。

当时她以为是做梦，没放在心上。之后白天她瞌睡，醒的几次好像也看到了他担心她的模样，连她去洗手间他都要陪着。

如今想想，应该不是幻觉。

他太紧张她了。

岑雾缓步走了过去，她抬脚的第一秒，他就心有灵犀地发现了她，二话不说起身快步走到她面前把她抱了起来。

她索性在他怀里找了个舒服的姿势，捉过他的手一起轻轻地放到肚子上，抬眼，微扬了唇，在他下巴上印上一吻，无声地望着他。

两人深爱彼此，一个眼神就能知道对方在想什么。

梁西沉定定地看了她几秒，无奈笑了笑，回吻她，在深夜中的嗓音沉哑又宠溺："不看了，陪老婆睡觉。"

他起身，抱她回卧室，小心翼翼将她放回到床上，跟着躺下搂着她，手轻抚她后背哄她睡，又低低地给她讲睡前故事。

岑雾窝在他怀里，仰起脸。

他低头。

两人眼神缠绕，也不知是谁先开始的，唇轻碾厮磨，柔情万分地在昏黄光线中亲吻安抚彼此。

两个宝宝出生是在4月初，黄昏，日落最美丽的时候。

从怀孕开始，岑雾就没经历什么不舒服，宝宝很体贴她，不吵不闹，生产的过程也较为顺利。

护士把宝宝抱给梁西沉看，梁西沉看都没看一眼，从他跟进产房陪产开始，他的视线就没从岑雾脸上移开过。

当听到响亮哭声时，他紧绷了许久的神经终于稍稍松懈，忍不住握紧了岑雾的手。

毕竟是生孩子，又是双胞胎，岑雾体力不支，累得昏睡过去前，她看到梁西沉凑近的俊脸，眼尾有些红。

"宝宝，"薄唇温柔炙热地落下，她听到他微颤沙哑的声音，"辛苦了，谢谢你。"

等彻底有意识醒来是第二天晚上。

她眼睛睁开，第一眼看到的是守在床边的梁西沉。他没换衣服，下颌冒出的胡楂也没刮，黑眸一瞬不瞬地望着她。

"醒了？"他小心又轻柔地抚上她的脸，声音极哑，"有没有哪里不舒服？"

岑雾静静地看着他好几秒，嘴角情不自禁地扬起弧度，想去握他的手，被他敏锐察觉，主动握住她的。

安静的病房里，光线温馨，她的声音很低："你别紧张呀，我没事。"怕他仍想着，她换话题，"男孩还是女孩呀？"

梁西沉俯身，薄唇轻吻上她唇角："龙凤胎，哥哥和妹妹，长得像你。"

其实他也才刚刚知道。

岑雾忍不住笑。

"刚生下来哪里看得出像我？"她回吻了他一下，"说不定长开了像你多点。"

从昨天开始到现在，梁西沉的情绪终于缓了过来，尤其看到她此刻睁着乌黑的眼睛看着他，看得他心口发软。

他忍不住摩挲她的脸，克制着温柔地又厮磨了番她唇角，低语："嗯，像你也像我，他们是我们的孩子。"

岑雾和他对视，心口软也热，脸蛋依赖地贴上他的手掌。她翘了翘唇，声音轻轻地撒娇："那……有了宝宝你也要最爱我。"

梁西沉额头轻抵上她的，怕碰碎了她似的，连呼吸都有意放轻，闻言柔声开腔，是哄她也是不会变的真心话："永远只最爱你。"

岑雾眼睫眨了下，笑。

梁西沉亦是。

岑雾不喜欢医院的味道，住了一周后就回家坐月子了。

梁西沉早就请好了专业的阿姨和月嫂，营养师也请了回来，但事实上基本还是他在照顾她，无微不至，不愿意假手他人。

包括宝宝也多是他亲自照顾。

宝宝小小的，小胳膊小腿儿，岑雾最开始都不知道该怎么接触，甚至有点不敢抱，怕抱不好，怕摔着他们。

尤其是妹妹，不像哥哥一样安静，特别爱哭。

是梁西沉在一旁低声教她要怎么抱，在他的鼓励安慰下，她才不着痕迹地轻舒口气，鼓起勇气抱住了宝宝。

宝宝太软了，她觉得心跳都快要蹦出来了，但又很神奇，一抱到怀里，和宝宝的眼睛对上的时候，她又觉得心头软得不可思议，恨不得现在就把一切最好的都给他们。

她忍不住抬头看梁西沉。

梁西沉在她身旁坐下，轻笑着将她圈在怀里，眼神却是看向宝宝："我们第一次做你们的爸爸妈妈，没什么经验，但我们会学，会照顾好你们。妈妈很爱你们，你们要听话，好好长大，保护她爱她。"

妹妹像是听懂了他在说什么，小小的手指紧紧地攥住了岑雾的手指，咯咯笑了起来。和梁西沉小时候一样高冷的哥哥也隐约有笑，好像在说：知道啦，我们会和爸爸一样很爱很爱妈妈哦。

不知道是不是初为人母的原因，岑雾心思越发细腻，看着这一幕，只觉鼻尖酸酸的，忍不住想要哭。

暖黄的灯光温馨地笼罩着卧室，勾勒出两人相拥的身影。

岑雾仰起脸，去轻碰他的唇，是笑着的："梁西沉，我好爱你呀。"

从情窦初开到垂垂老矣。

爱你，永远是这辈子最开心最幸福的一件事。

本书由慕时烟委托长沙大鱼文化传媒有限公司正式授权四川文艺出版社，在中国大陆地区独家出版中文简体版本。未经书面同意，本书的任何部分不得以图表、电子、影印、缩拍、录音和其他手段进行复制和转载，违者必究。

日落时想你